Sister & Vampire
Hypnose

1

Akatsuki

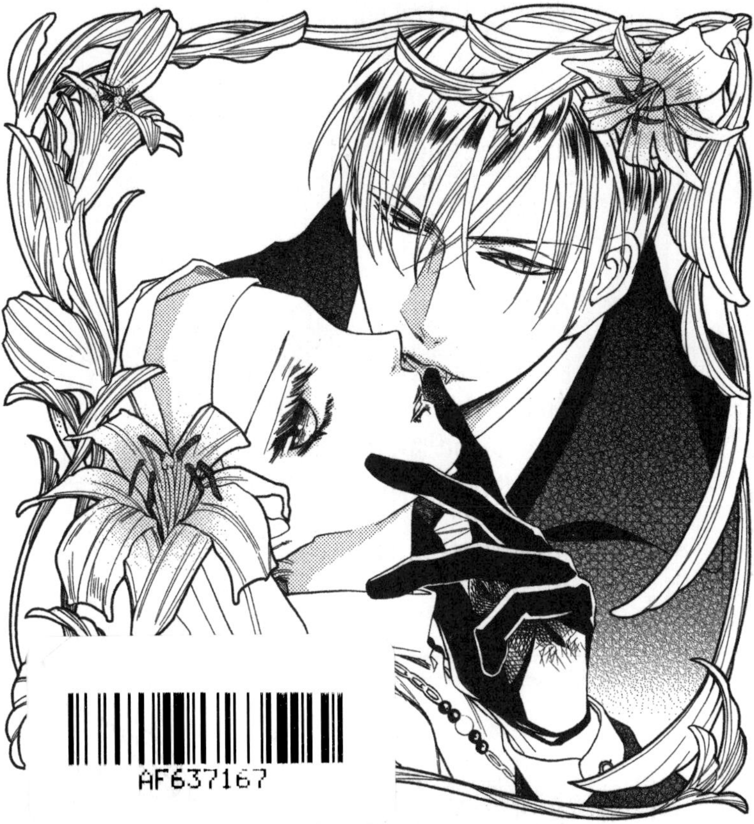

Sister & Vampire
Hypnose
1

Inhalt

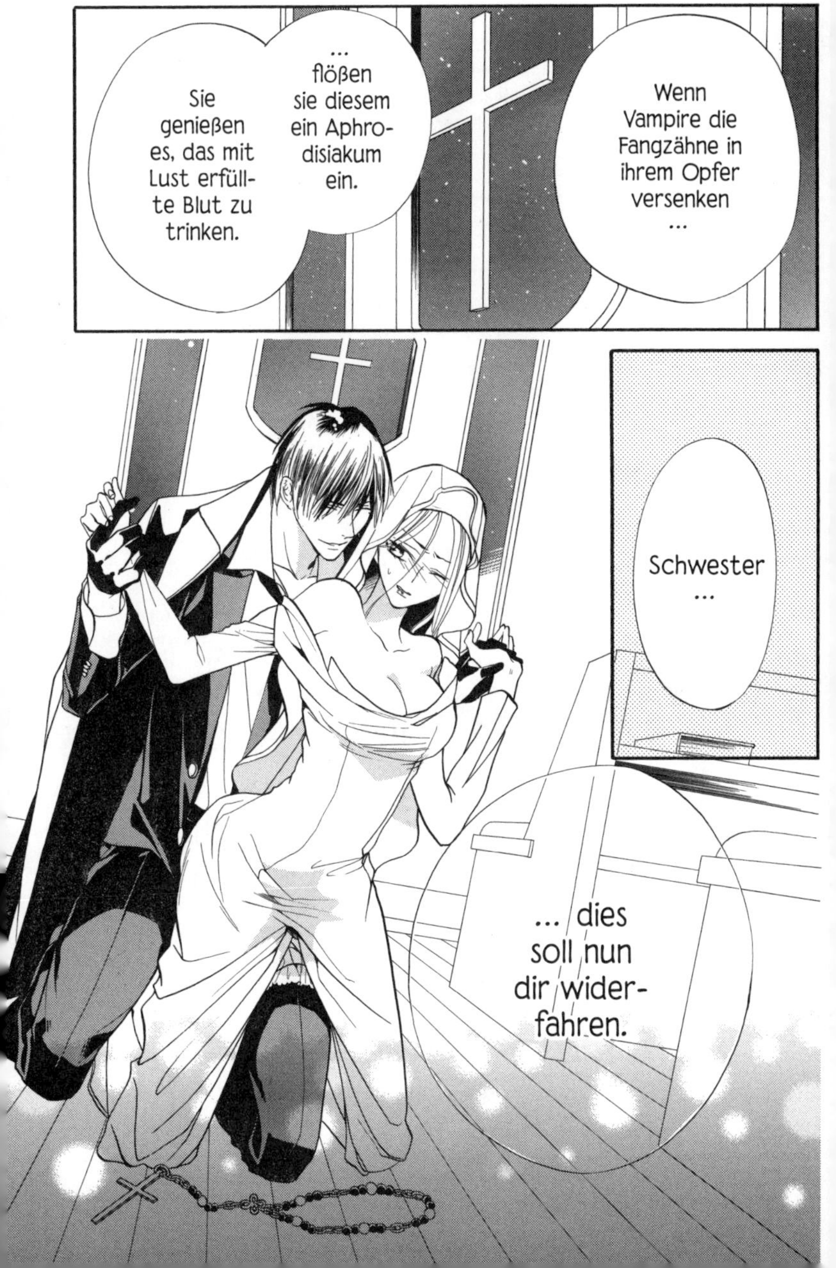
Wenn Vampire die Fangzähne in ihrem Opfer versenken ...
... flößen sie diesem ein Aphrodisiakum ein.
Sie genießen es, das mit Lust erfüllte Blut zu trinken.
Schwester ...
... dies soll nun dir widerfahren.

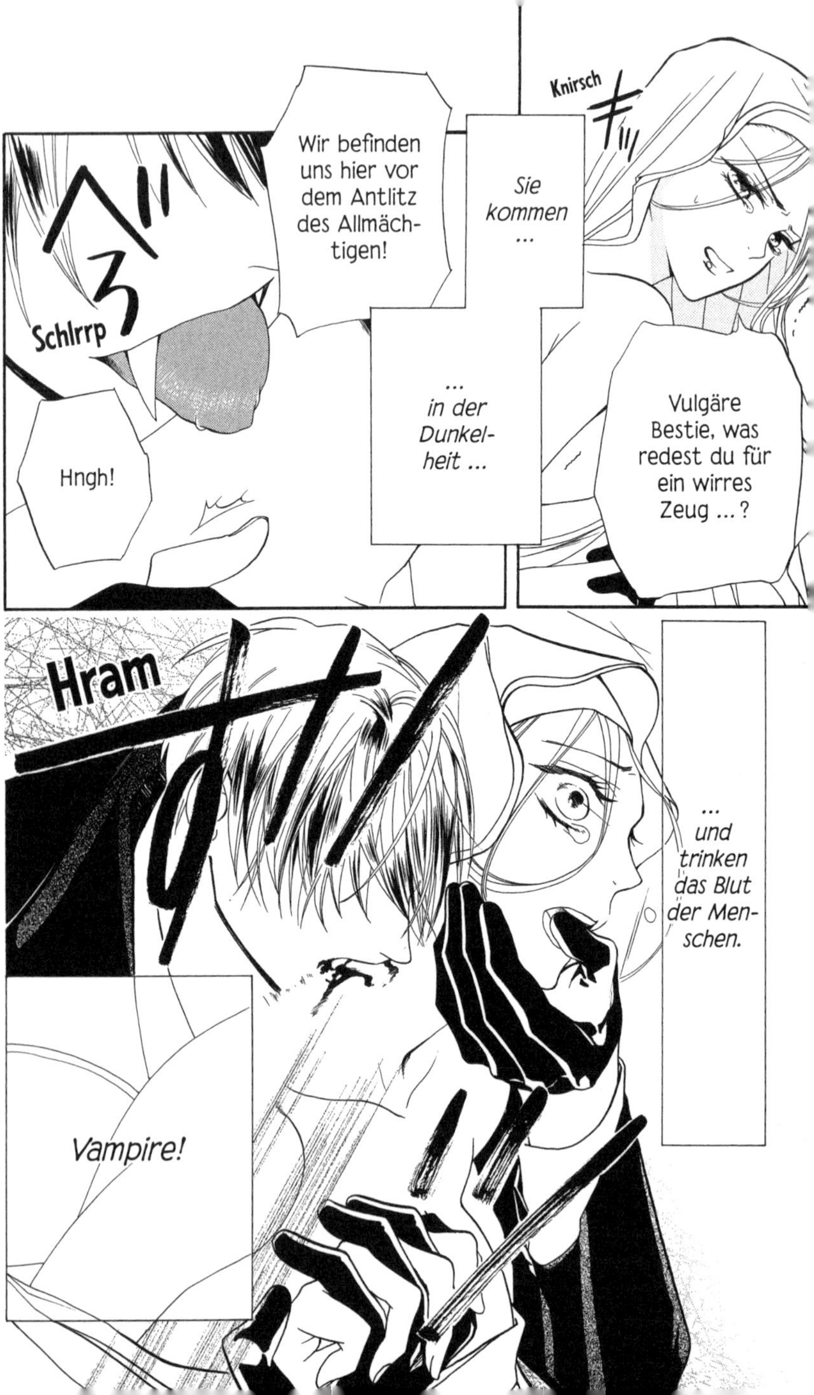
Knirsch
Vulgäre Bestie, was redest du für ein wirres Zeug ...?
Sie kommen ...
Wir befinden uns hier vor dem Antlitz des Allmächtigen!
... in der Dunkelheit ...
Schlrrp
Hngh!
Hram
... und trinken das Blut der Menschen.
Vampire!

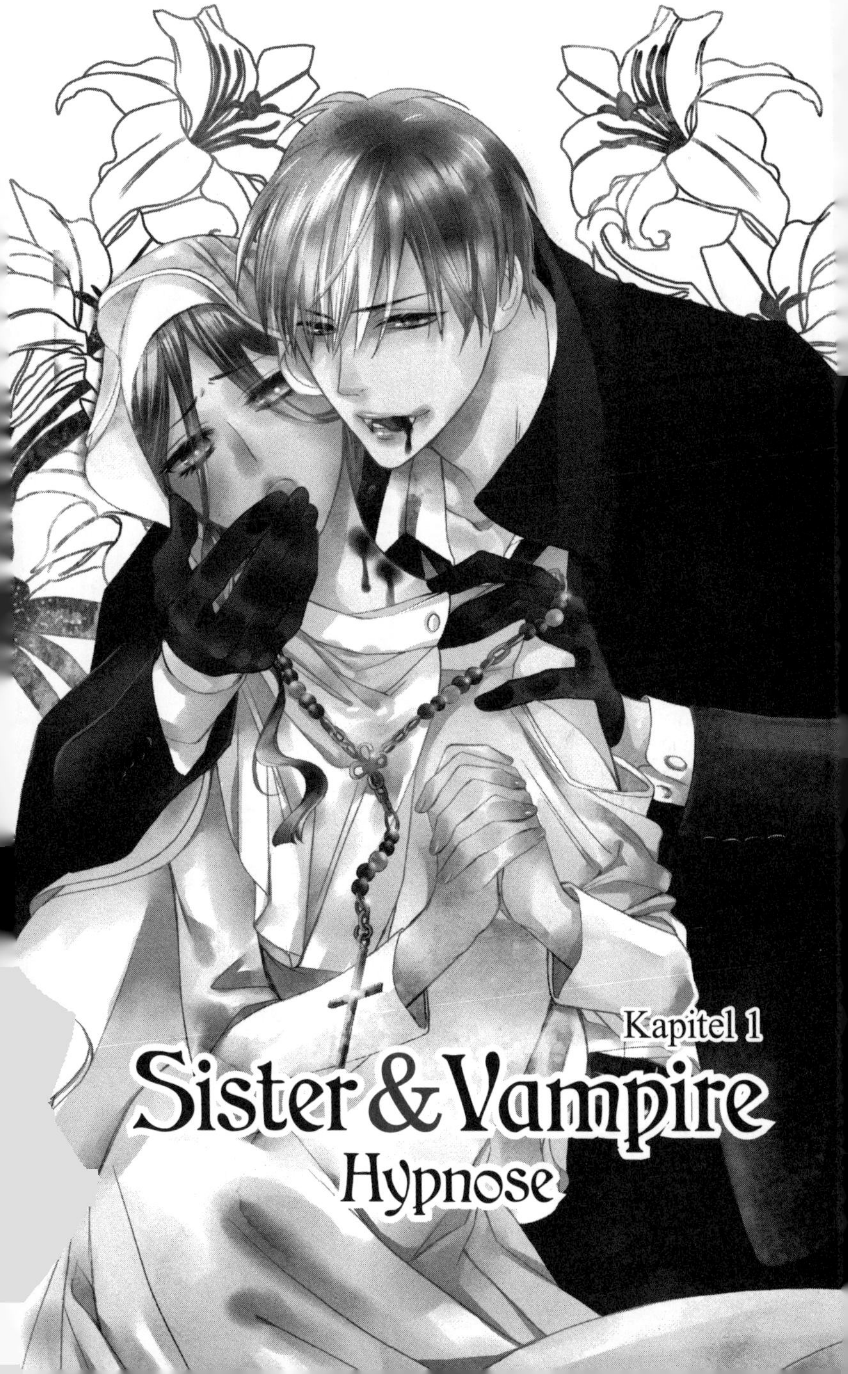
Kapitel 1
Sister & Vampire
Hypnose

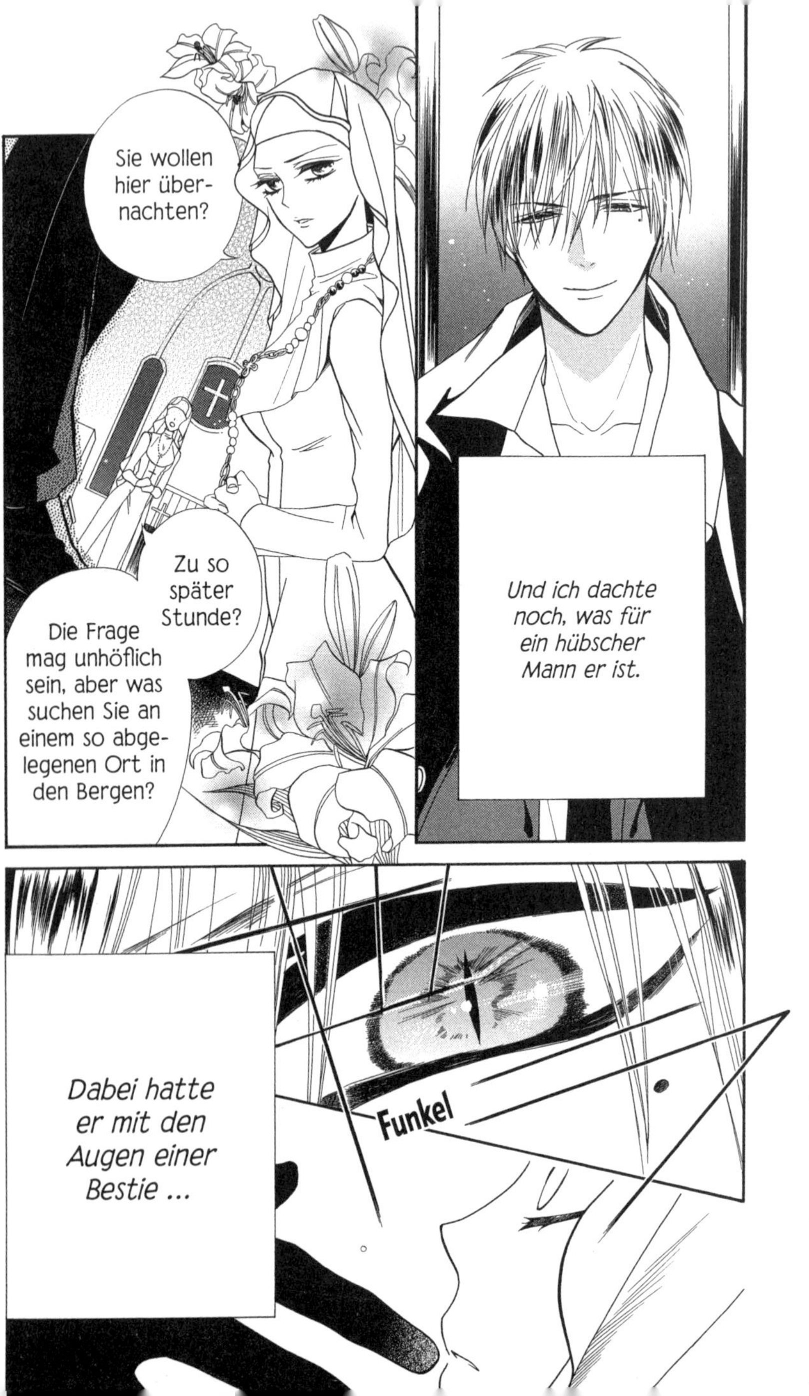
Und ich dachte noch, was für ein hübscher Mann er ist.
Sie wollen hier übernachten?
Zu so später Stunde?
Die Frage mag unhöflich sein, aber was suchen Sie an einem so abgelegenen Ort in den Bergen?
Funkel
Dabei hatte er mit den Augen einer Bestie ...

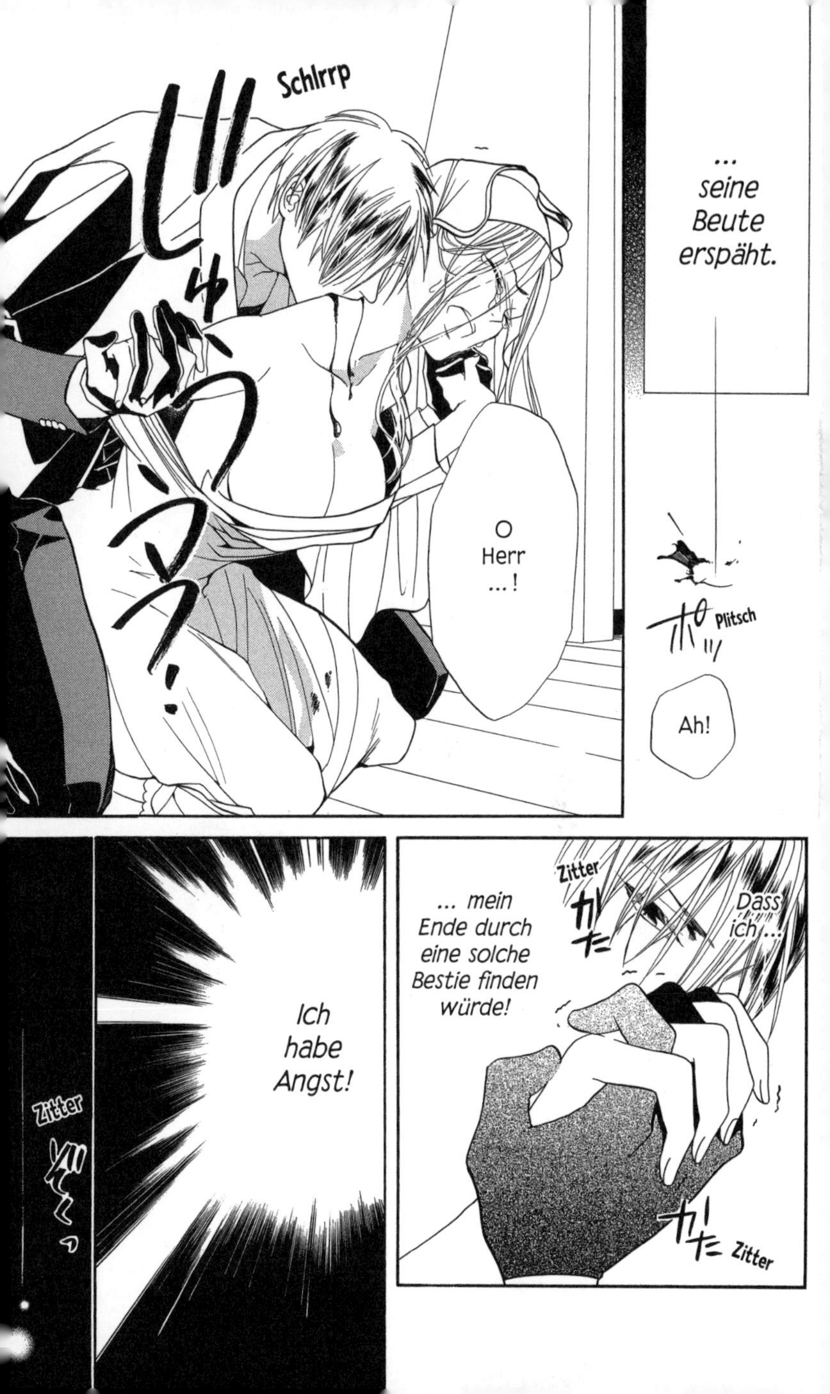

... seine Beute erspäht.
Schlrrp
O Herr ...!
Plitsch
Ah!
Zitter
Dass ich ...
... mein Ende durch eine solche Bestie finden würde!
Zitter
Ich habe Angst!
Zitter

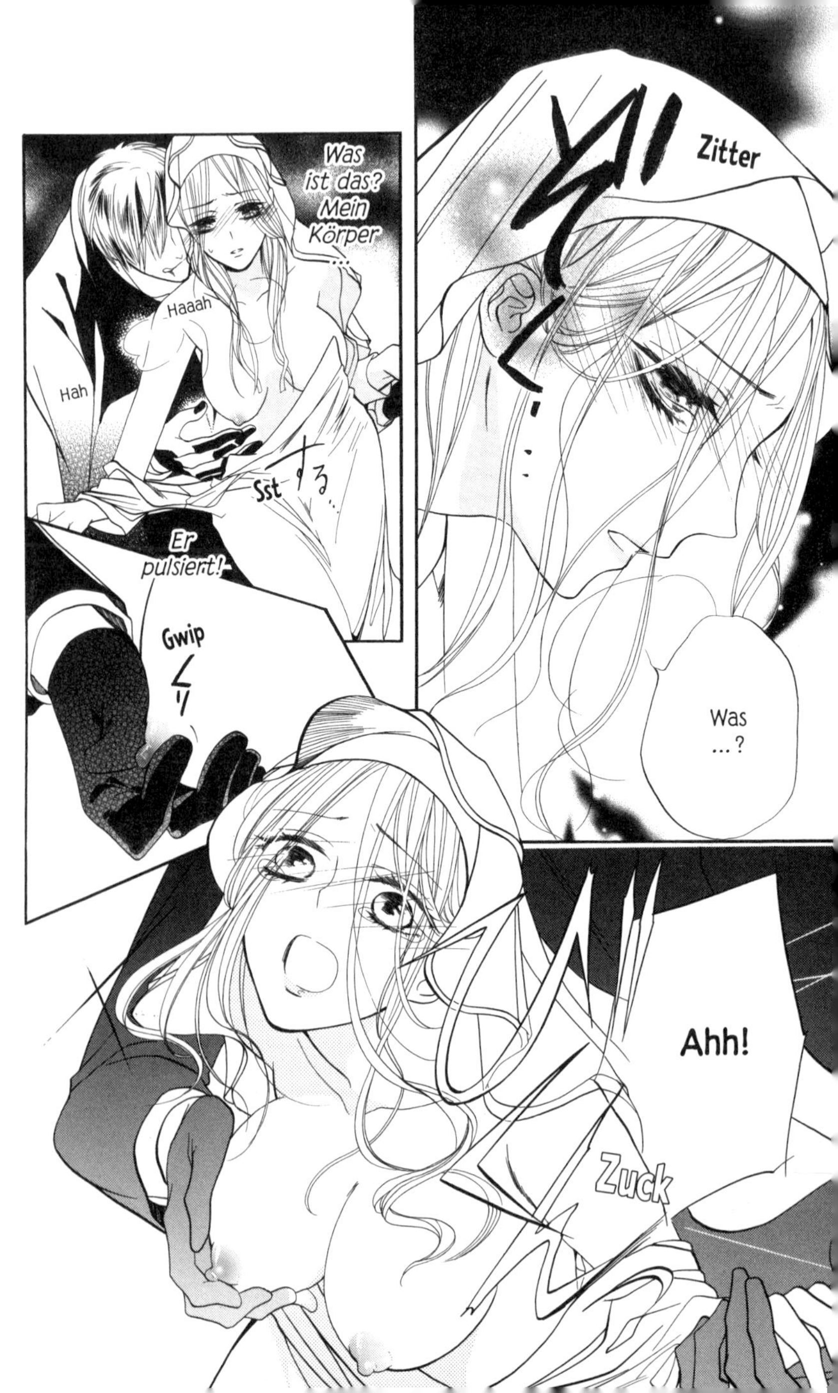
Zitter
Was ...?
Was ist das? Mein Körper ...
Haaah
Hah
Sst
Er pulsiert!
Gwip
Ahh!
Zuck

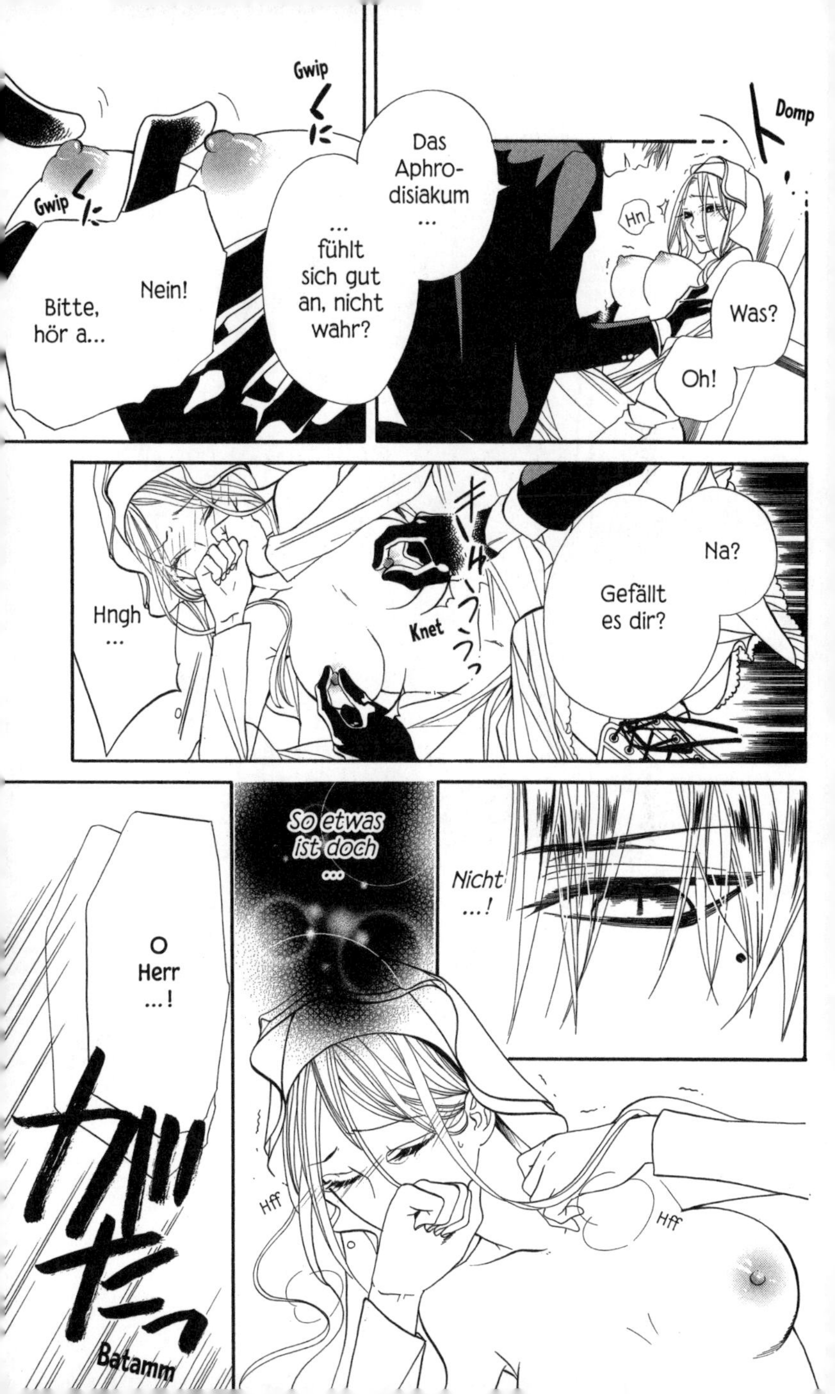

Domp
Hn
Was?
Oh!
Das Aphrodisiakum …
… fühlt sich gut an, nicht wahr?
Gwip
Gwip
Nein!
Bitte, hör a…
Na?
Gefällt es dir?
Knet
Hngh …
Nicht …!
So etwas ist doch …
Hff
Hff
O Herr …!
Batamm

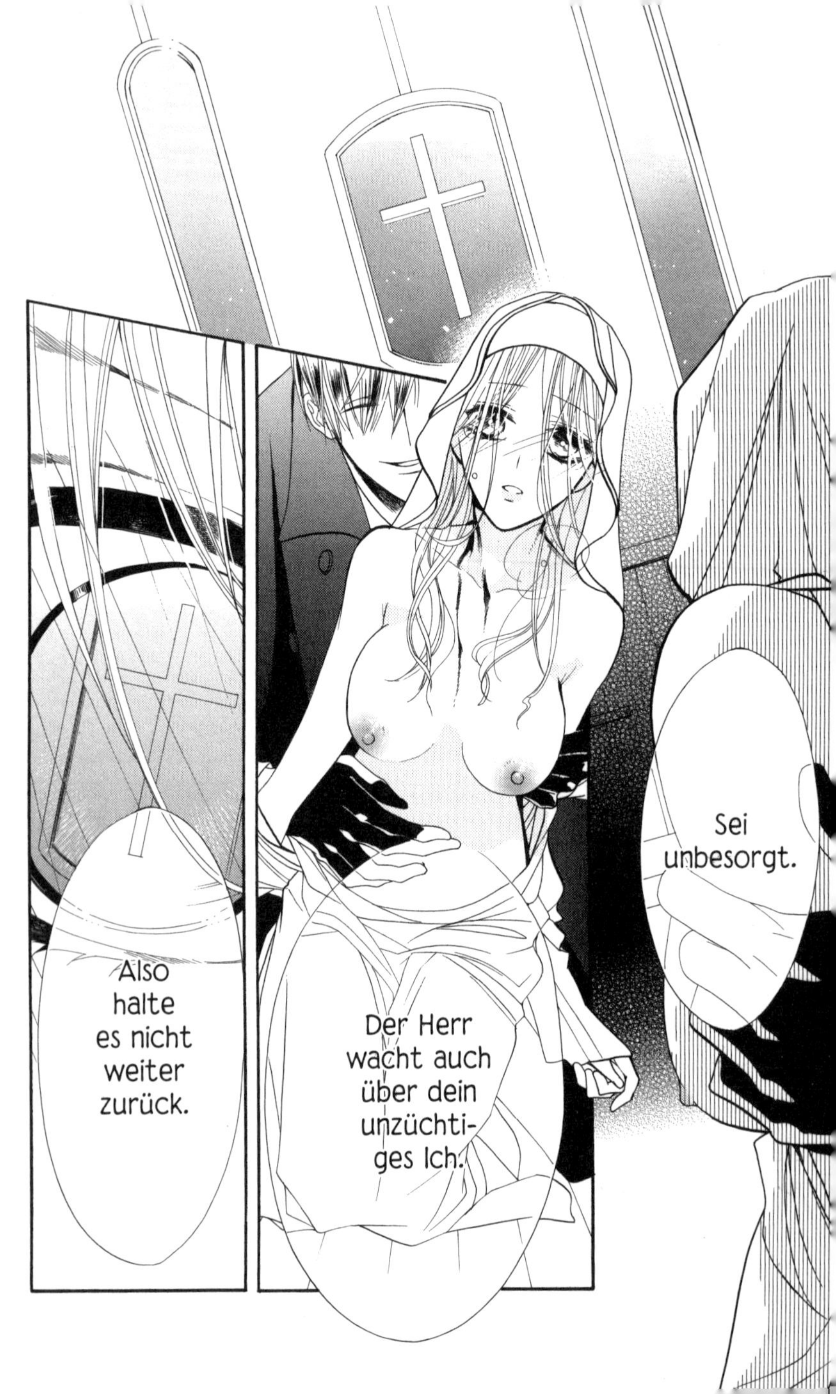
Sei unbesorgt.
Der Herr wacht auch über dein unzüchtiges Ich.
Also halte es nicht weiter zurück.

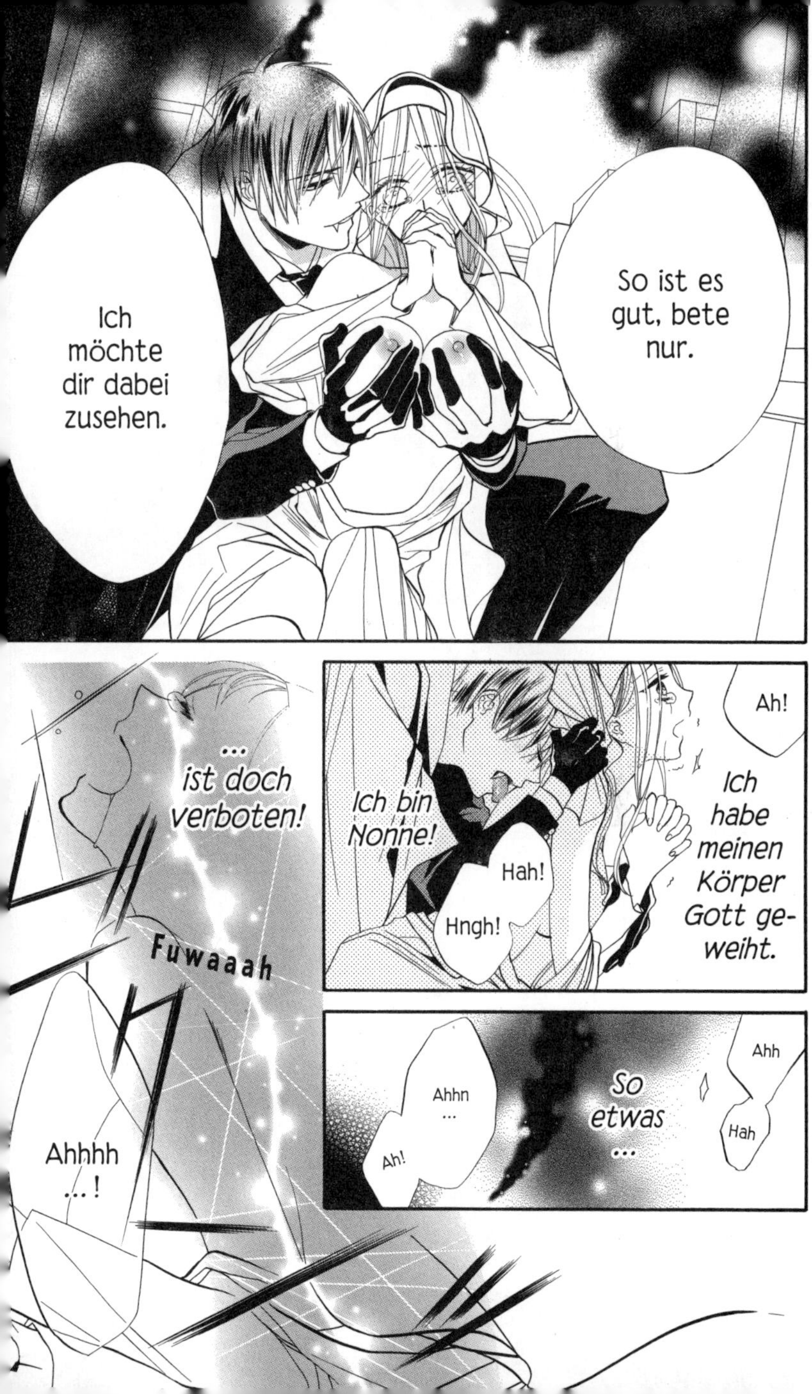

So ist es gut, bete nur.
Ich möchte dir dabei zusehen.
Ah!
Ich habe meinen Körper Gott geweiht.
Ich bin Nonne!
Hah!
Hngh!
Ahh
Hah
So etwas ...
Ahhn ...
Ah!
... ist doch verboten!
Fuwaaaah
Ahhhh ... !

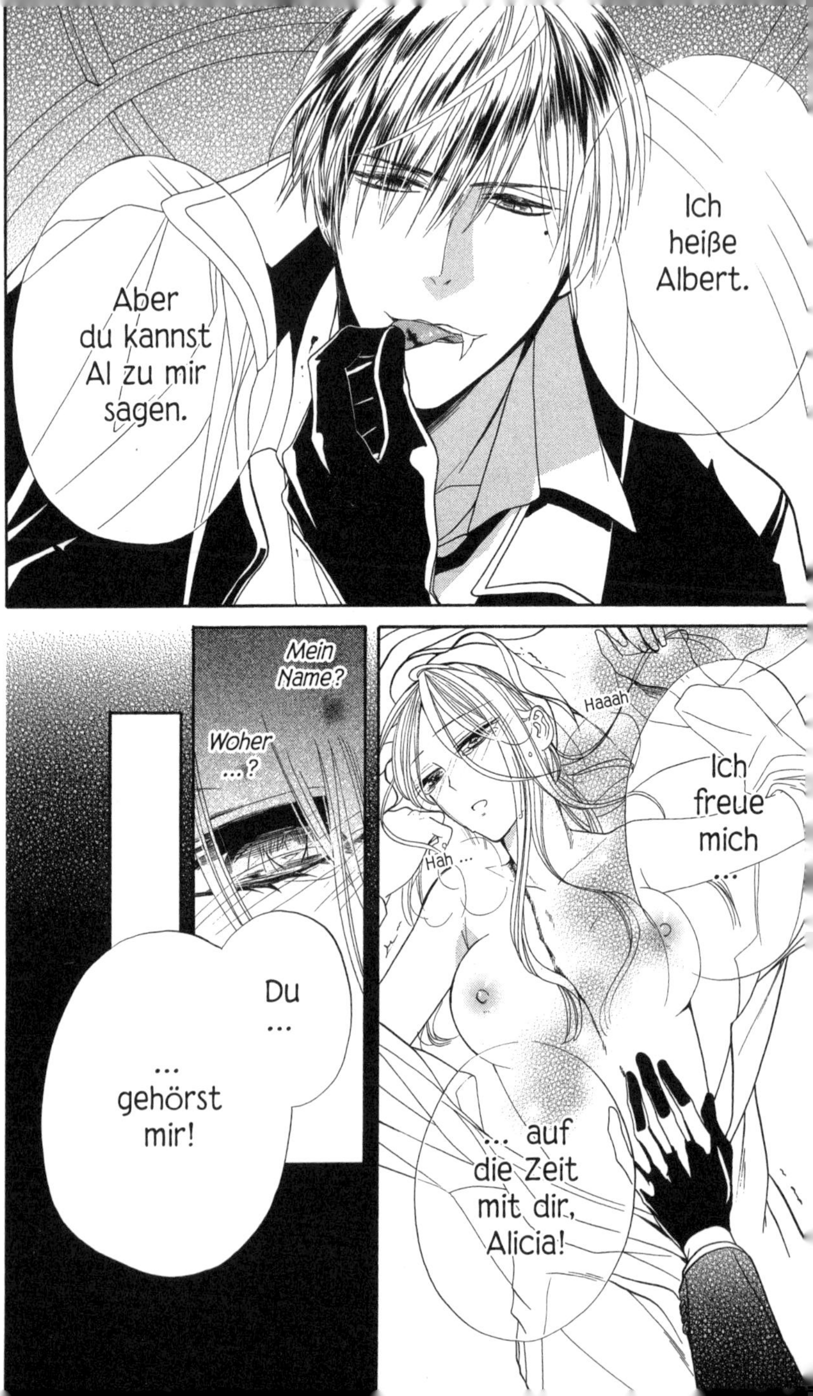
Ich heiße Albert.
Aber du kannst Al zu mir sagen.
Haaah
Ich freue mich …
… auf die Zeit mit dir, Alicia!
Hah …
Mein Name?
Woher …?
Du …
… gehörst mir!

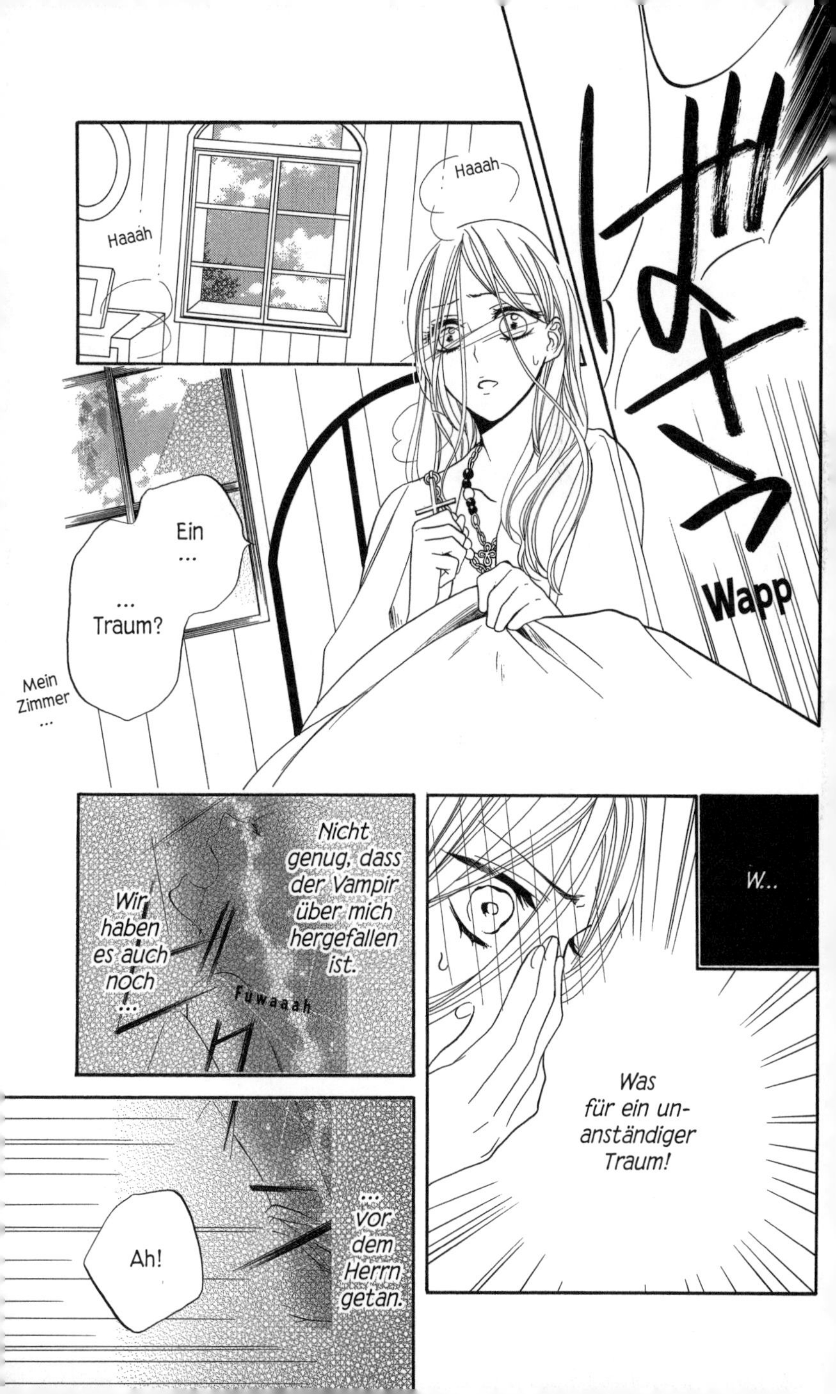

ばさっ
Wapp
Haaah
Haaah
Mein Zimmer ...
Ein ...
... Traum?
W...
Nicht genug, dass der Vampir über mich hergefallen ist.
Wir haben es auch noch ...
Fuwaaah
Was für ein unanständiger Traum!
... vor dem Herrn getan.
Ah!

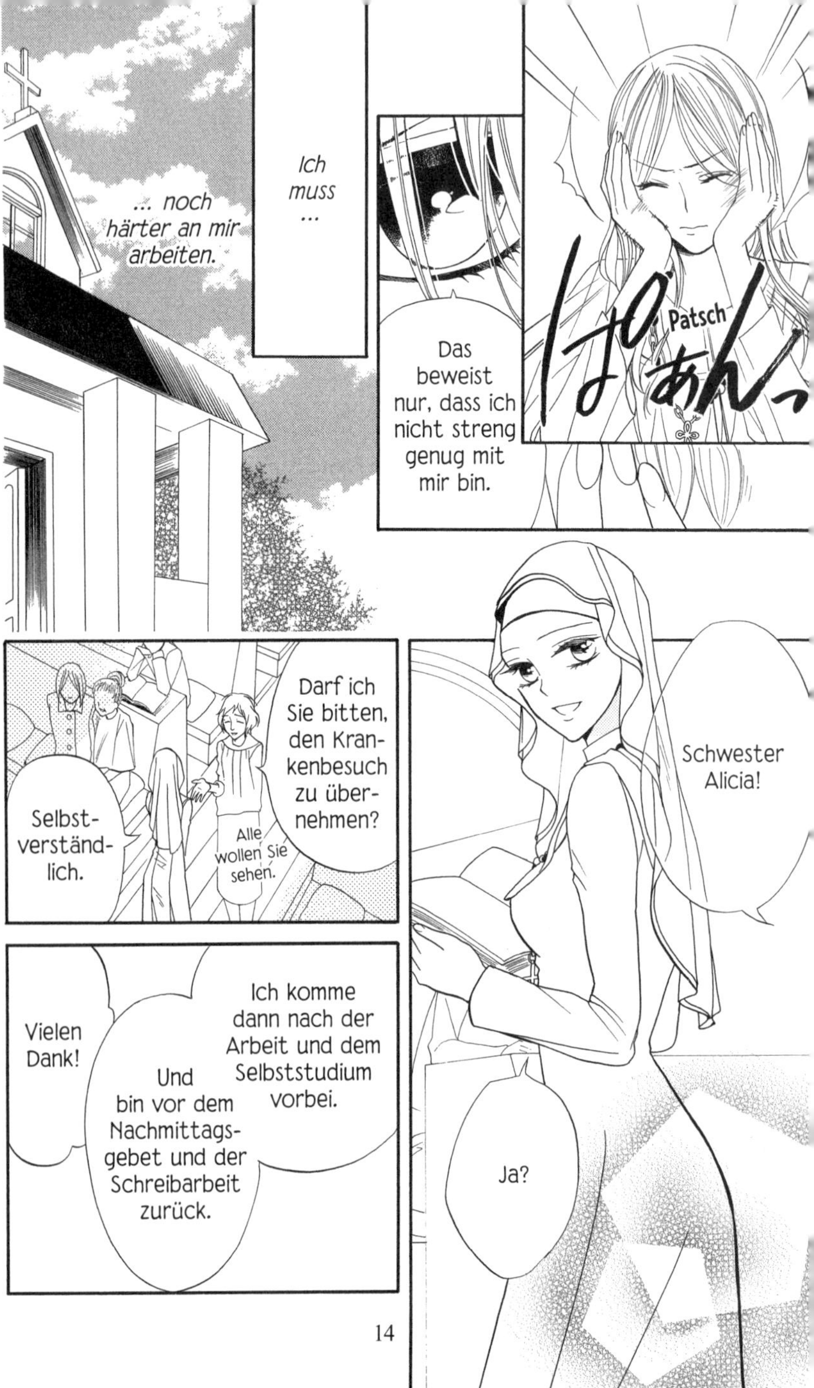
Patsch
Das beweist nur, dass ich nicht streng genug mit mir bin.
Ich muss ...
... noch härter an mir arbeiten.
Schwester Alicia!
Ja?
Darf ich Sie bitten, den Krankenbesuch zu übernehmen?
Alle wollen Sie sehen.
Selbstverständlich.
Ich komme dann nach der Arbeit und dem Selbststudium vorbei.
Und bin vor dem Nachmittagsgebet und der Schreibarbeit zurück.
Vielen Dank!

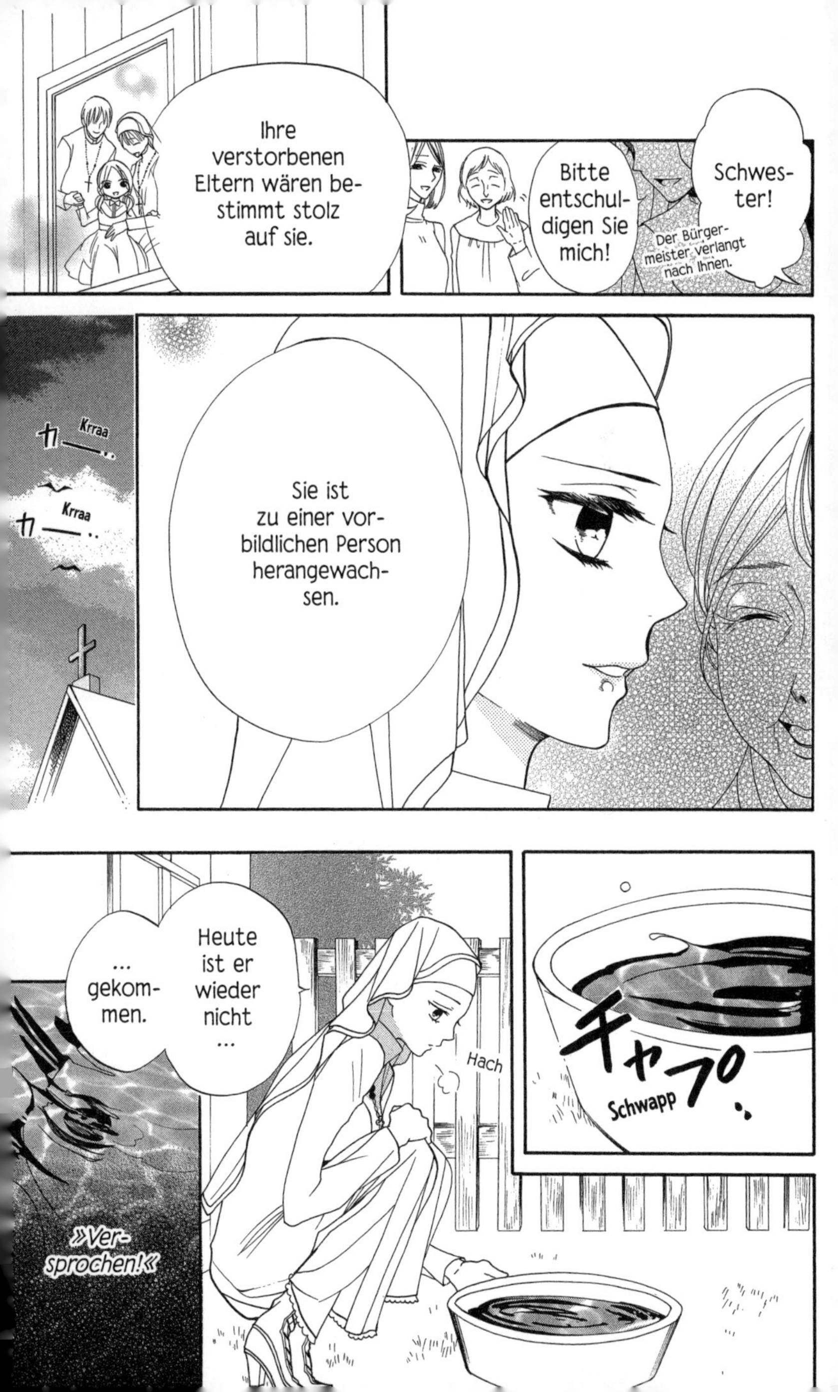
Schwester!
Der Bürgermeister verlangt nach Ihnen.
Bitte entschuldigen Sie mich!
Ihre verstorbenen Eltern wären bestimmt stolz auf sie.
Krraa
Krraa
Sie ist zu einer vorbildlichen Person herangewachsen.
Schwapp
Hach
Heute ist er wieder nicht ...
... gekommen.
»Versprochen!«

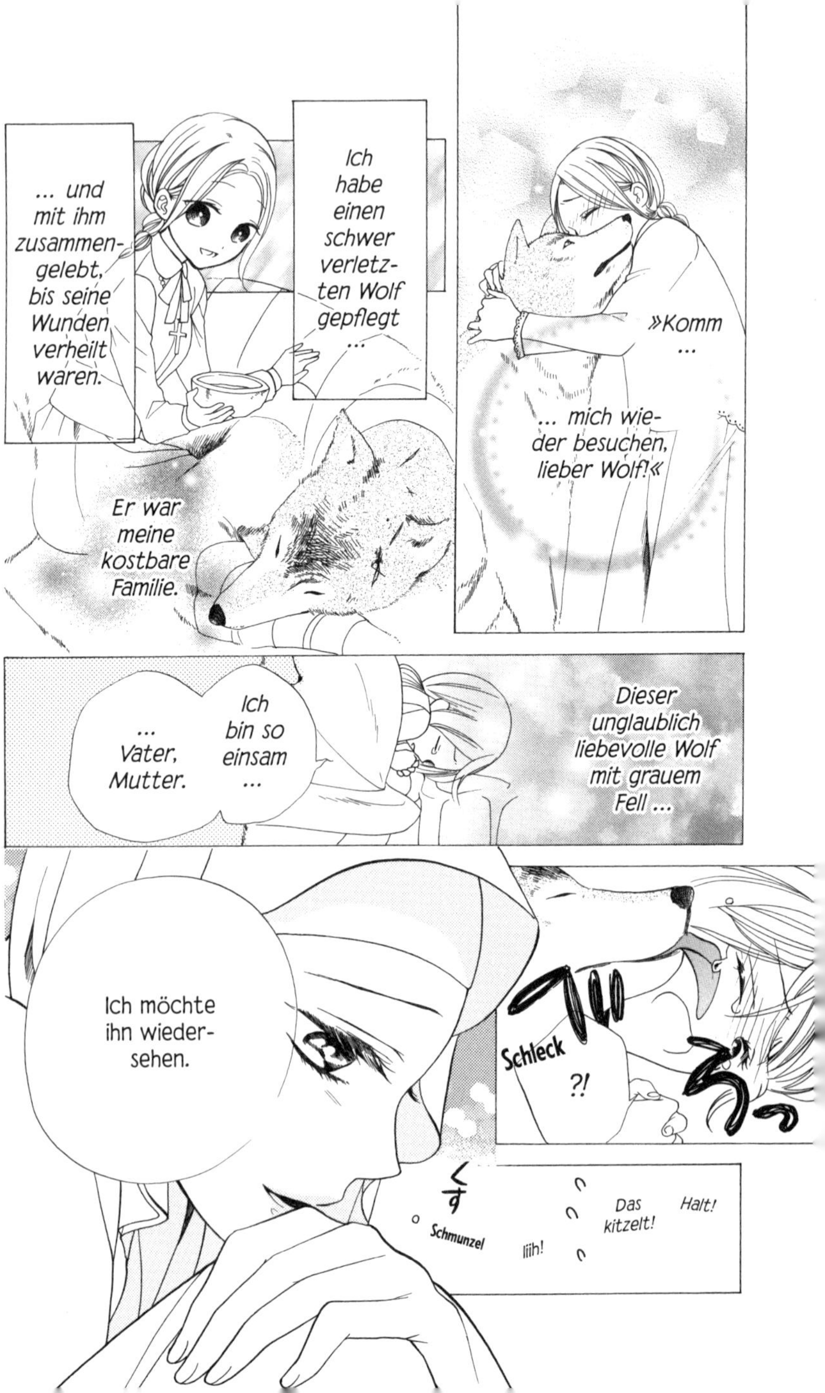

Ich habe einen schwer verletzten Wolf gepflegt ...
... und mit ihm zusammengelebt, bis seine Wunden verheilt waren.
Er war meine kostbare Familie.
»Komm ...
... mich wieder besuchen, lieber Wolf!«
Dieser unglaublich liebevolle Wolf mit grauem Fell ...
Ich bin so einsam ...
... Vater, Mutter.
Ich möchte ihn wiedersehen.
Schleck
?!
Halt!
Das kitzelt!
Iiih!
Schmunzel

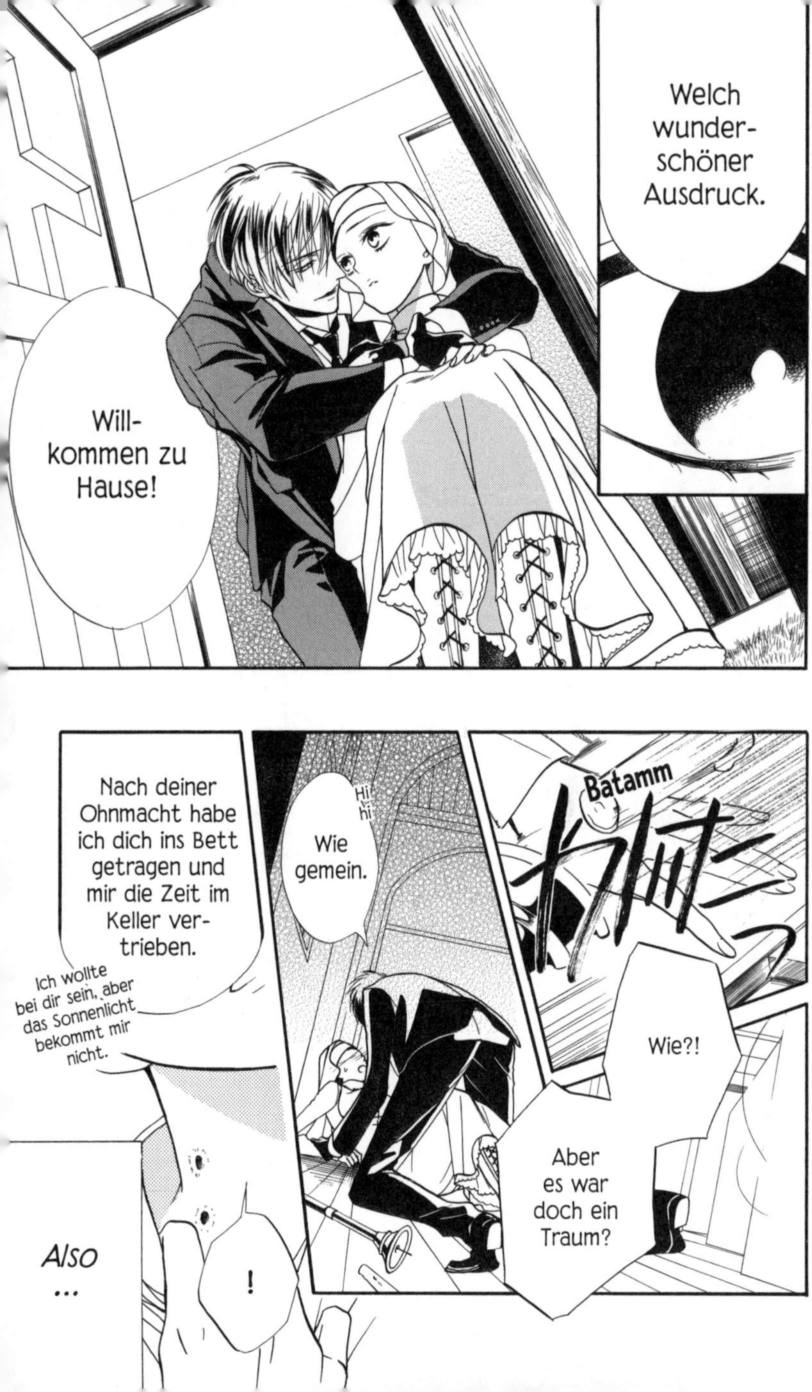
Welch wunderschöner Ausdruck.
Willkommen zu Hause!
Batamm
Wie?!
Aber es war doch ein Traum?
Hi hi
Wie gemein.
Nach deiner Ohnmacht habe ich dich ins Bett getragen und mir die Zeit im Keller vertrieben.
Ich wollte bei dir sein, aber das Sonnenlicht bekommt mir nicht.
!
Also ...

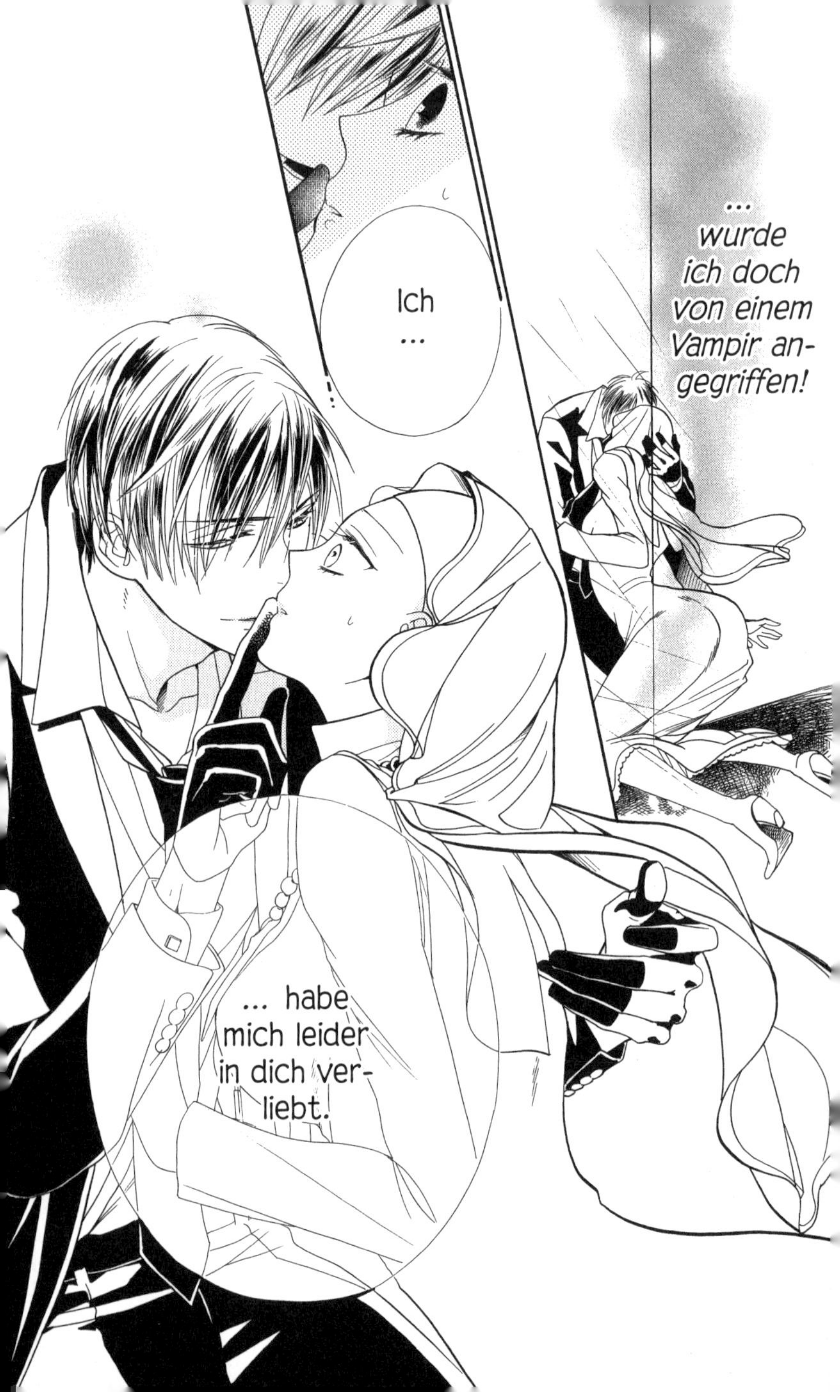
... wurde ich doch von einem Vampir angegriffen!
Ich ...
... habe mich leider in dich verliebt.

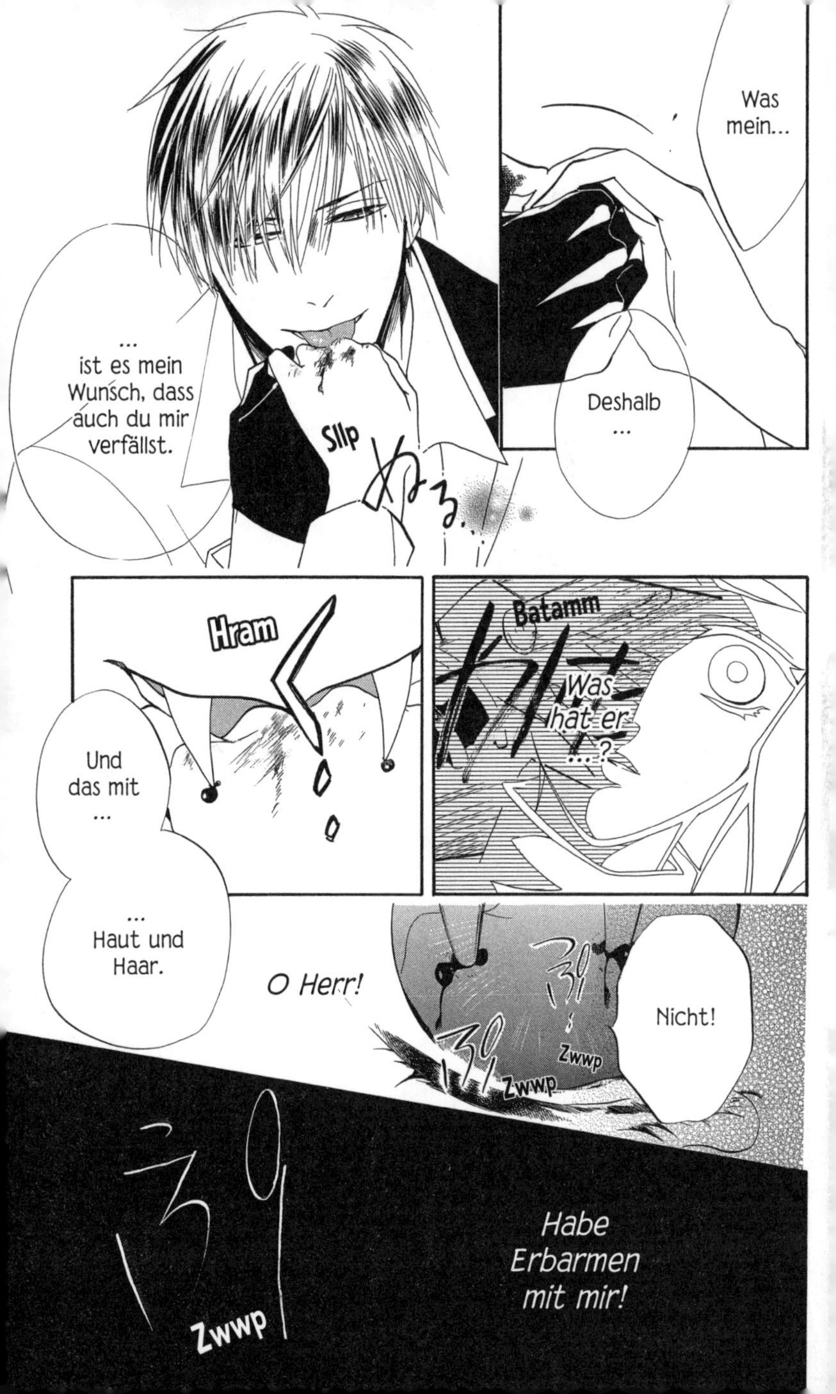

Was mein...
Deshalb ...
... ist es mein Wunsch, dass auch du mir verfällst.
Sllp
Batamm
Was hat er ...?
Hram
Und das mit ...
... Haut und Haar.
Nicht!
Zwwp
Zwwp
O Herr!
Habe Erbarmen mit mir!
Zwwp

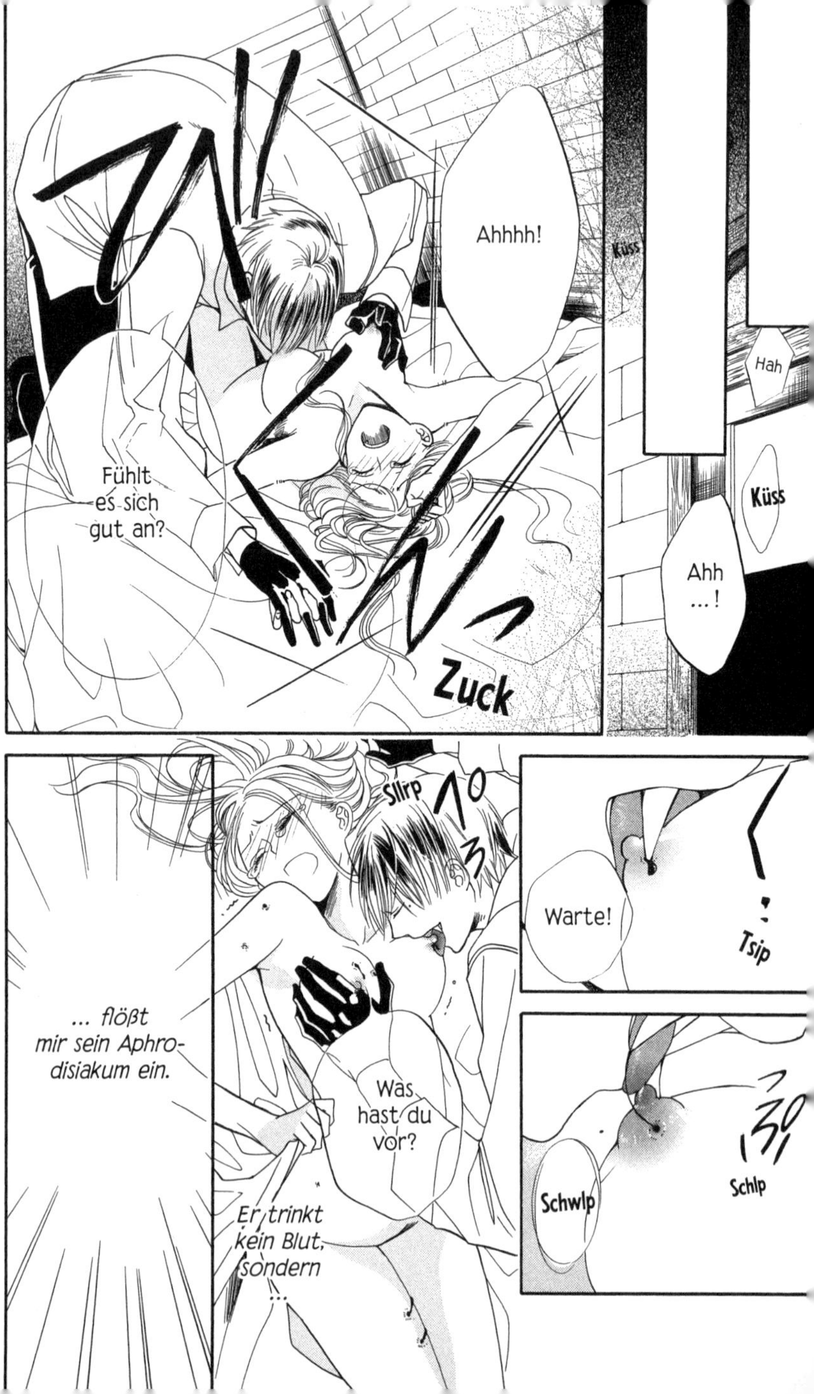
Küss
Hah
Küss
Ahh ...!
Ahhhh!
Fühlt es sich gut an?
Zuck
Warte!
Tsip
Schlp
Schwlp
Slirp
Was hast du vor?
Er trinkt kein Blut, sondern ...
... flößt mir sein Aphrodisiakum ein.

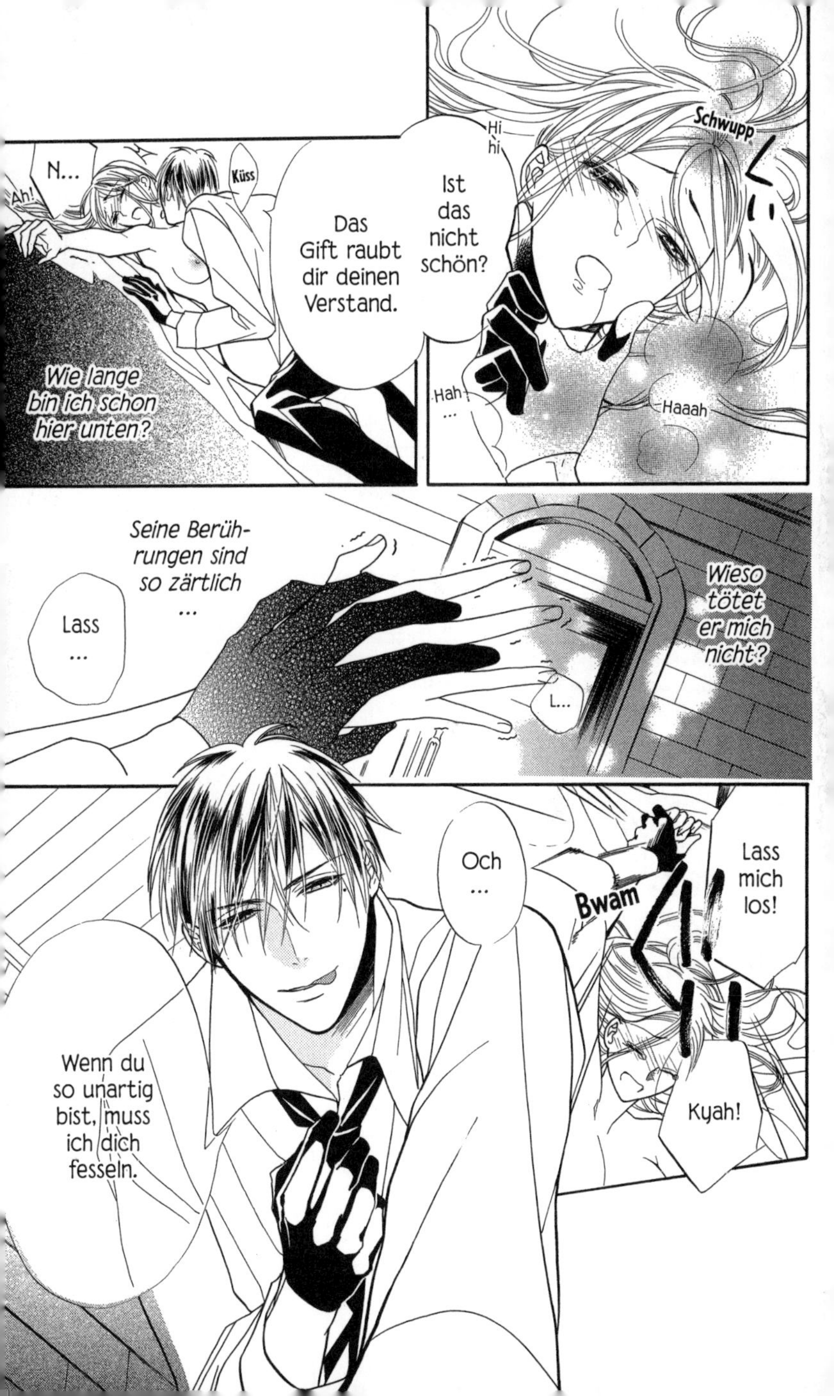
Schwupp
Hi hi
Ist das nicht schön?
Haaah
Hah ...
Das Gift raubt dir deinen Verstand.
Küss
N...
Ah!
Wie lange bin ich schon hier unten?
Wieso tötet er mich nicht?
L...
Seine Berührungen sind so zärtlich ...
Lass ...
Lass mich los!
Bwam
Kyah!
Och ...
Wenn du so unartig bist, muss ich dich fesseln.

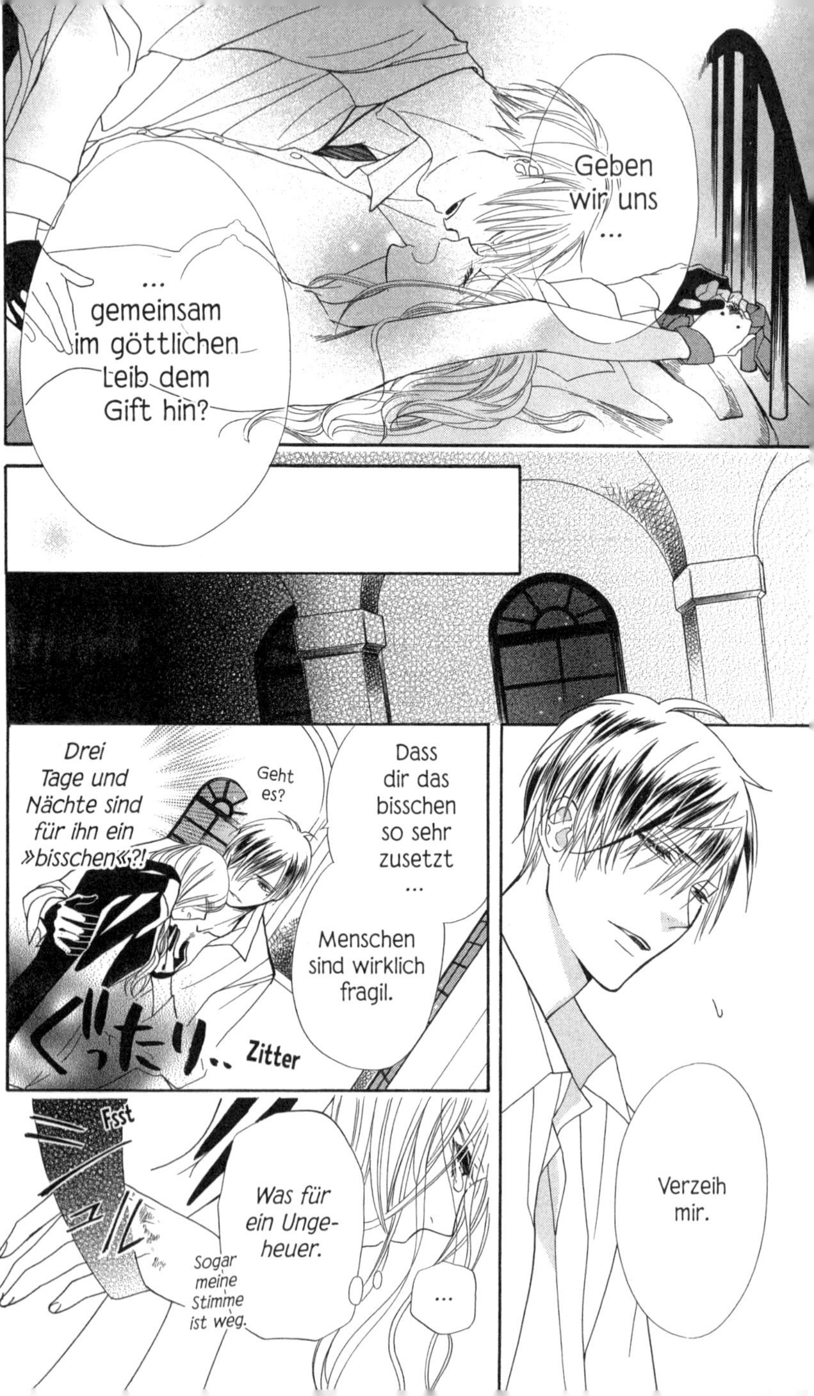
Geben wir uns ...
... gemeinsam im göttlichen Leib dem Gift hin?
Verzeih mir.
Dass dir das bisschen so sehr zusetzt ...
Menschen sind wirklich fragil.
Geht es?
Drei Tage und Nächte sind für ihn ein »bisschen«?!
ぐったり..
Zitter
Fsst
...
Was für ein Ungeheuer.
Sogar meine Stimme ist weg.

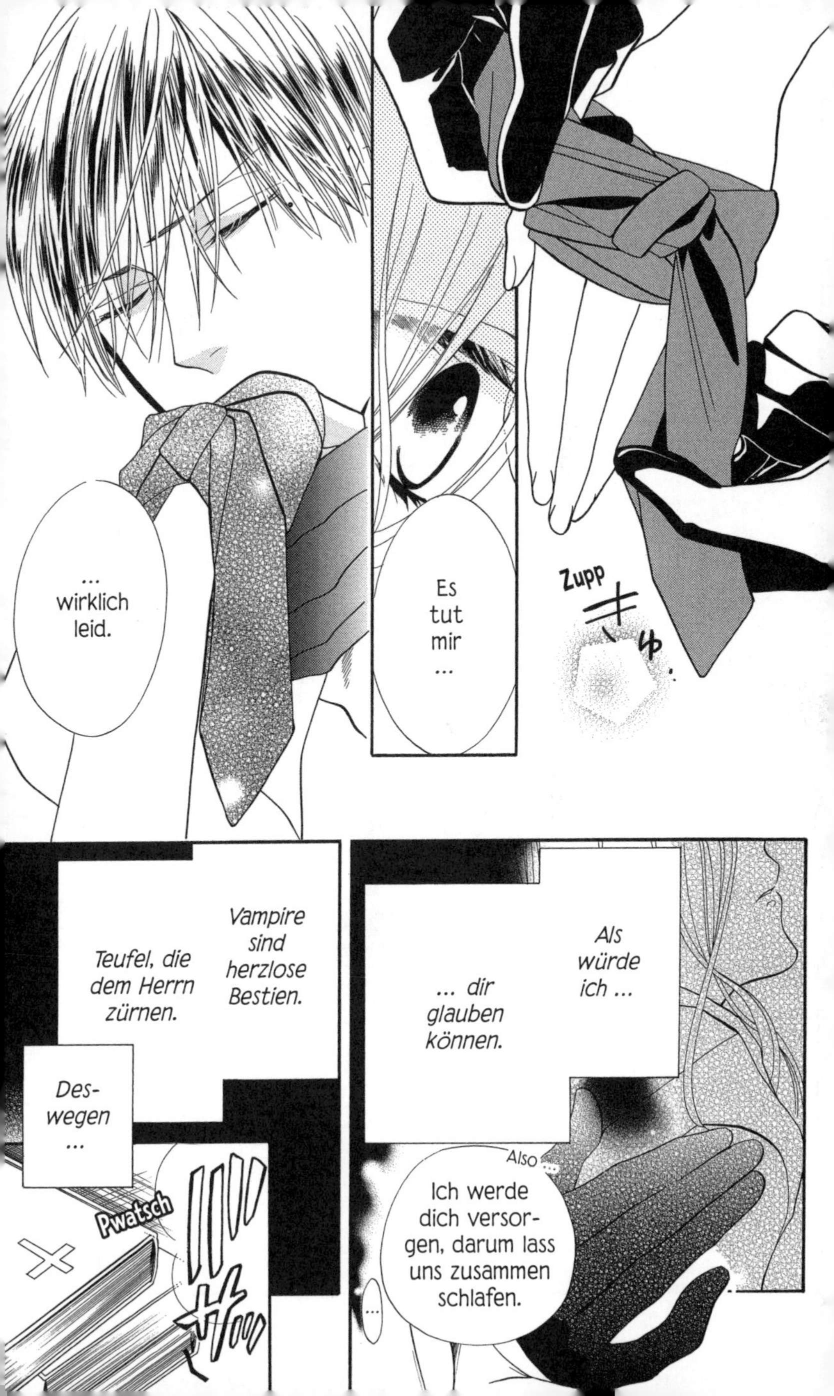

Zupp
Es tut mir …
… wirklich leid.
Als würde ich …
… dir glauben können.
Also …
Ich werde dich versorgen, darum lass uns zusammen schlafen.
…
Vampire sind herzlose Bestien.
Teufel, die dem Herrn zürnen.
Deswegen …
Pwatsch

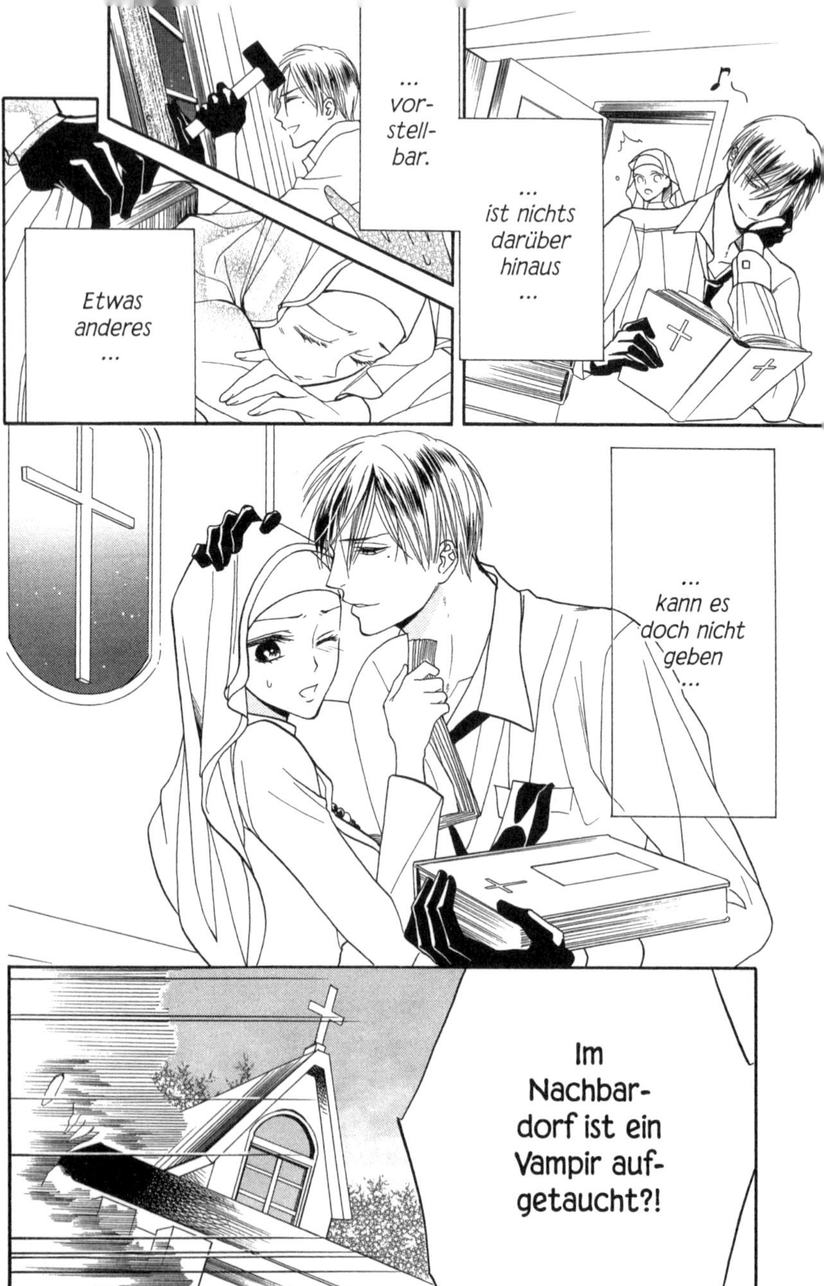
... ist nichts darüber hinaus ...
... vor-stell-bar.
Etwas anderes ...
... kann es doch nicht geben ...
Im Nachbar-dorf ist ein Vampir auf-getaucht?!

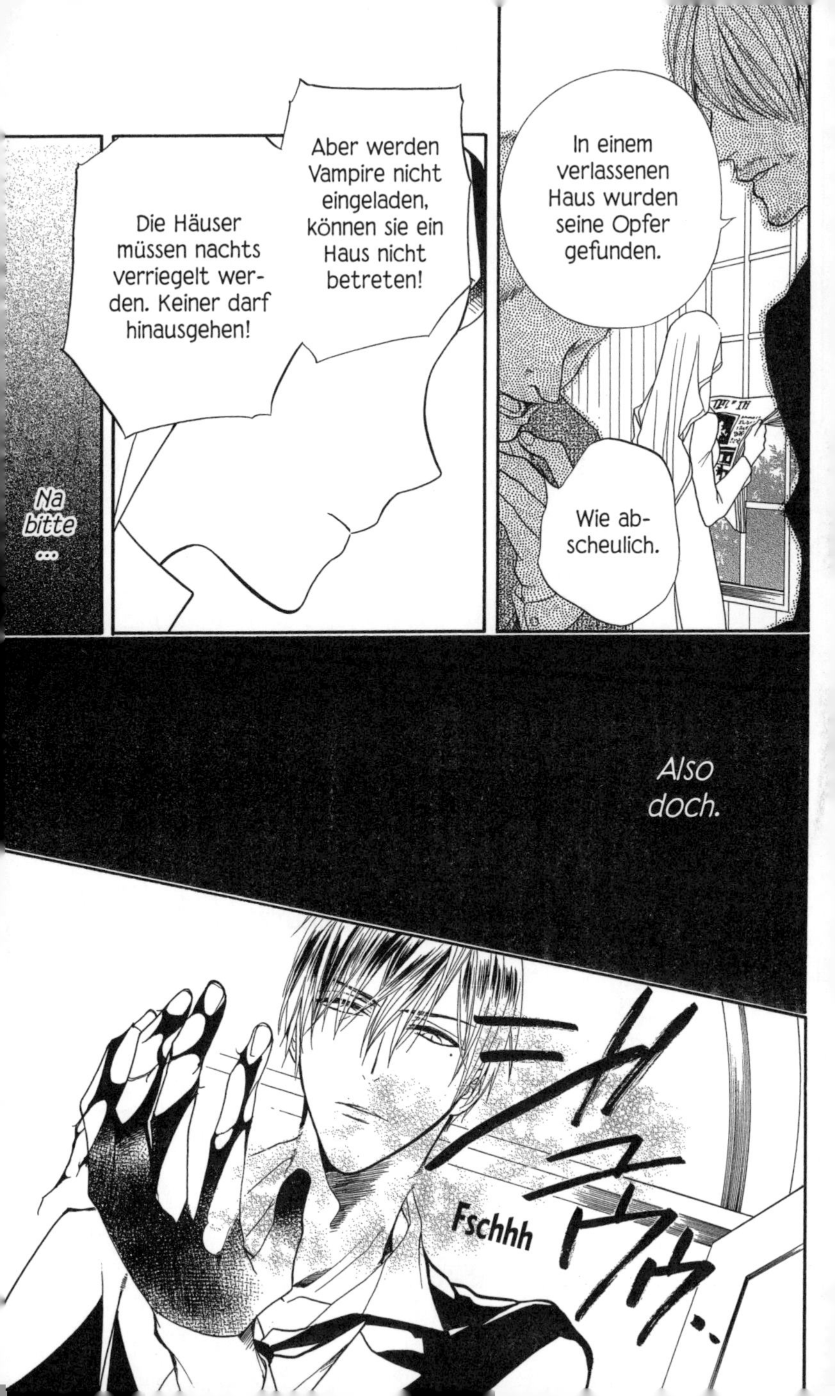
In einem verlassenen Haus wurden seine Opfer gefunden.
Wie ab-scheulich.
Aber werden Vampire nicht eingeladen, können sie ein Haus nicht betreten!
Die Häuser müssen nachts verriegelt wer-den. Keiner darf hinausgehen!
Na bitte ...
Also doch.
Fschhh

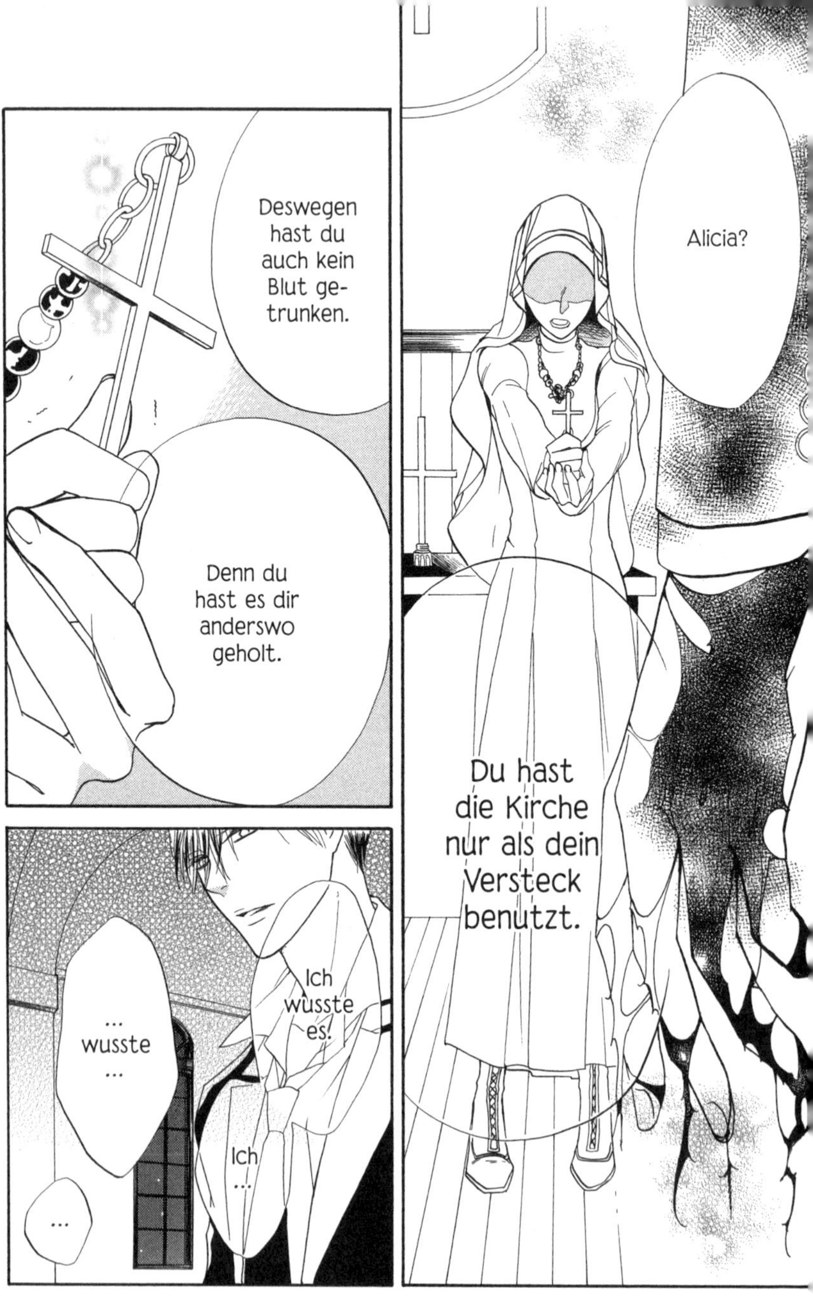
Alicia?
Du hast die Kirche nur als dein Versteck benutzt.
Deswegen hast du auch kein Blut getrunken.
Denn du hast es dir anderswo geholt.
Ich wusste es.
Ich ...
... wusste ...
...

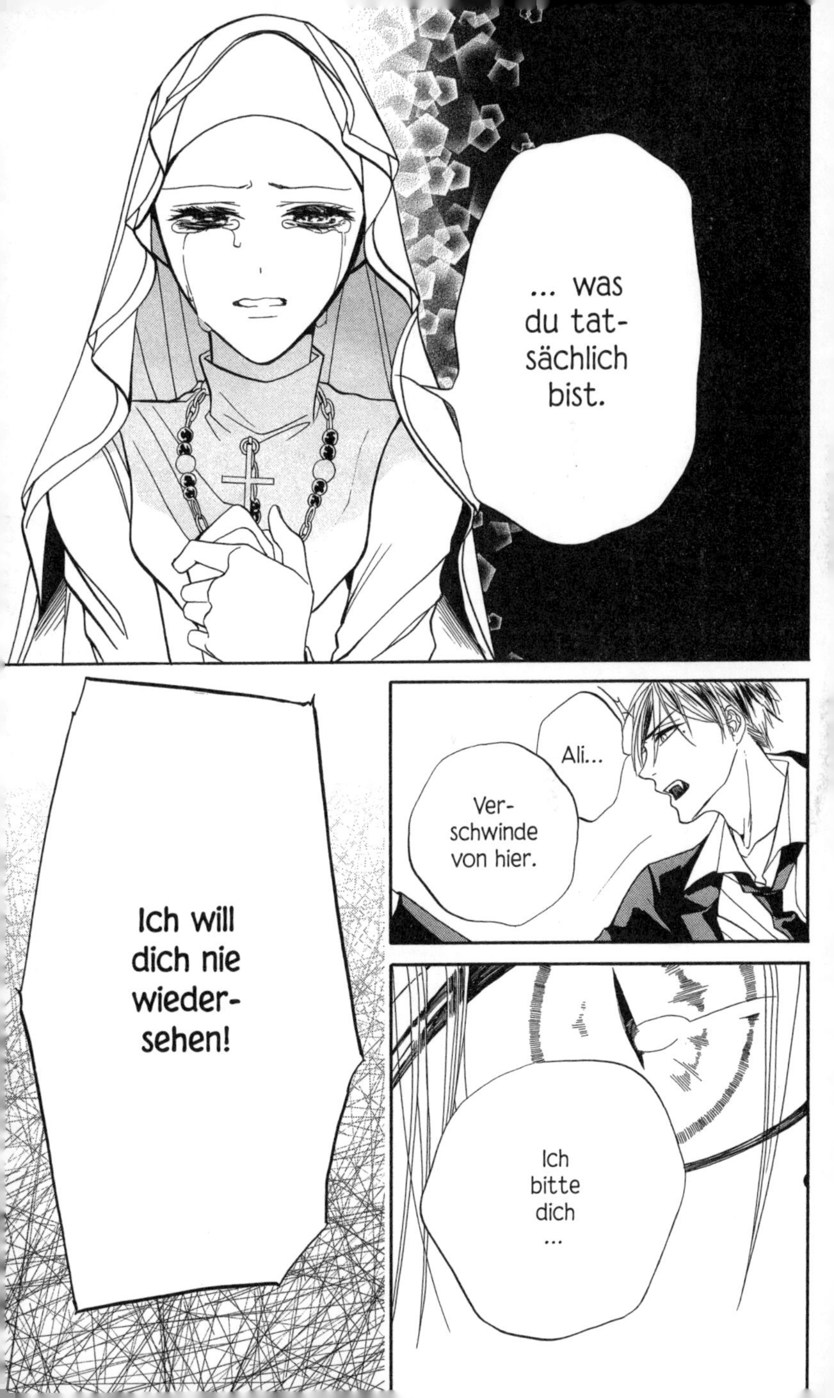
... was du tatsächlich bist.
Ali...
Verschwinde von hier.
Ich bitte dich ...
Ich will dich nie wiedersehen!

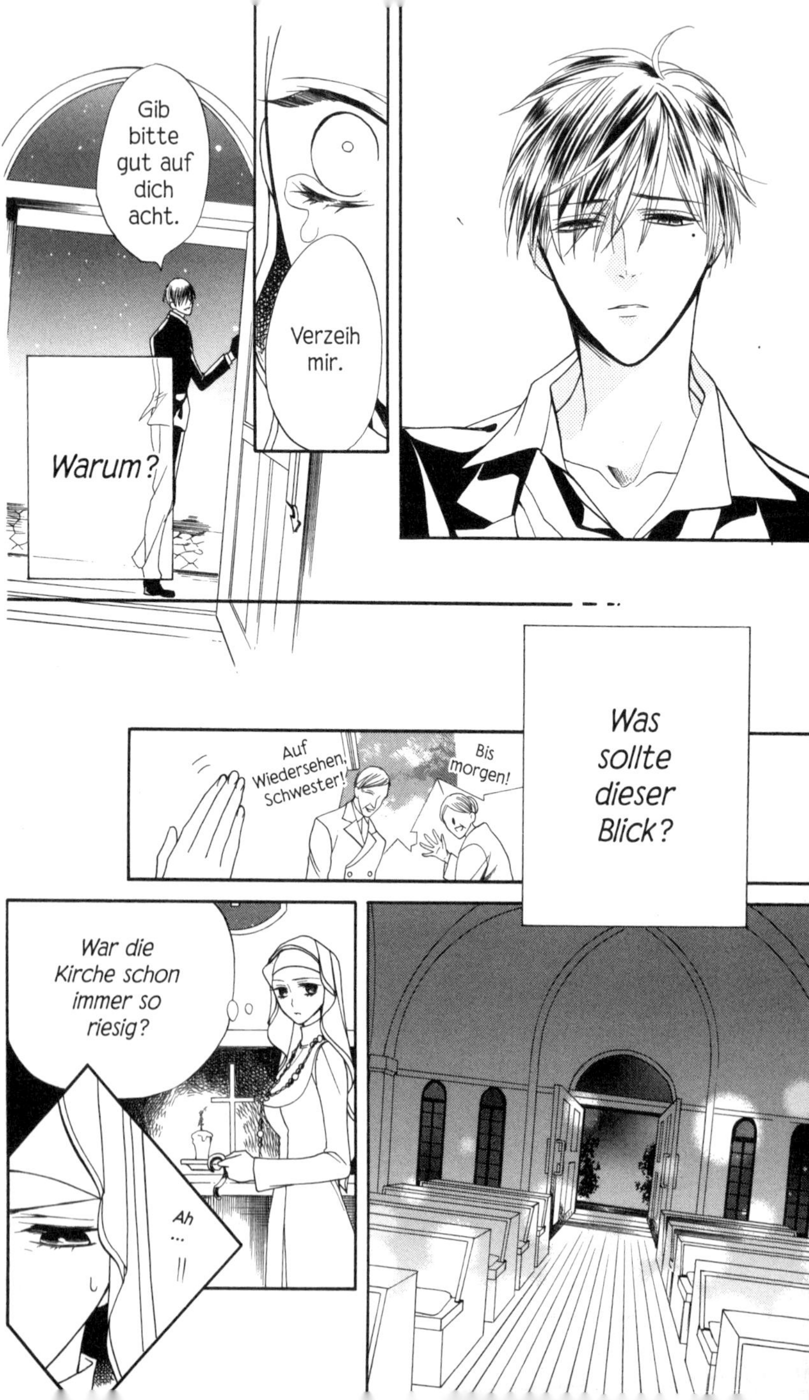
Verzeih mir.
Gib bitte gut auf dich acht.
Warum?
Was sollte dieser Blick?
Bis morgen!
Auf Wiedersehen, Schwester!
War die Kirche schon immer so riesig?
Ah ...
!!

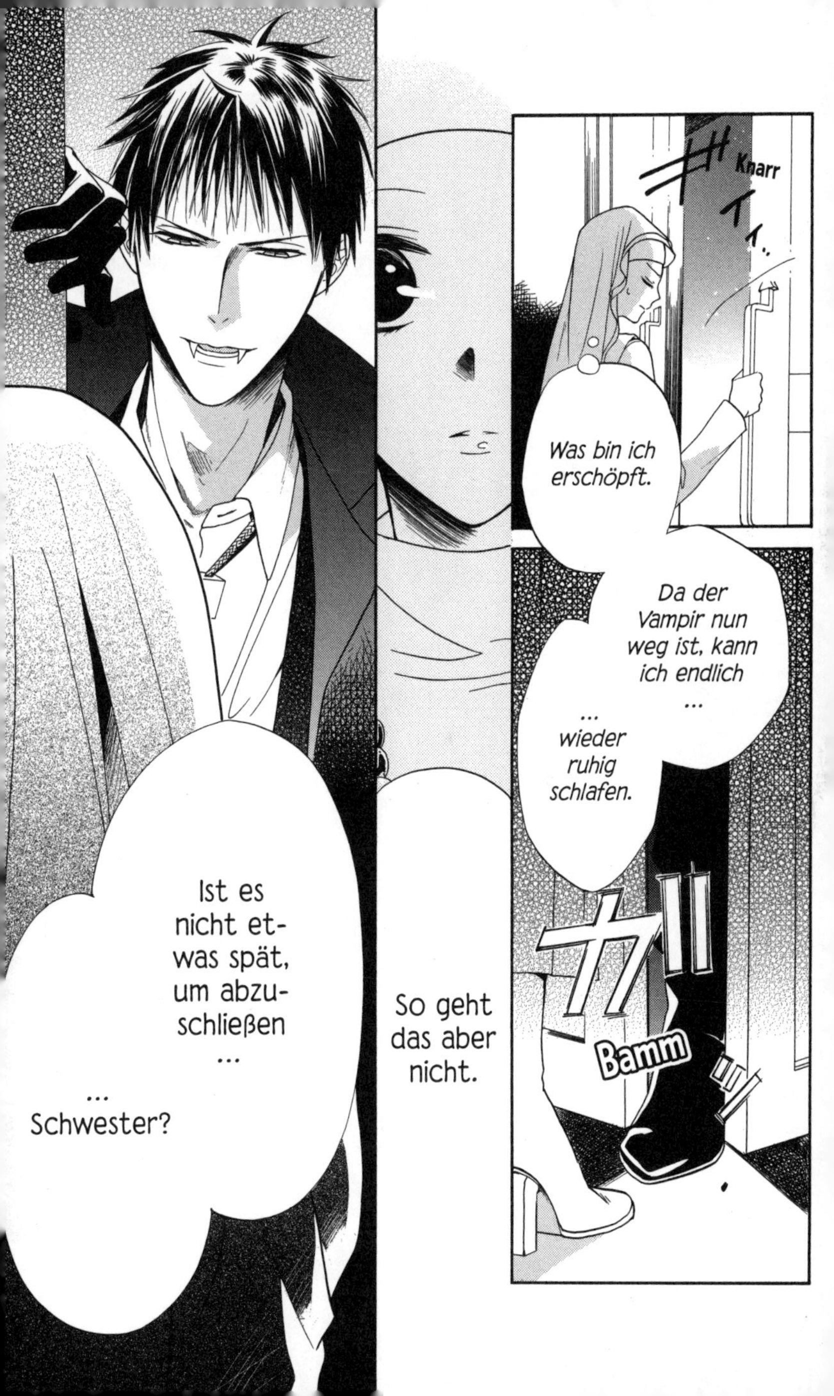
Knarr
Was bin ich erschöpft.
Da der Vampir nun weg ist, kann ich endlich ...
... wieder ruhig schlafen.
Bamm
So geht das aber nicht.
Ist es nicht etwas spät, um abzuschließen ...
... Schwester?

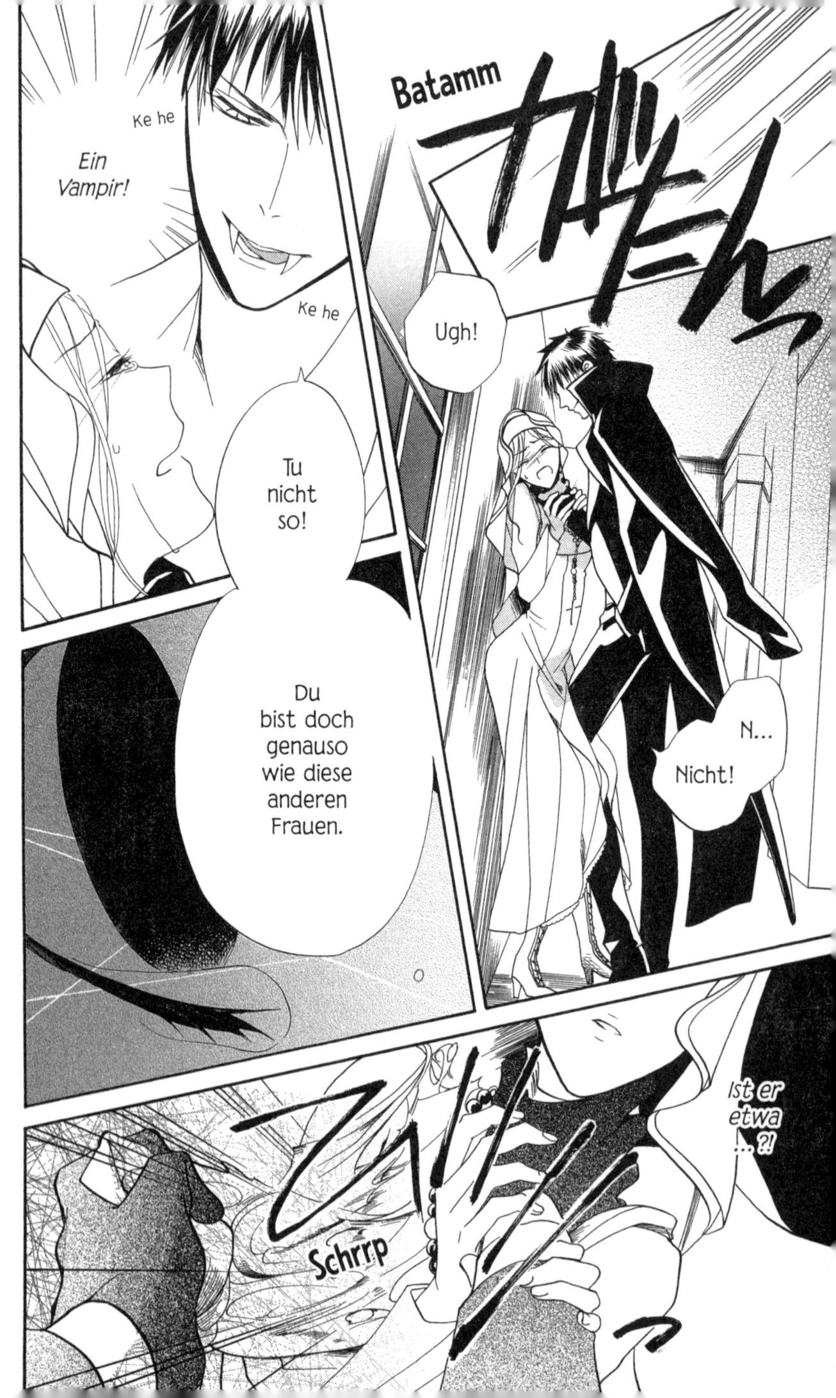

Batamm
Ugh!
N... Nicht!
Ke he
Ein Vampir!
Ke he
Tu nicht so!
Du bist doch genauso wie diese anderen Frauen.
Ist er etwa ...?!
Schrrp

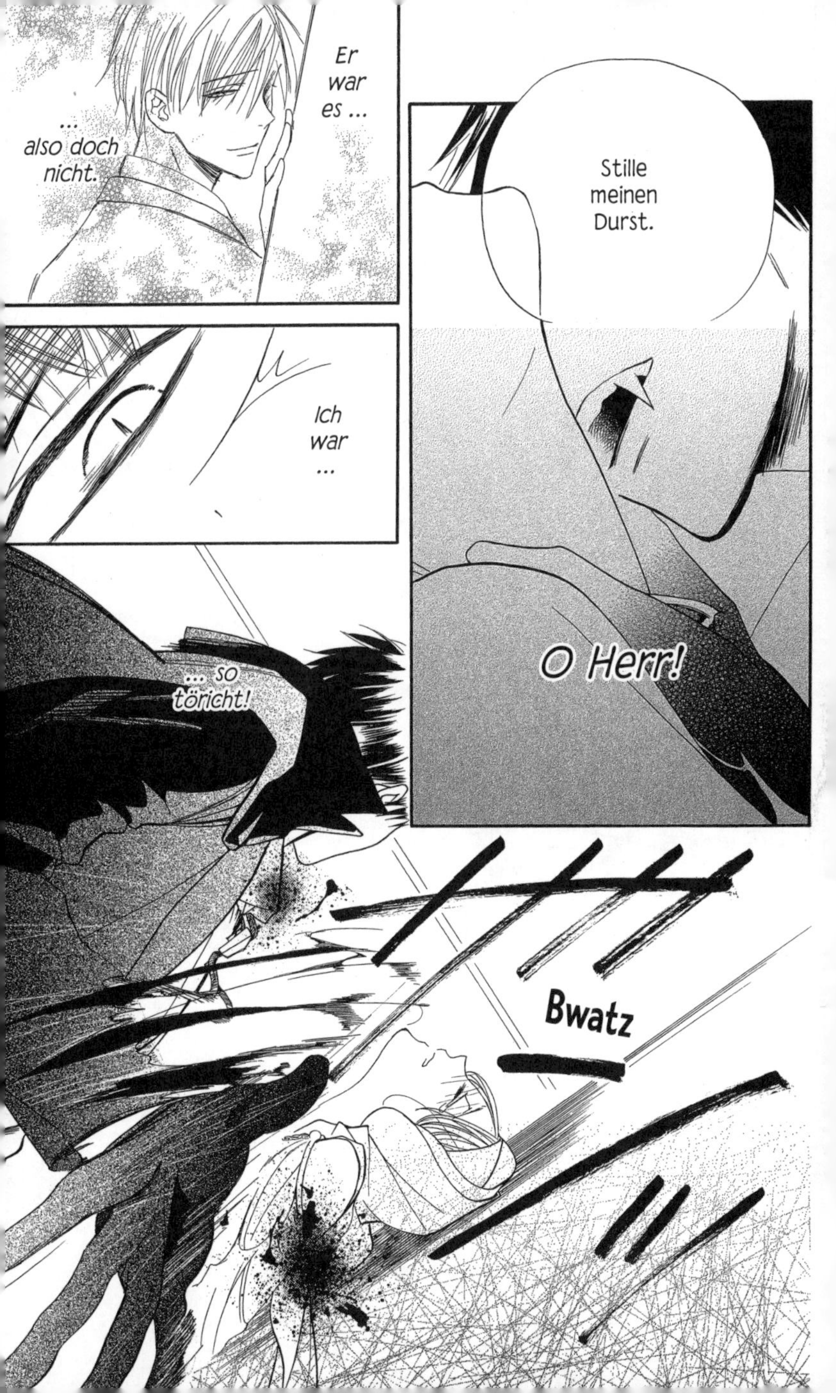
Er war es ...
... also doch nicht.
Stille meinen Durst.
Ich war ...
O Herr!
... so töricht!
Bwatz

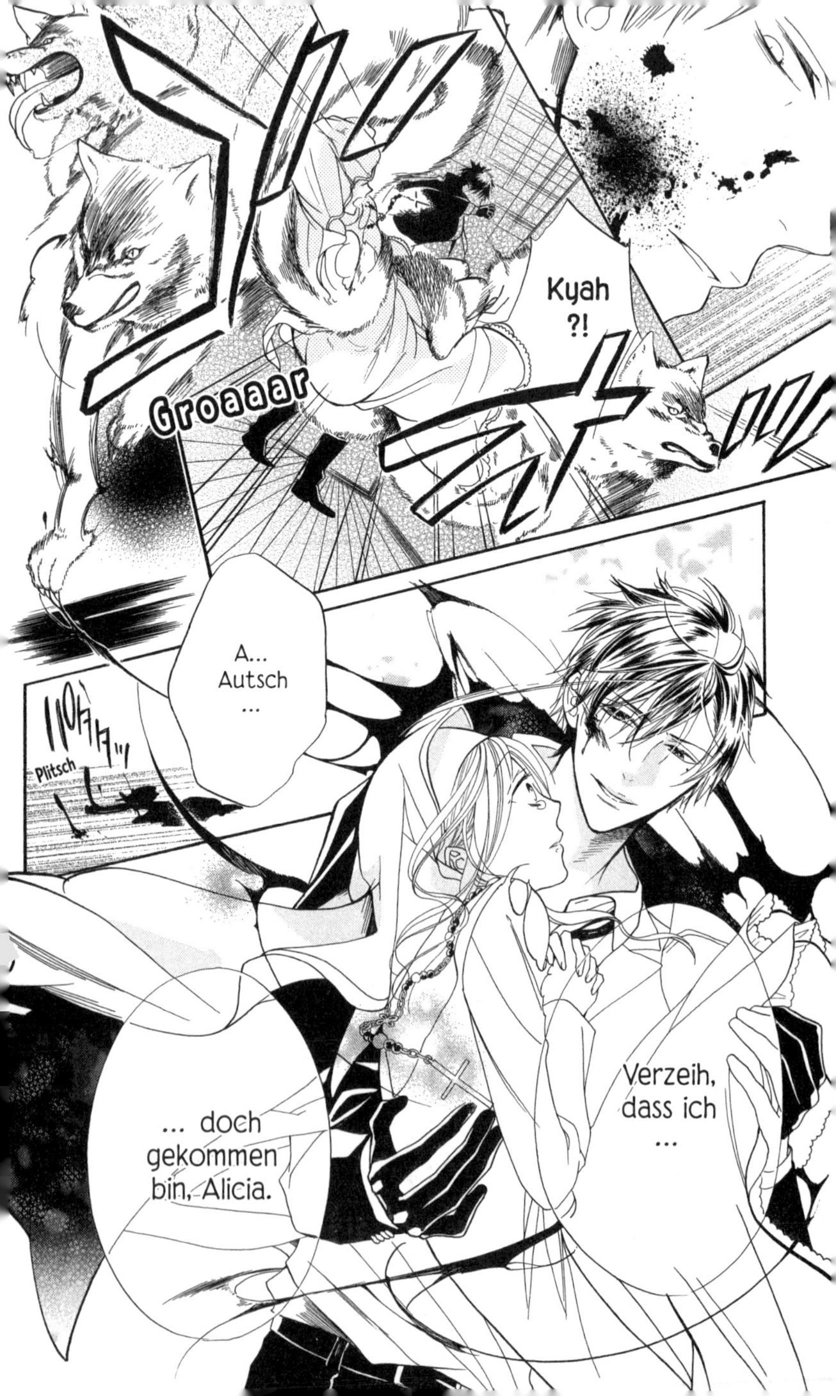
Kyah ?!
Groaaar
A... Autsch ...
Plitsch
Verzeih, dass ich ...
... doch gekommen bin, Alicia.

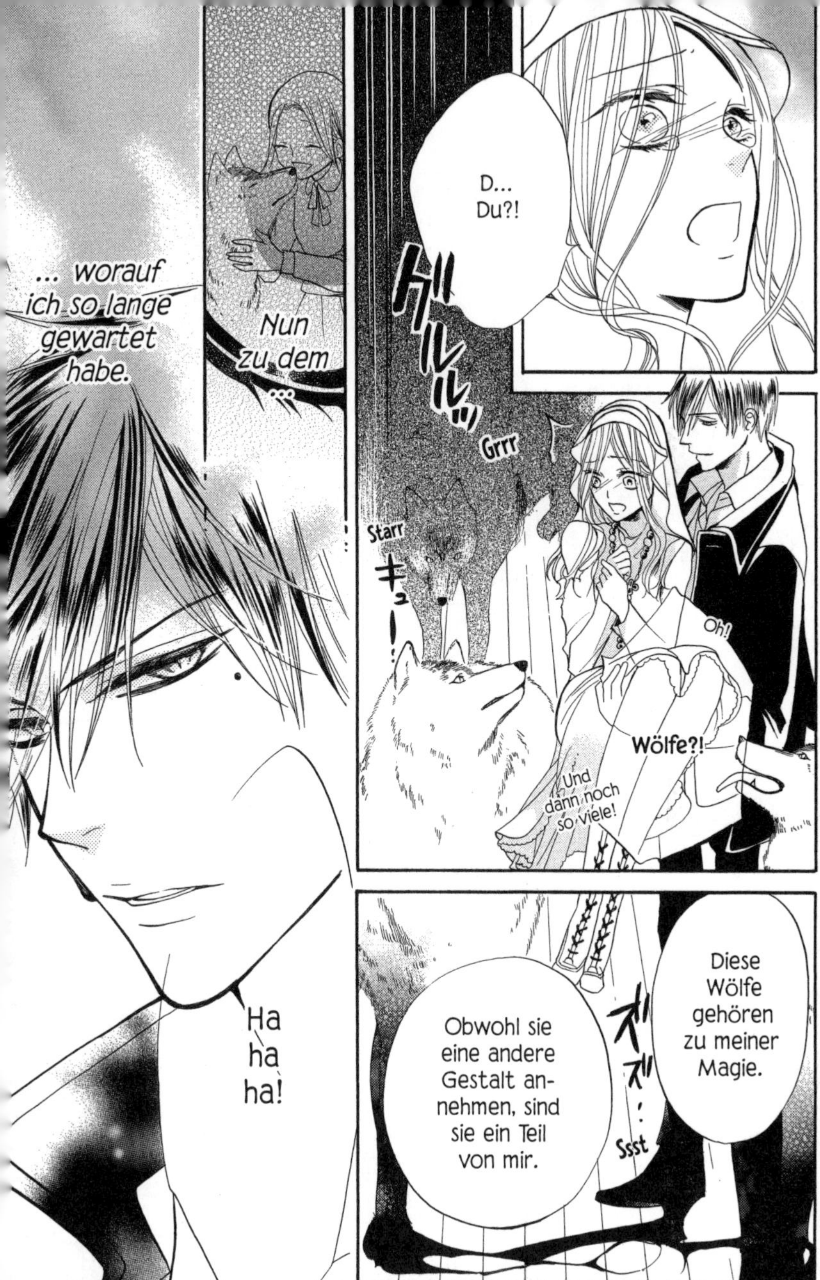
D... Du?!
Grrr
Starr
Wölfe?!
Oh!
Und dann noch so viele!
Diese Wölfe gehören zu meiner Magie.
Ssst
Obwohl sie eine andere Gestalt annehmen, sind sie ein Teil von mir.
Nun zu dem ...
... worauf ich so lange gewartet habe.
Ha ha ha!

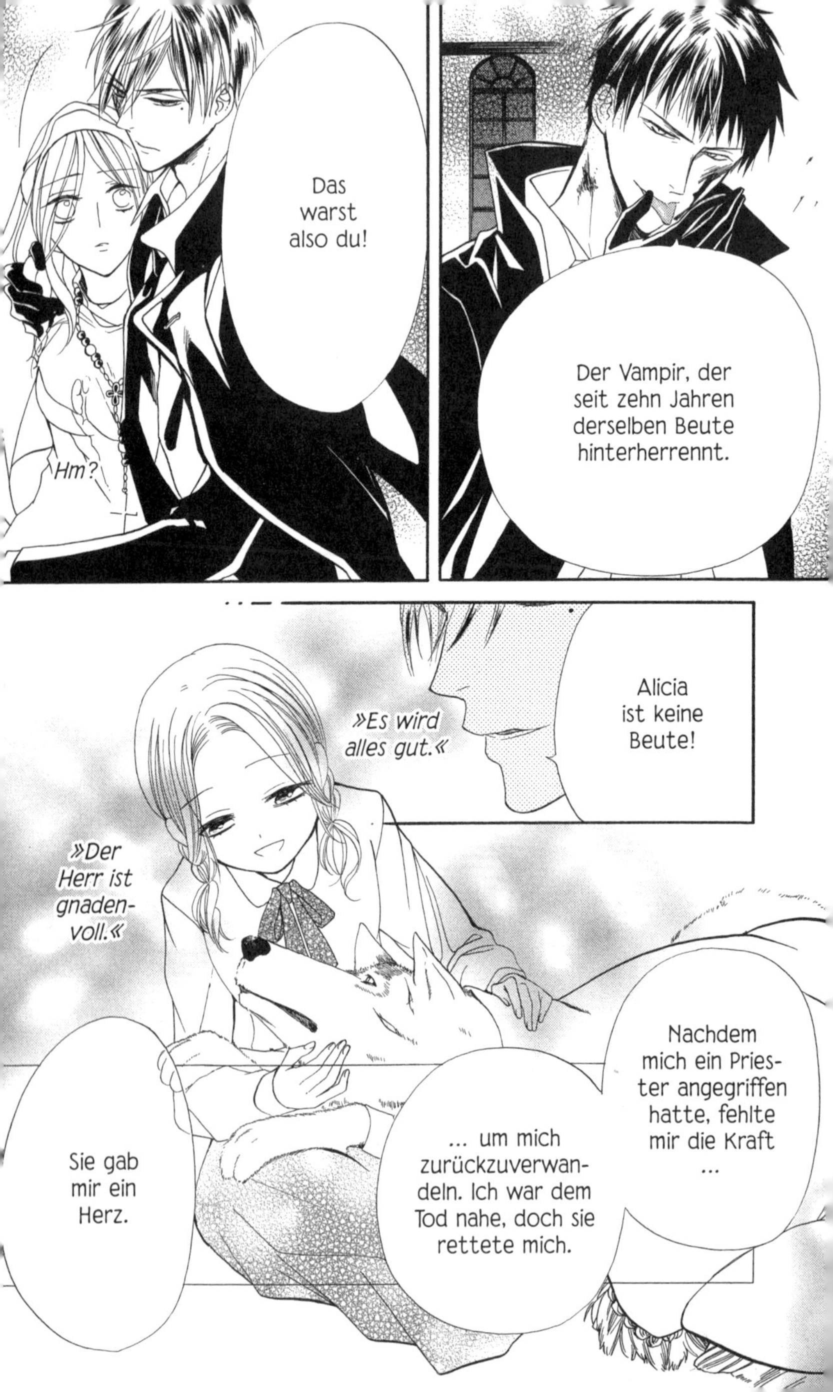
Das warst also du!
Hm?
Der Vampir, der seit zehn Jahren derselben Beute hinterherrennt.
Alicia ist keine Beute!
»Es wird alles gut.«
»Der Herr ist gnaden-voll.«
Sie gab mir ein Herz.
... um mich zurückzuverwan-deln. Ich war dem Tod nahe, doch sie rettete mich.
Nachdem mich ein Pries-ter angegriffen hatte, fehlte mir die Kraft ...

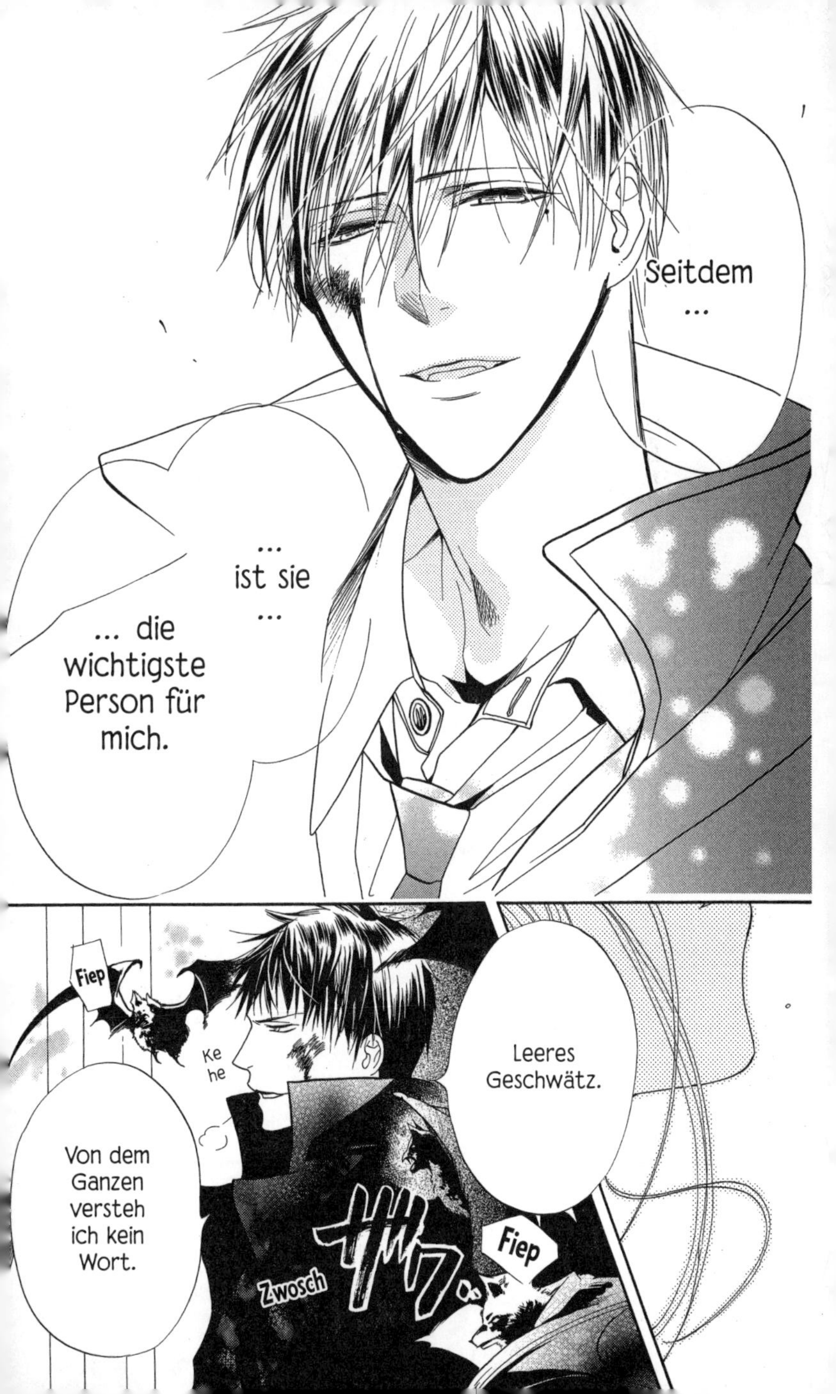
Seitdem …
… ist sie …
… die wichtigste Person für mich.
Leeres Geschwätz.
Fiep
Ke he
Von dem Ganzen versteh ich kein Wort.
Fiep
Zwosch

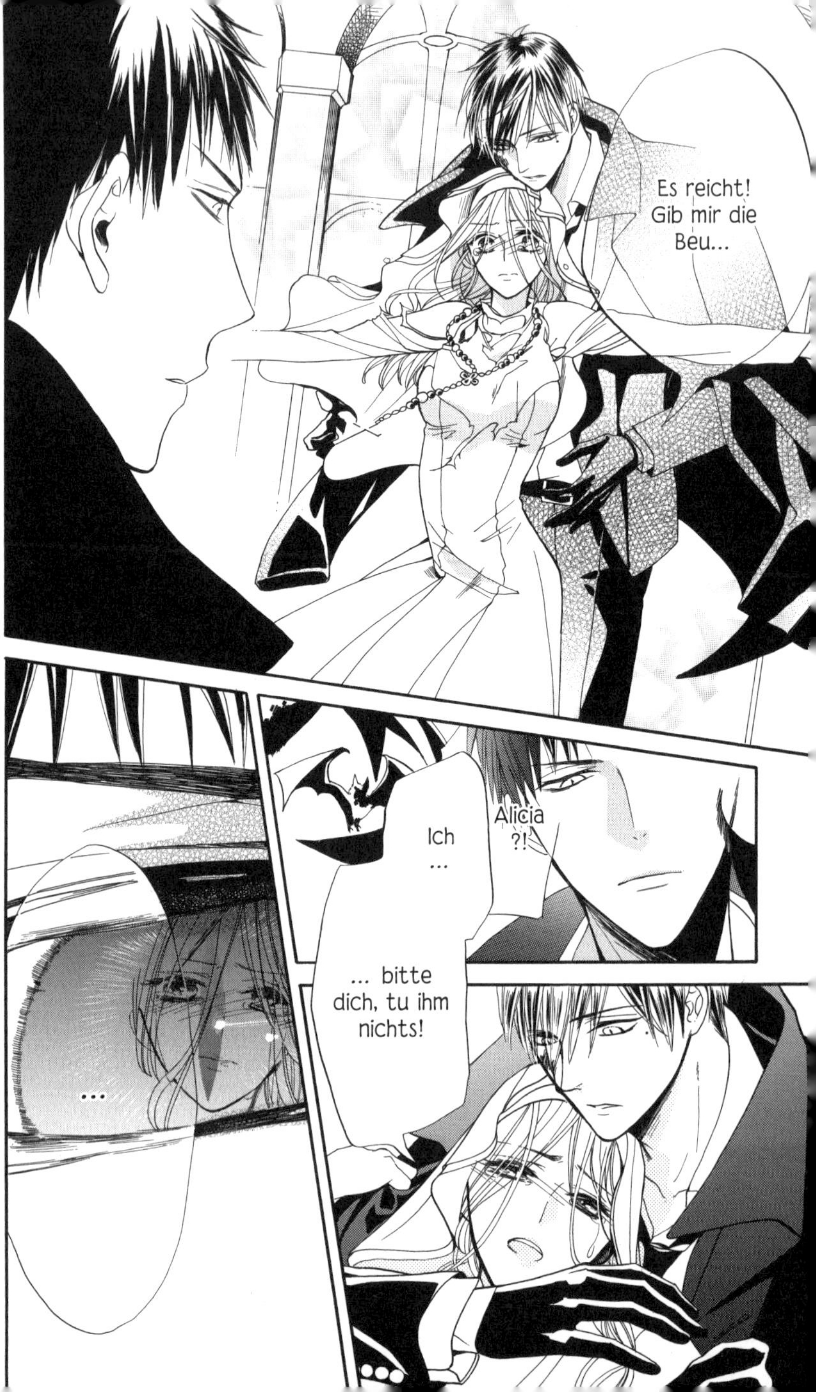
Es reicht! Gib mir die Beu...
Alicia ?!
Ich ...
... bitte dich, tu ihm nichts!
...

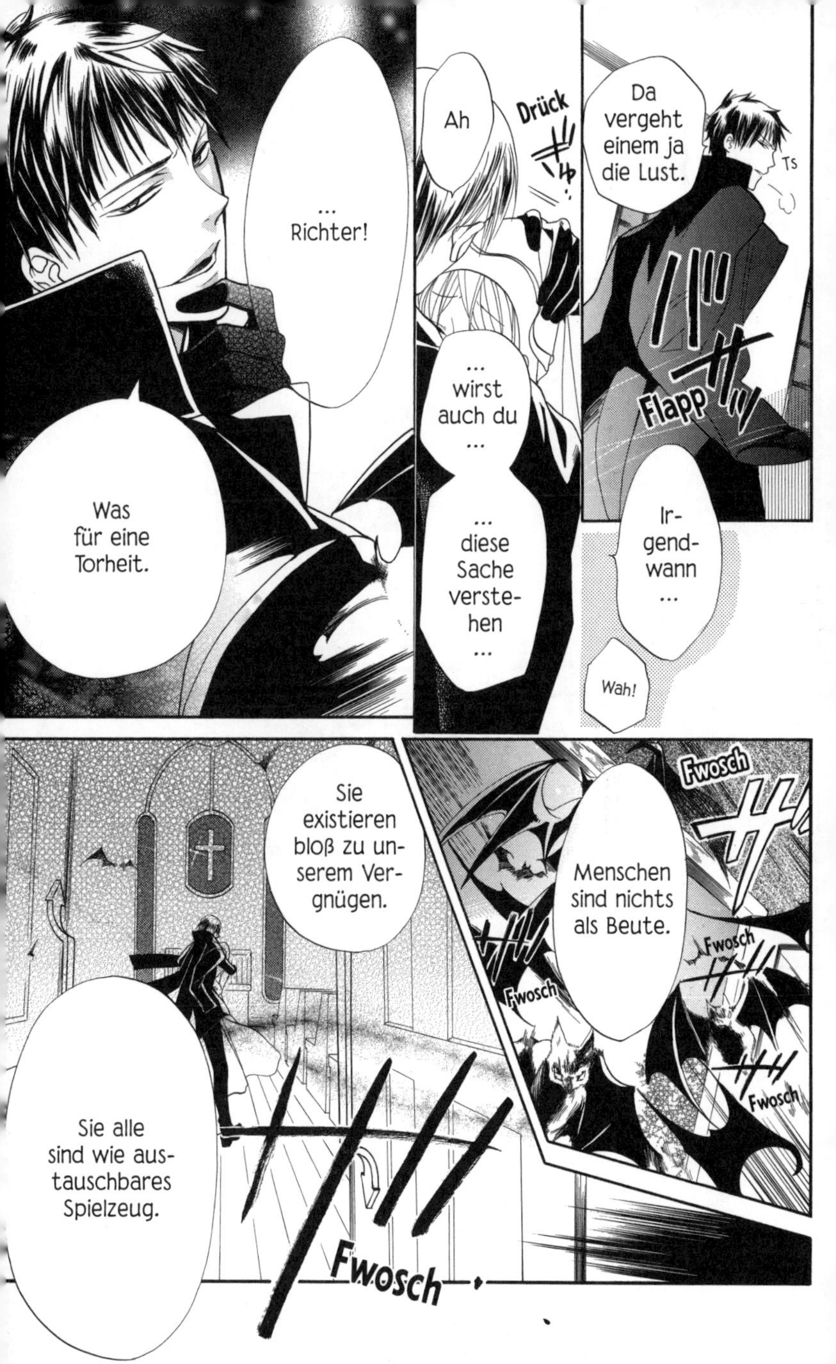
Da vergeht einem ja die Lust.
Ts
Flapp
Drück
Ah
... Richter!
... wirst auch du ...
... diese Sache verstehen ...
Irgendwann ...
Wah!
Was für eine Torheit.
Fwosch
Menschen sind nichts als Beute.
Fwosch
Fwosch
Fwosch
Sie existieren bloß zu unserem Vergnügen.
Sie alle sind wie austauschbares Spielzeug.
Fwosch

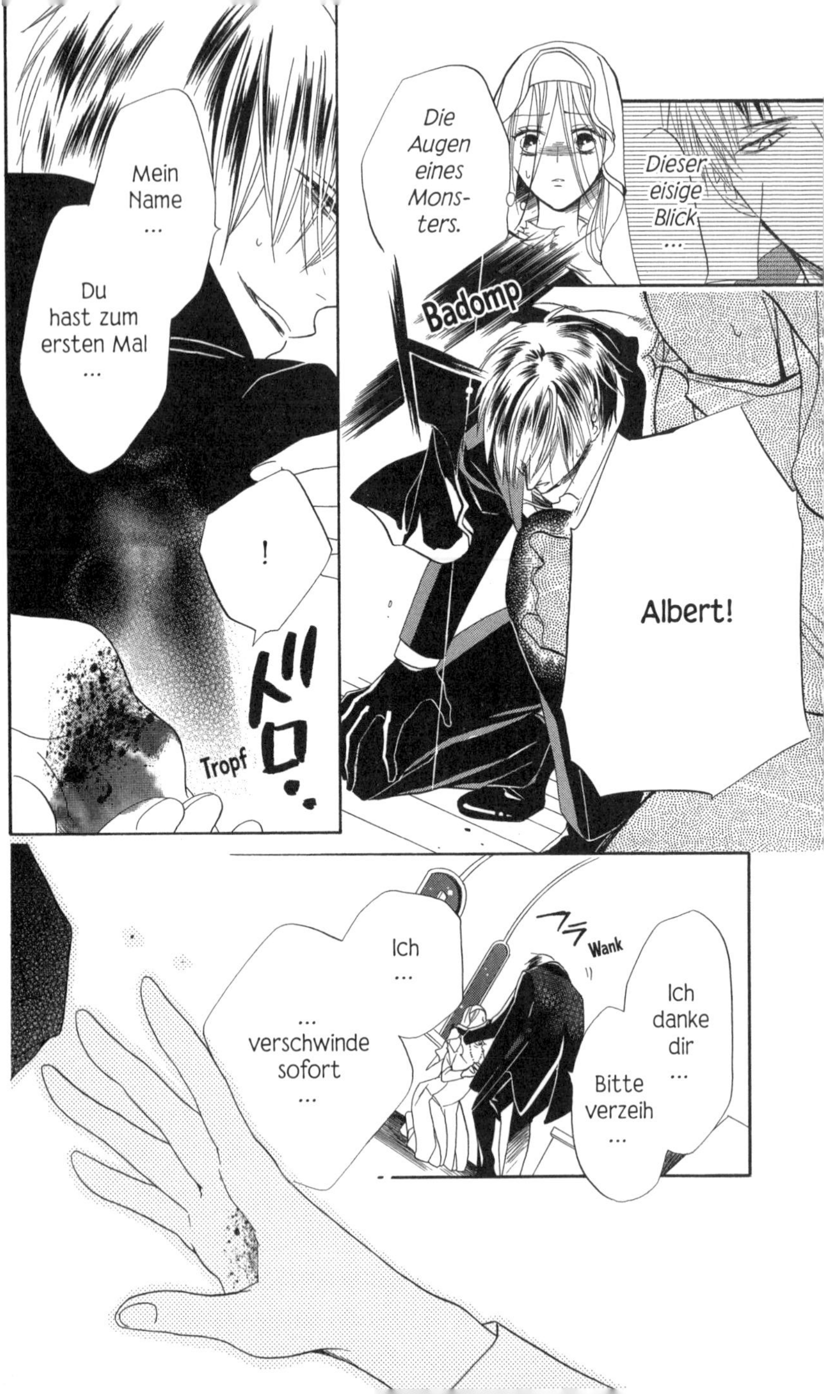

Dieser eisige Blick ...
Die Augen eines Monsters.
Badomp
Albert!
Mein Name ...
Du hast zum ersten Mal ...
!
ドロ..
Tropf
Ich danke dir ...
Bitte verzeih ...
Wank
Ich ...
... verschwinde sofort ...

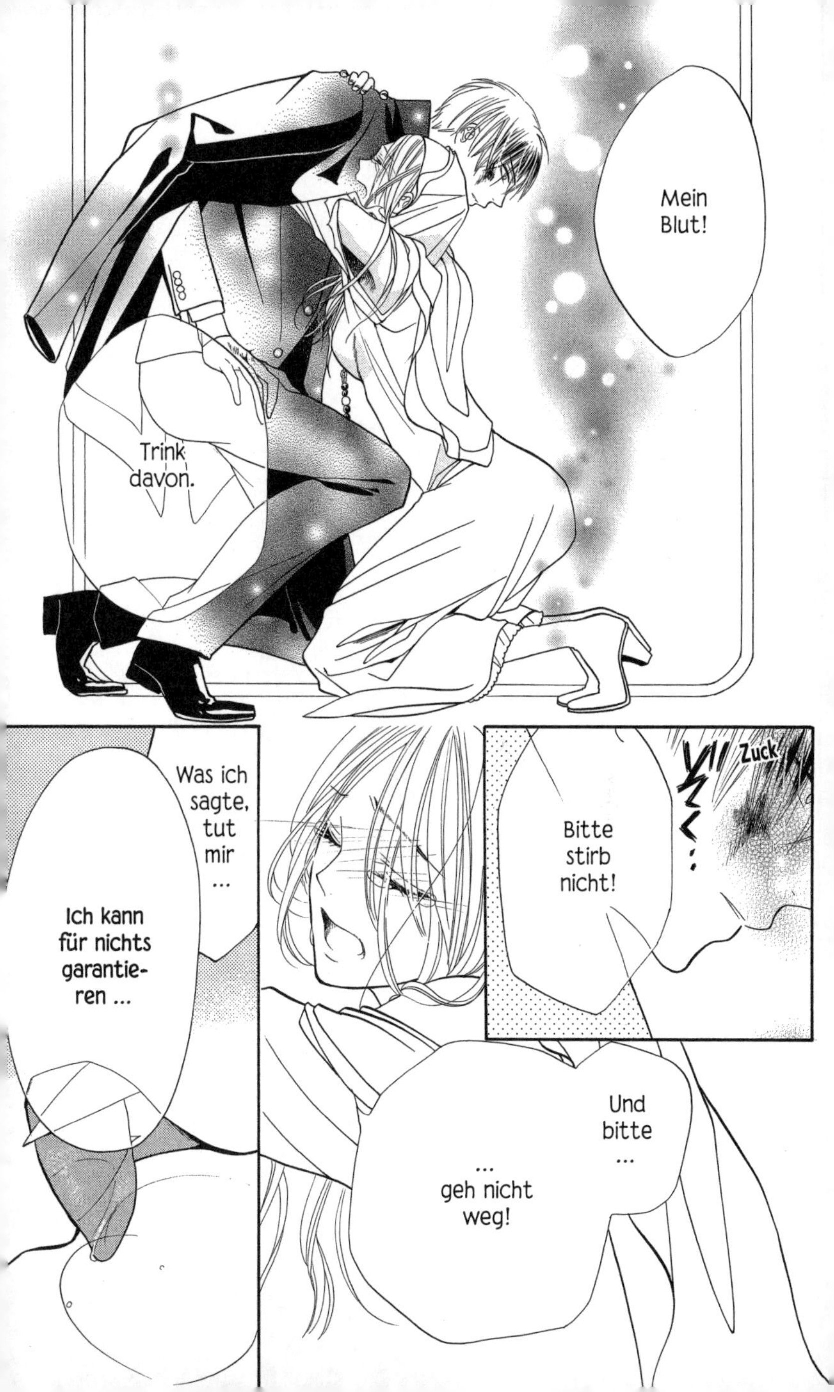
Mein Blut!
Trink davon.
Zuck
Bitte stirb nicht!
Und bitte ...
... geh nicht weg!
Was ich sagte, tut mir ...
Ich kann für nichts garantieren ...

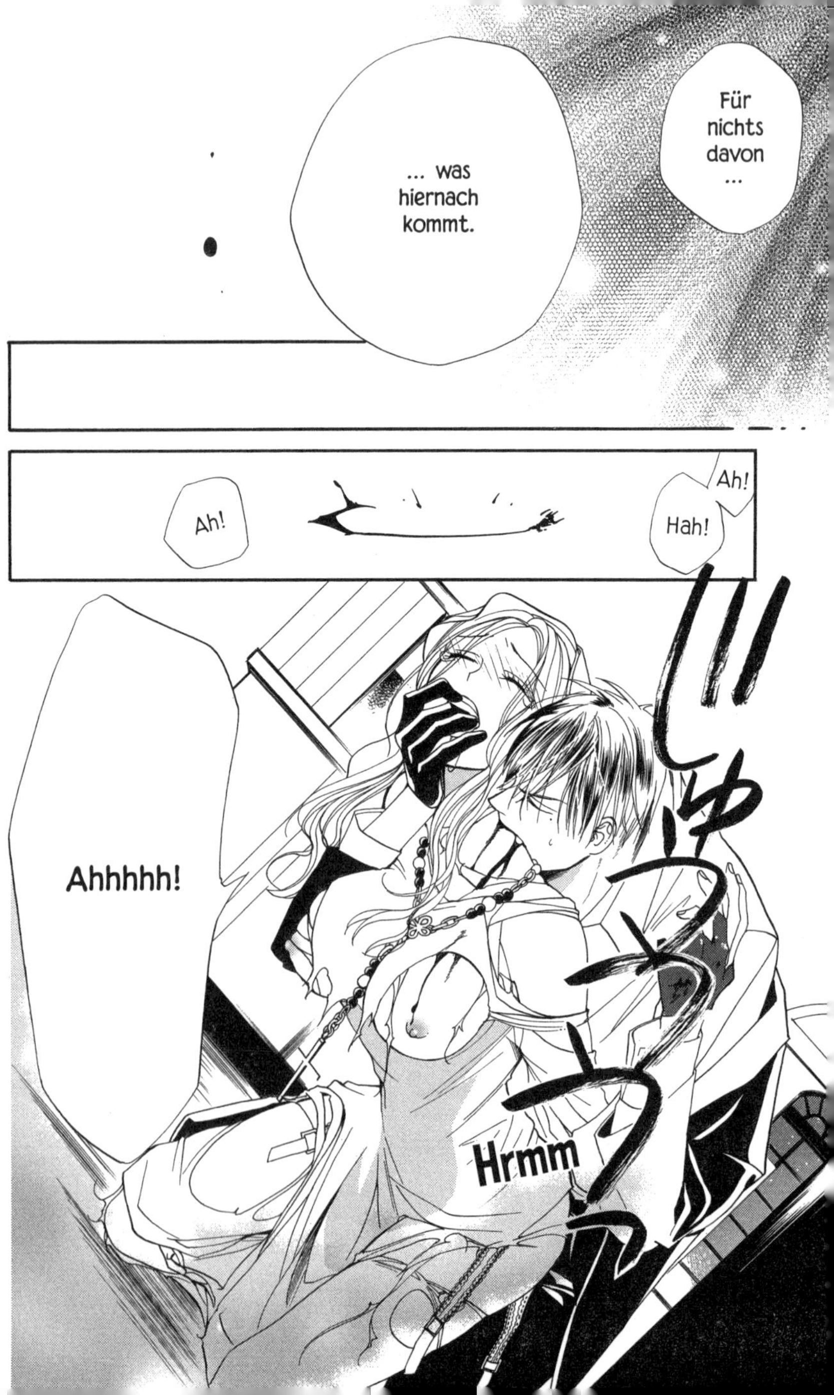
Für nichts davon ...
... was hiernach kommt.
Ah!
Hah!
Ah!
じゅううう
Hrmm
Ahhhhh!

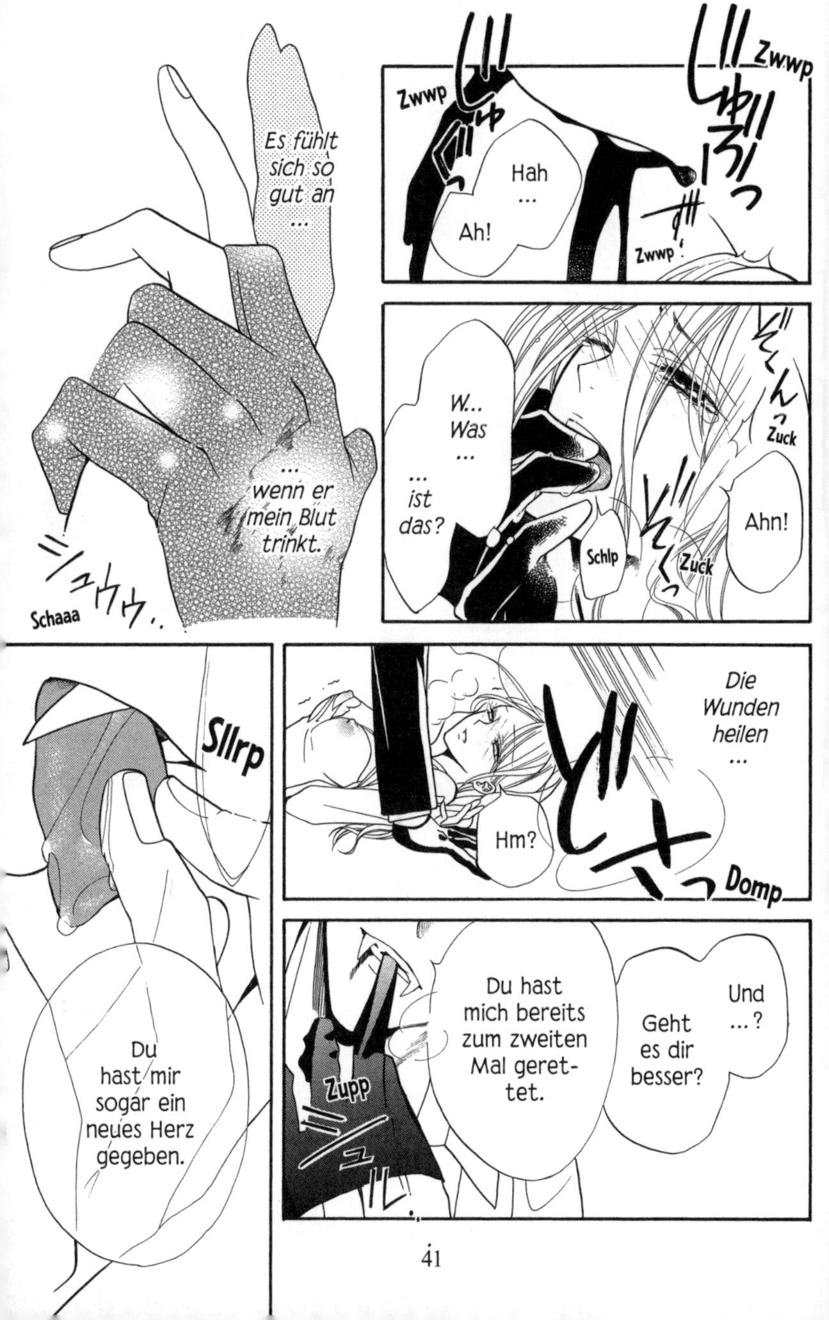

Zwwp
Zwwp
Hah ...
Ah!
Zwwp
Zuck
Ahn!
Zuck
Schlp
W... Was ...
... ist das?
Es fühlt sich so gut an ...
... wenn er mein Blut trinkt.
Schaaa
Die Wunden heilen ...
Domp
Hm?
Und ...?
Geht es dir besser?
Du hast mich bereits zum zweiten Mal gerettet.
Zupp
Sllrp
Du hast mir sogar ein neues Herz gegeben.

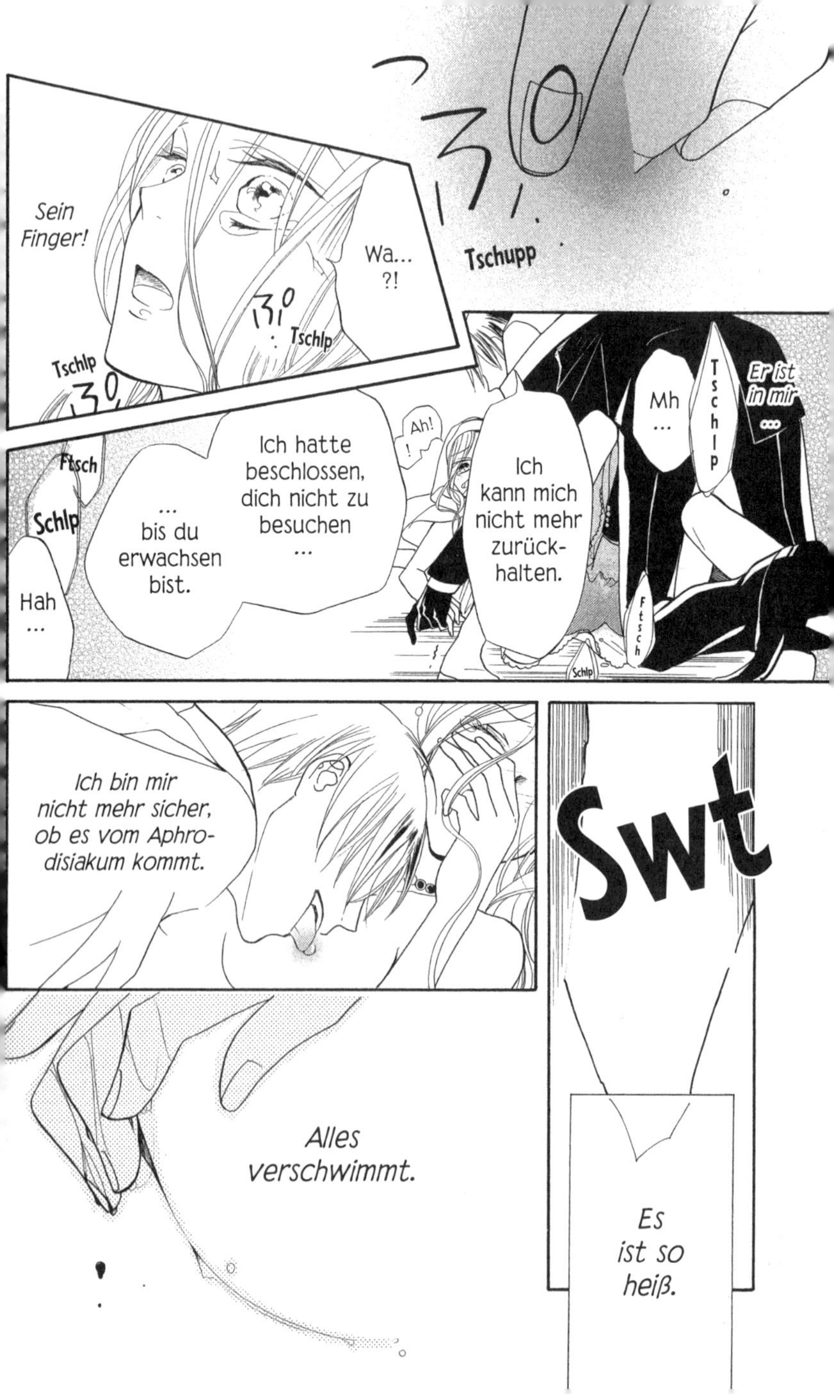

Tschupp
Wa... ?!
Sein Finger!
Tschlp
Tschlp
Er ist in mir ...
Mh ...
Tschlp
Ich kann mich nicht mehr zurückhalten.
Ah! !
Ftsch
Schlp
Ich hatte beschlossen, dich nicht zu besuchen ...
... bis du erwachsen bist.
Ftsch
Schlp
Hah ...
Swt
Ich bin mir nicht mehr sicher, ob es vom Aphrodisiakum kommt.
Es ist so heiß.
Alles verschwimmt.

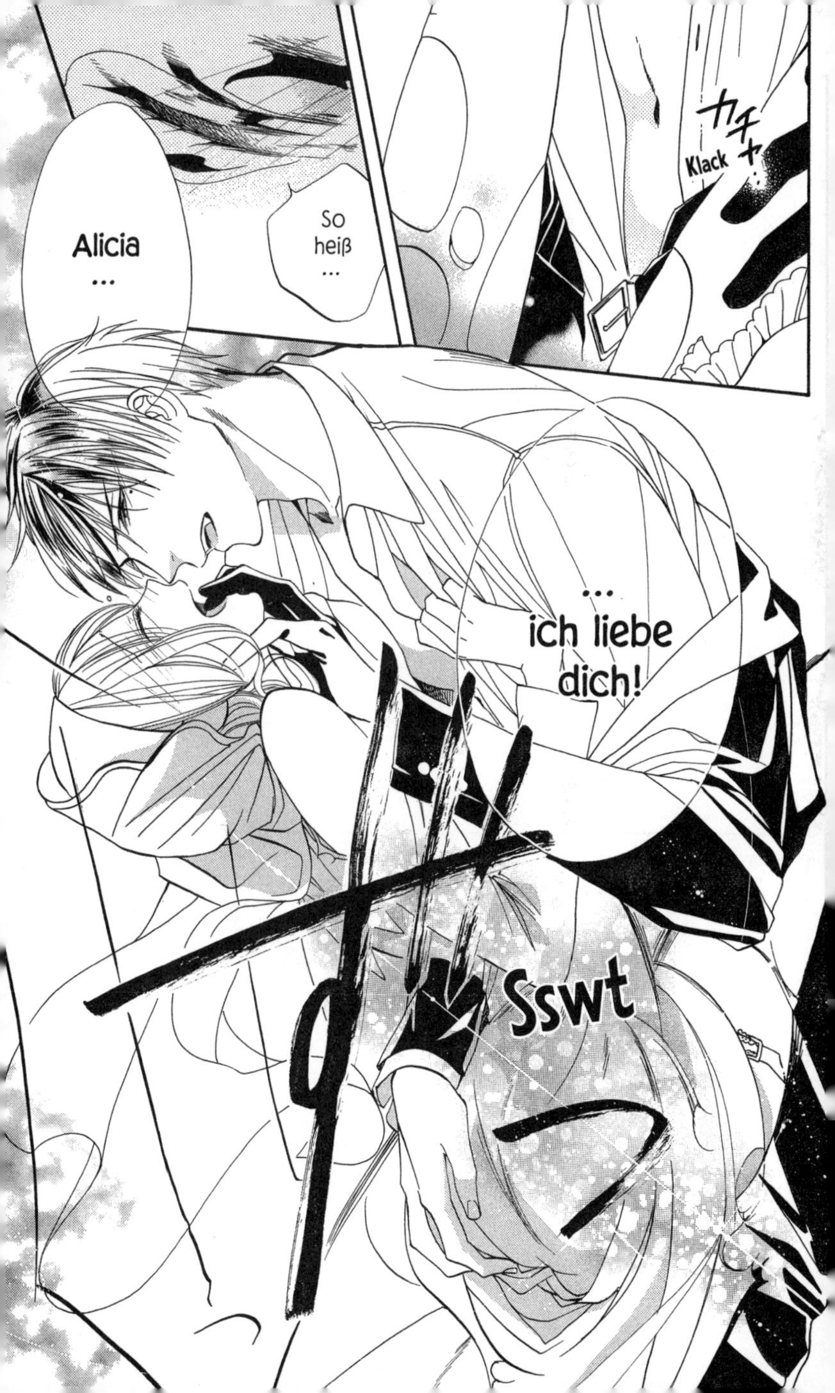
カチャ
Klack
So heiß …
Alicia …
… ich liebe dich!
Sswt

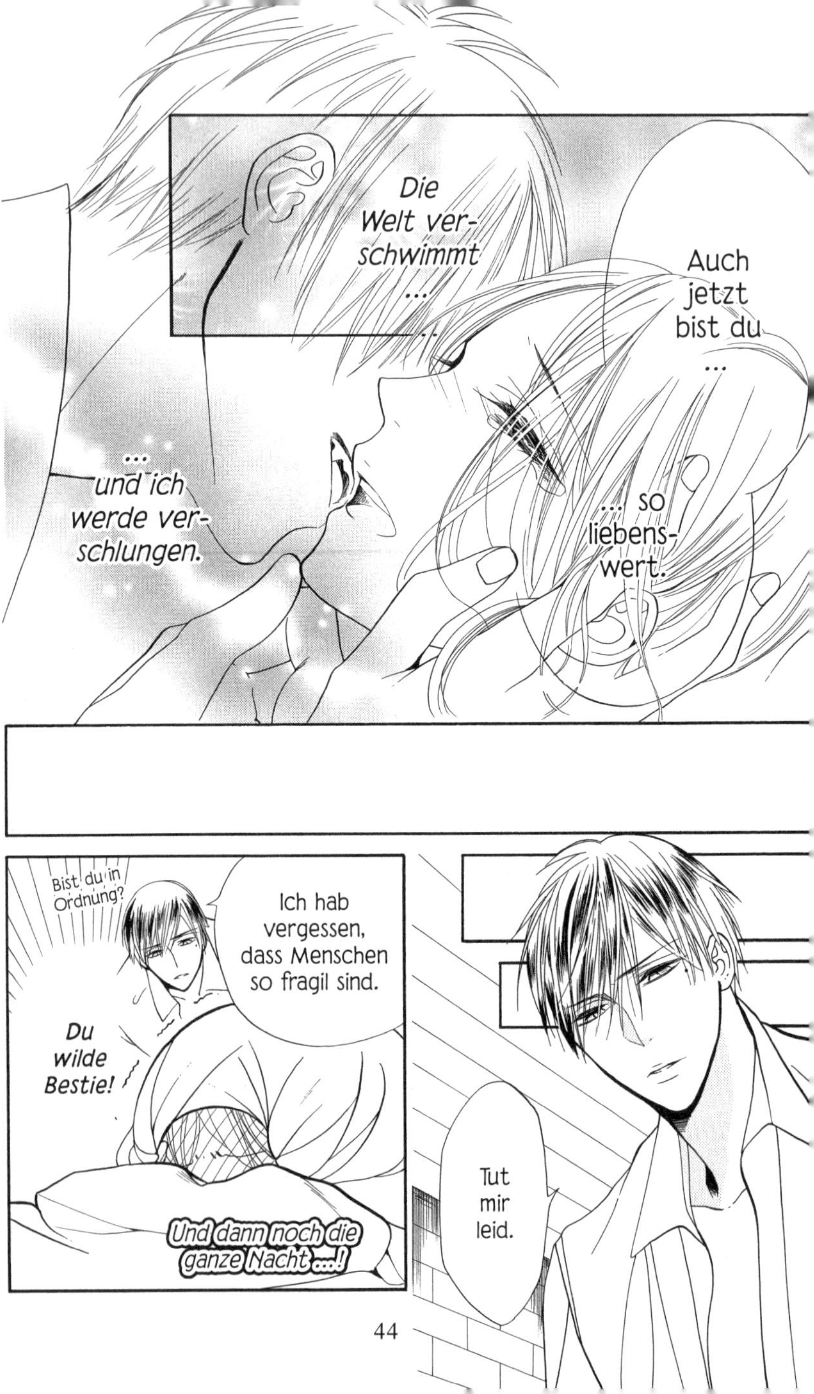
Auch jetzt bist du ...
... so liebens-wert.
Die Welt ver-schwimmt ...
... und ich werde ver-schlungen.
Tut mir leid.
Ich hab vergessen, dass Menschen so fragil sind.
Bist du in Ordnung?
Du wilde Bestie!
Und dann noch die ganze Nacht ...!

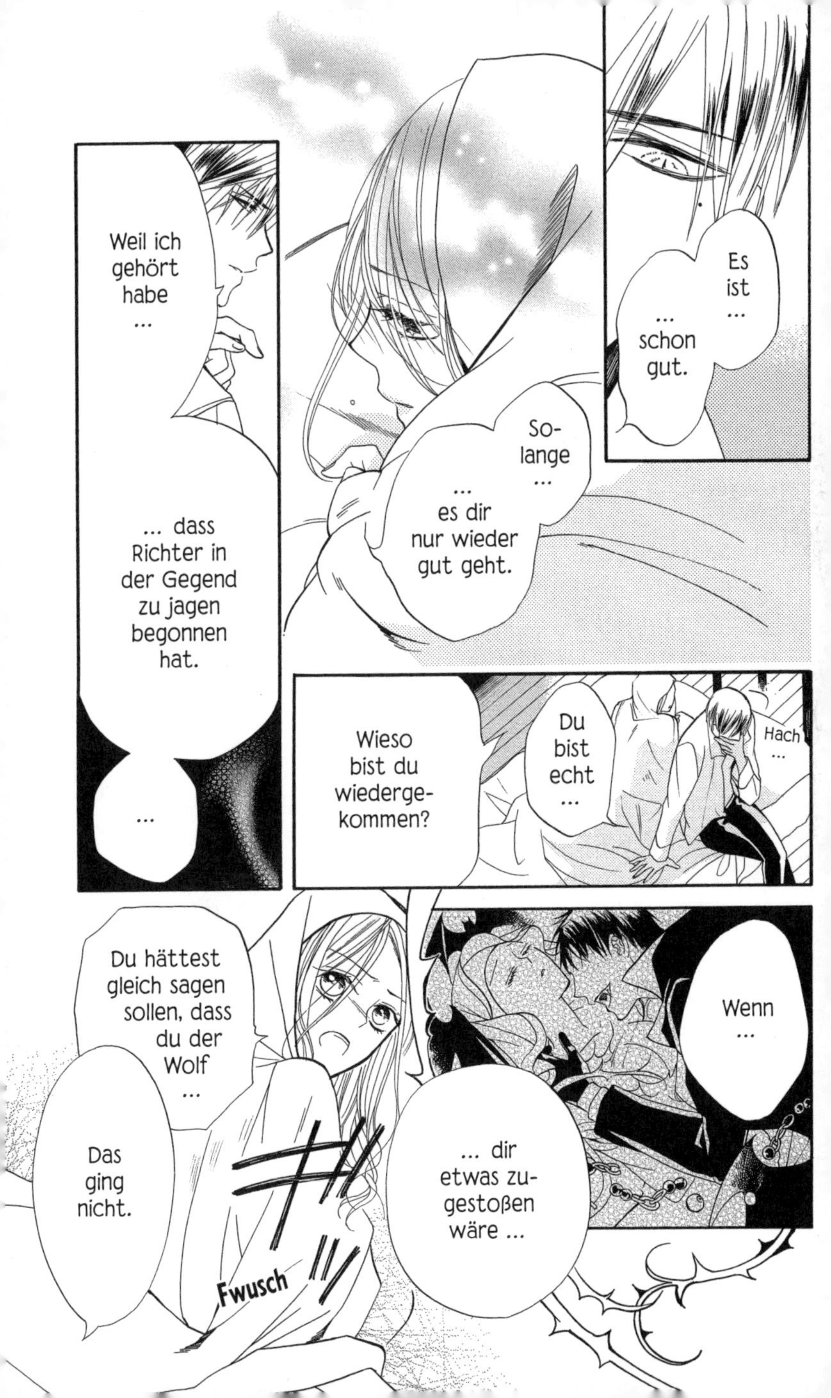
Es ist ...
... schon gut.
Solange ...
... es dir nur wieder gut geht.
Weil ich gehört habe ...
... dass Richter in der Gegend zu jagen begonnen hat.
...
Hach ...
Du bist echt ...
Wieso bist du wiedergekommen?
Wenn ...
... dir etwas zugestoßen wäre ...
Du hättest gleich sagen sollen, dass du der Wolf ...
Das ging nicht.
Fwusch

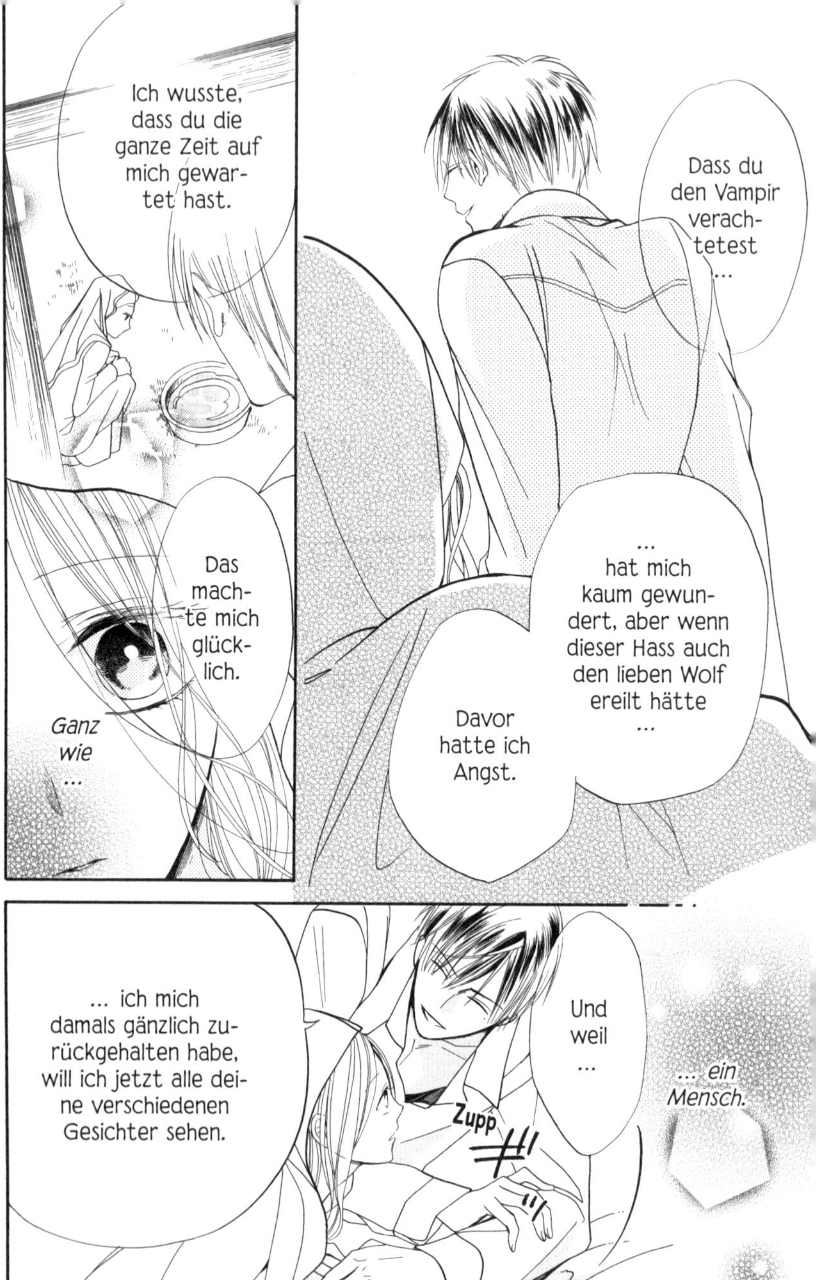
Dass du den Vampir verach-tetest ...
... hat mich kaum gewun-dert, aber wenn dieser Hass auch den lieben Wolf ereilt hätte ...
Davor hatte ich Angst.
Ich wusste, dass du die ganze Zeit auf mich gewar-tet hast.
Das mach-te mich glück-lich.
Ganz wie ...
... ein Mensch.
Und weil ...
Zupp
... ich mich damals gänzlich zu-rückgehalten habe, will ich jetzt alle dei-ne verschiedenen Gesichter sehen.

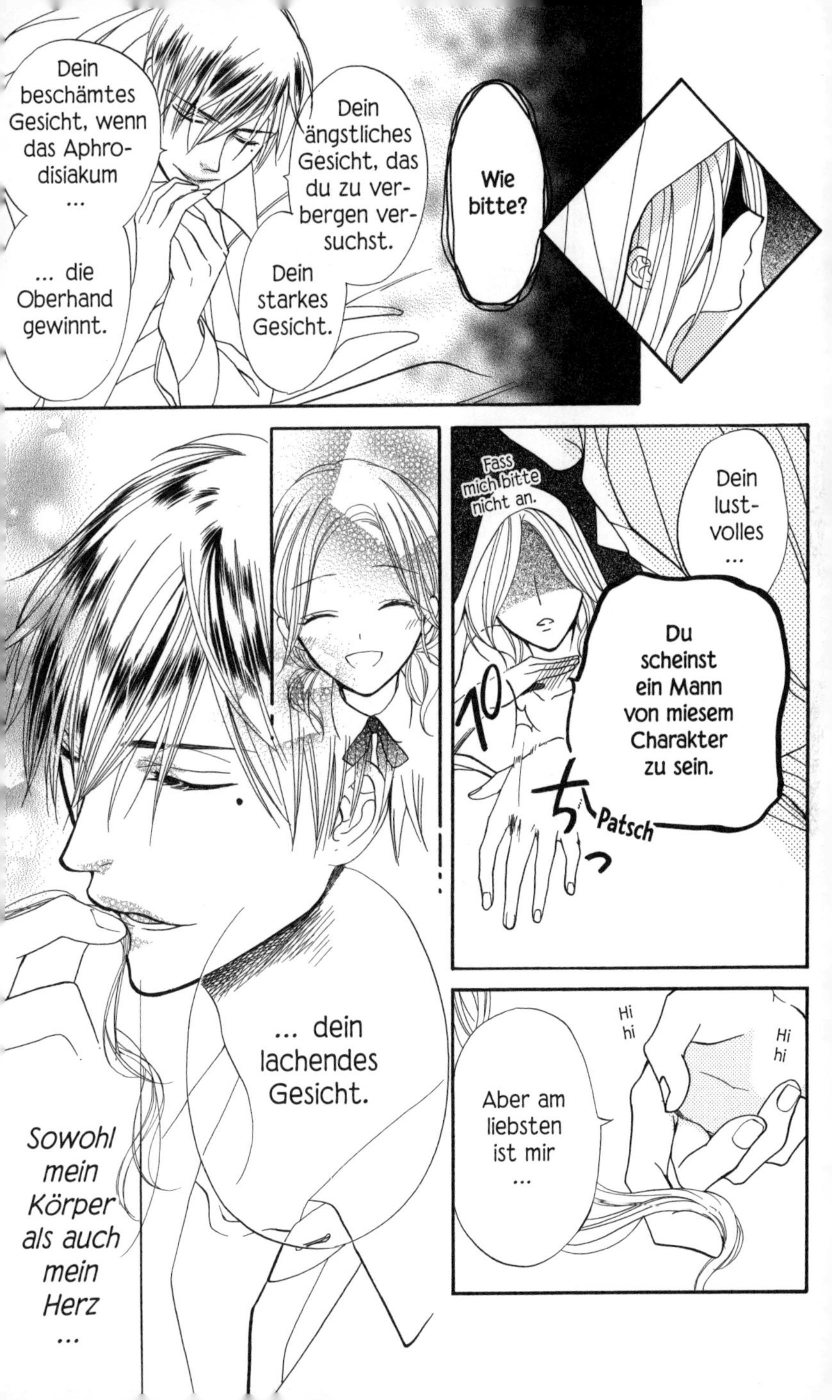
Wie bitte?
Dein ängstliches Gesicht, das du zu verbergen versuchst.
Dein starkes Gesicht.
Dein beschämtes Gesicht, wenn das Aphrodisiakum ...
... die Oberhand gewinnt.
Dein lustvolles ...
Fass mich bitte nicht an.
Du scheinst ein Mann von miesem Charakter zu sein.
Patsch
Hi hi
Hi hi
Aber am liebsten ist mir ...
... dein lachendes Gesicht.
Sowohl mein Körper als auch mein Herz ...

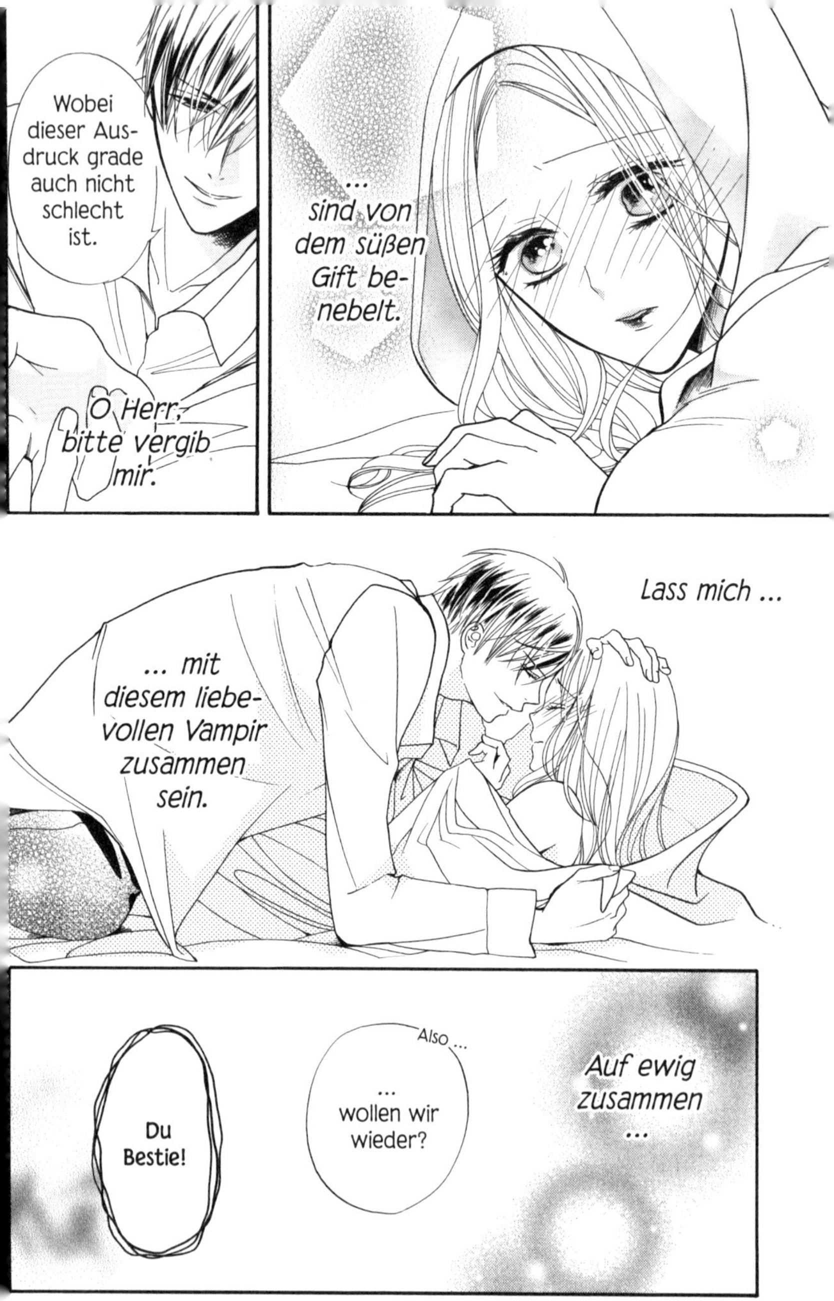
... sind von dem süßen Gift benebelt.
Wobei dieser Ausdruck grade auch nicht schlecht ist.
O Herr, bitte vergib mir.
Lass mich ...
... mit diesem liebevollen Vampir zusammen sein.
Auf ewig zusammen ...
Also ...
... wollen wir wieder?
Du Bestie!

Kapitel 2

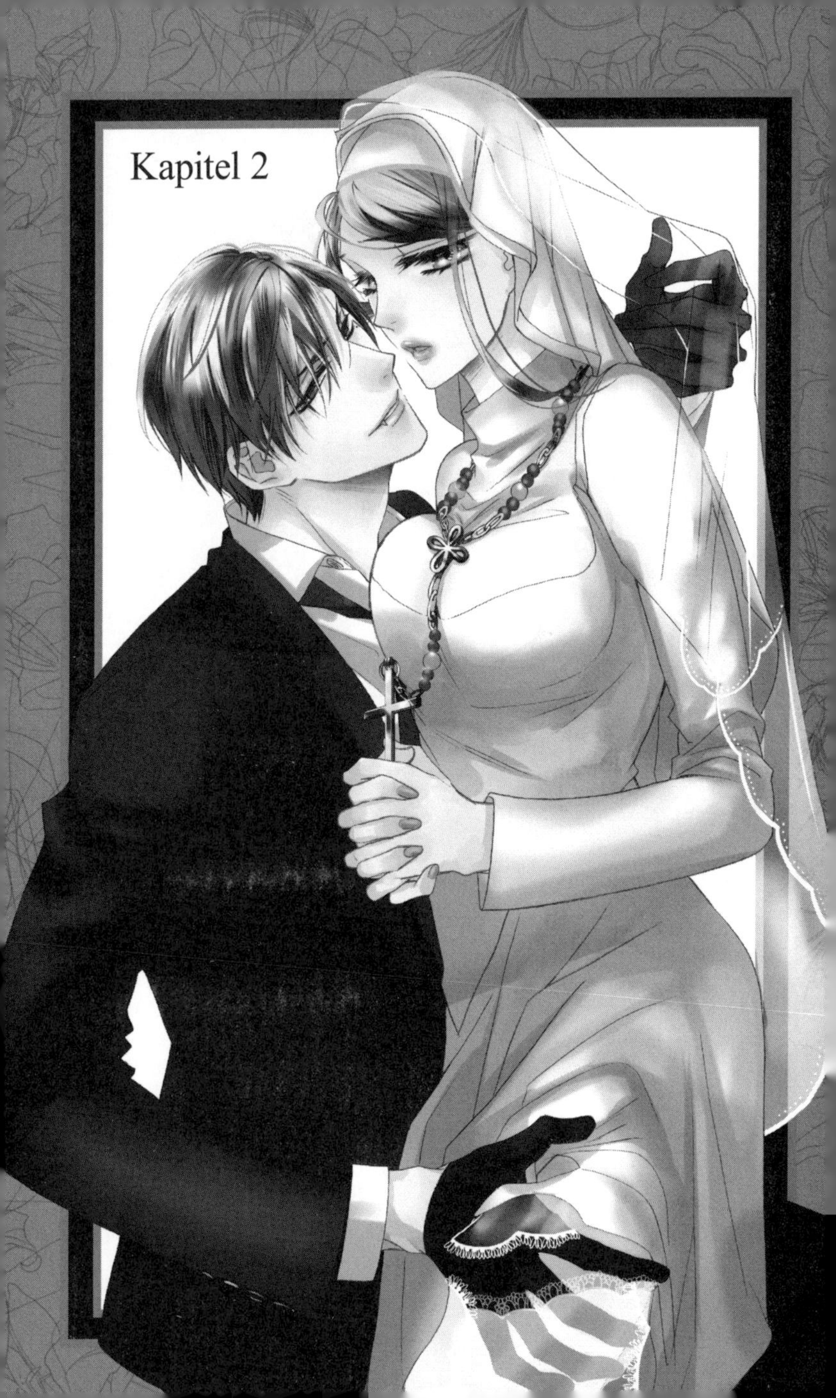

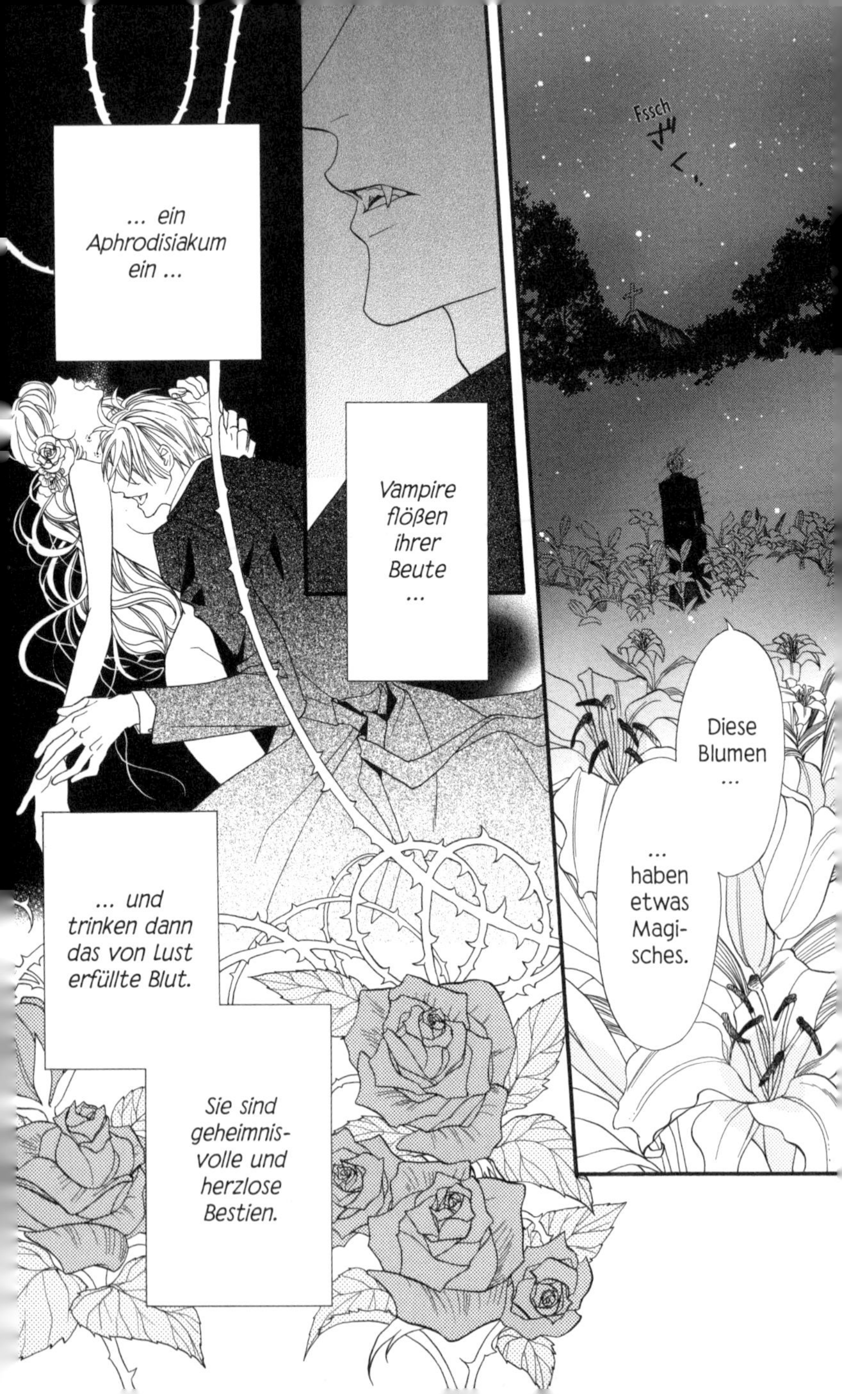
Fssch
Diese Blumen …
… haben etwas Magisches.
Vampire flößen ihrer Beute …
… ein Aphrodisiakum ein …
… und trinken dann das von Lust erfüllte Blut.
Sie sind geheimnisvolle und herzlose Bestien.

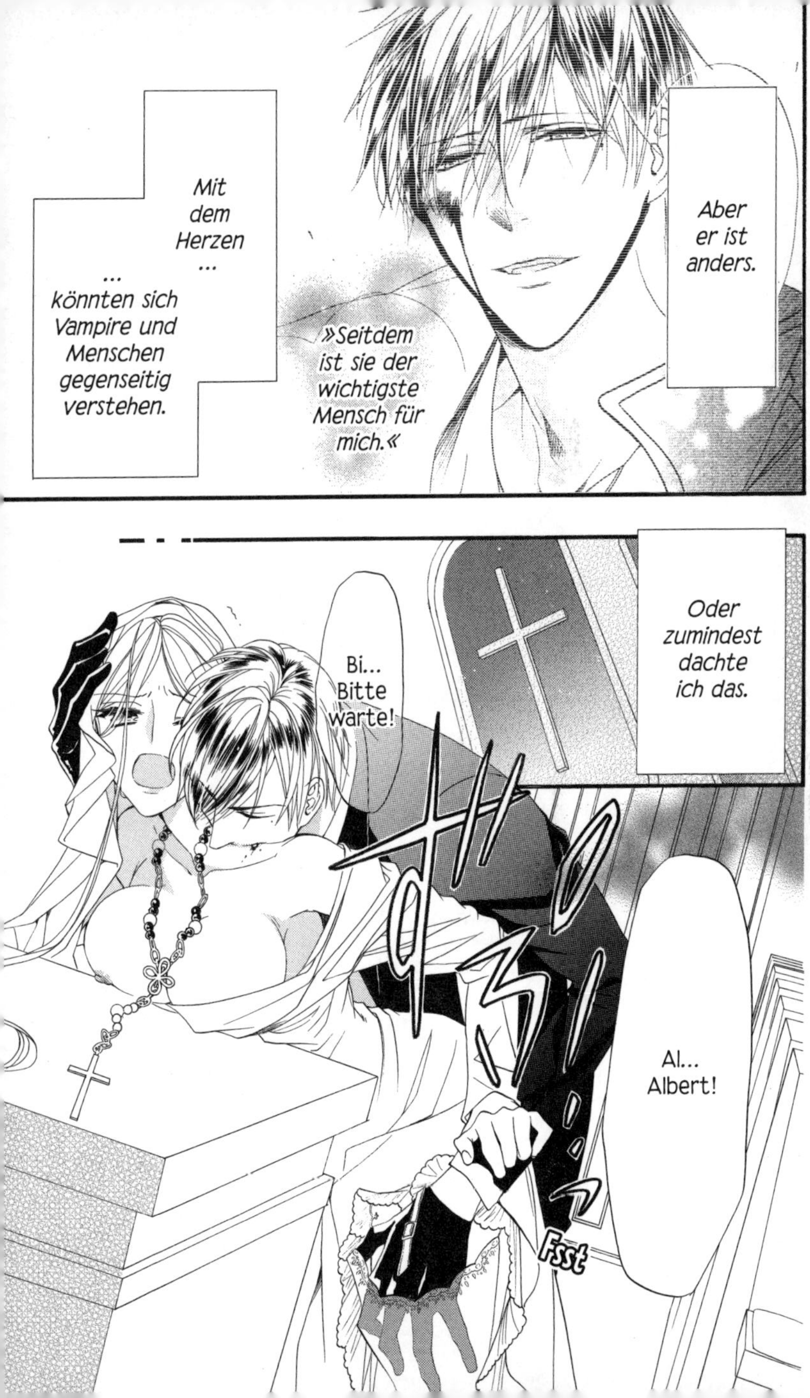

Aber er ist anders.
»Seitdem ist sie der wichtigste Mensch für mich.«
Mit dem Herzen ...
... könnten sich Vampire und Menschen gegenseitig verstehen.
Oder zumindest dachte ich das.
Bi... Bitte warte!
Al... Albert!
Fsst

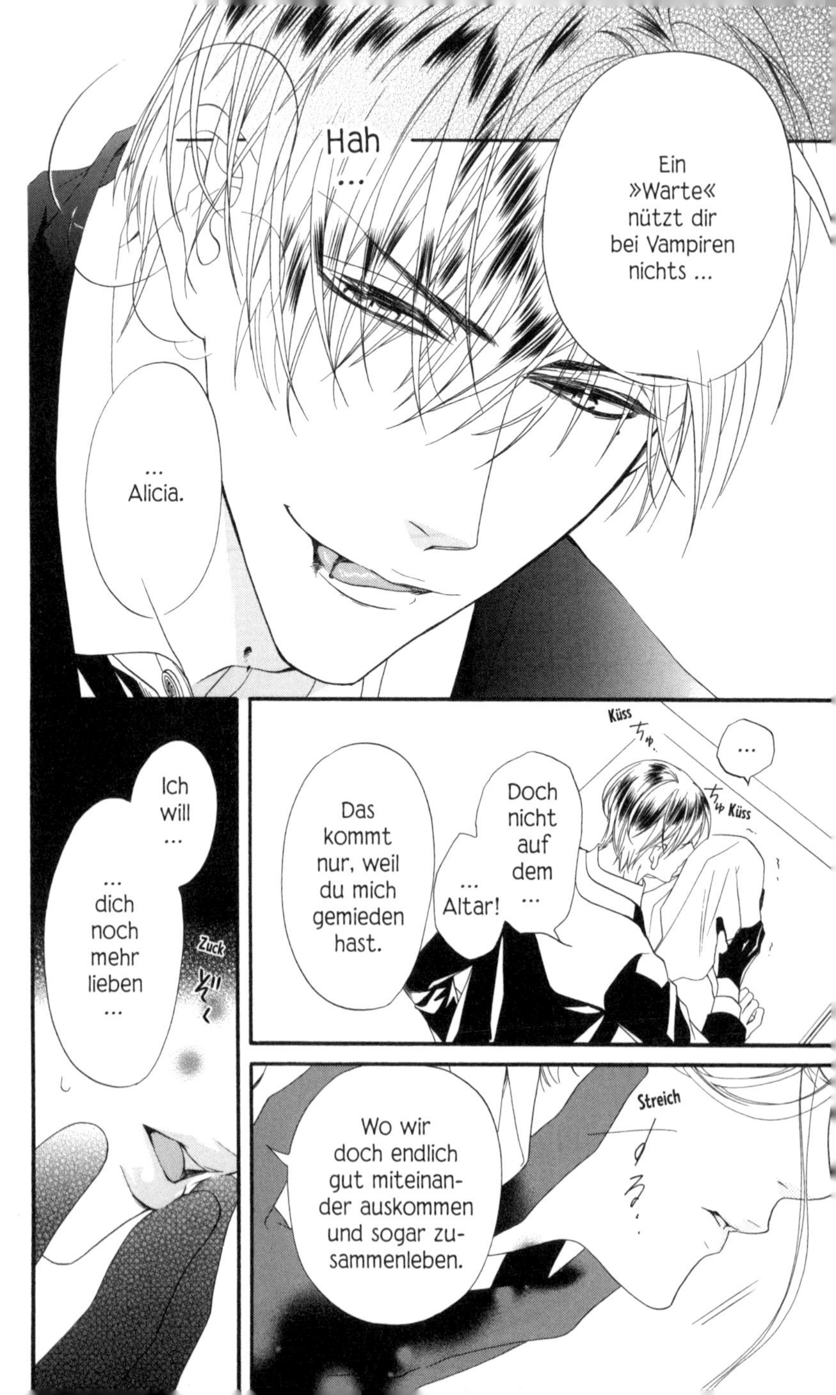
Ein »Warte« nützt dir bei Vampiren nichts ...
Hah ...
... Alicia.
Küss
...
Küss
Doch nicht auf dem ...
... Altar!
Das kommt nur, weil du mich gemieden hast.
Ich will ...
... dich noch mehr lieben ...
Zuck
Streich
Wo wir doch endlich gut miteinander auskommen und sogar zusammenleben.

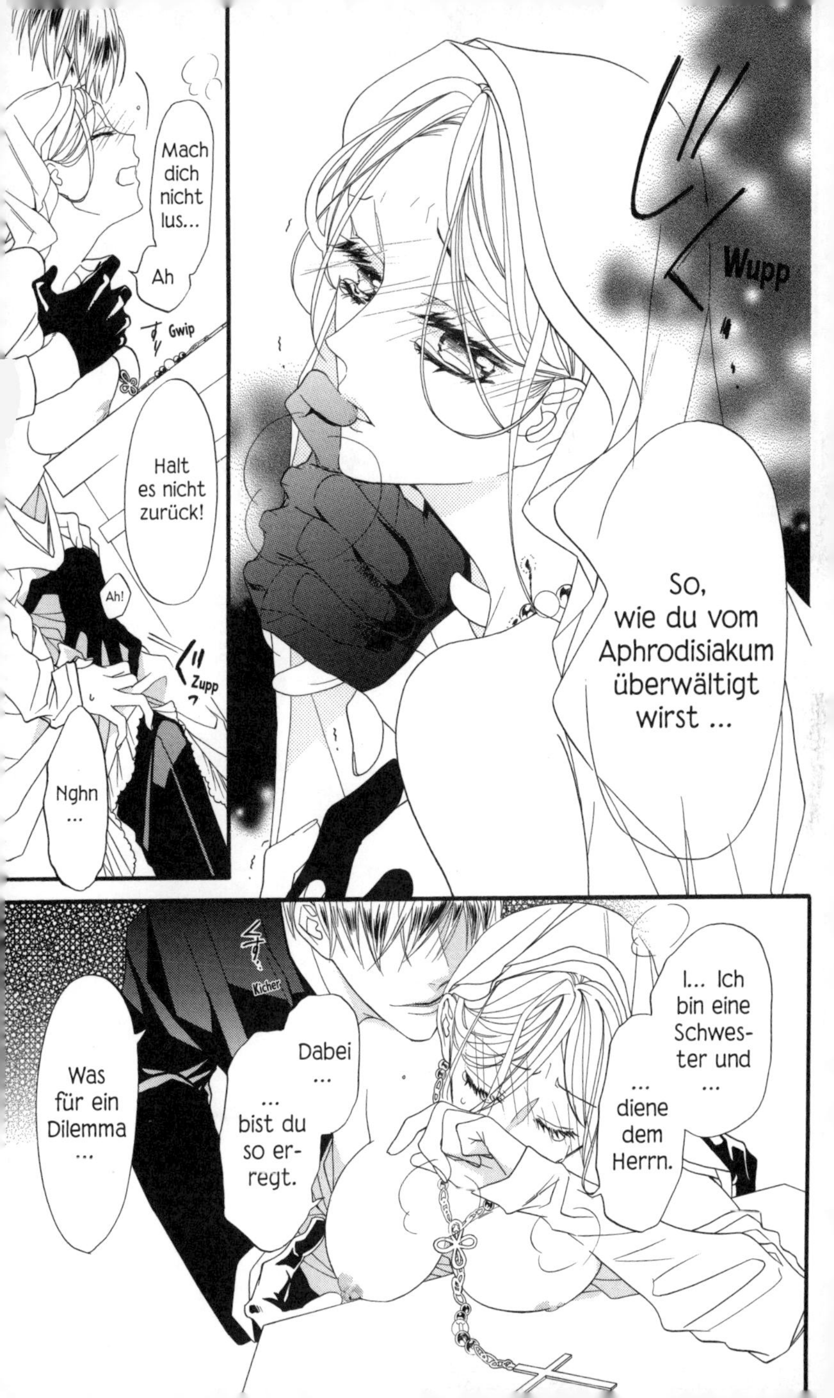

Wupp
So, wie du vom Aphrodisiakum überwältigt wirst ...
Mach dich nicht lus...
Ah
Gwip
Halt es nicht zurück!
Ah!
Zupp
Nghn ...
I... Ich bin eine Schwes-ter und ... diene dem Herrn.
Dabei ... ... bist du so er-regt.
Kicher
Was für ein Dilemma ...

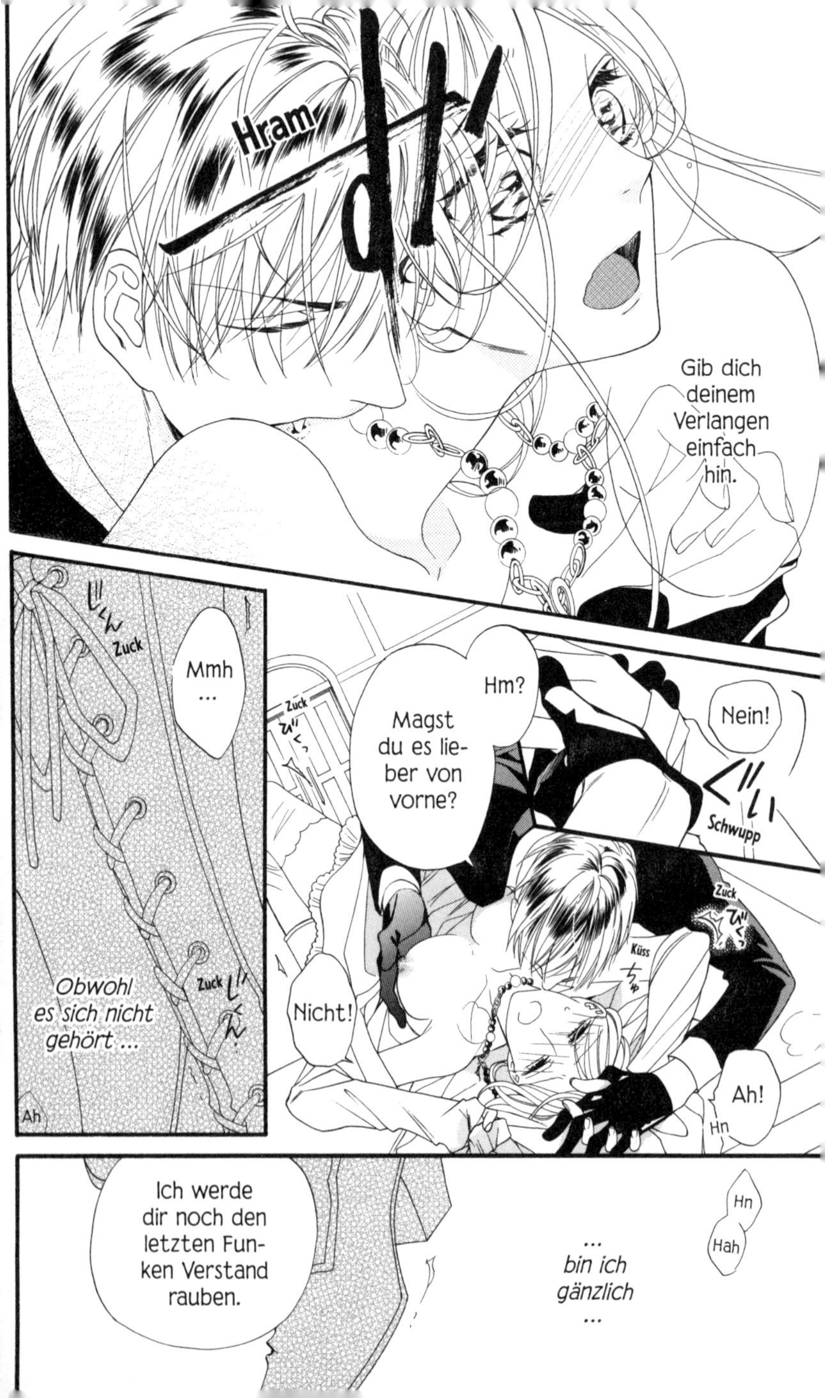
Hram
Gib dich deinem Verlangen einfach hin.
Nein!
Schwupp
Hm?
Magst du es lieber von vorne?
Zuck
Zuck
Küss
Ah!
Hn
Nicht!
Zuck
Mmh ...
Zuck
Obwohl es sich nicht gehört ...
Ah
Hn
Hah
... bin ich gänzlich ...
Ich werde dir noch den letzten Funken Verstand rauben.

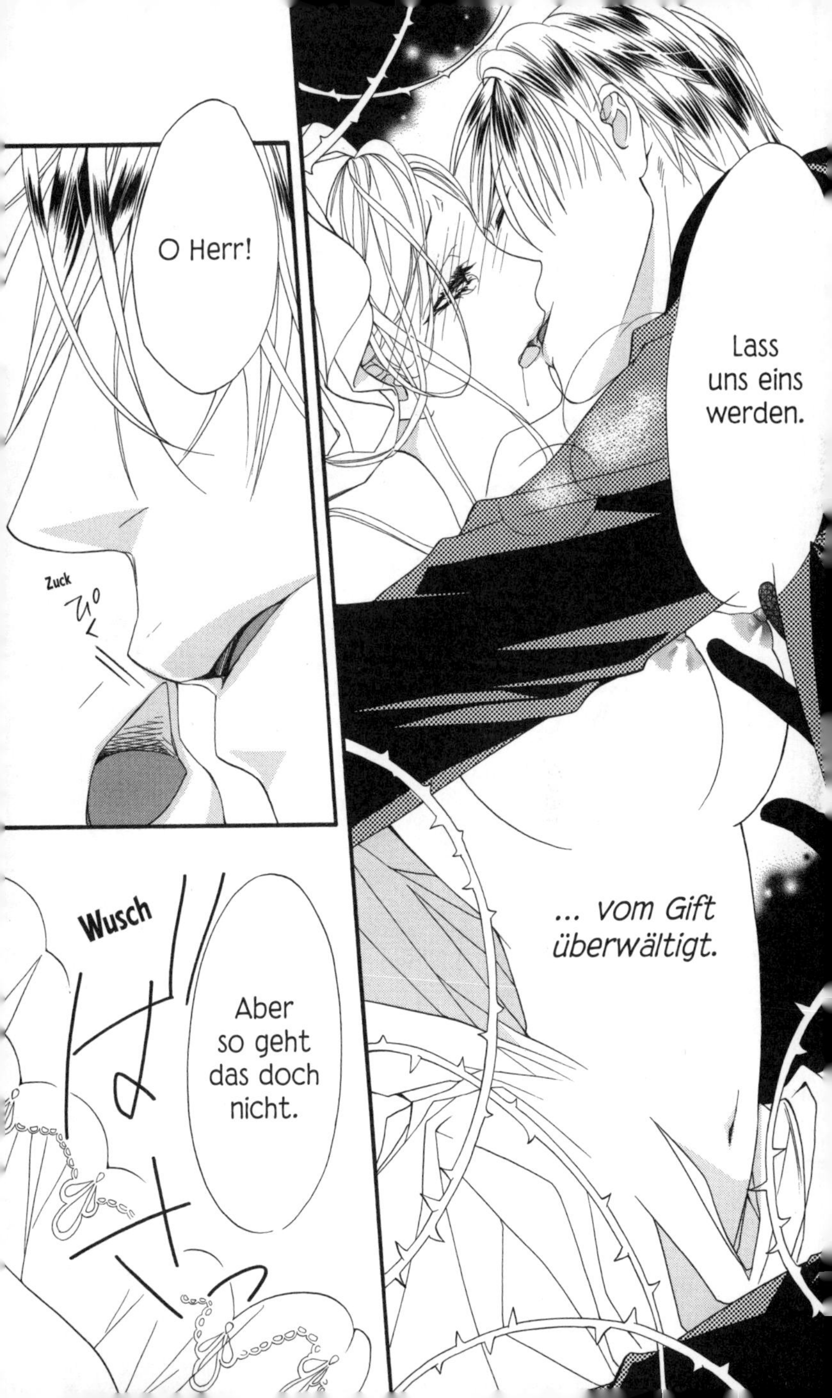
Lass uns eins werden.
O Herr!
Zuck
... vom Gift überwältigt.
Aber so geht das doch nicht.
Wusch

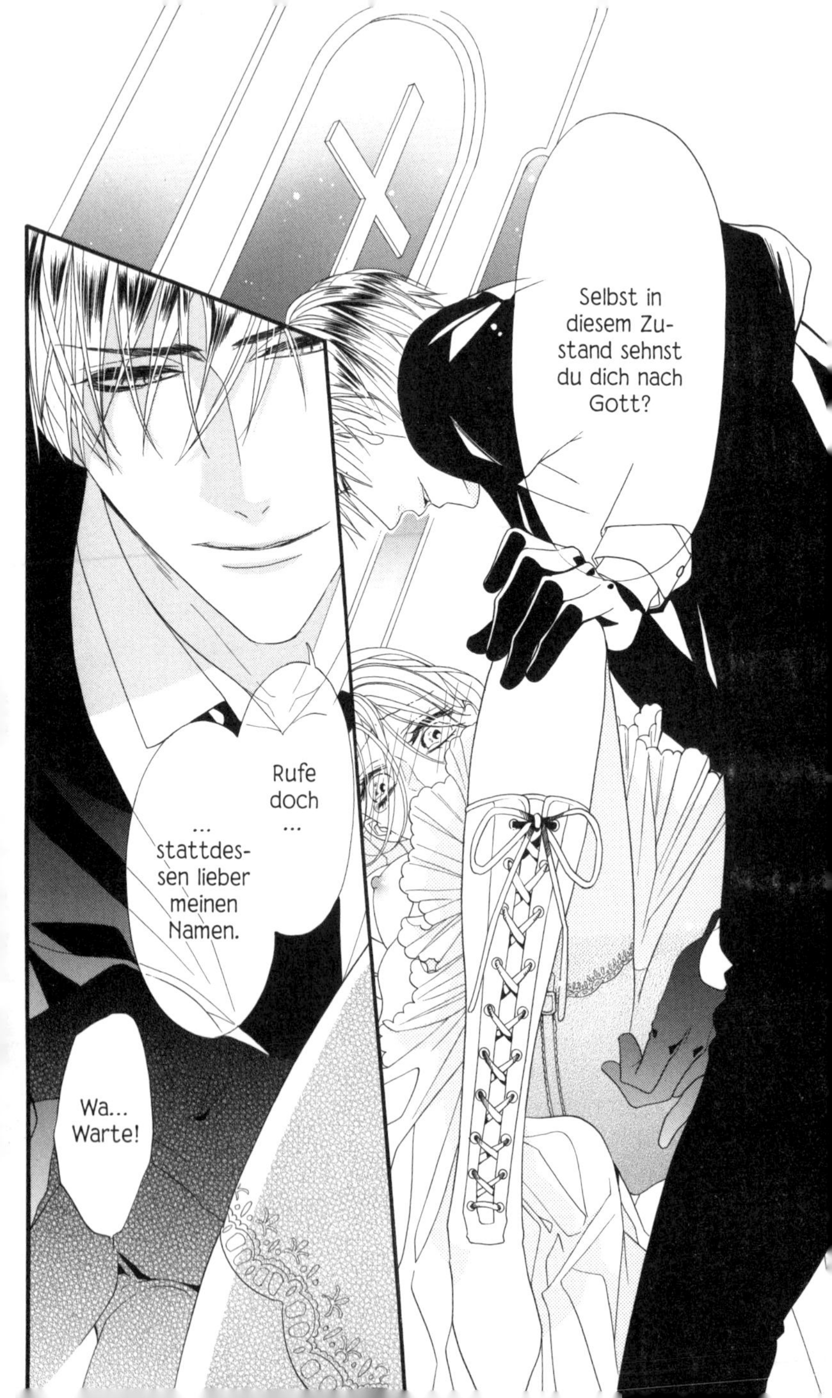
Selbst in diesem Zustand sehnst du dich nach Gott?
Rufe doch ...
... stattdessen lieber meinen Namen.
Wa... Warte!

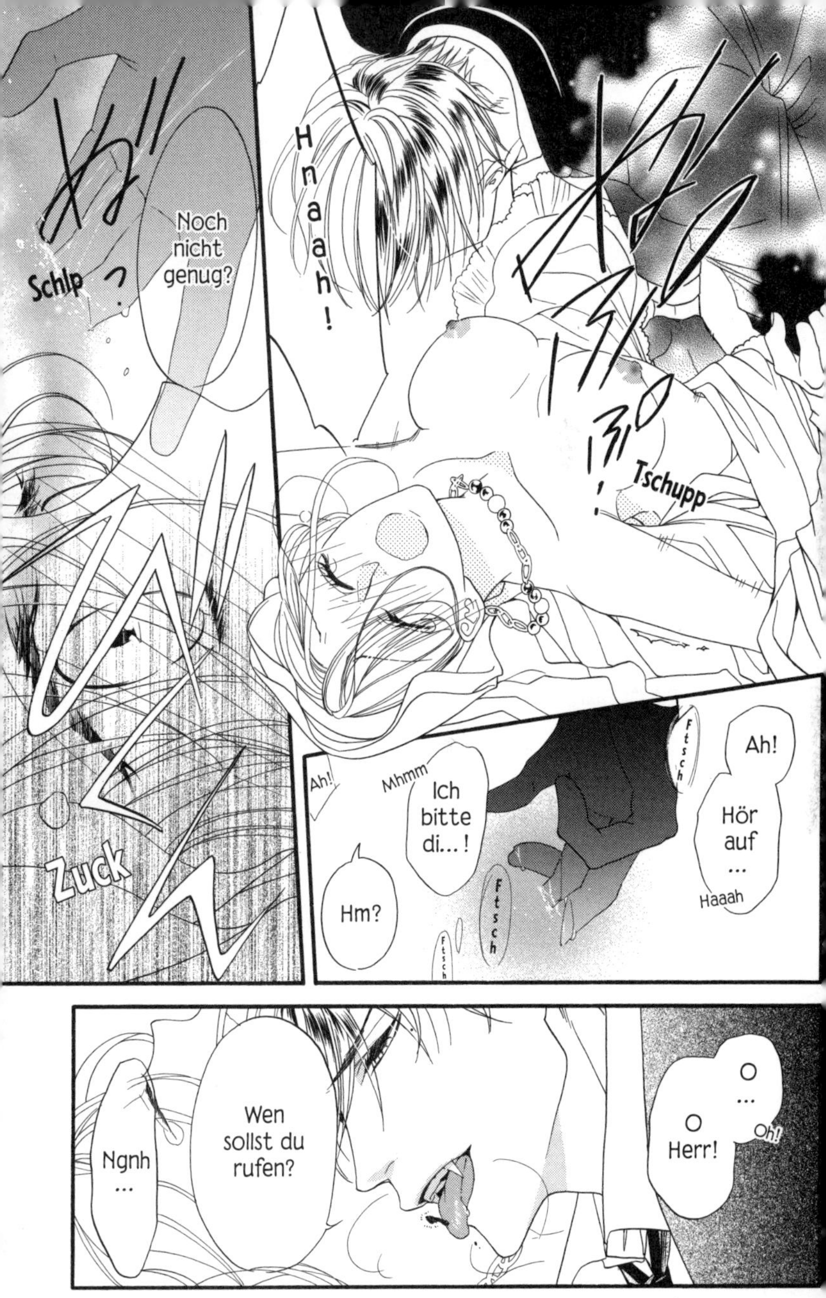
Tschupp
Hnaaah!
Noch nicht genug?
Schlp
Zuck
Ftsch
Ah!
Hör auf ...
Haaah
Ich bitte di... !
Mhmm
Ah!
Ftsch
Hm?
Ftsch
O ... O Herr!
Oh!
Wen sollst du rufen?
Ngnh ...

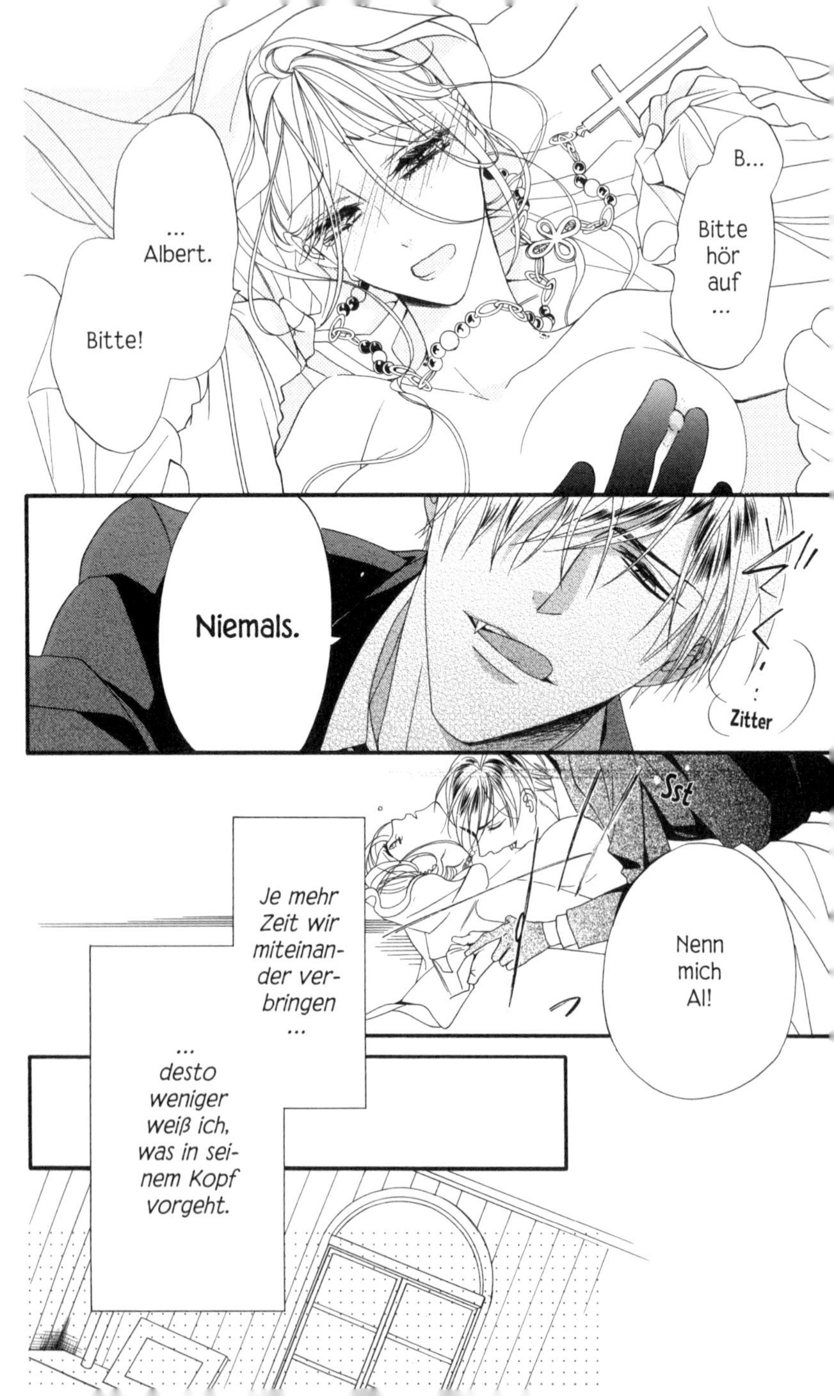
B...
Bitte hör auf ...
... Albert.
Bitte!
Zitter
Niemals.
Sst
Nenn mich Al!
Je mehr Zeit wir miteinander verbringen ...
... desto weniger weiß ich, was in seinem Kopf vorgeht.

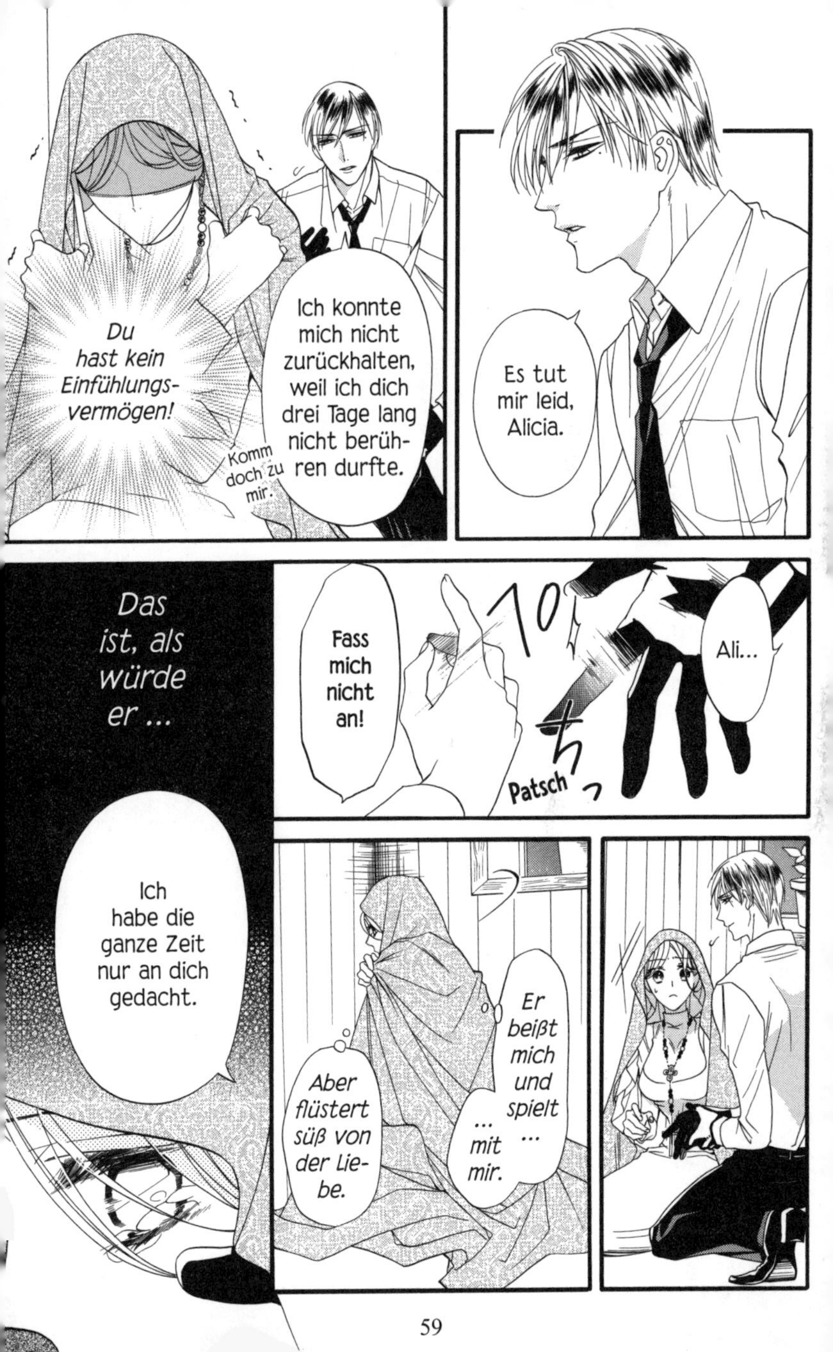
Es tut mir leid, Alicia.
Ich konnte mich nicht zurückhalten, weil ich dich drei Tage lang nicht berühren durfte.
Komm doch zu mir.
Du hast kein Einfühlungsvermögen!
Ali...
Patsch
Fass mich nicht an!
Das ist, als würde er ...
Er beißt mich und spielt ... mit mir.
Aber flüstert süß von der Liebe.
Ich habe die ganze Zeit nur an dich gedacht.

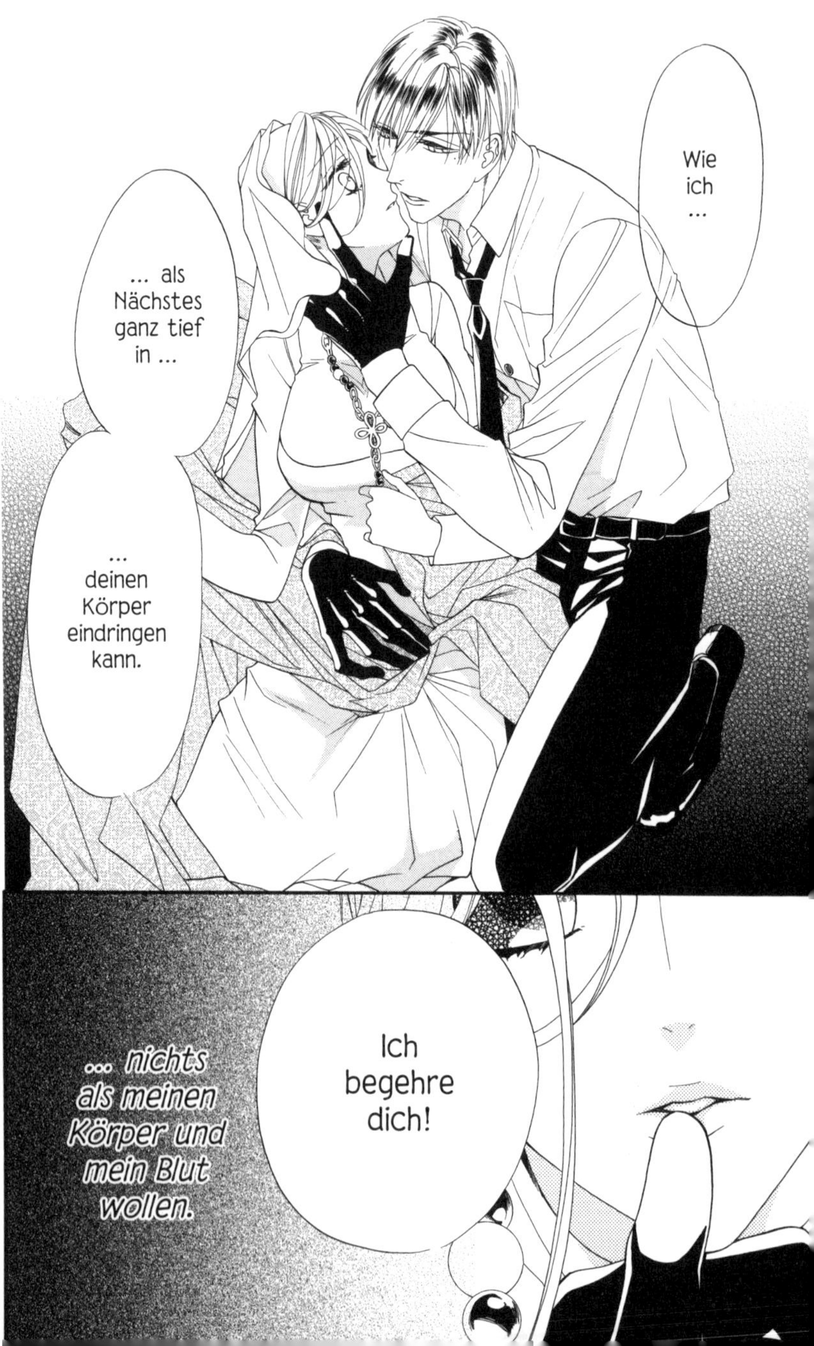
Wie ich ...
... als Nächstes ganz tief in ...
... deinen Körper eindringen kann.
Ich begehre dich!
... nichts als meinen Körper und mein Blut wollen.

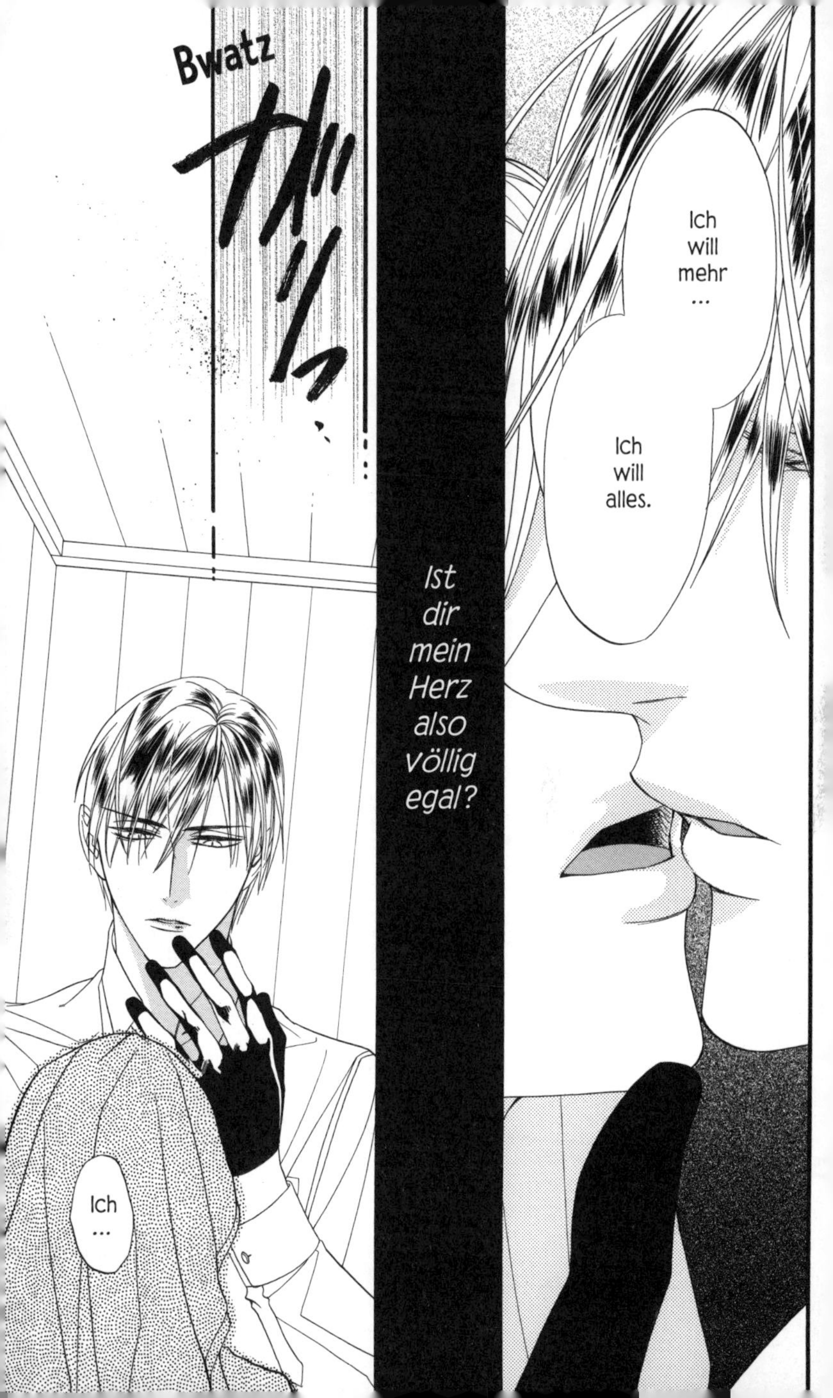
Ich will mehr ...
Ich will alles.
Ist dir mein Herz also völlig egal?
Bwatz
Ich ...

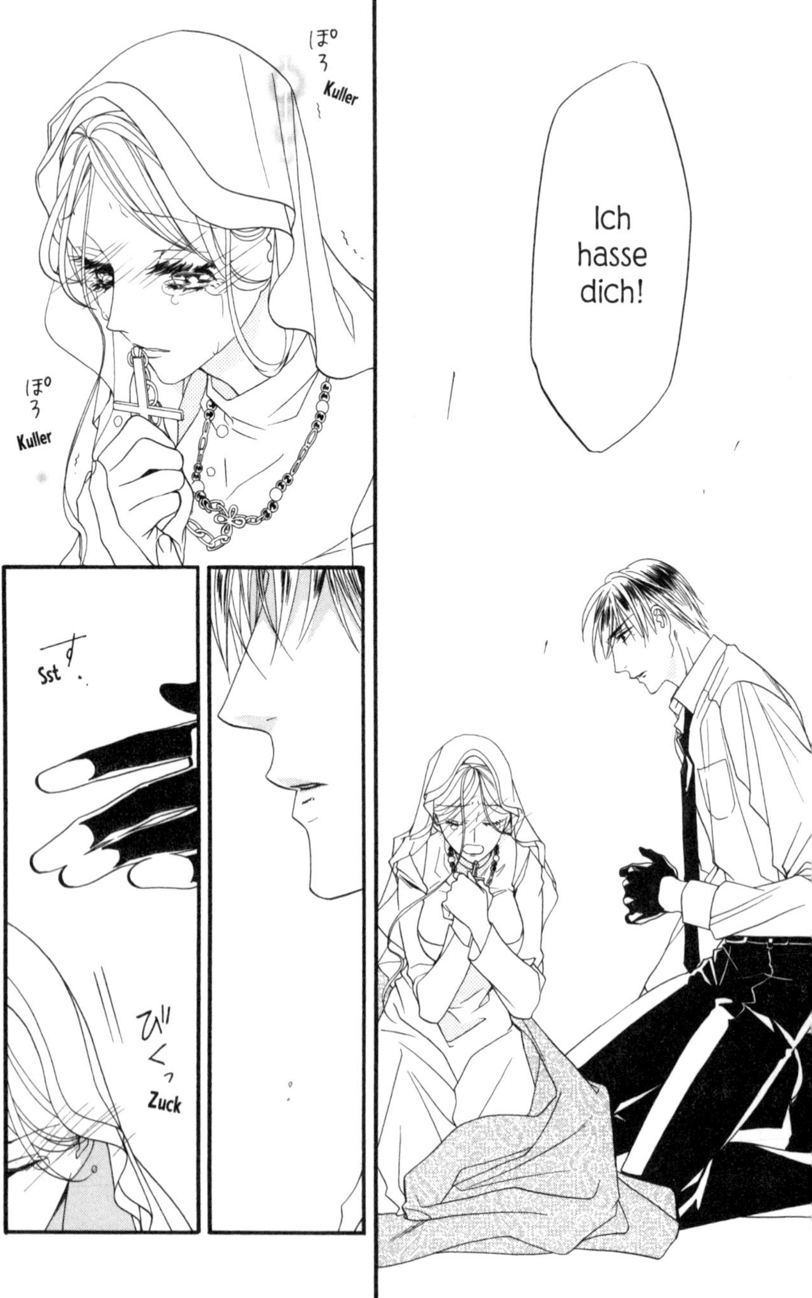
Ich hasse dich!
ぽろ
Kuller
ぽろ
Kuller
す
Sst
びくっ
Zuck

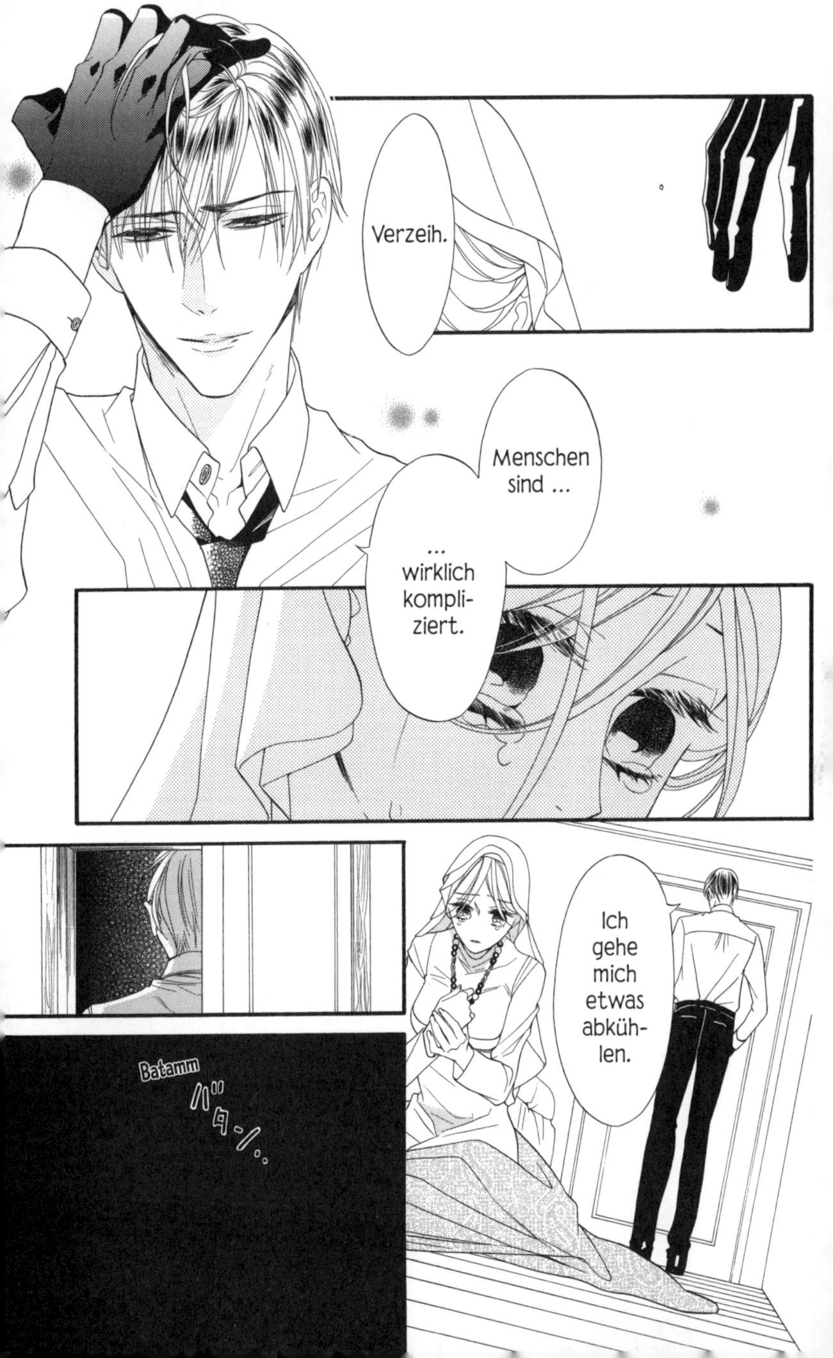
Verzeih.
Menschen sind ...
... wirklich kompli-ziert.
Ich gehe mich etwas abküh-len.
Batamm

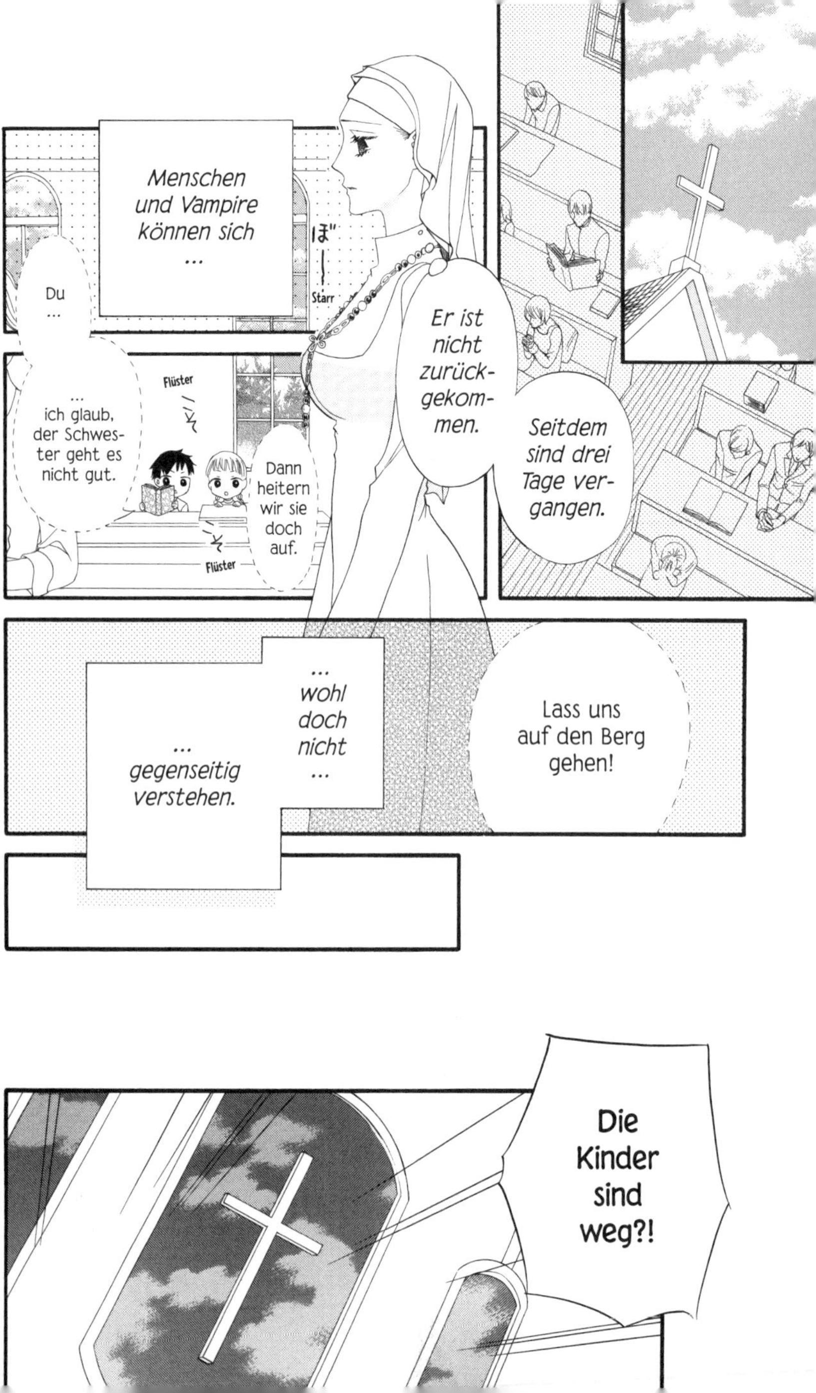
Er ist nicht zurückgekommen.
Seitdem sind drei Tage vergangen.
Menschen und Vampire können sich ...
ぼー
Starr
Du ...
... ich glaub, der Schwester geht es nicht gut.
Flüster
Dann heitern wir sie doch auf.
Flüster
Lass uns auf den Berg gehen!
... wohl doch nicht ...
... gegenseitig verstehen.
Die Kinder sind weg?!

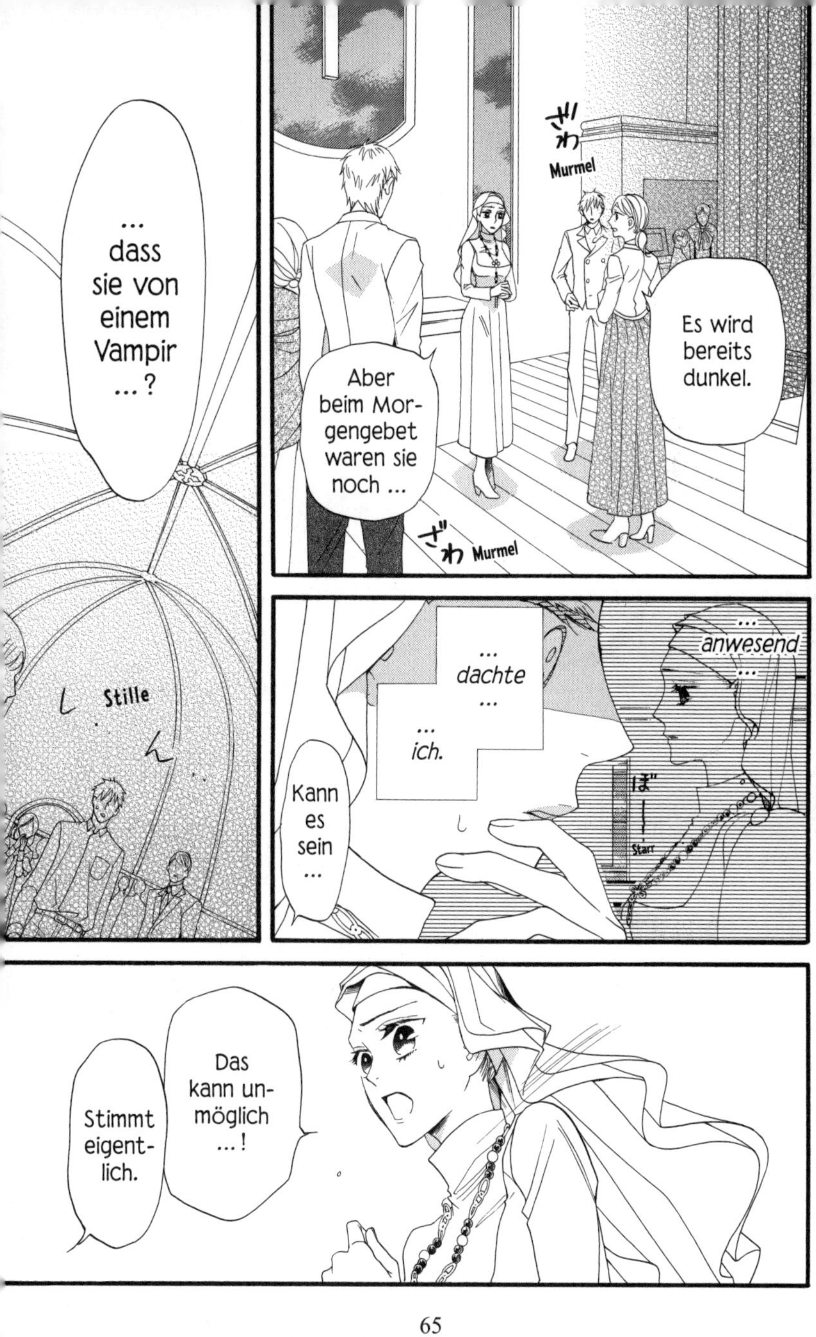
ざわ
Murmel
Es wird bereits dunkel.
Aber beim Morgengebet waren sie noch ...
ざわ
Murmel
... dass sie von einem Vampir ...?
Stille
... anwesend ...
... dachte ...
... ich.
Kann es sein ...
Starr
Das kann unmöglich ...!
Stimmt eigentlich.

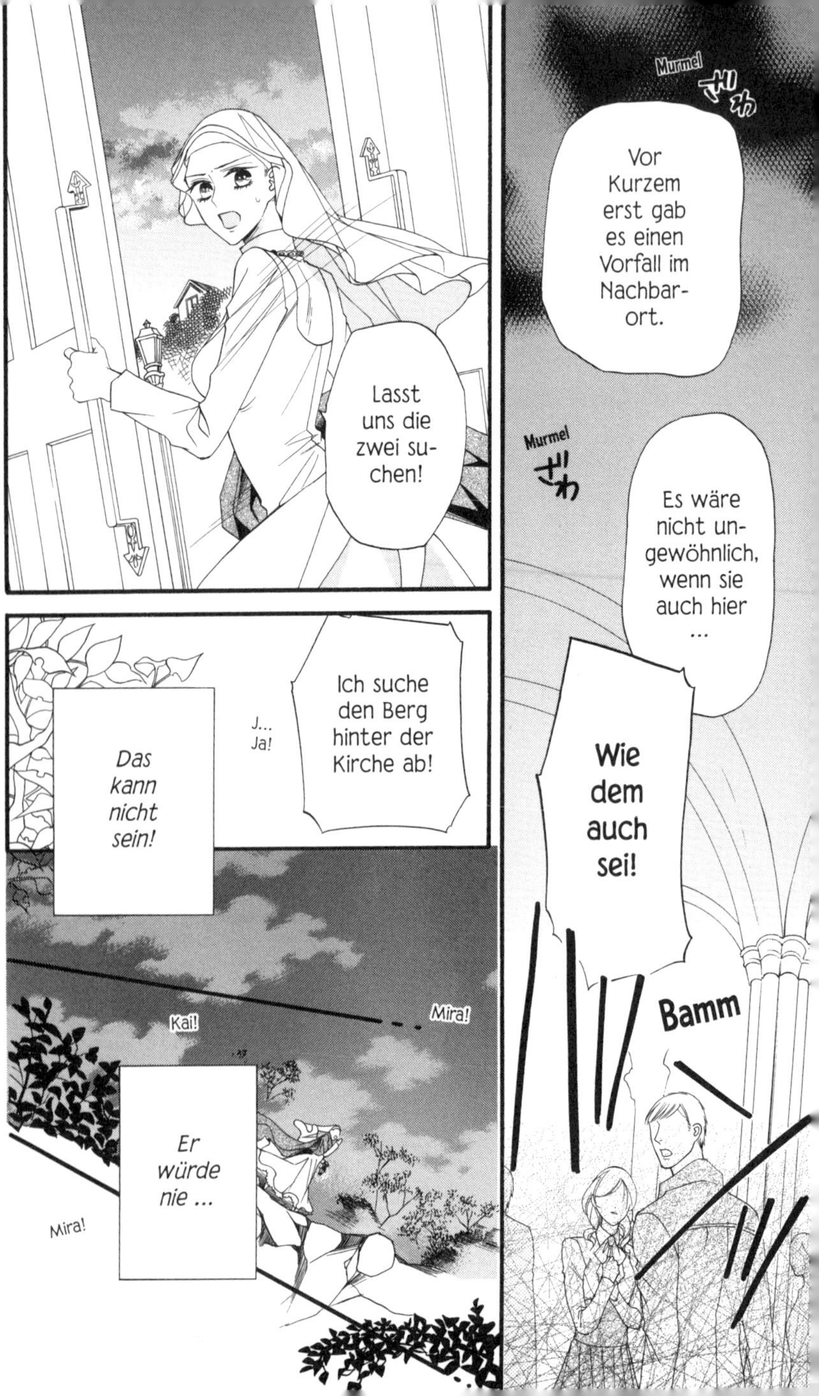
Murmel
ざわ
Vor Kurzem erst gab es einen Vorfall im Nachbarort.
Murmel
ざわ
Es wäre nicht ungewöhnlich, wenn sie auch hier …
Wie dem auch sei!
Bamm
Lasst uns die zwei suchen!
Ich suche den Berg hinter der Kirche ab!
J… Ja!
Das kann nicht sein!
Mira!
Kai!
Er würde nie …
Mira!

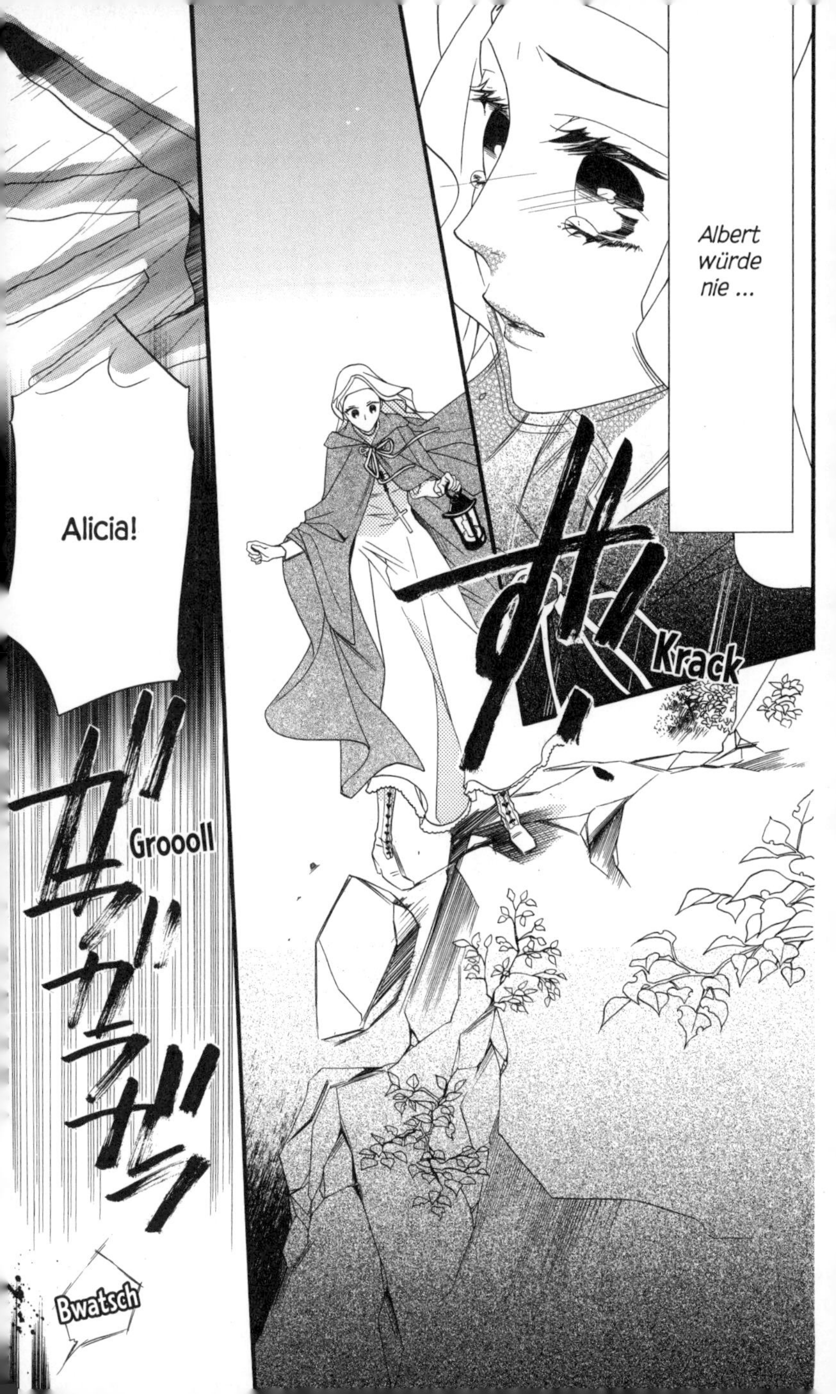
Albert würde nie ...
Krack
Alicia!
Groooll
Bwatsch

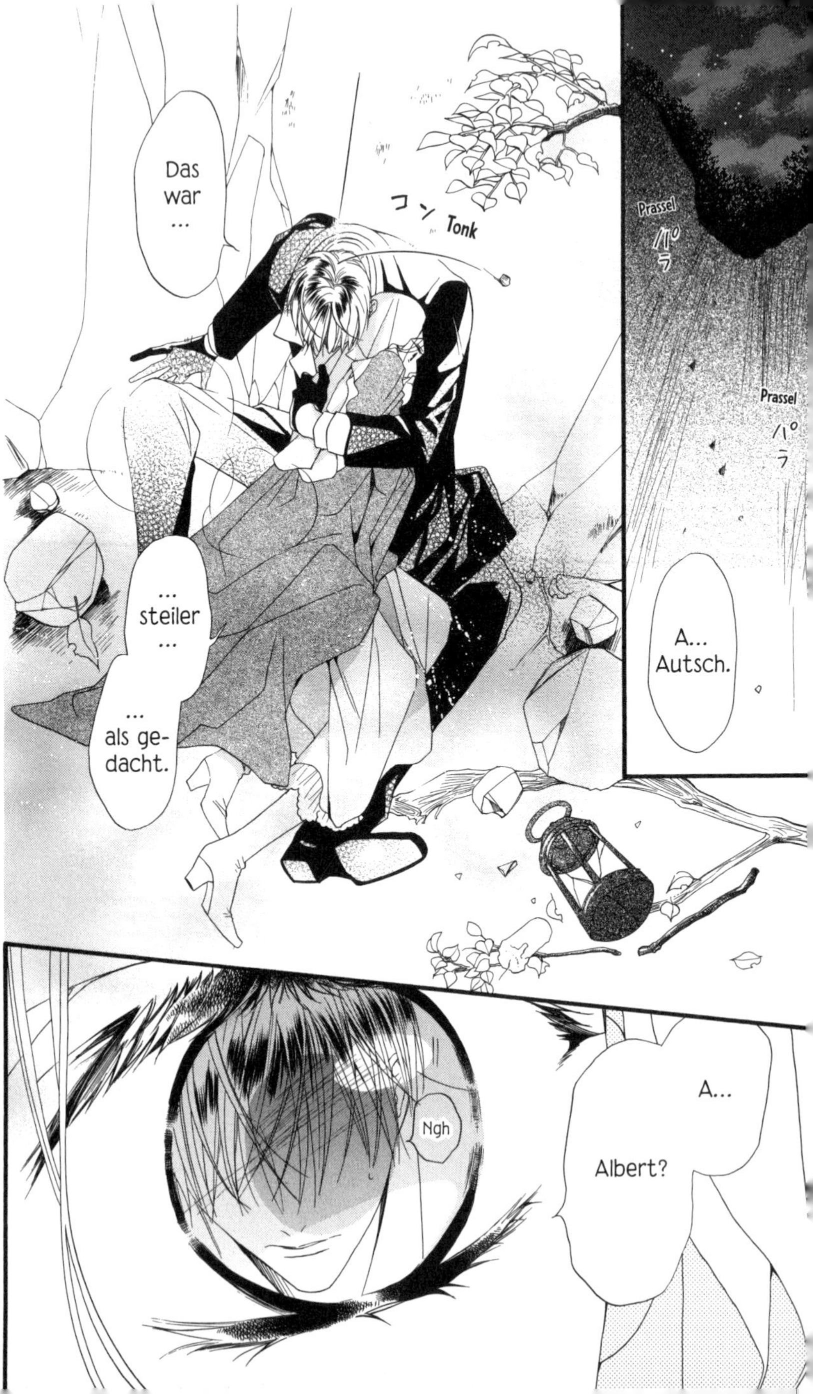

Prassel パラ
Prassel パラ
A... Autsch.
コン Tonk
Das war ...
... steiler ...
... als gedacht.
A... Albert?
Ngh

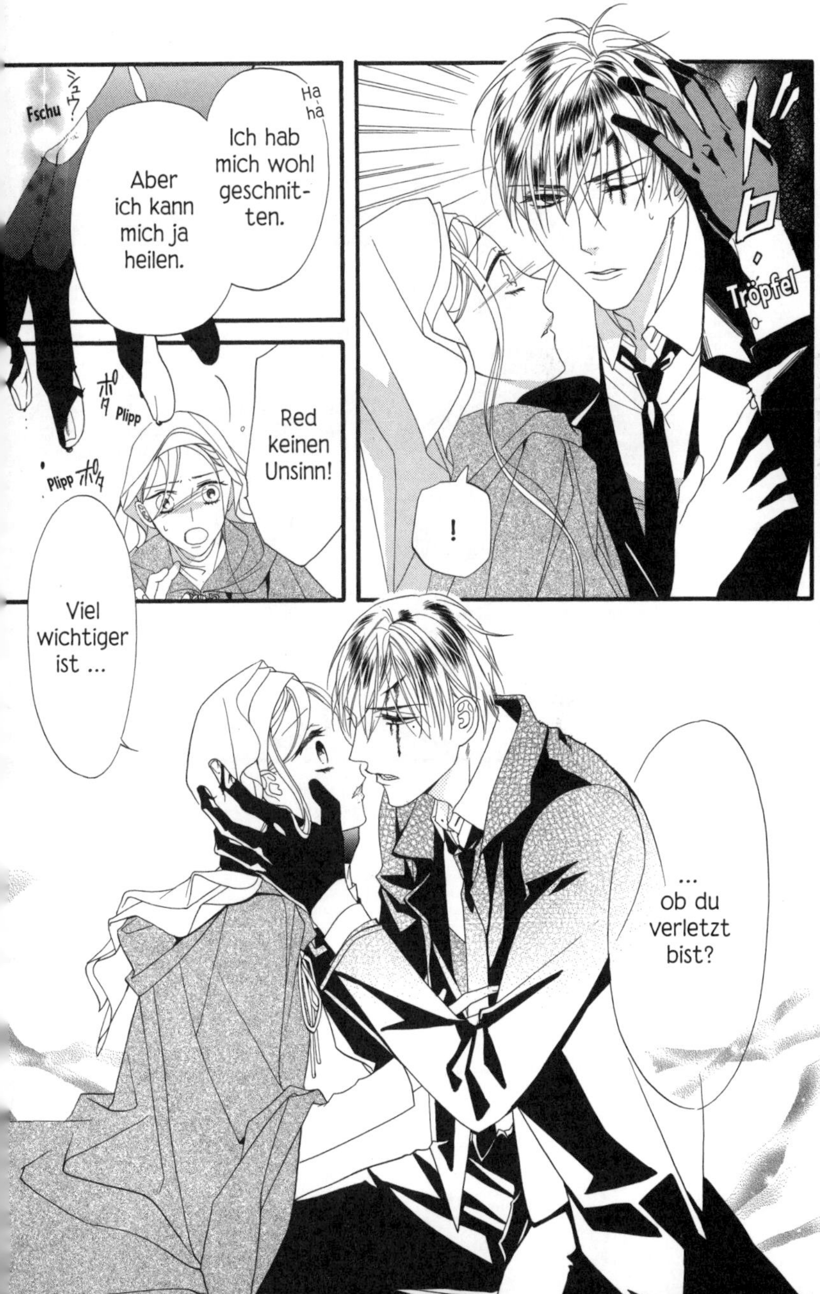

Tröpfel
!
Ha hä
Ich hab mich wohl geschnitten.
Aber ich kann mich ja heilen.
Fschu
Red keinen Unsinn!
Plipp
Plipp
Viel wichtiger ist ...
... ob du verletzt bist?

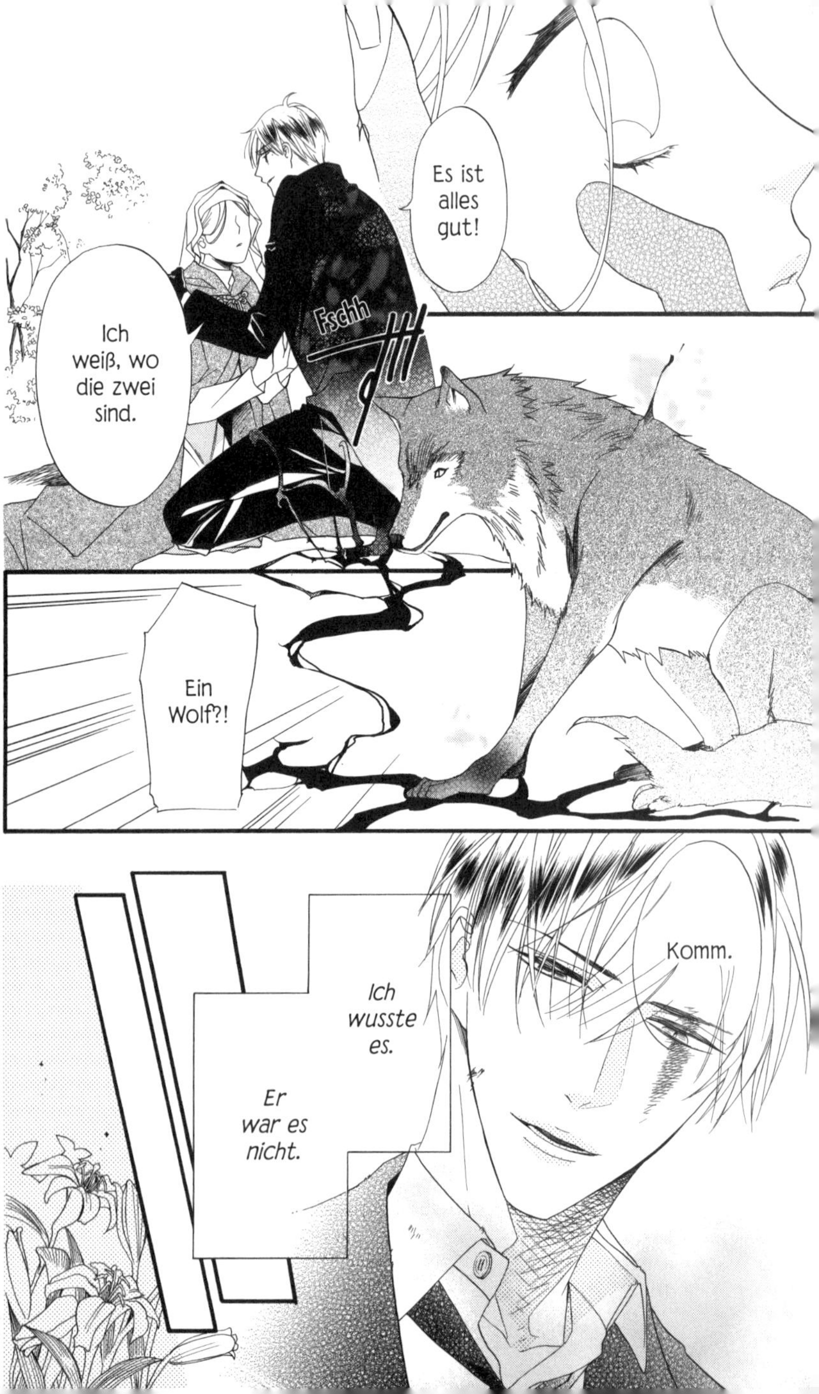
Es ist alles gut!
Ich weiß, wo die zwei sind.
Fschh
Ein Wolf?!
Komm.
Ich wusste es.
Er war es nicht.

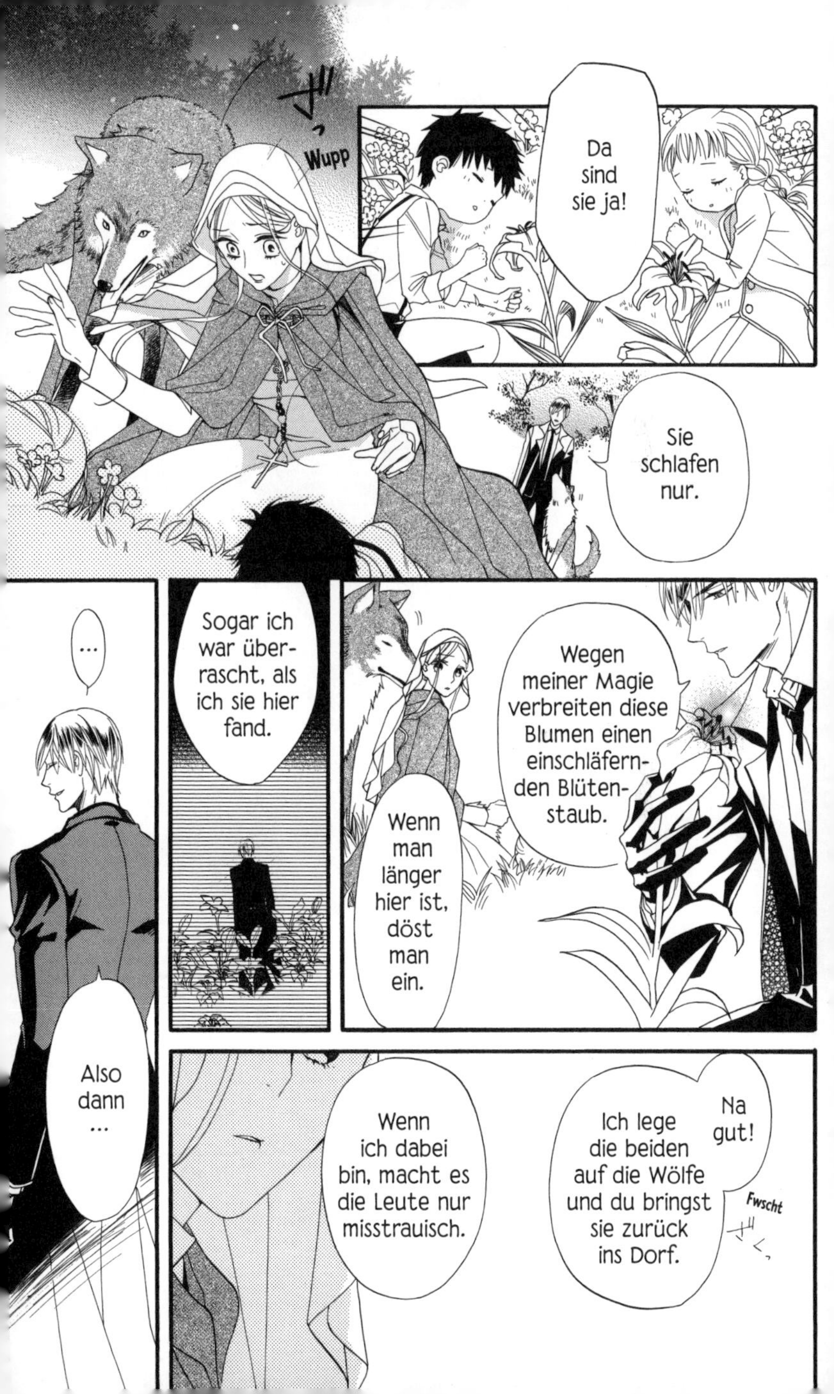
Da sind sie ja!
Wupp
Sie schlafen nur.
Wegen meiner Magie verbreiten diese Blumen einen einschläfernden Blütenstaub.
Wenn man länger hier ist, döst man ein.
Sogar ich war überrascht, als ich sie hier fand.
...
Na gut!
Ich lege die beiden auf die Wölfe und du bringst sie zurück ins Dorf.
Fwscht
Wenn ich dabei bin, macht es die Leute nur misstrauisch.
Also dann ...

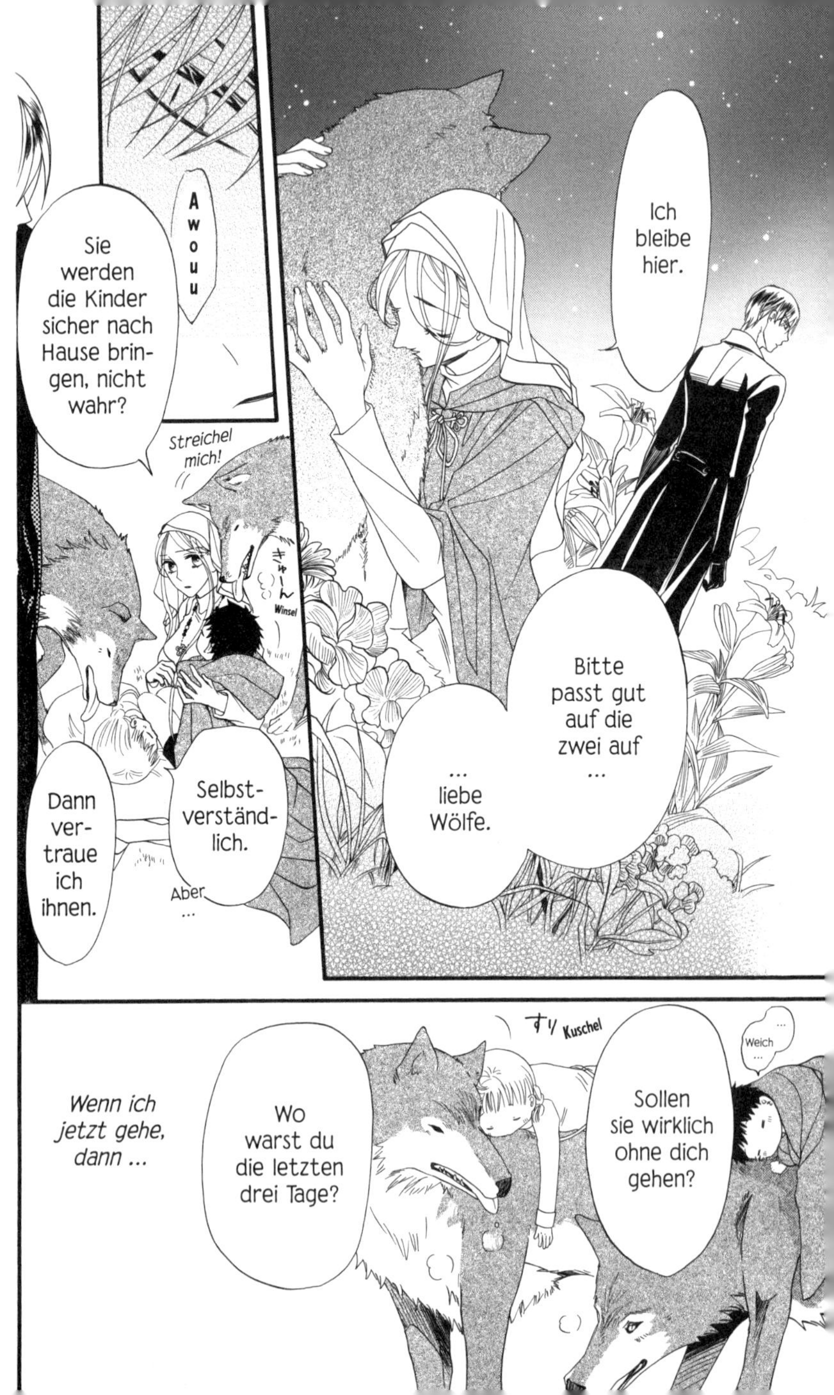
Ich bleibe hier.
Awouu
Bitte passt gut auf die zwei auf ...
... liebe Wölfe.
Sie werden die Kinder sicher nach Hause bringen, nicht wahr?
Streichel mich!
Winsel
Selbstverständlich.
Aber ...
Dann vertraue ich ihnen.
... Weich ...
Kuschel
Sollen sie wirklich ohne dich gehen?
Wo warst du die letzten drei Tage?
Wenn ich jetzt gehe, dann ...

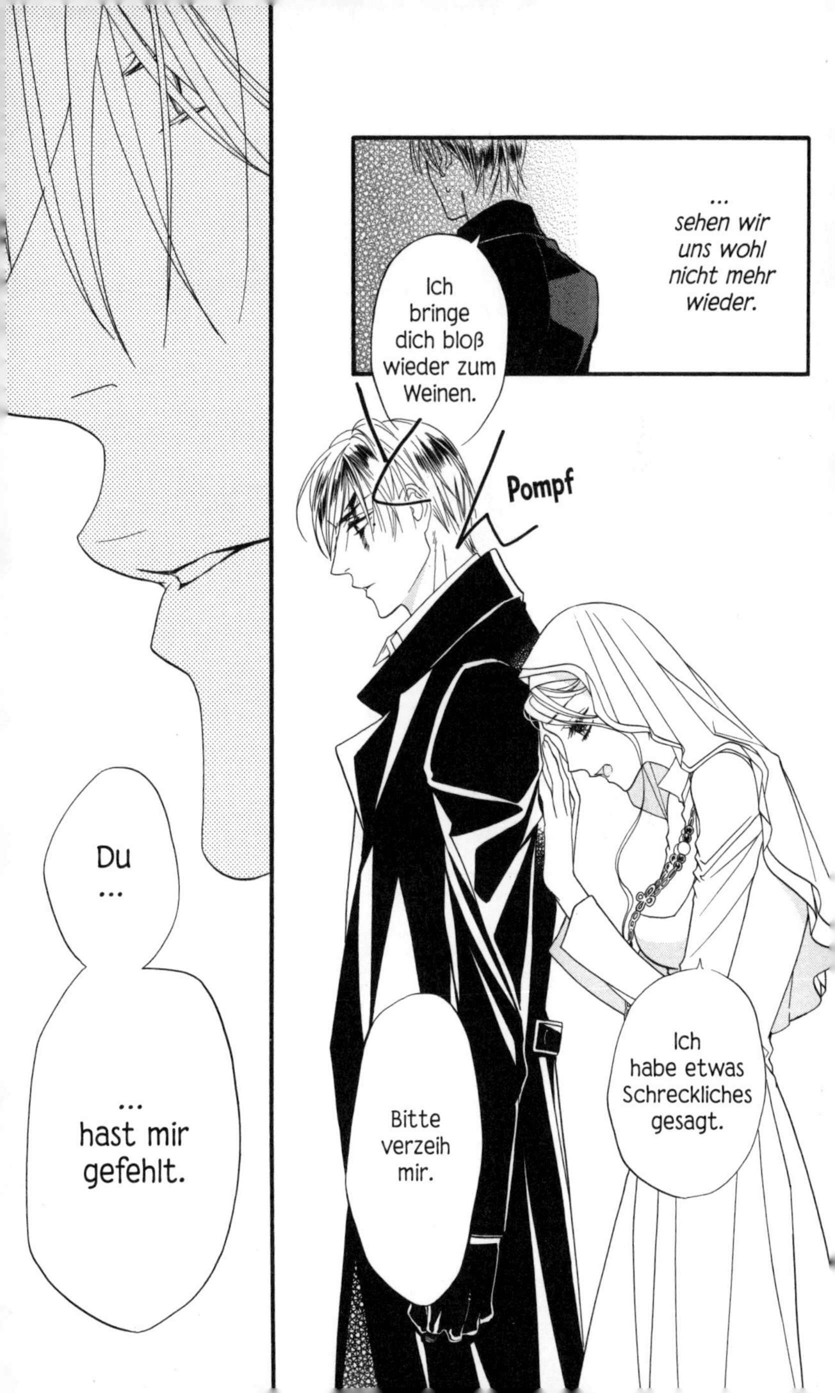
... sehen wir uns wohl nicht mehr wieder.
Ich bringe dich bloß wieder zum Weinen.
Pompf
Ich habe etwas Schreckliches gesagt.
Bitte verzeih mir.
Du ...
... hast mir gefehlt.

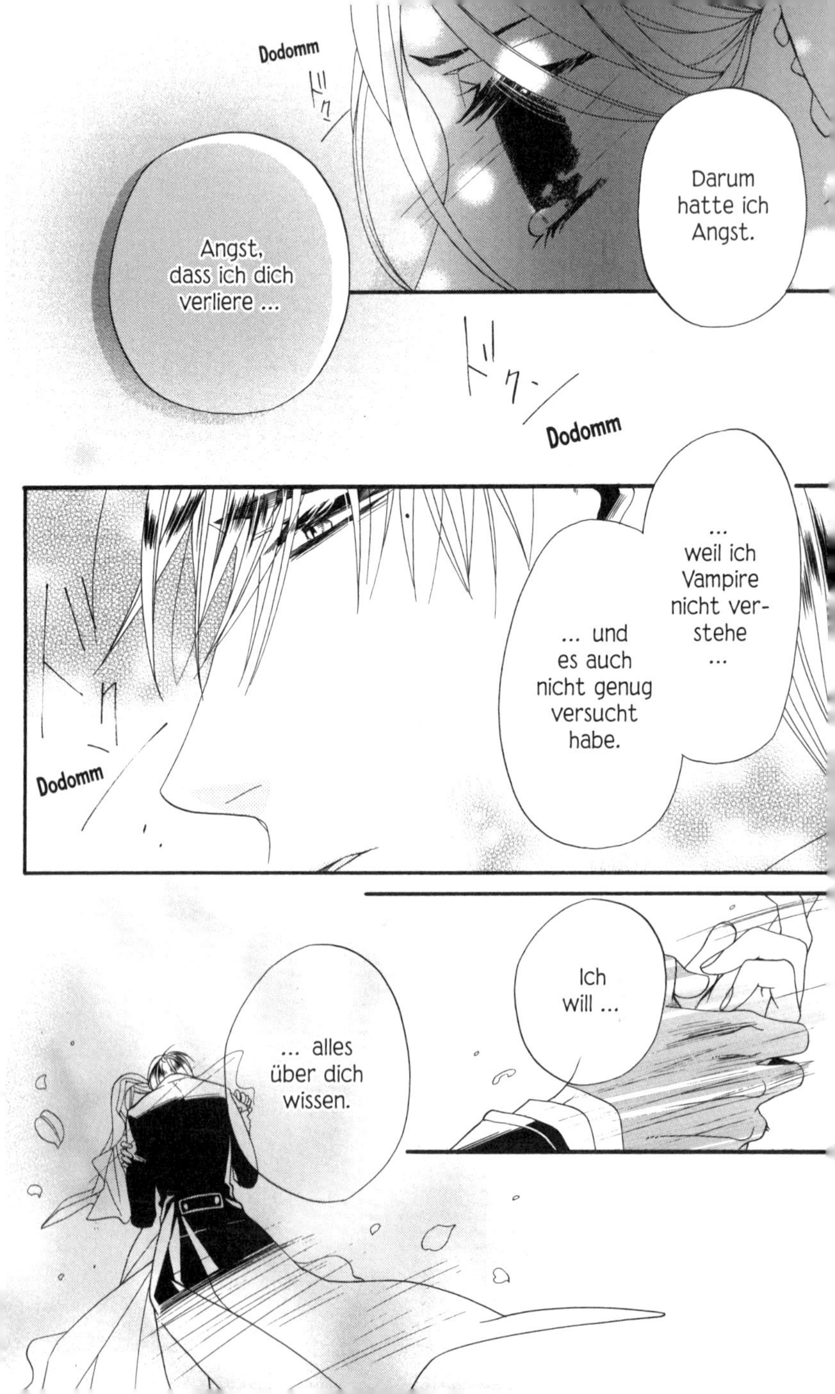
Dodomm
Darum hatte ich Angst.
Angst, dass ich dich verliere ...
Dodomm
... weil ich Vampire nicht ver-stehe ...
... und es auch nicht genug versucht habe.
Dodomm
Ich will ...
... alles über dich wissen.

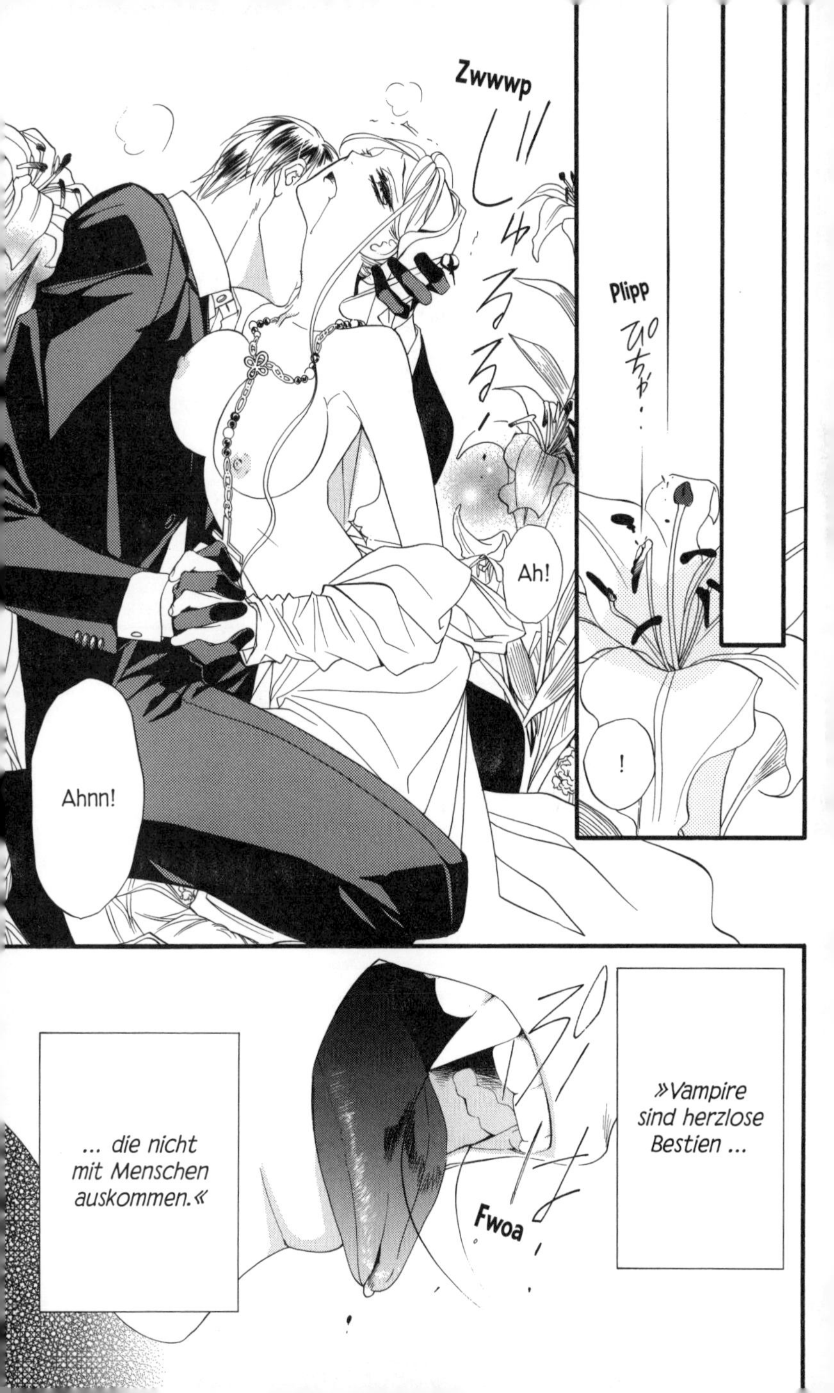
Zwwwp
Plipp
!
Ah!
Ahnn!
»Vampire sind herzlose Bestien ...
Fwoa
... die nicht mit Menschen auskommen.«

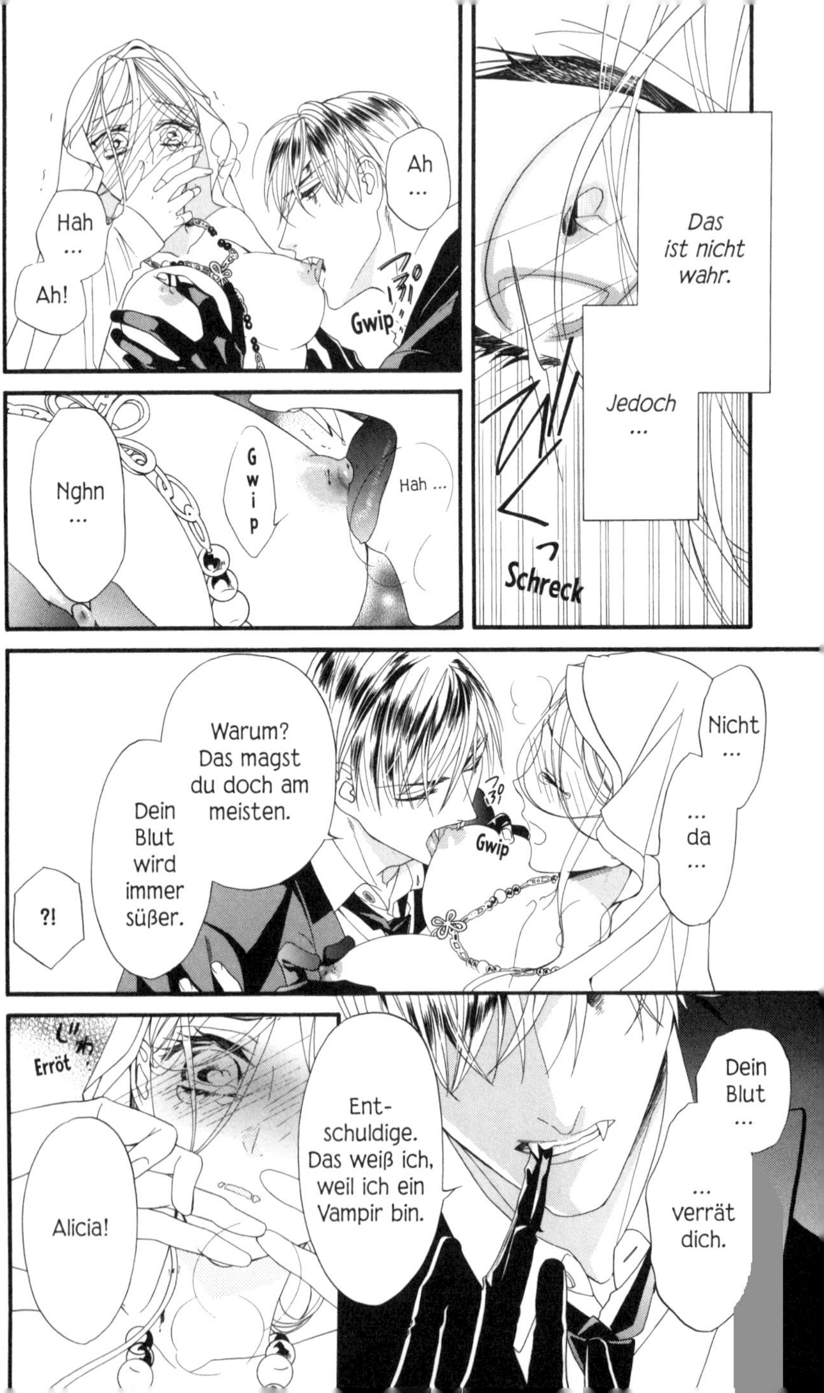
Das ist nicht wahr.
Jedoch …
Schreck
Ah …
Gwip
Hah … Ah!
Hah …
Gwip
Nghn …
Nicht … … da …
Warum? Das magst du doch am meisten.
Gwip
Dein Blut wird immer süßer.
?!
Dein Blut … … verrät dich.
Ent-schuldige. Das weiß ich, weil ich ein Vampir bin.
Erröt
Alicia!

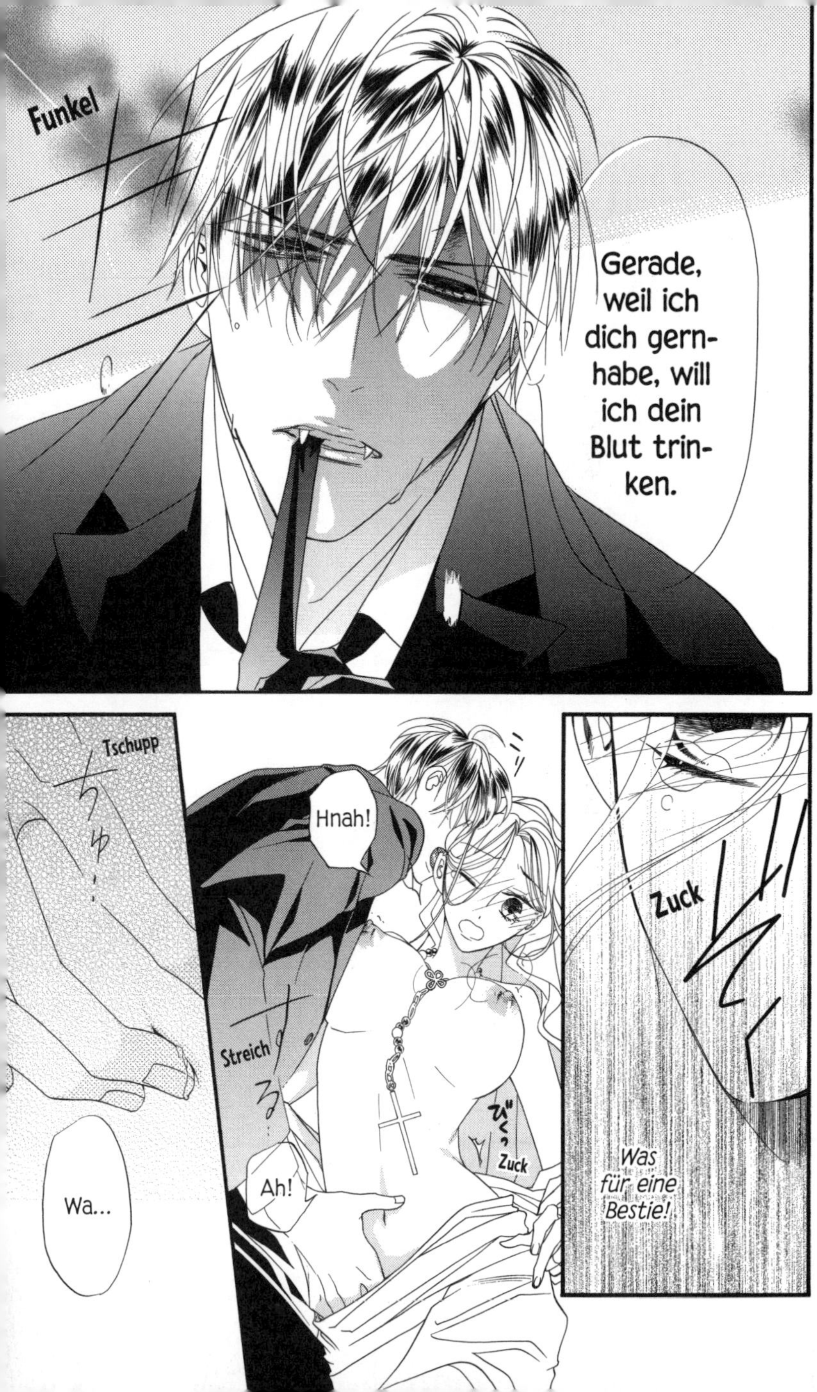
Funkel
Gerade, weil ich dich gernhabe, will ich dein Blut trinken.
Zuck
Was für eine Bestie!
Hnah!
Streich
Zuck
Ah!
Tschupp
Wa...

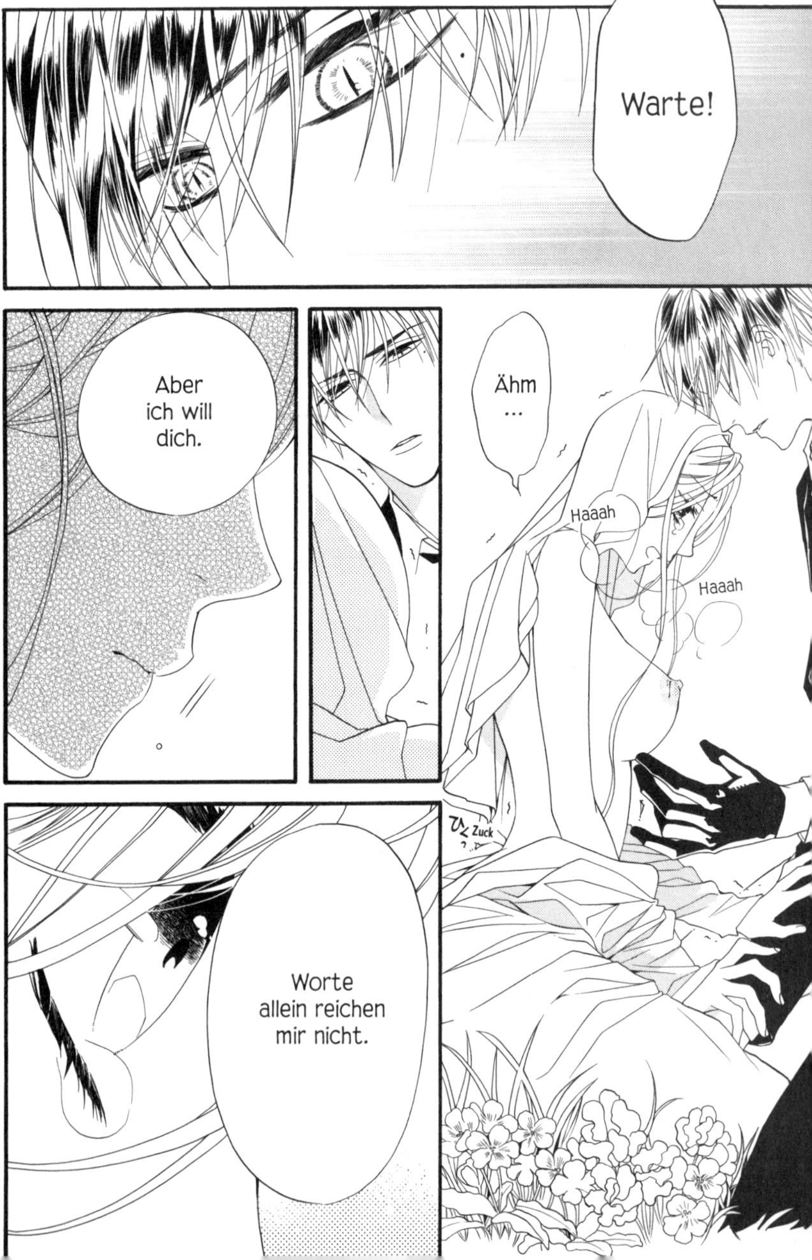
Warte!
Ähm ...
Haaah
Haaah
Zuck
Aber ich will dich.
Worte allein reichen mir nicht.

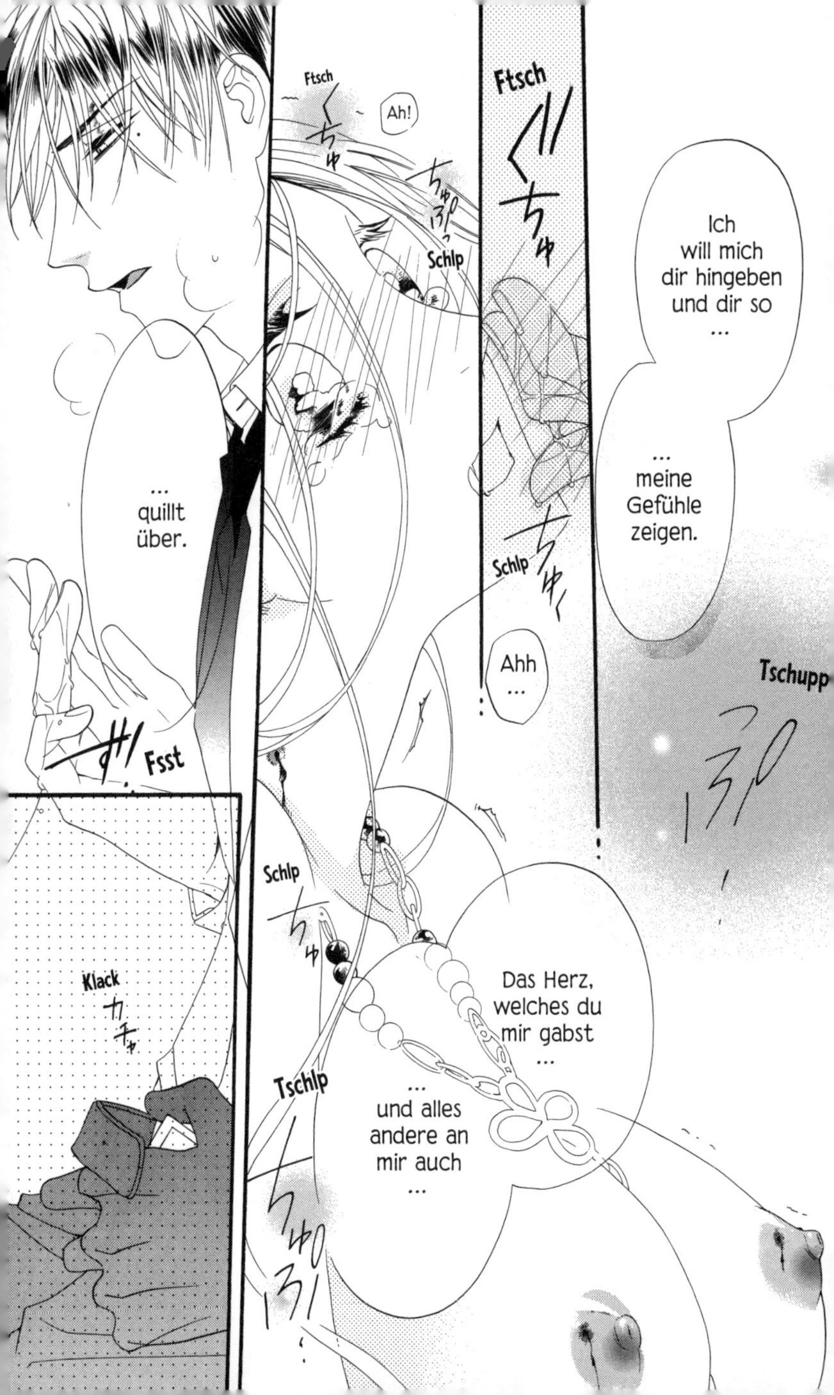
Ich will mich dir hingeben und dir so ...
... meine Gefühle zeigen.
Ftsch
Schlp
Ahh ...
Tschupp
Ftsch
Ah!
Schlp
Schlp
Das Herz, welches du mir gabst ...
Tschlp
... und alles andere an mir auch ...
... quillt über.
Fsst
Klack

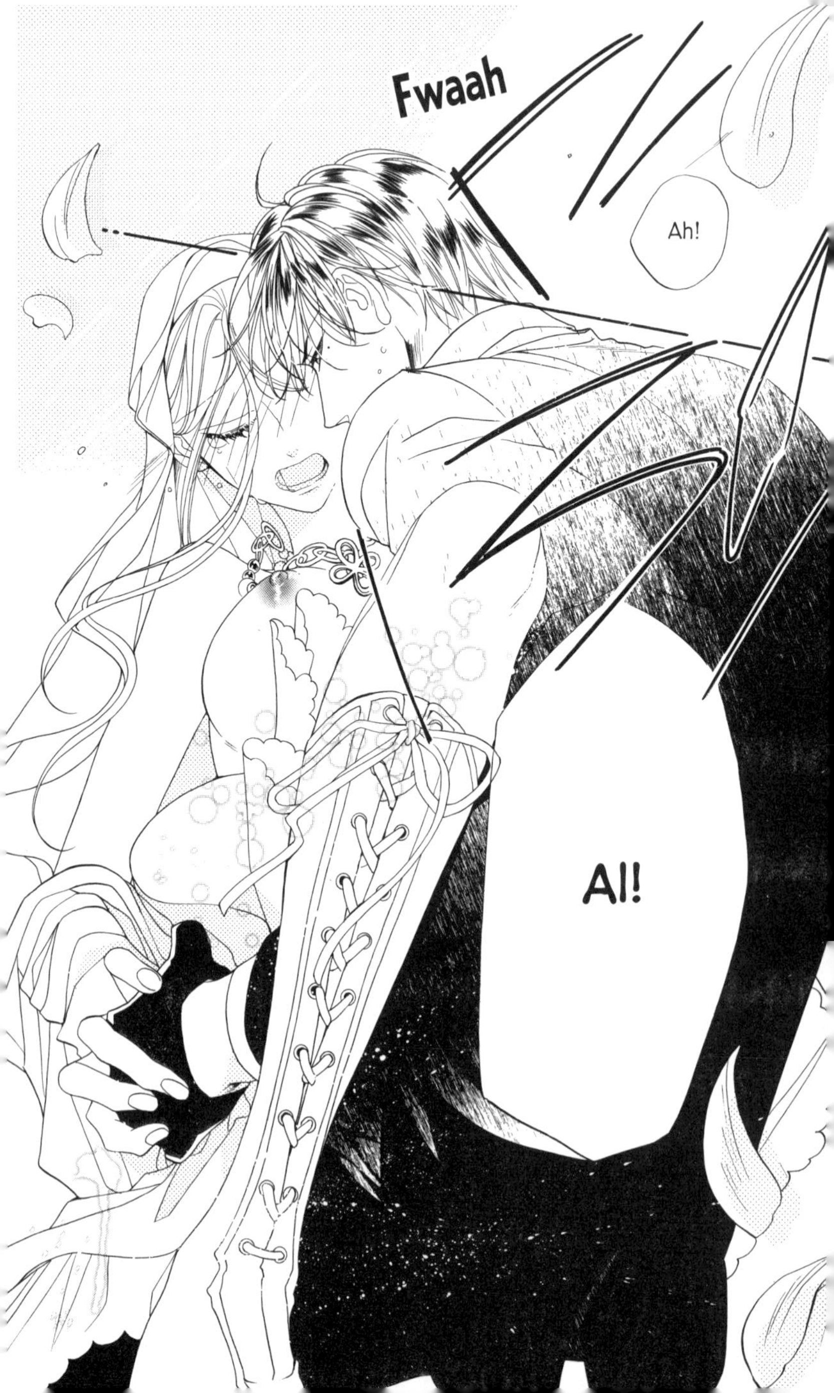
Fwaah
Ah!
Al!

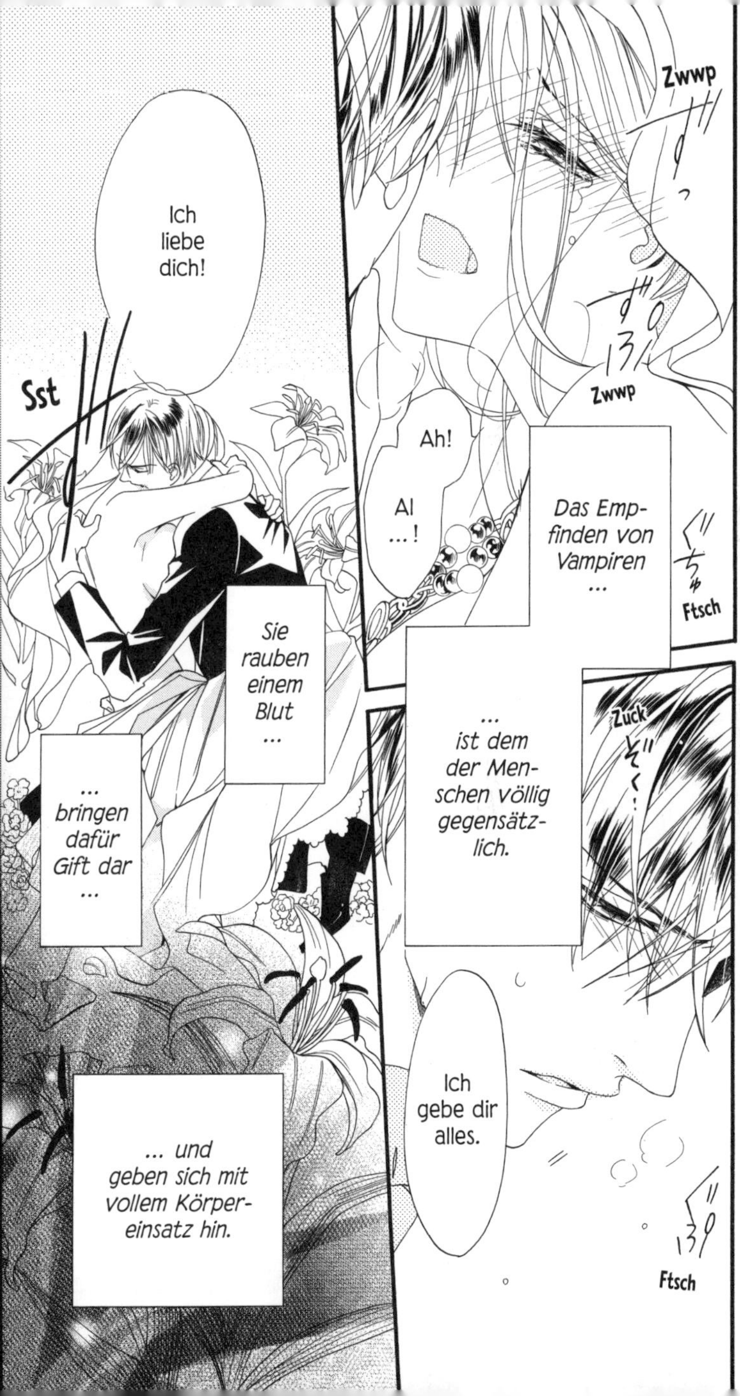

Zwwp
Zwwp
Ah!
Al …!
Das Empfinden von Vampiren …
Ftsch
… ist dem der Menschen völlig gegensätzlich.
Zuck
Ich gebe dir alles.
Ftsch
Ich liebe dich!
Sst
Sie rauben einem Blut …
… bringen dafür Gift dar …
… und geben sich mit vollem Körpereinsatz hin.

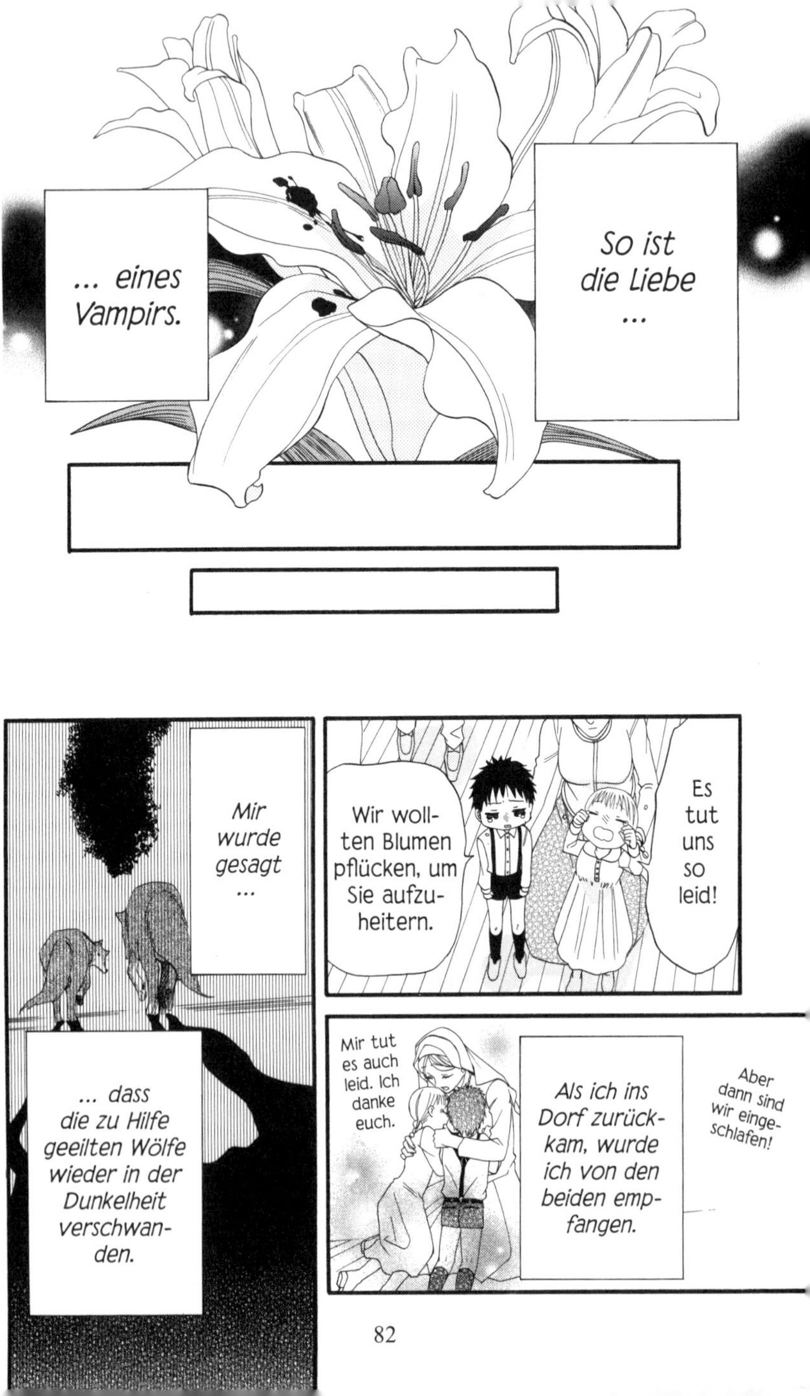

So ist die Liebe ...
... eines Vampirs.
Es tut uns so leid!
Wir wollten Blumen pflücken, um Sie aufzuheitern.
Als ich ins Dorf zurückkam, wurde ich von den beiden empfangen.
Aber dann sind wir eingeschlafen!
Mir tut es auch leid. Ich danke euch.
Mir wurde gesagt ...
... dass die zu Hilfe geeilten Wölfe wieder in der Dunkelheit verschwanden.

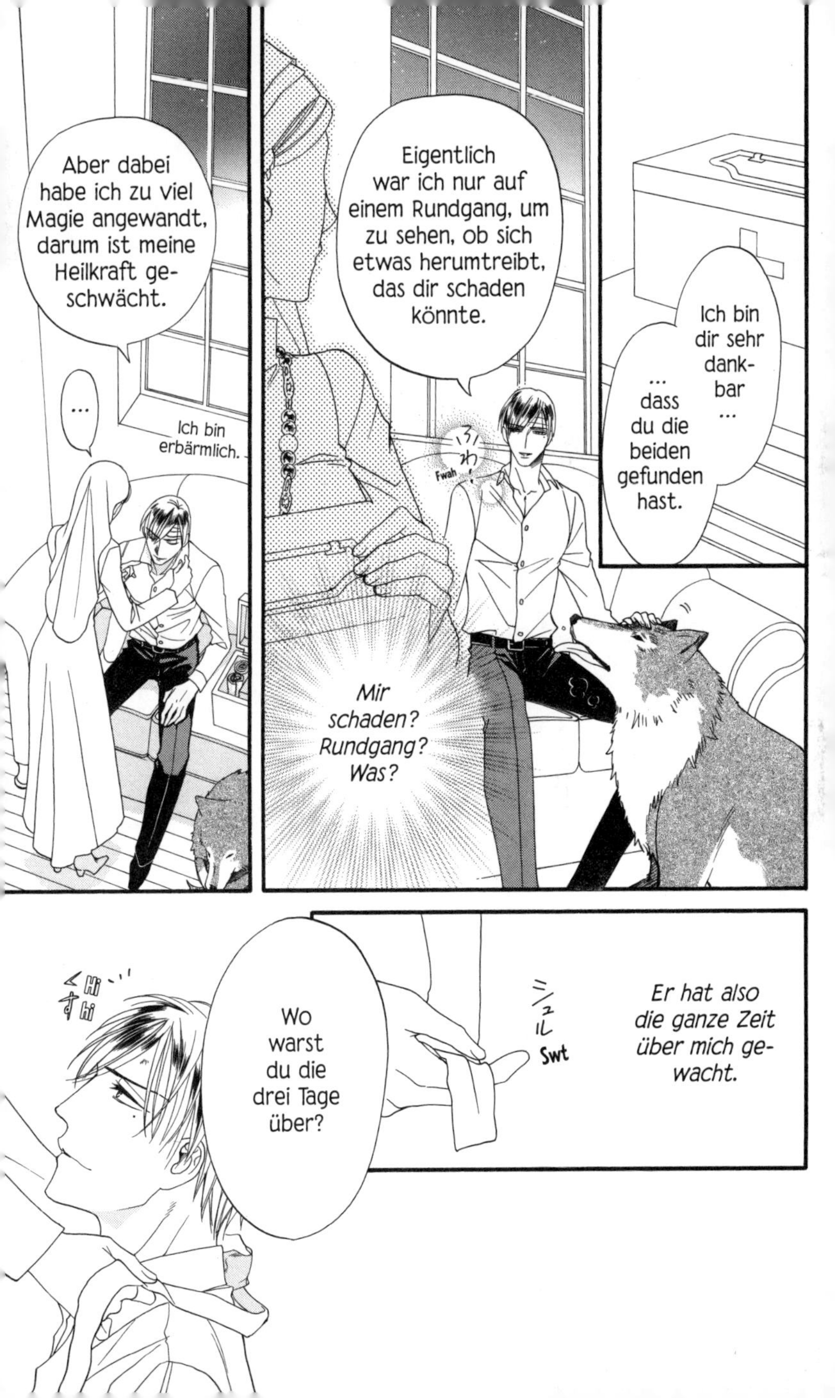
Ich bin dir sehr dankbar ...
... dass du die beiden gefunden hast.
Eigentlich war ich nur auf einem Rundgang, um zu sehen, ob sich etwas herumtreibt, das dir schaden könnte.
Fwah
Mir schaden? Rundgang? Was?
Aber dabei habe ich zu viel Magie angewandt, darum ist meine Heilkraft geschwächt.
...
Ich bin erbärmlich.
Er hat also die ganze Zeit über mich gewacht.
Swt
Wo warst du die drei Tage über?
Hi hi

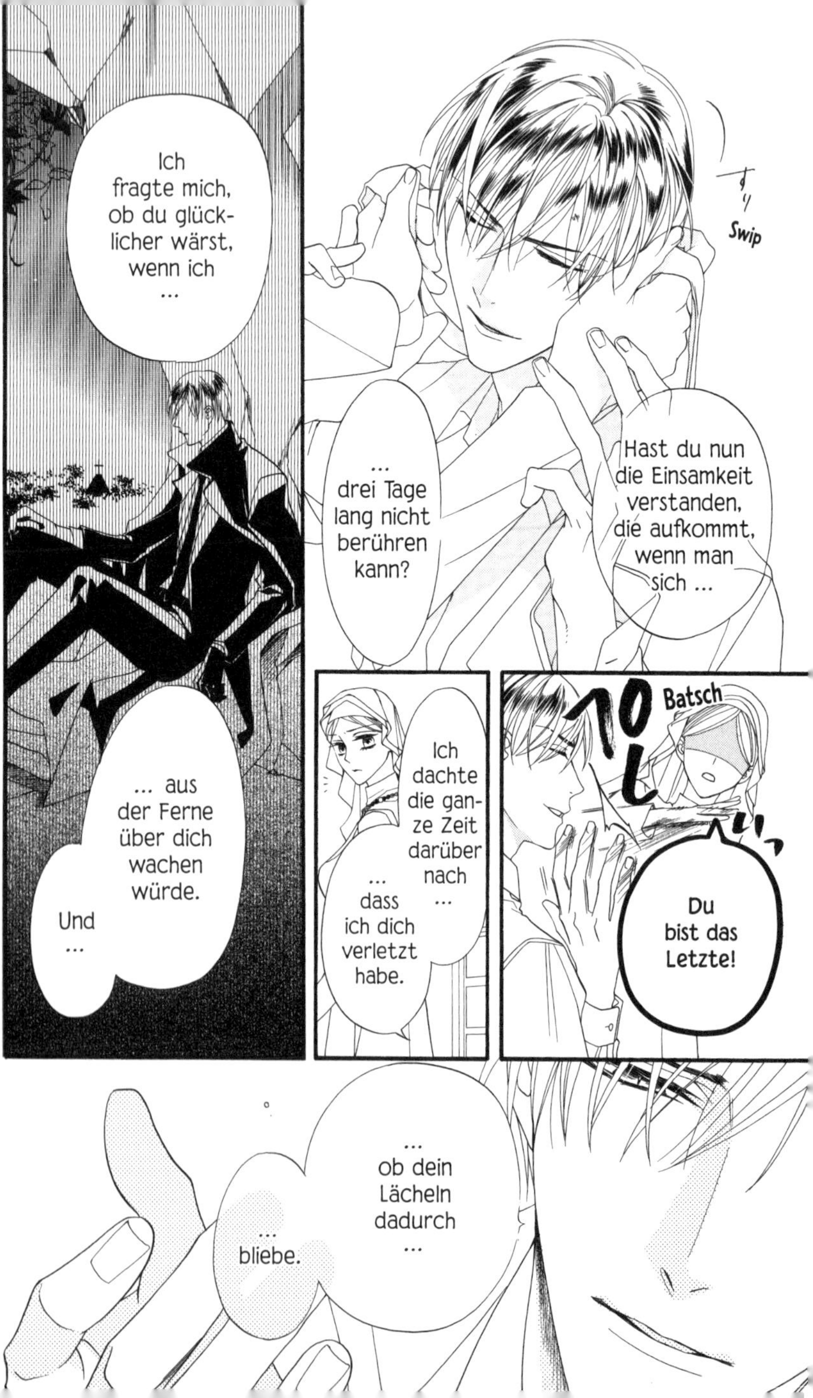
Swip
Hast du nun die Einsamkeit verstanden, die aufkommt, wenn man sich ...
... drei Tage lang nicht berühren kann?
Batsch
Du bist das Letzte!
Ich dachte die ganze Zeit darüber nach ...
... dass ich dich verletzt habe.
Ich fragte mich, ob du glücklicher wärst, wenn ich ...
... aus der Ferne über dich wachen würde.
Und ...
... ob dein Lächeln dadurch ...
... bliebe.

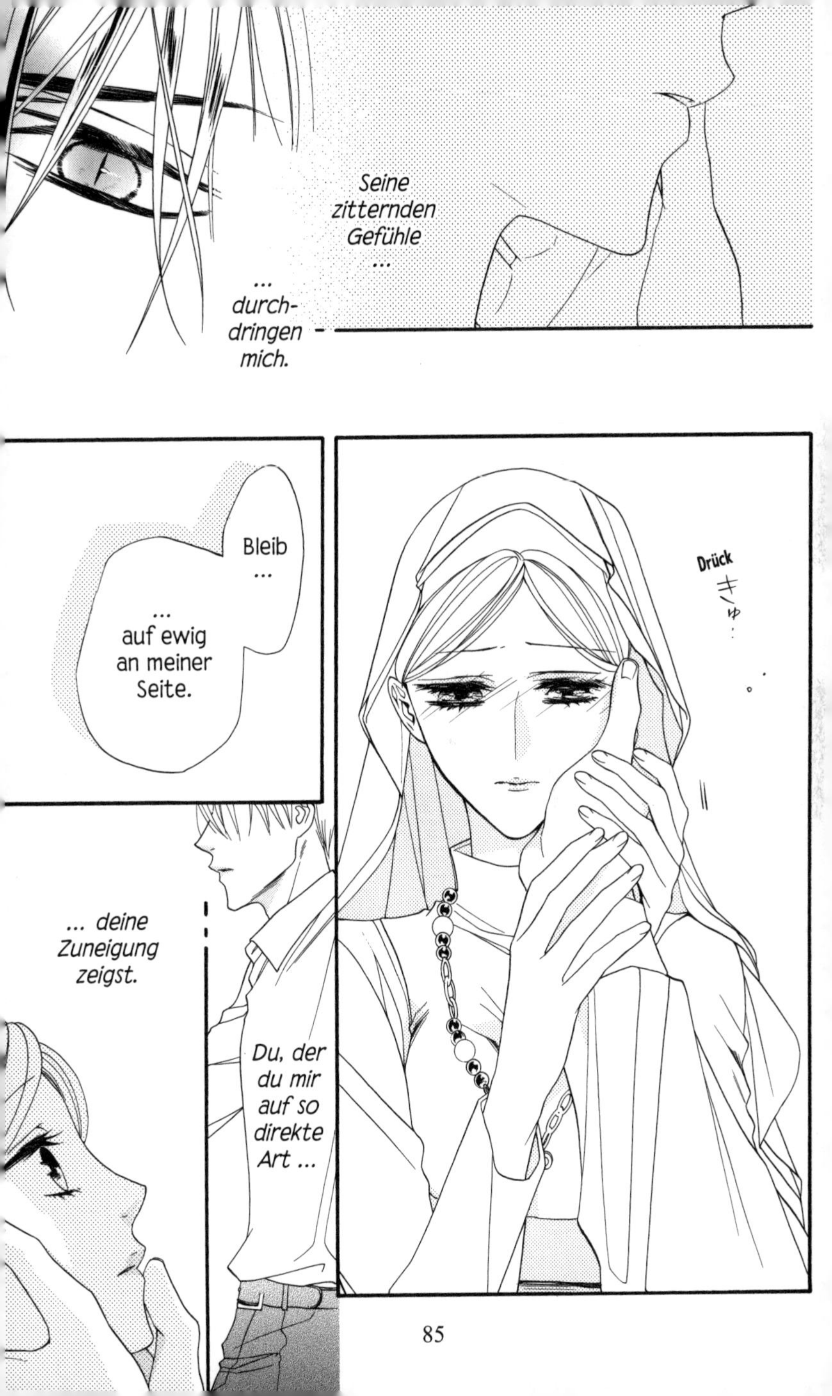
Seine zitternden Gefühle ...
... durchdringen mich.
Drück
きゅ‥
Bleib ...
... auf ewig an meiner Seite.
Du, der du mir auf so direkte Art ...
... deine Zuneigung zeigst.

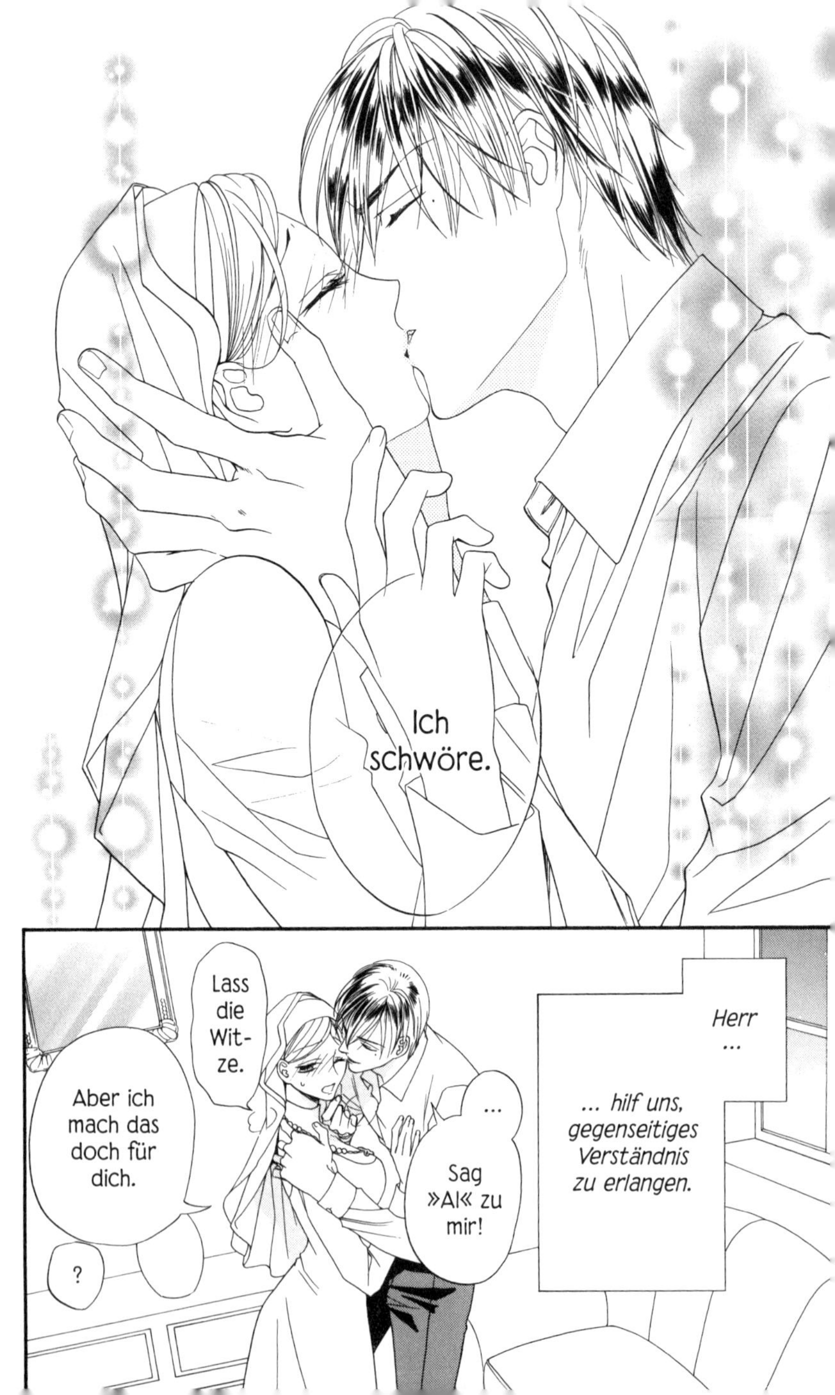
Ich schwöre.
Herr …
… hilf uns, gegenseitiges Verständnis zu erlangen.
…
Sag »Al« zu mir!
Lass die Wit-ze.
Aber ich mach das doch für dich.
?

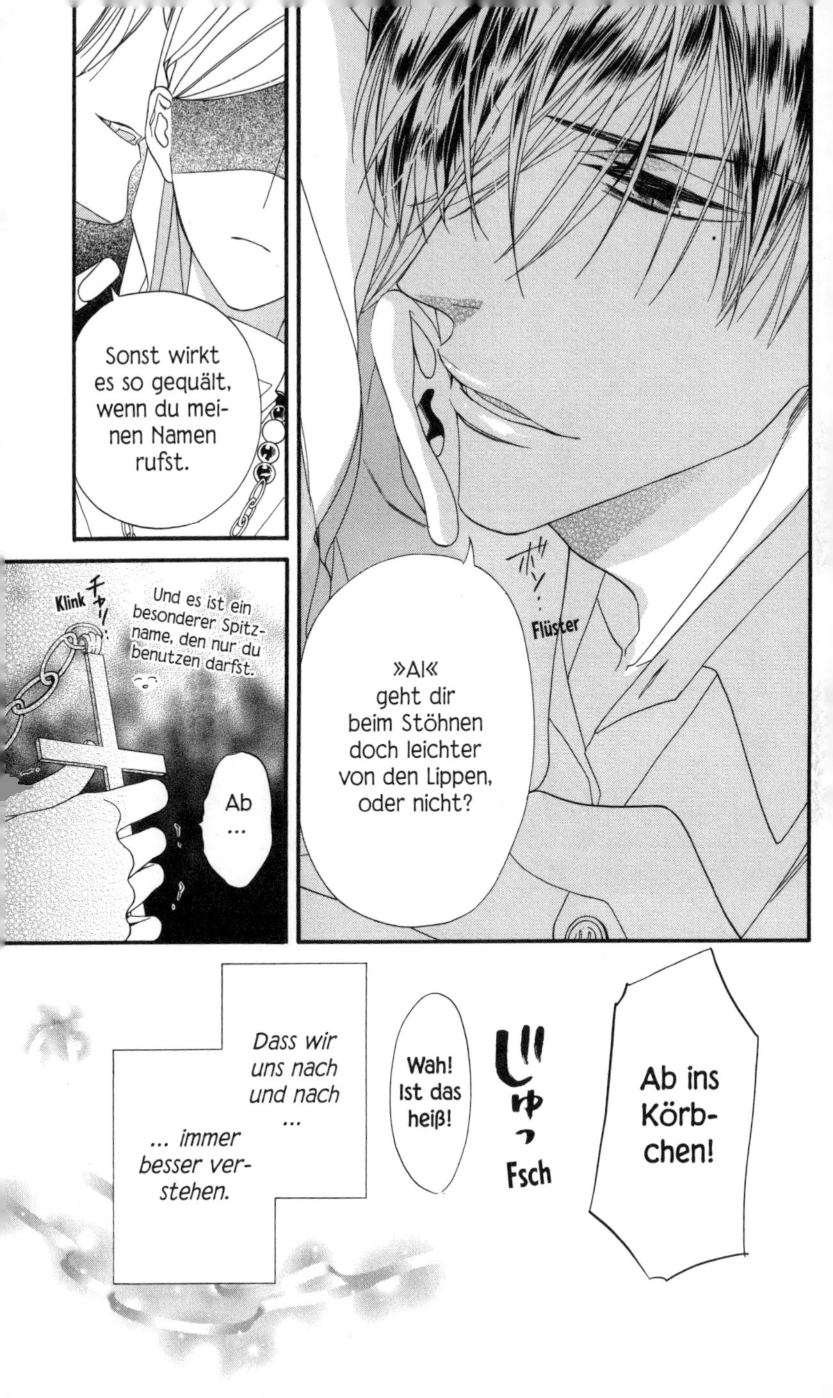
Sonst wirkt es so gequält, wenn du meinen Namen rufst.
Flüster
»Al« geht dir beim Stöhnen doch leichter von den Lippen, oder nicht?
Klink
Und es ist ein besonderer Spitzname, den nur du benutzen darfst.
Ab ...
Dass wir uns nach und nach ...
... immer besser verstehen.
Ab ins Körbchen!
Fsch
Wah! Ist das heiß!

✟ Frage-und-Antwort-Spiel beim Beichten (oder: Ein kleiner Scherz am Rande)

Frage: Verletzt du Albert nicht, wenn du ihm das Kreuz entgegenhältst?

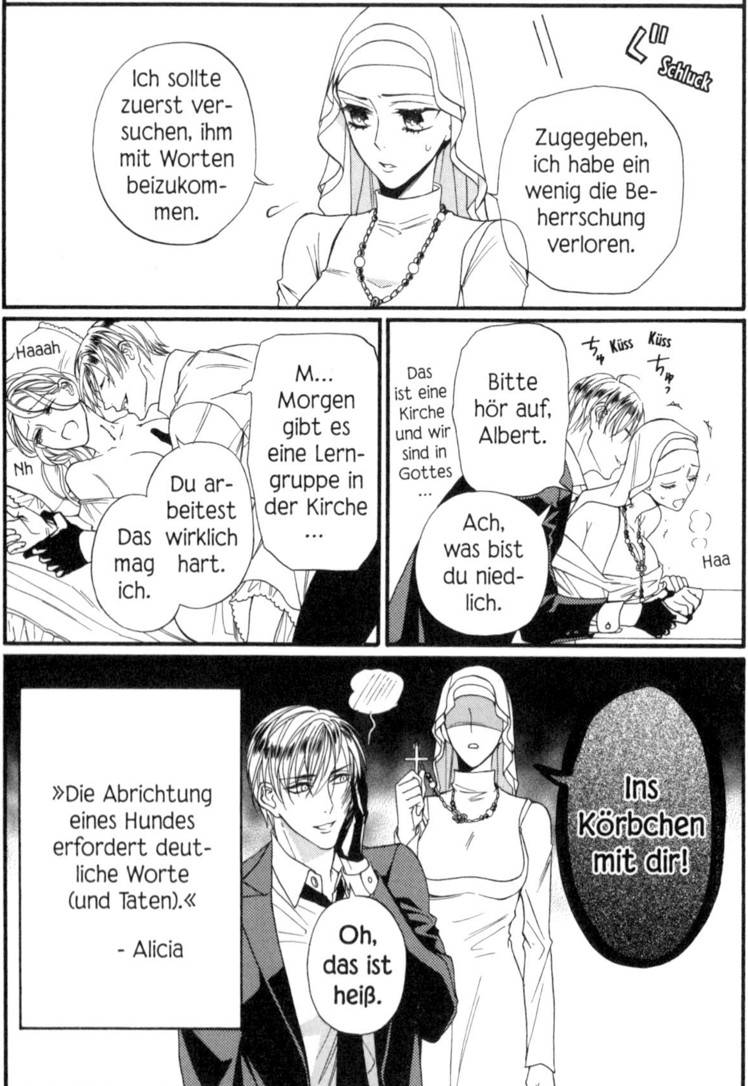

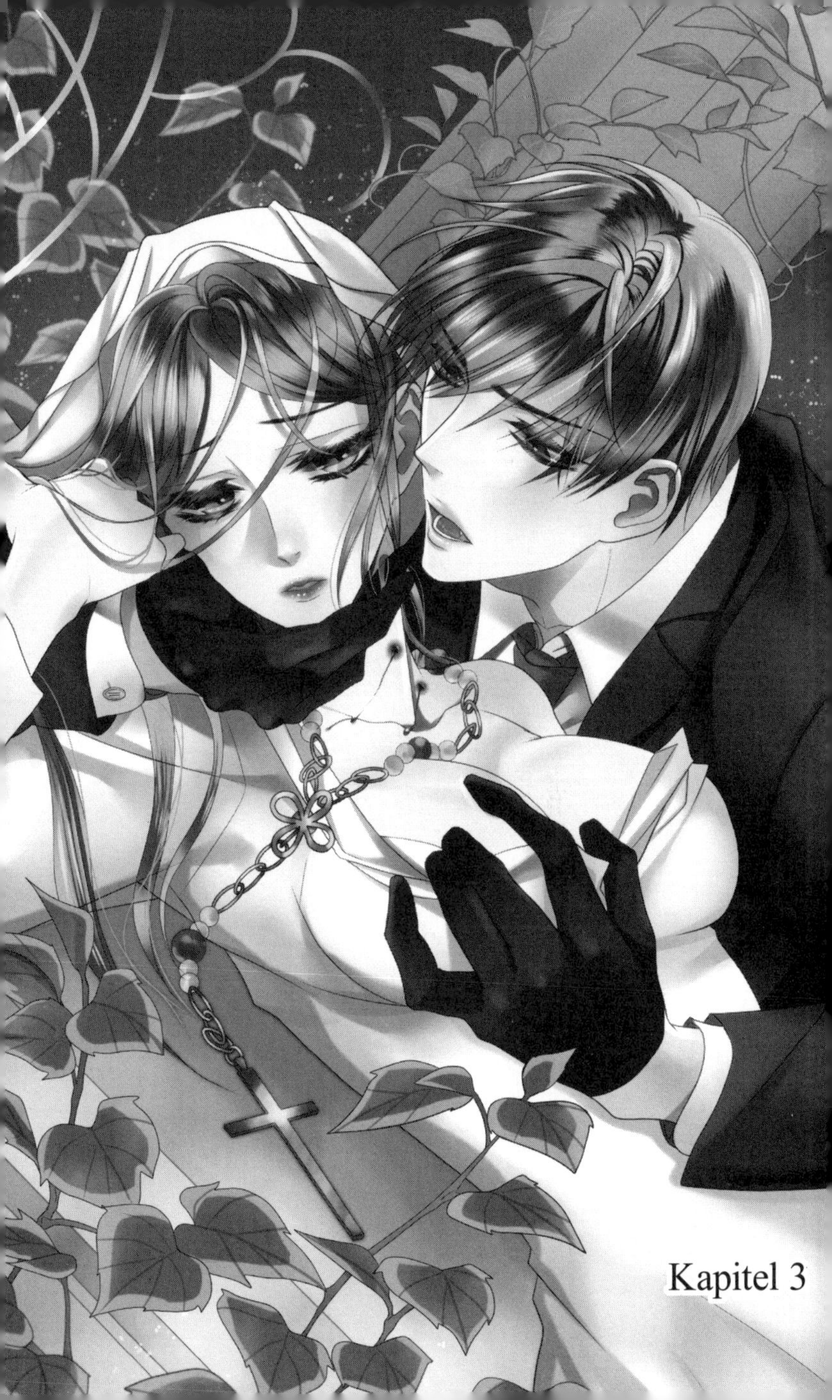

Kapitel 3

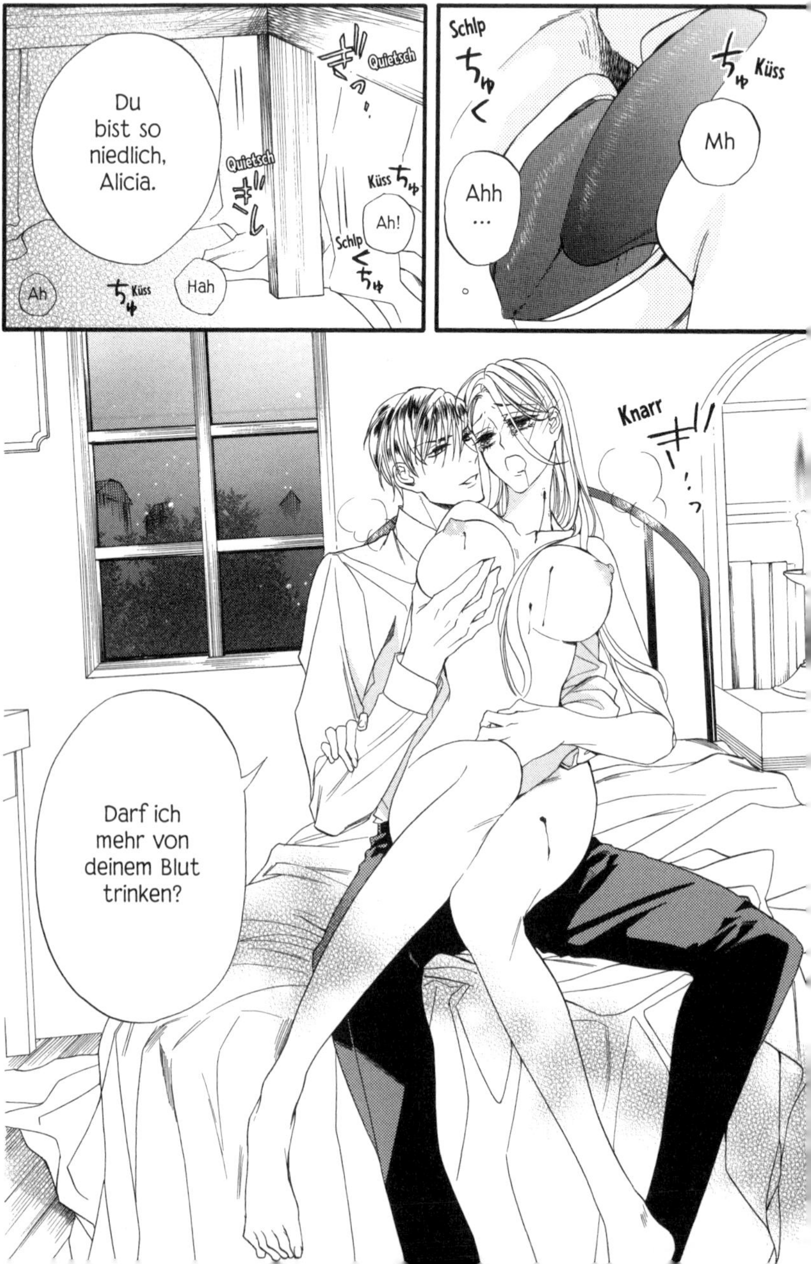

Küss
Mh
Schlp
Ahh …
Quietsch
Küss
Ah!
Schlp
Quietsch
Du bist so niedlich, Alicia.
Hah
Küss
Ah
Knarr
Darf ich mehr von deinem Blut trinken?

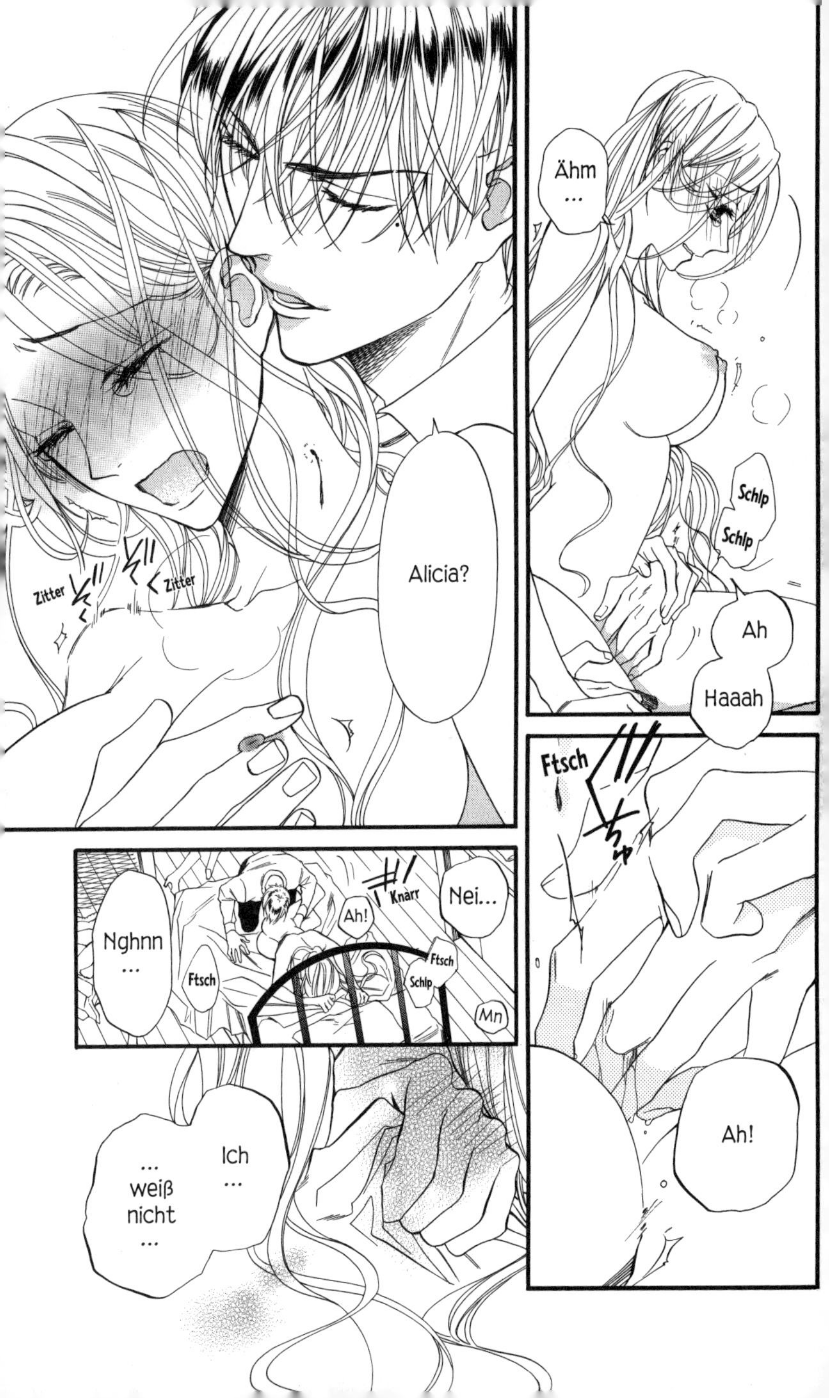

Ähm ...
Schlp
Schlp
Ah
Haaah
Alicia?
Zitter
Zitter
Ftsch
Ah!
Nei...
Knarr
Ah!
Ftsch
Schlp
Mn
Nghnn ...
Ftsch
Ich ...
... weiß nicht ...

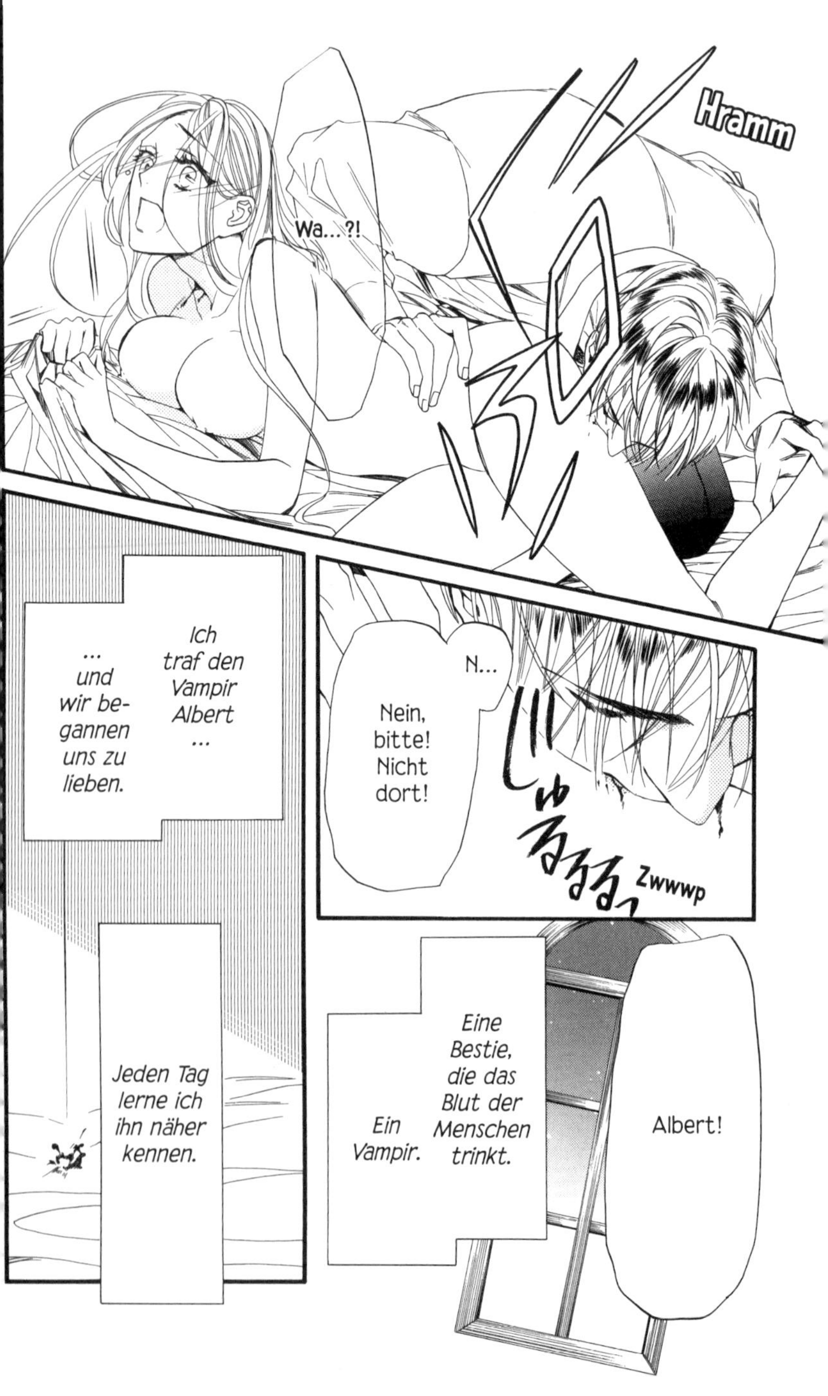
Hramm
Wa...?!
N...
Nein, bitte! Nicht dort!
じゅるるる
Zwwwp
Albert!
Eine Bestie, die das Blut der Menschen trinkt.
Ein Vampir.
Ich traf den Vampir Albert ...
... und wir be-gannen uns zu lieben.
Jeden Tag lerne ich ihn näher kennen.

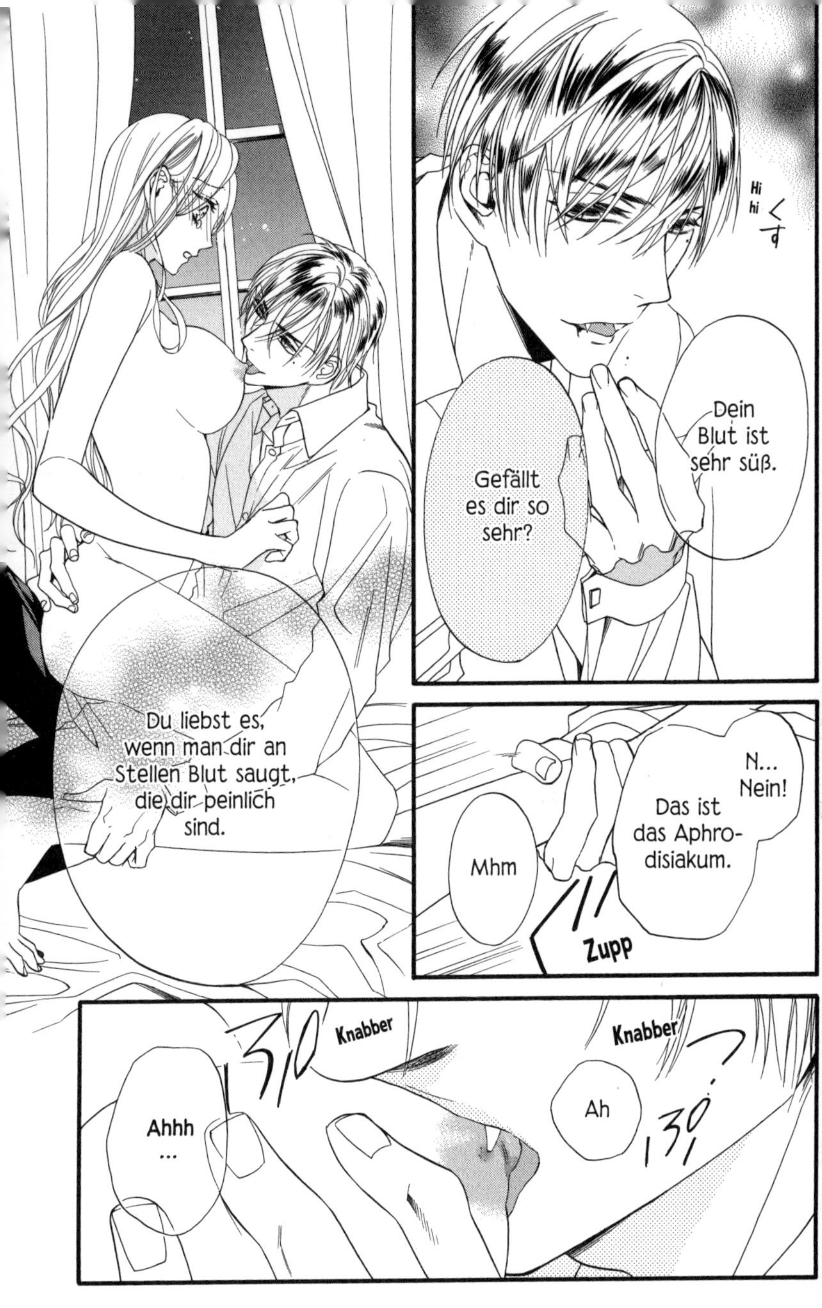
Hi hi
くす
Dein Blut ist sehr süß.
Gefällt es dir so sehr?
Du liebst es, wenn man dir an Stellen Blut saugt, die dir peinlich sind.
N... Nein!
Das ist das Aphrodisiakum.
Mhm
Zupp
Knabber
Ah
Knabber
Ahhh ...

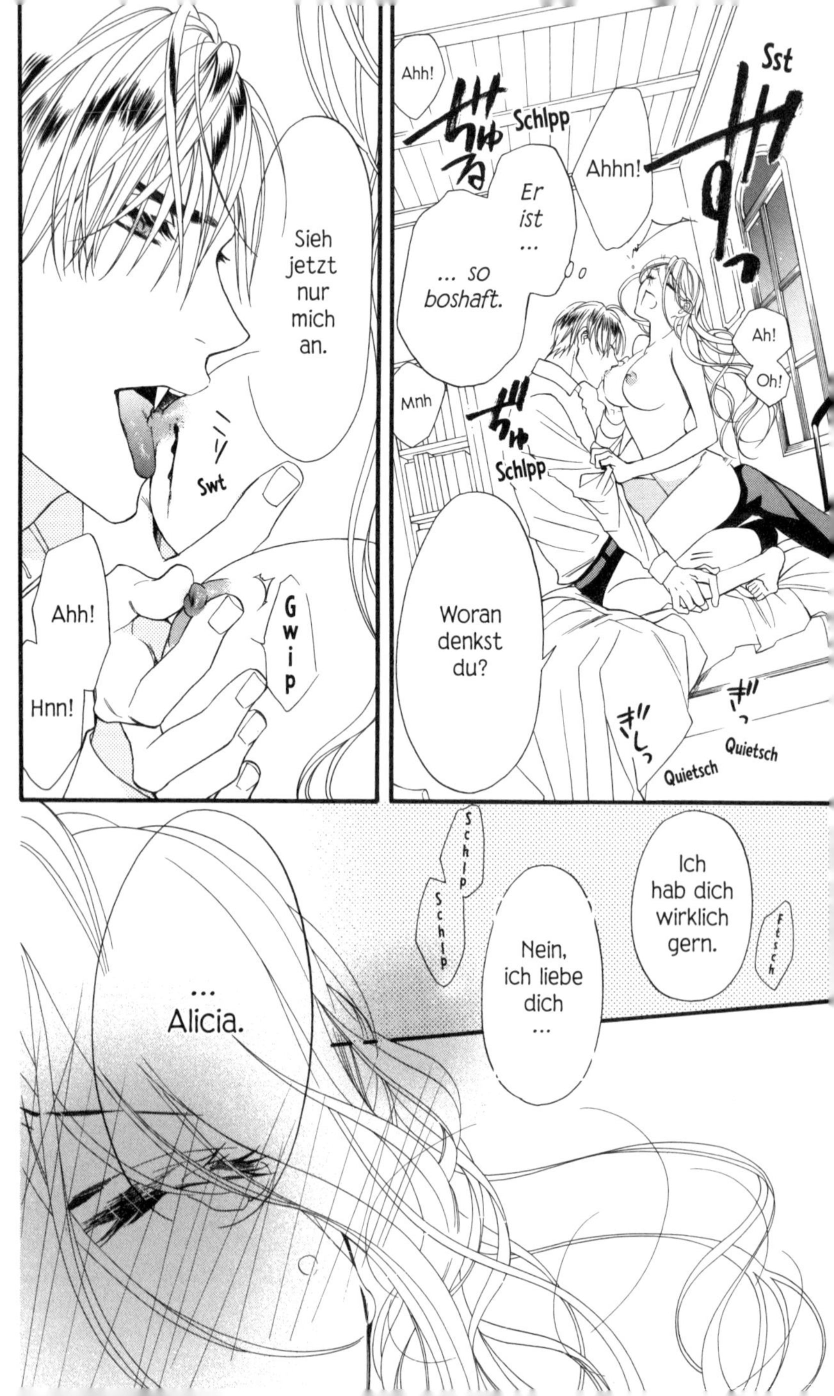
Sst
Ahh!
Schlpp
Ahhn!
Er ist ...
... so boshaft.
Ah!
Oh!
Mnh
Schlpp
Woran denkst du?
Quietsch
Quietsch
Sieh jetzt nur mich an.
Swt
Gwip
Ahh!
Hnn!
Ich hab dich wirklich gern.
Ftsch
Schlip
Schlip
Nein, ich liebe dich ...
... Alicia.

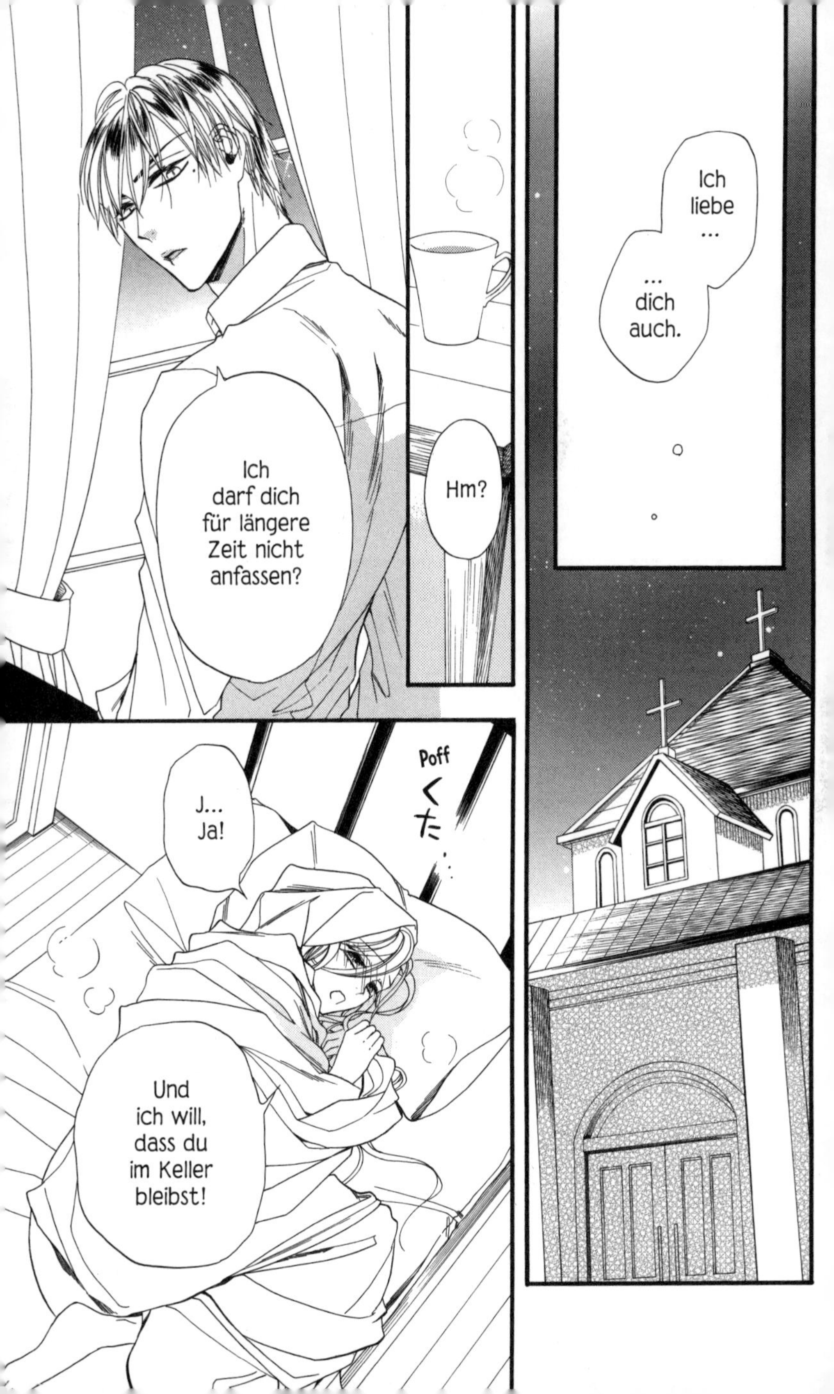
Ich liebe ...
... dich auch.
Hm?
Ich darf dich für längere Zeit nicht anfassen?
Poff
くた…
J... Ja!
Und ich will, dass du im Keller bleibst!

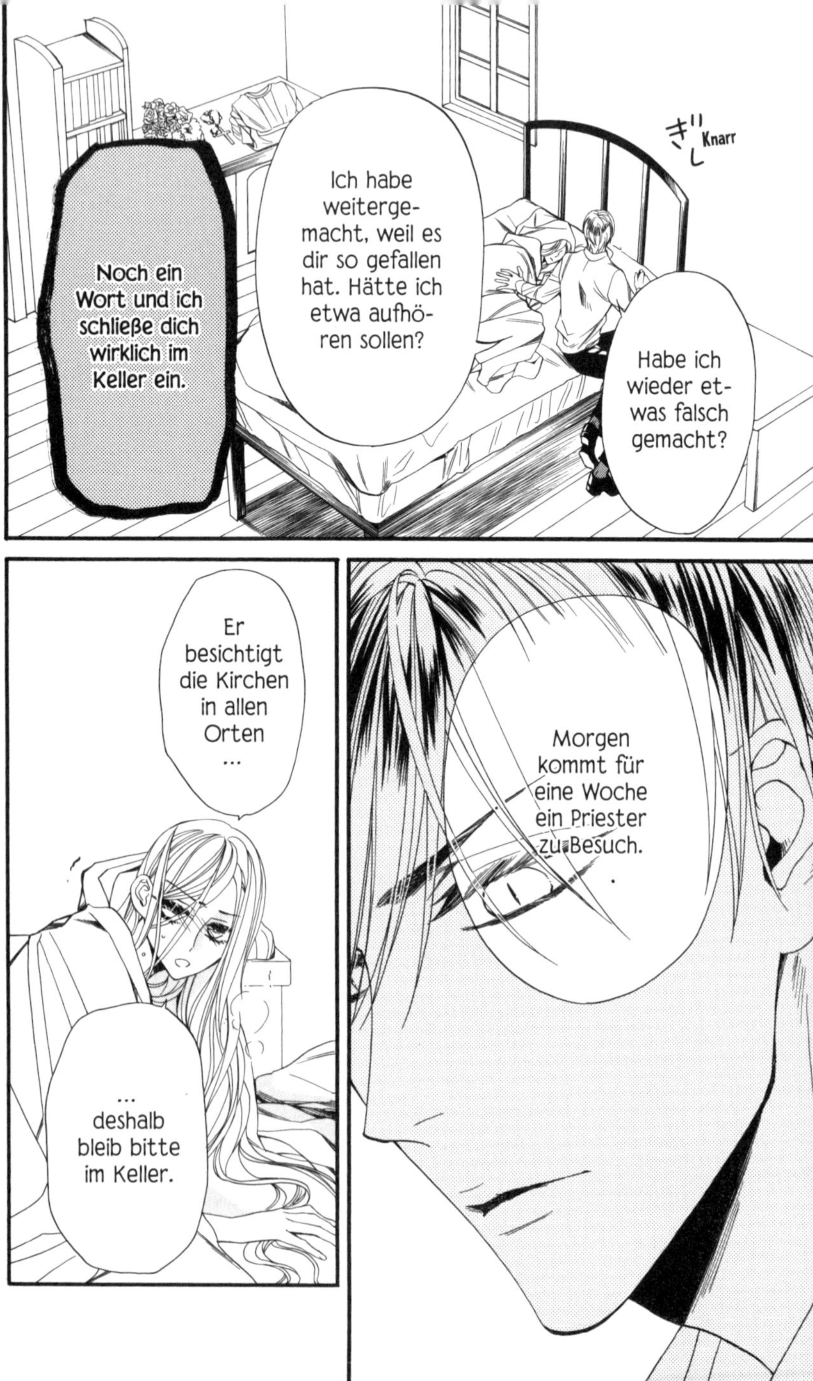

Knarr
Habe ich wieder etwas falsch gemacht?
Ich habe weitergemacht, weil es dir so gefallen hat. Hätte ich etwa aufhören sollen?
Noch ein Wort und ich schließe dich wirklich im Keller ein.
Morgen kommt für eine Woche ein Priester zu Besuch.
Er besichtigt die Kirchen in allen Orten ...
... deshalb bleib bitte im Keller.

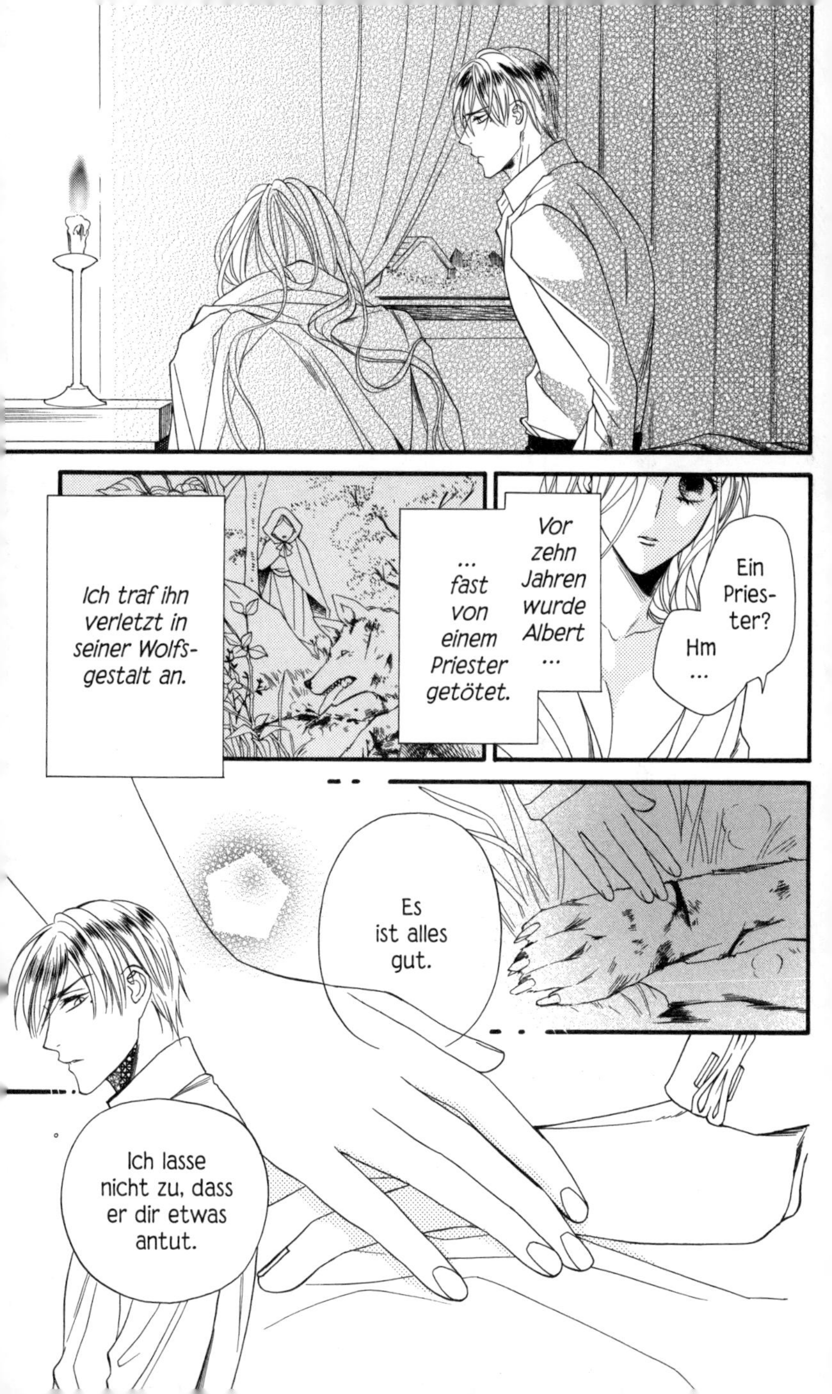
Ein Pries-ter?
Hm ...
Vor zehn Jahren wurde Albert ...
... fast von einem Priester getötet.
Ich traf ihn verletzt in seiner Wolfs-gestalt an.
Es ist alles gut.
Ich lasse nicht zu, dass er dir etwas antut.

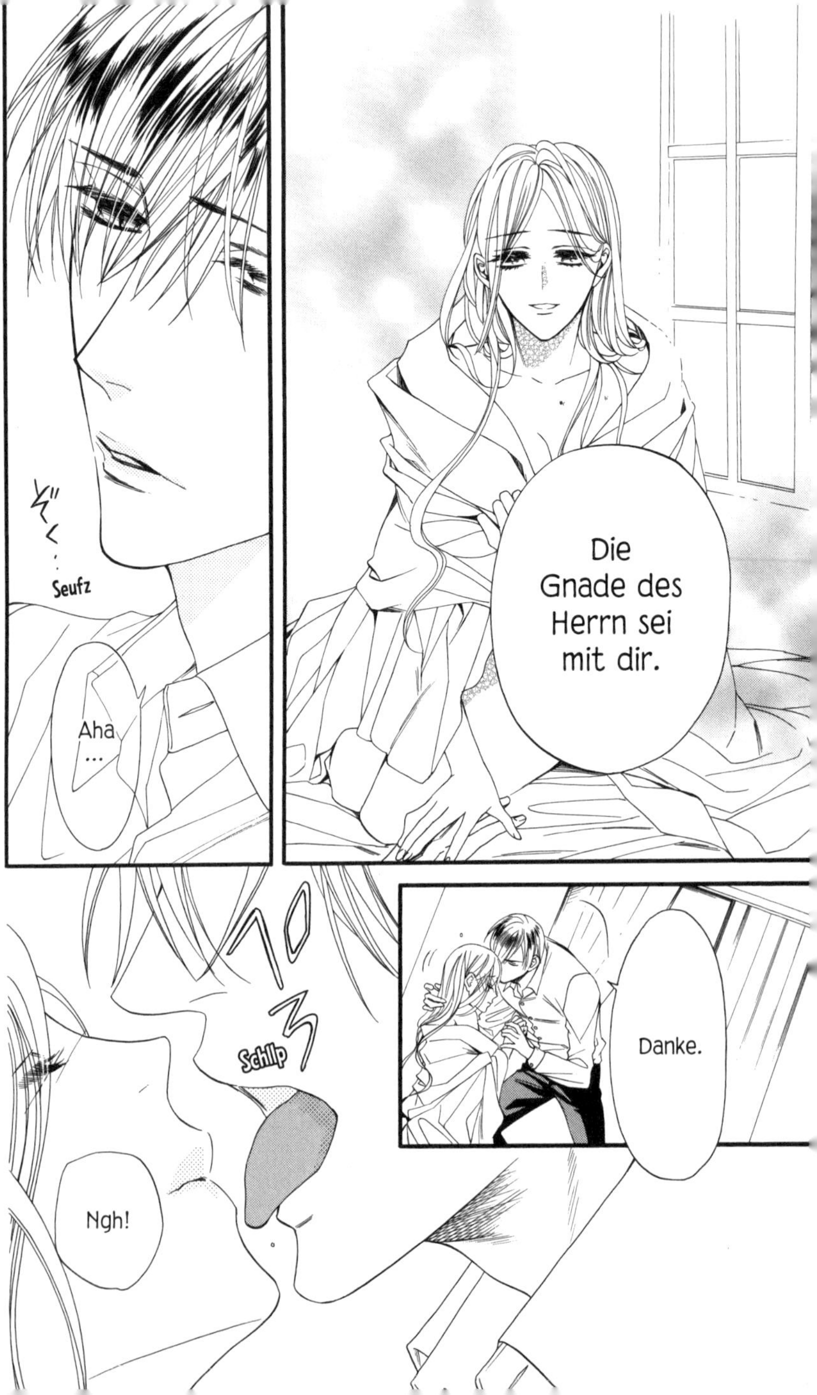
Die Gnade des Herrn sei mit dir.
Seufz
Aha ...
Danke.
Schllp
Ngh!

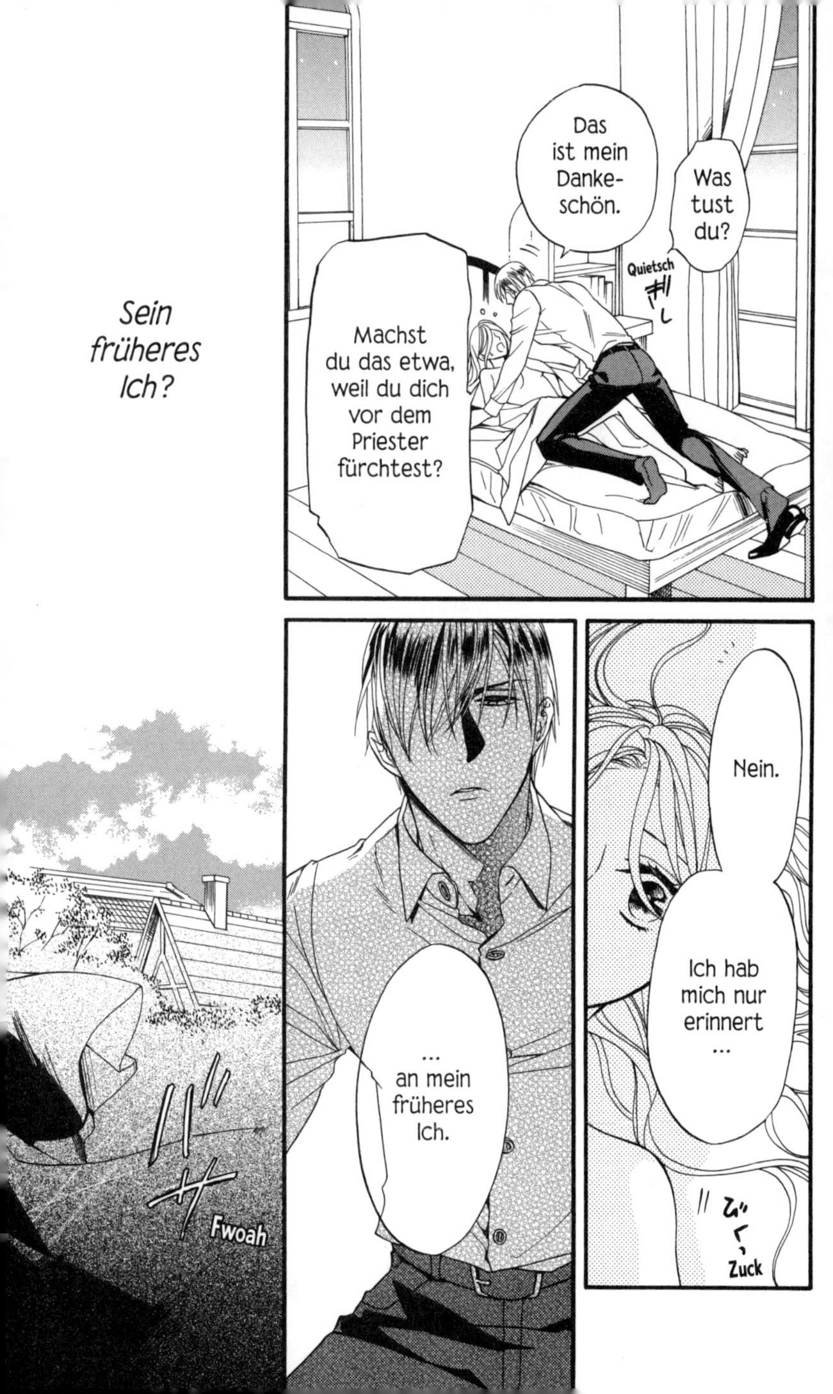
Was tust du?
Das ist mein Dankeschön.
Quietsch
Machst du das etwa, weil du dich vor dem Priester fürchtest?
Nein.
Ich hab mich nur erinnert …
Zuck
… an mein früheres Ich.
Sein früheres Ich?
Fwoah

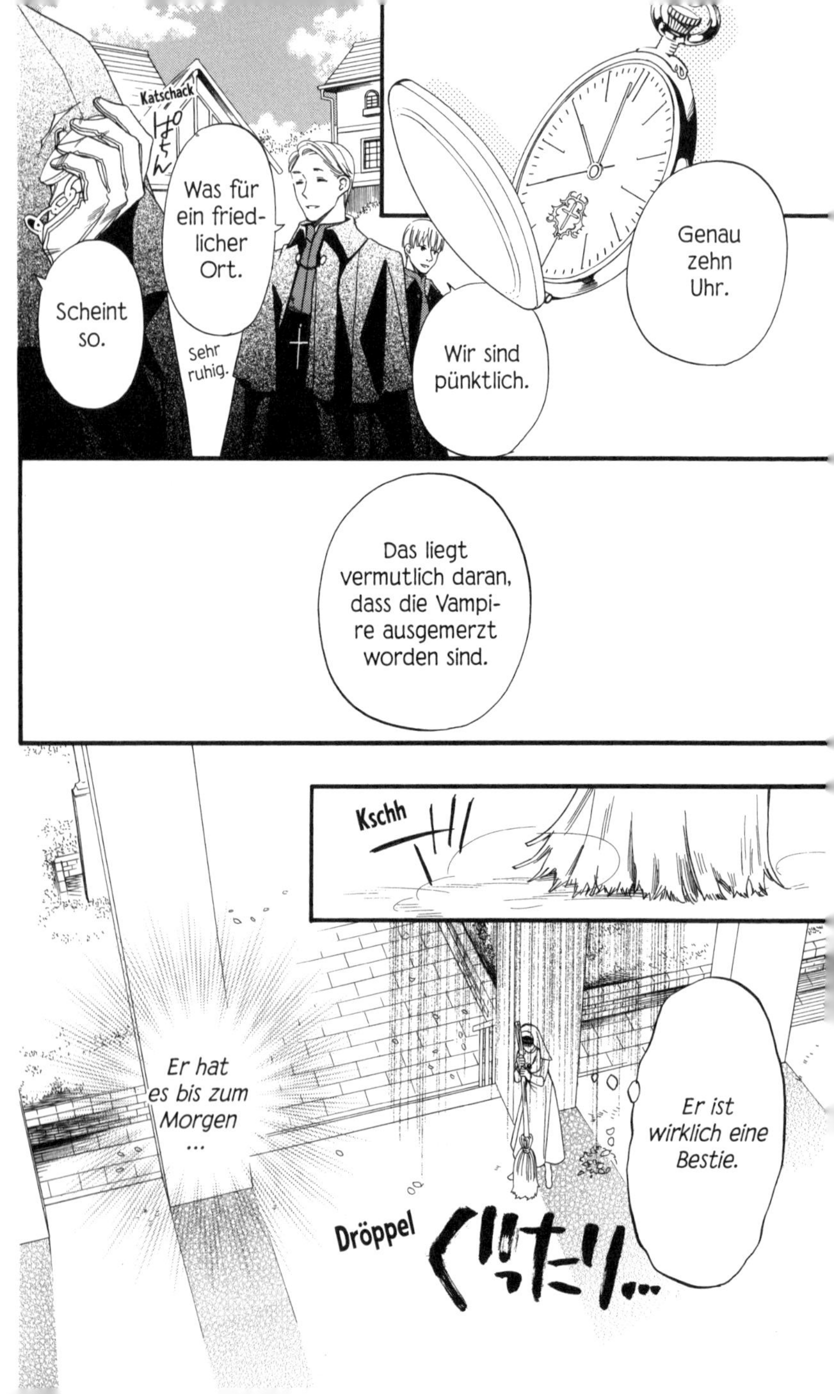
Genau zehn Uhr.
Wir sind pünktlich.
Katschack
Was für ein friedlicher Ort.
Sehr ruhig.
Scheint so.
Das liegt vermutlich daran, dass die Vampire ausgemerzt worden sind.
Kschh
Er ist wirklich eine Bestie.
Dröppel
Er hat es bis zum Morgen …

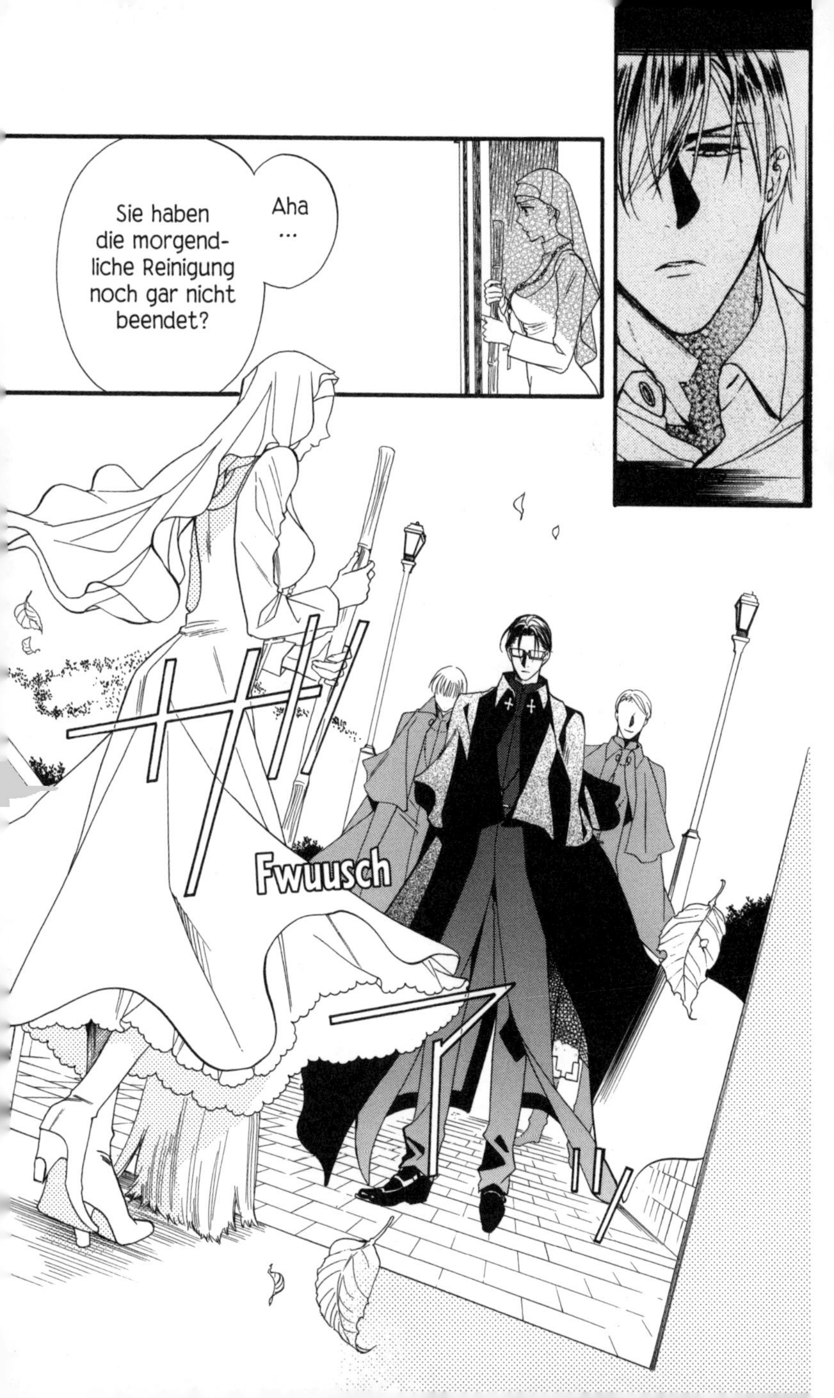
Aha
...
Sie haben die morgendliche Reinigung noch gar nicht beendet?
Fwuusch

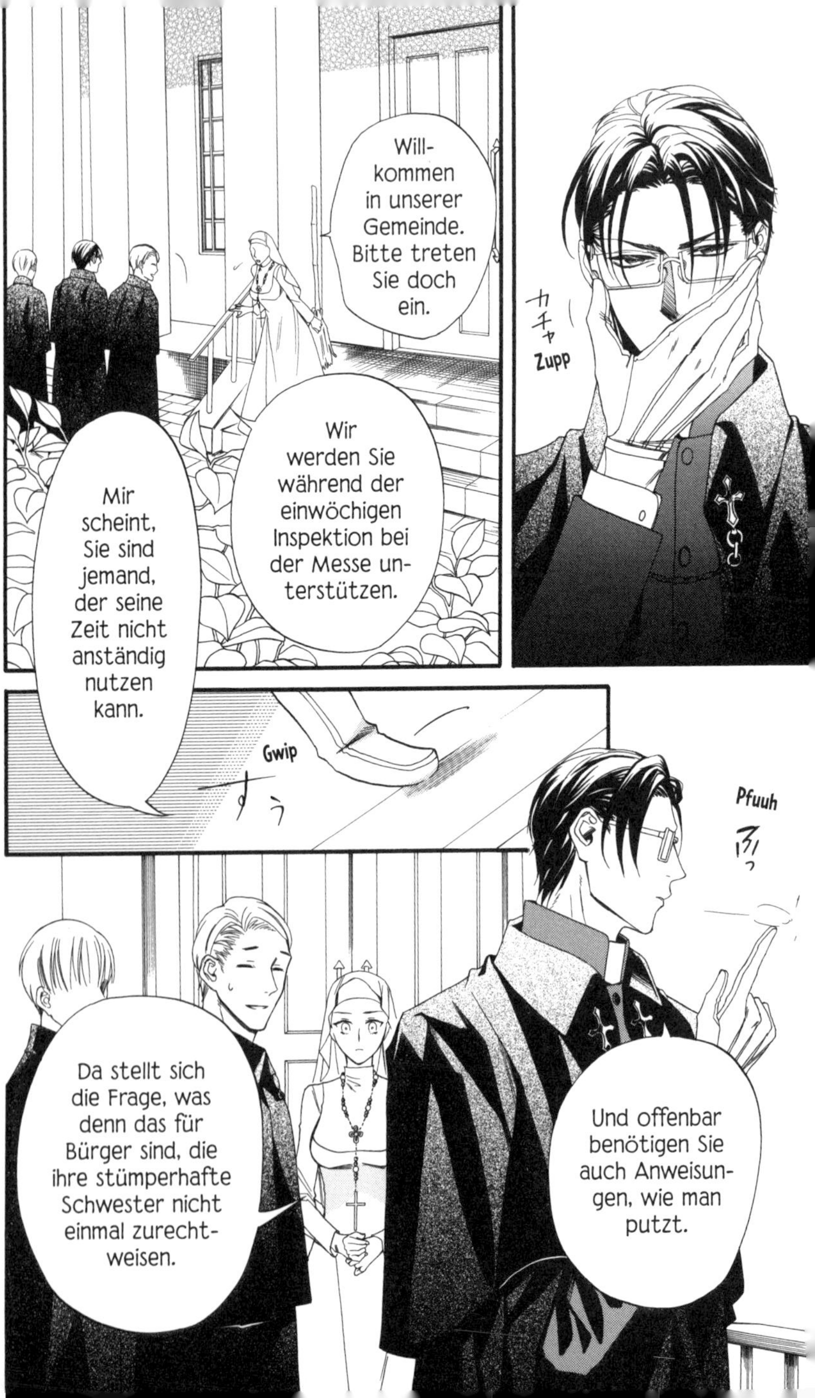
カチャ
Zupp
Willkommen in unserer Gemeinde. Bitte treten Sie doch ein.
Wir werden Sie während der einwöchigen Inspektion bei der Messe unterstützen.
Mir scheint, Sie sind jemand, der seine Zeit nicht anständig nutzen kann.
Gwip
Pfuuh
Und offenbar benötigen Sie auch Anweisungen, wie man putzt.
Da stellt sich die Frage, was denn das für Bürger sind, die ihre stümperhafte Schwester nicht einmal zurechtweisen.

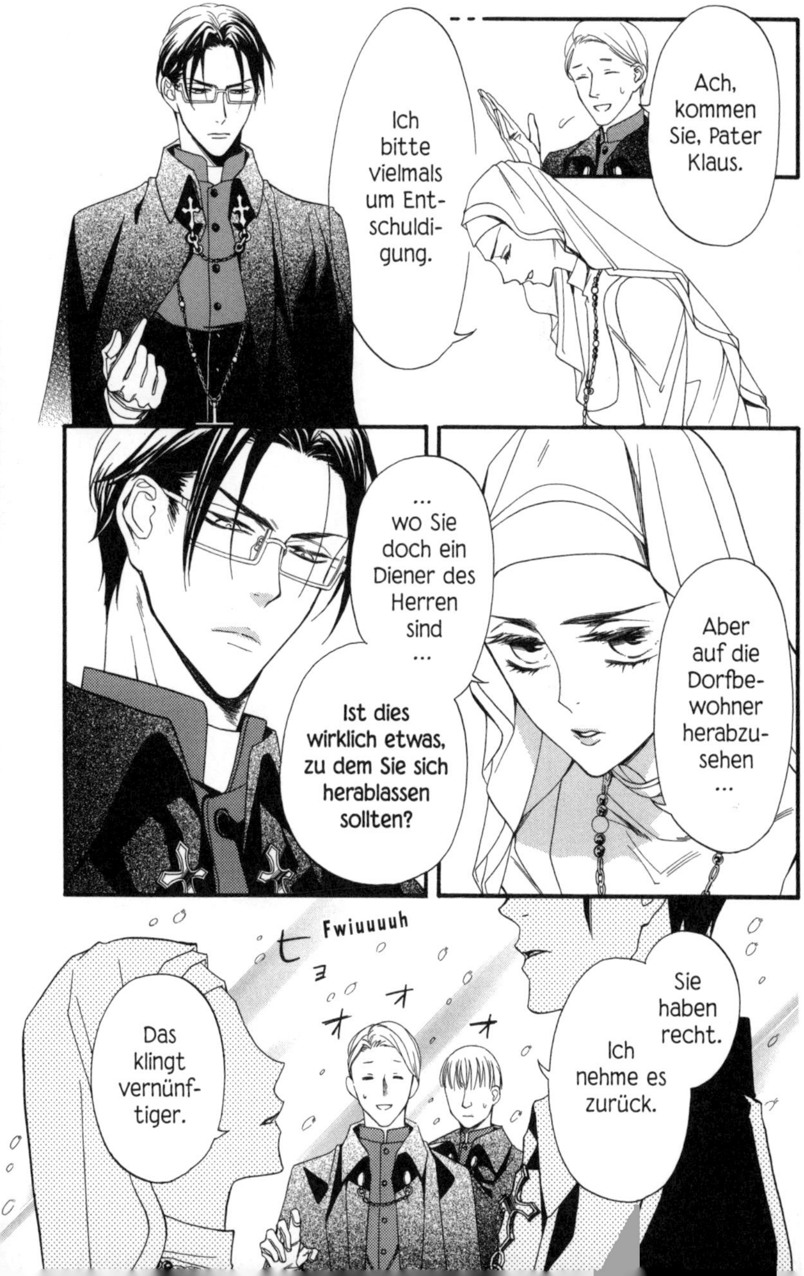
Ach, kommen Sie, Pater Klaus.
Ich bitte vielmals um Entschuldigung.
Aber auf die Dorfbewohner herabzusehen …
… wo Sie doch ein Diener des Herren sind …
Ist dies wirklich etwas, zu dem Sie sich herablassen sollten?
Fwiuuuuh
ヒョオオオ
Sie haben recht.
Ich nehme es zurück.
Das klingt vernünftiger.

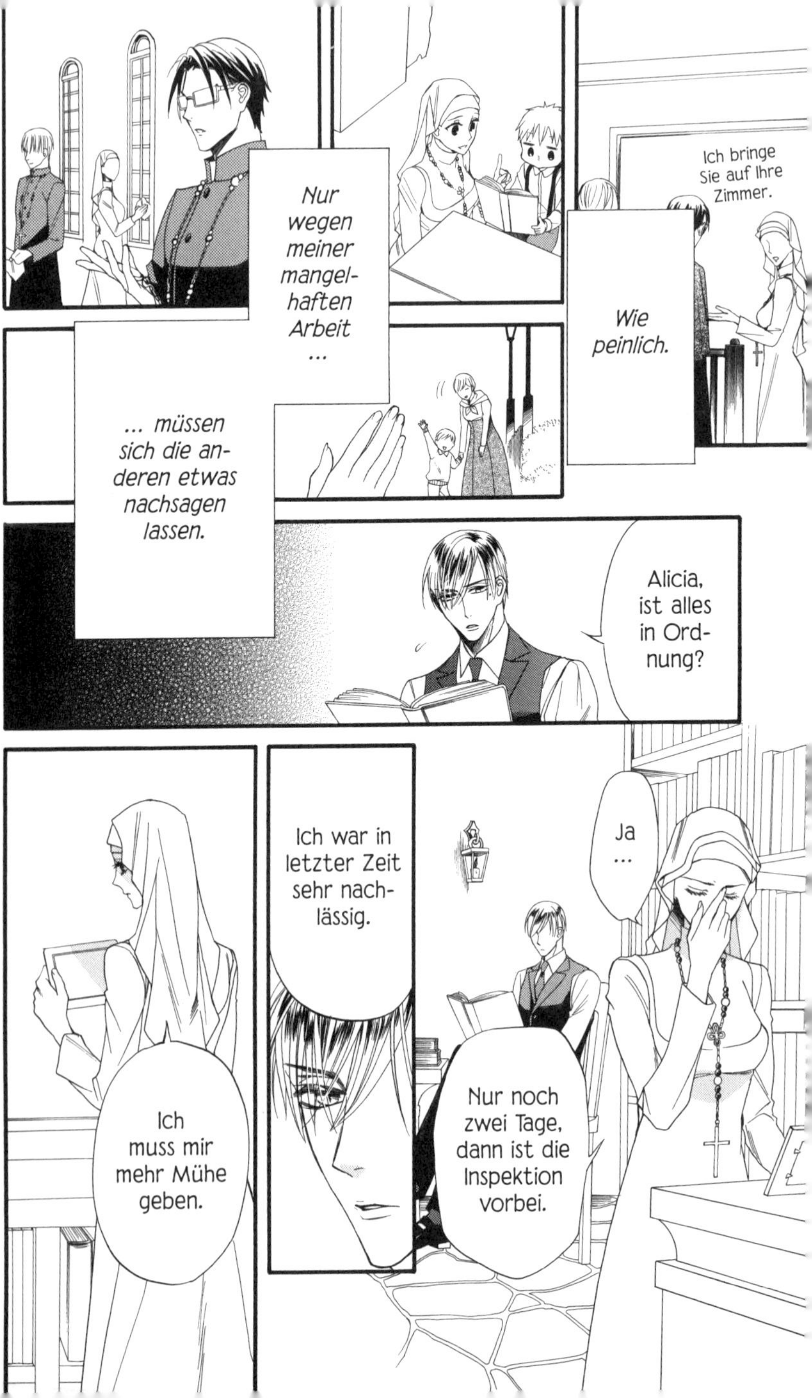

Ich bringe Sie auf Ihre Zimmer.
Wie peinlich.
Nur wegen meiner mangelhaften Arbeit ...
... müssen sich die anderen etwas nachsagen lassen.
Alicia, ist alles in Ordnung?
Ja ...
Nur noch zwei Tage, dann ist die Inspektion vorbei.
Ich war in letzter Zeit sehr nachlässig.
Ich muss mir mehr Mühe geben.

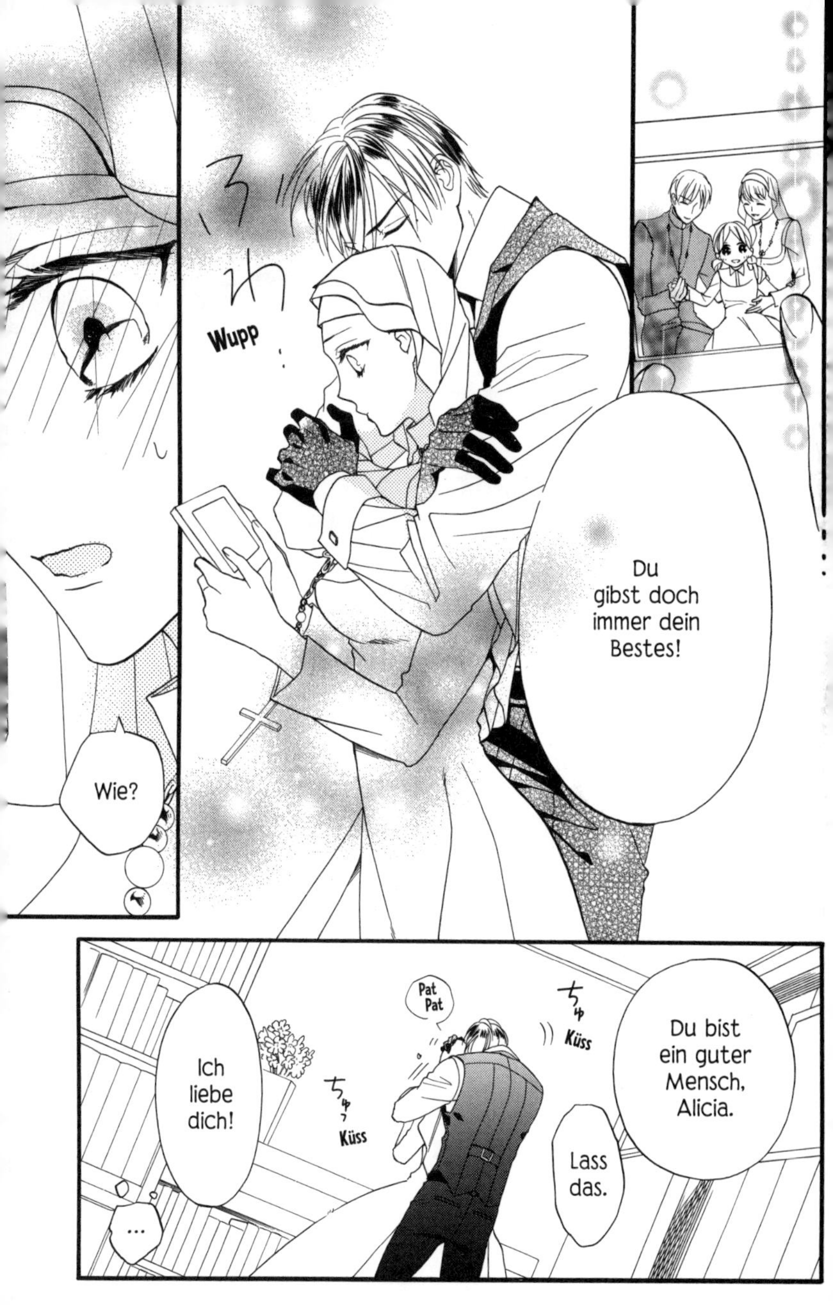

Wupp
Du gibst doch immer dein Bestes!
Wie?
Du bist ein guter Mensch, Alicia.
Lass das.
Küss
Pat Pat
Küss
Ich liebe dich!
...

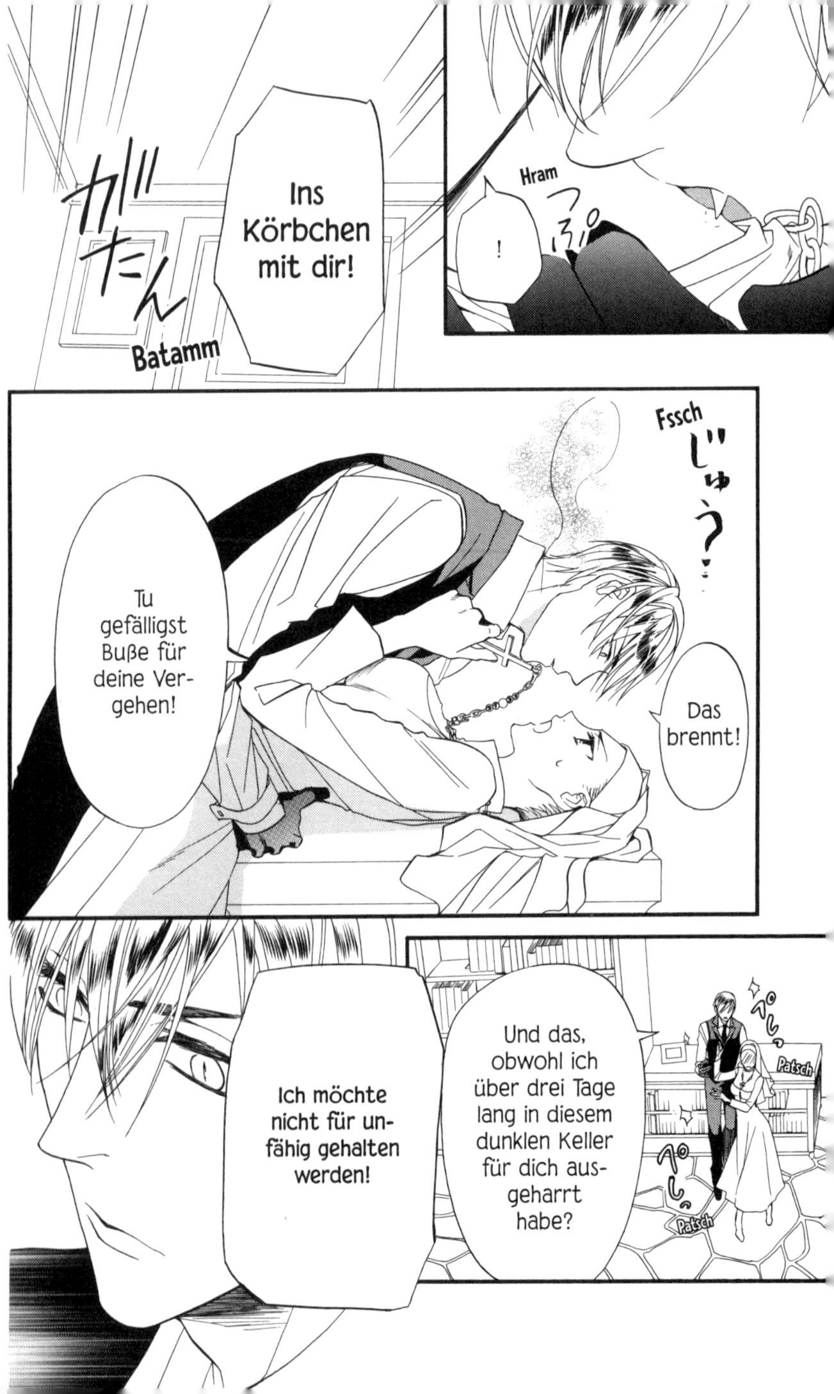

Hram
つぷ
!
Ins Körbchen mit dir!
ガたん
Batamm
Fssch
じゅう
Das brennt!
Tu gefälligst Buße für deine Vergehen!
Und das, obwohl ich über drei Tage lang in diesem dunklen Keller für dich ausgeharrt habe?
Patsch
Patsch
Ich möchte nicht für unfähig gehalten werden!

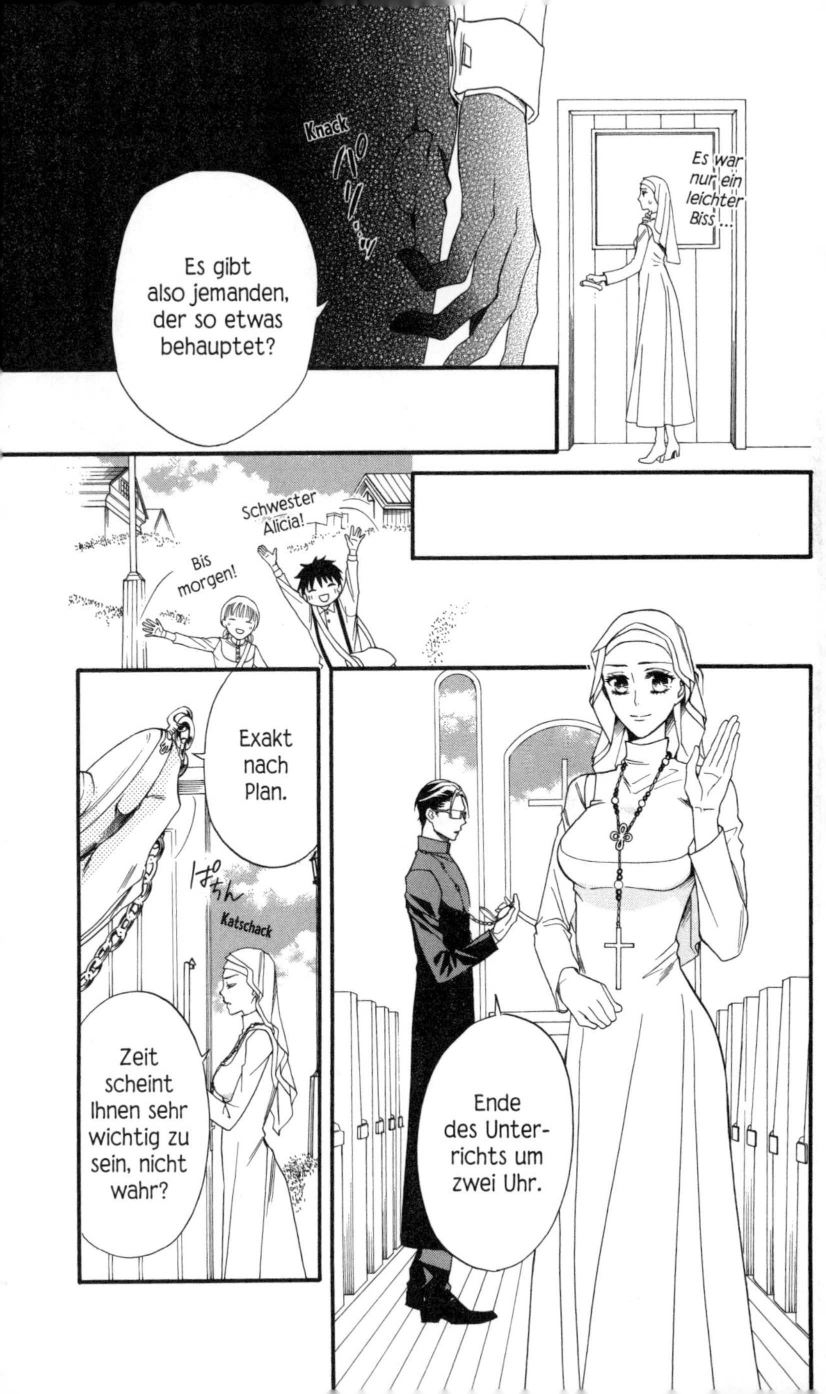
Es war nur ein leichter Biss ...
Knack
Es gibt also jemanden, der so etwas behauptet?
Schwester Alicia!
Bis morgen!
Ende des Unterrichts um zwei Uhr.
Exakt nach Plan.
Katschack
Zeit scheint Ihnen sehr wichtig zu sein, nicht wahr?

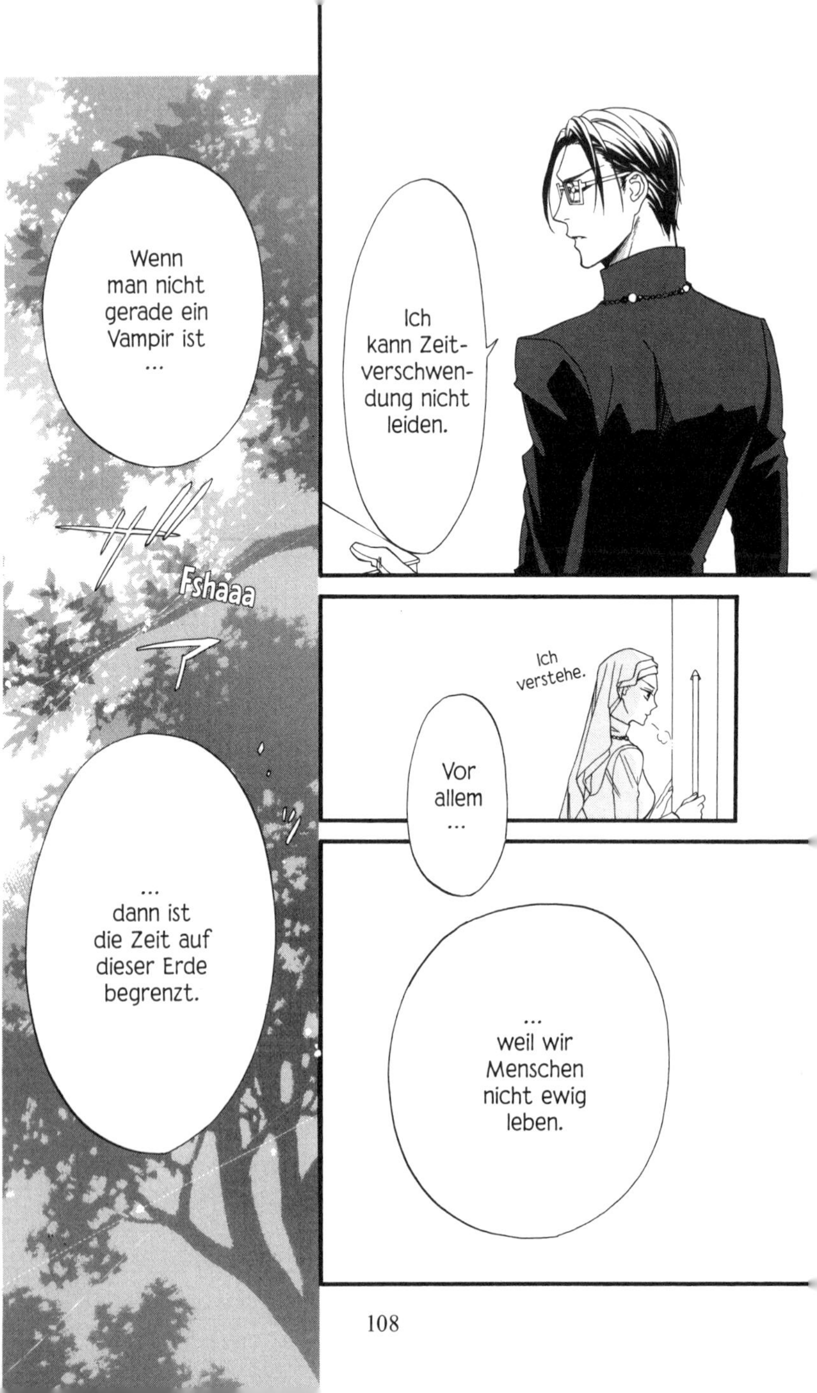
Ich kann Zeitverschwendung nicht leiden.
Wenn man nicht gerade ein Vampir ist …
Fshaaa
… dann ist die Zeit auf dieser Erde begrenzt.
Ich verstehe.
Vor allem …
… weil wir Menschen nicht ewig leben.

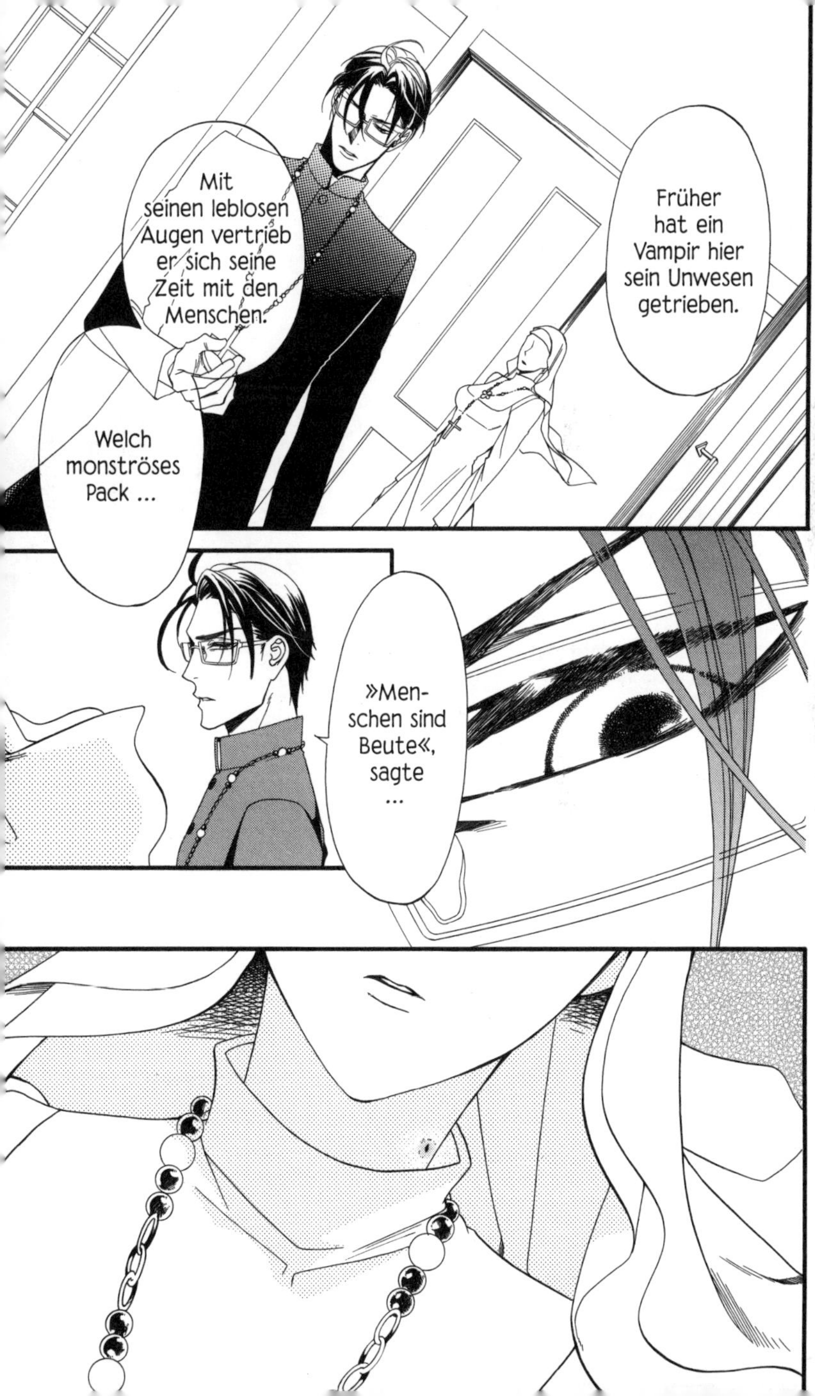
Früher hat ein Vampir hier sein Unwesen getrieben.
Mit seinen leblosen Augen vertrieb er sich seine Zeit mit den Menschen.
Welch monströses Pack ...
»Menschen sind Beute«, sagte ...

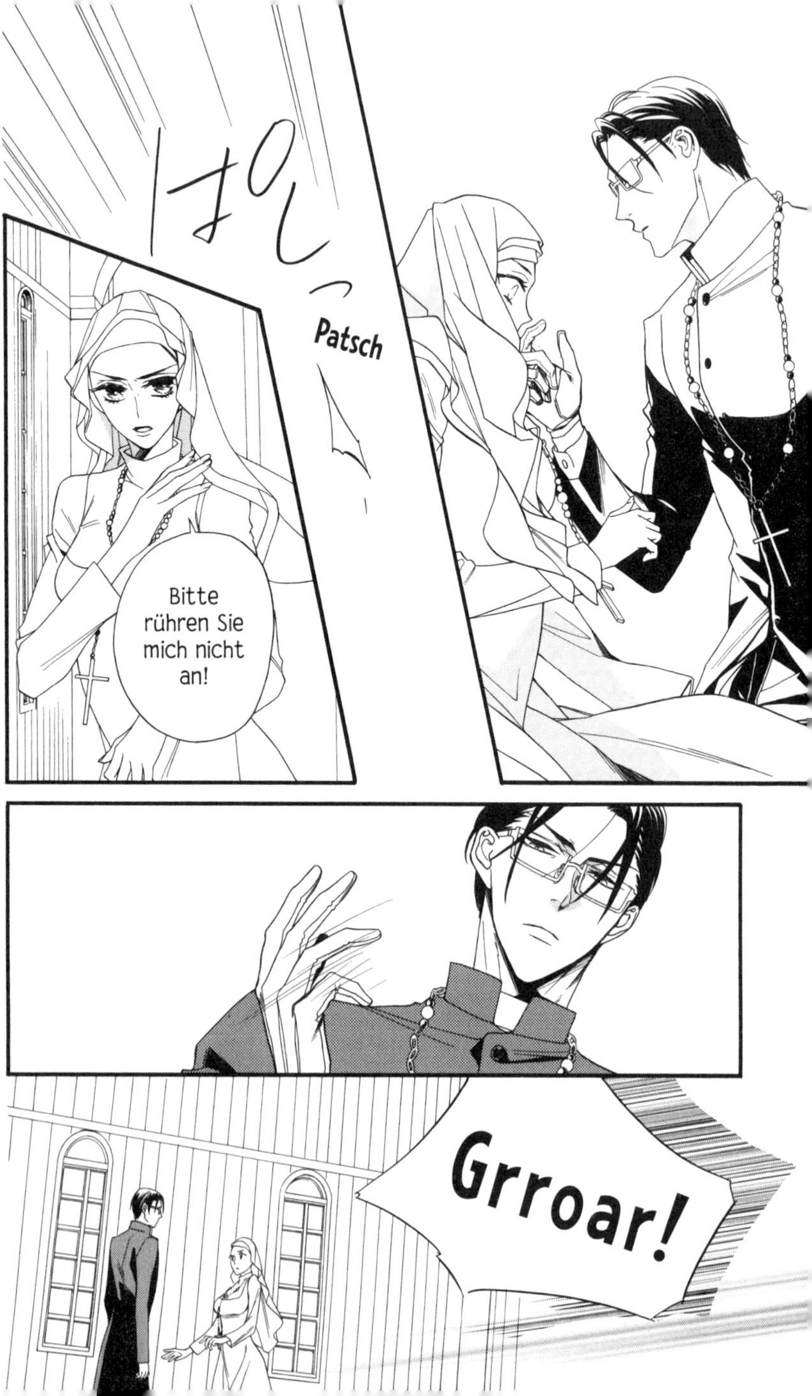
はっ
Patsch
Bitte rühren Sie mich nicht an!
Grroar!

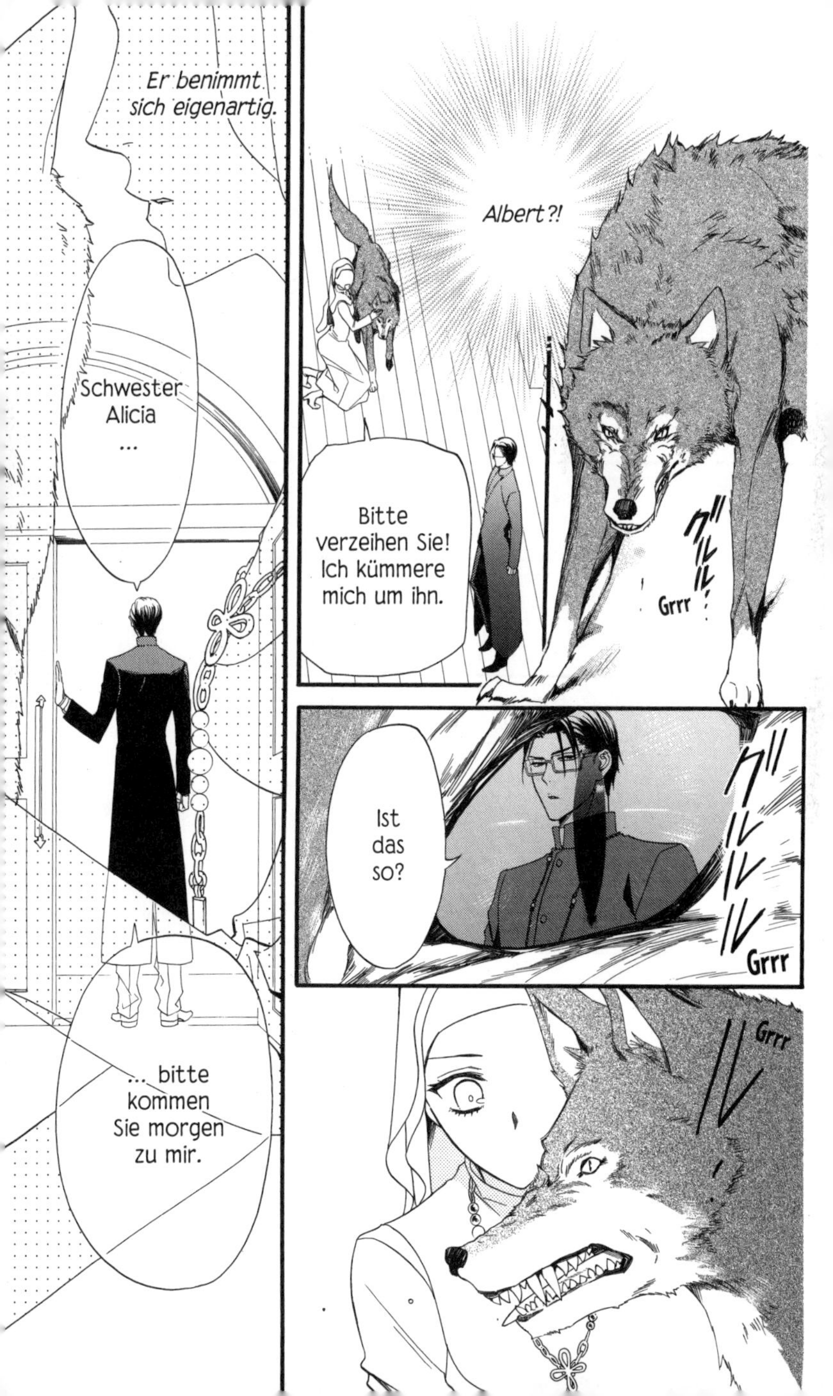
Albert?!
Bitte verzeihen Sie! Ich kümmere mich um ihn.
Grrr
Ist das so?
Grrr
Grrr
Er benimmt sich eigenartig.
Schwester Alicia ...
... bitte kommen Sie morgen zu mir.

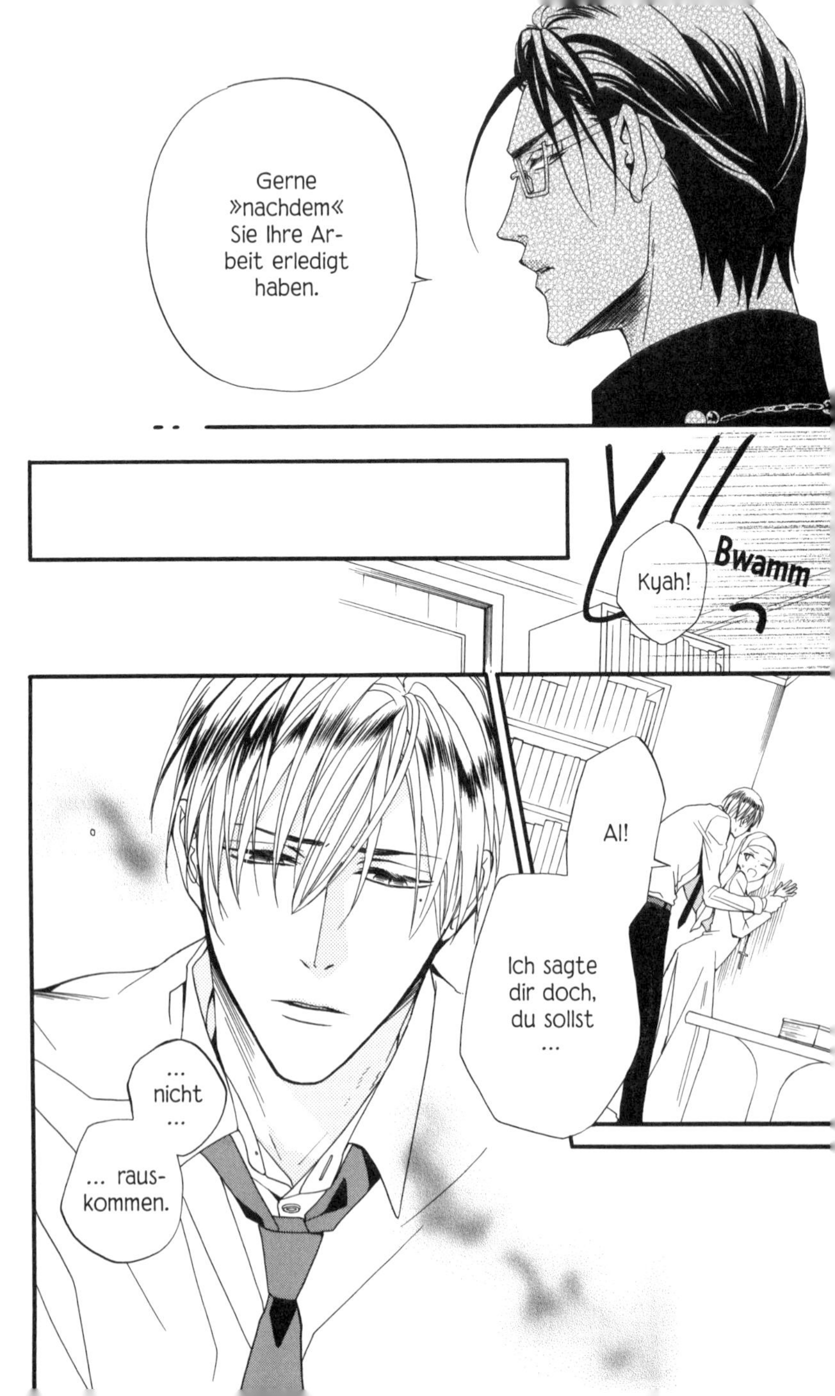
Gerne »nachdem« Sie Ihre Arbeit erledigt haben.
Bwamm
Kyah!
Al!
Ich sagte dir doch, du sollst ...
... nicht ...
... rauskommen.

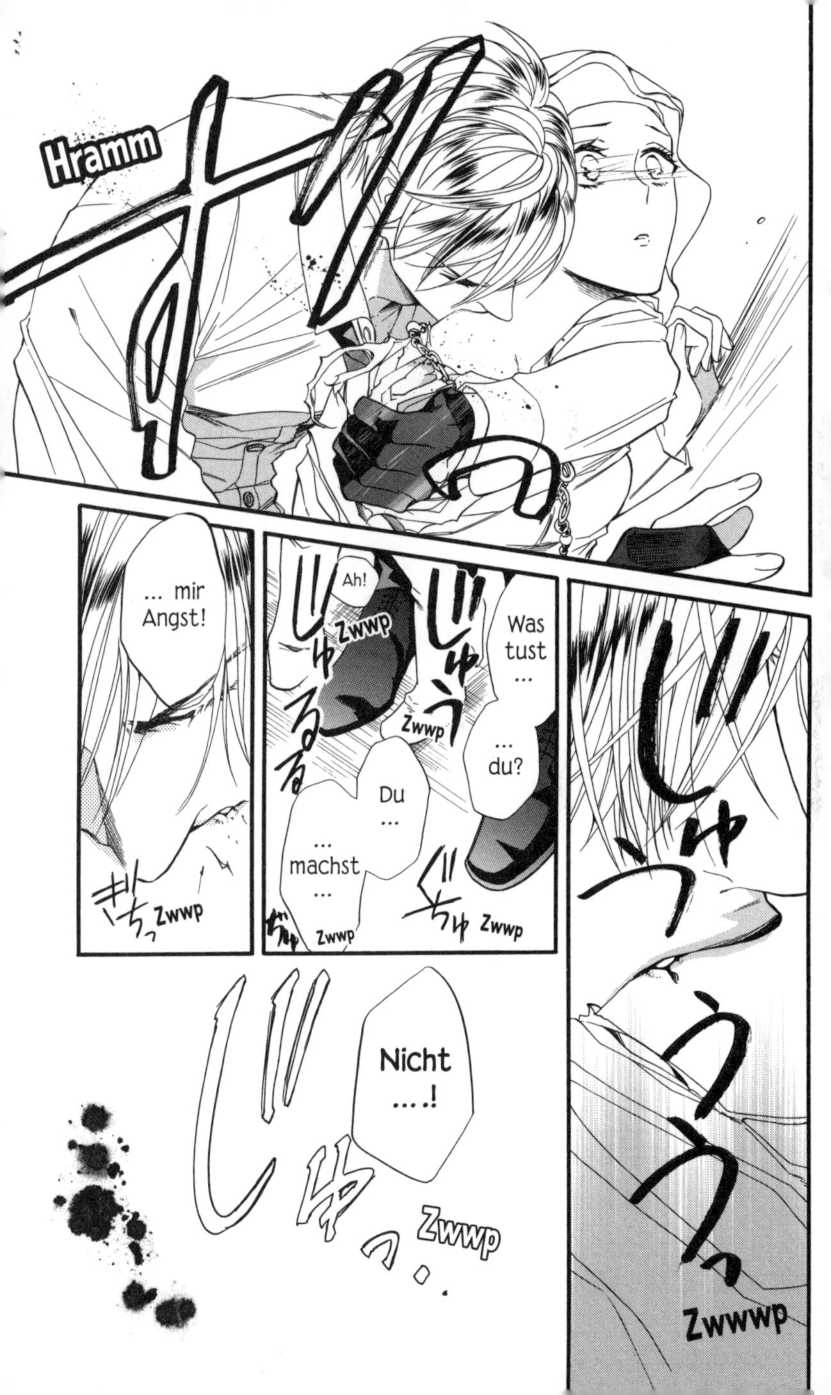

Hramm
Was tust ... ... du?
Ah!
Zwwp
Zwwp
Du ... ... machst ...
Zwwp
Zwwp
... mir Angst!
Zwwp
Zwwwp
Nicht ....!
Zwwp

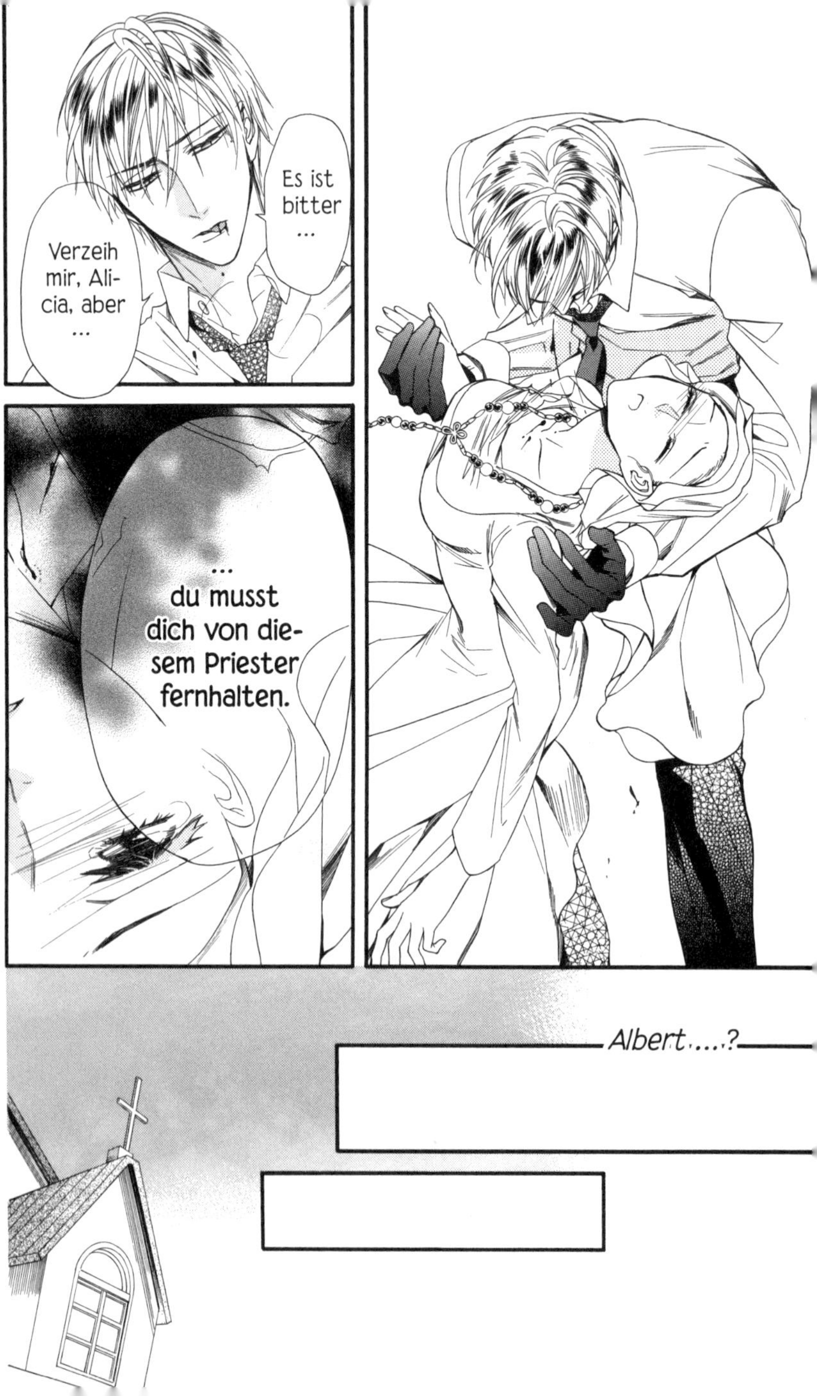
Es ist bitter …
Verzeih mir, Alicia, aber …
… du musst dich von diesem Priester fernhalten.
Albert …?

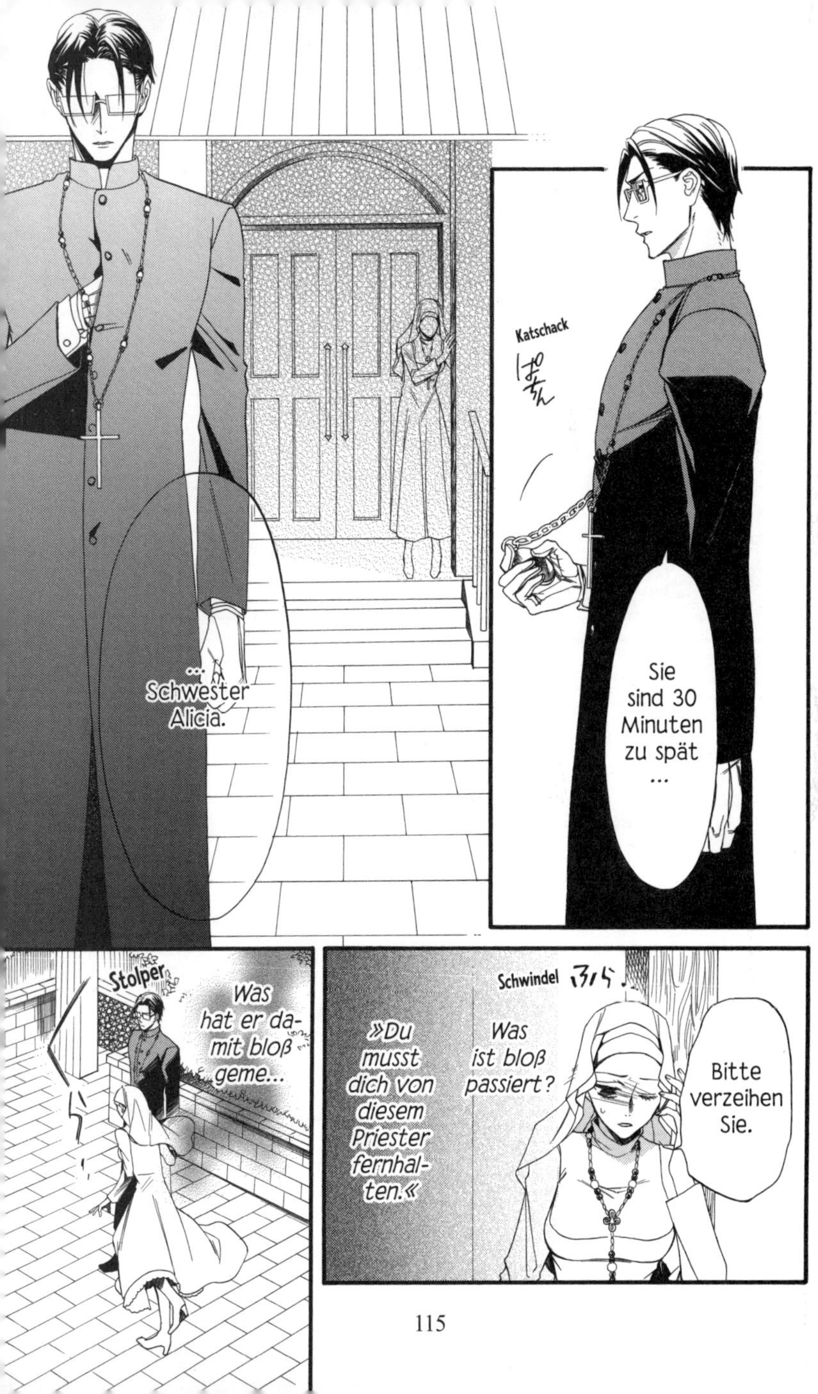
Katschack
Sie sind 30 Minuten zu spät ...
... Schwester Alicia.
Schwindel
Bitte verzeihen Sie.
Was ist bloß passiert?
»Du musst dich von diesem Priester fernhalten.«
Stolper
Was hat er damit bloß geme...

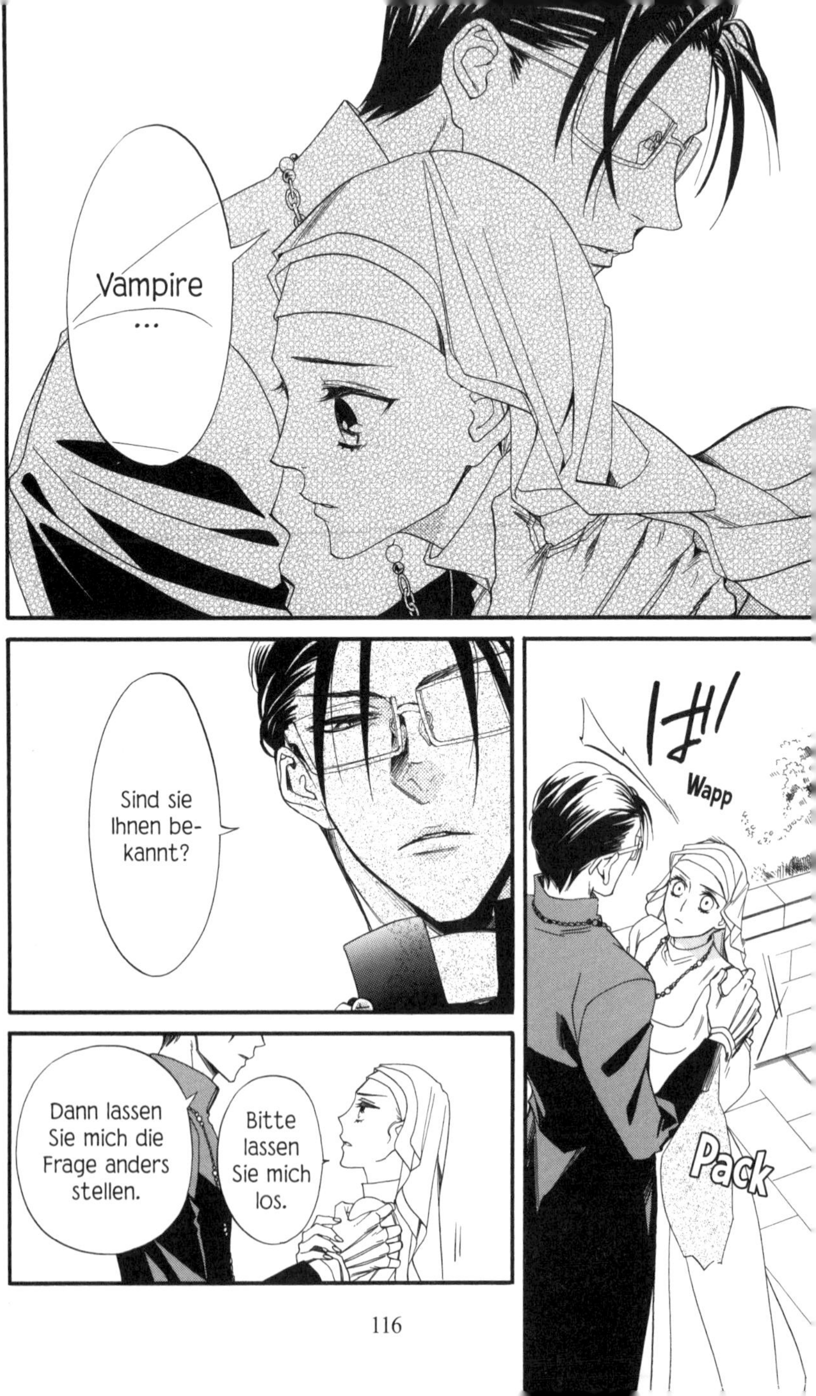
Vampire
...
ぱ
Wapp
Pack
Sind sie Ihnen bekannt?
Bitte lassen Sie mich los.
Dann lassen Sie mich die Frage anders stellen.

Würden Sie gerne etwas über Vampire erfahren?
Was schwebt Ihnen dabei vor?
Klirr
カチャ
Klink
カ
Klirr
カチャ
Tapp
Tapp

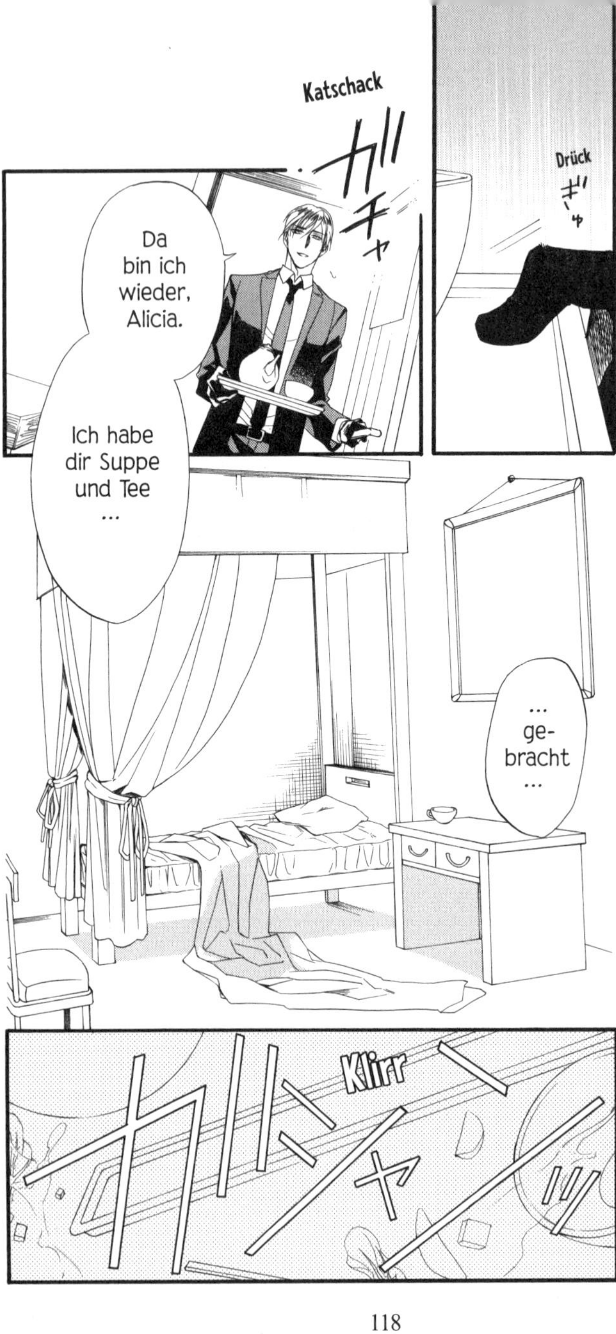

»Diese unglückseligen Bestien irren Ewigkeiten umher und sterben schließlich allein.«

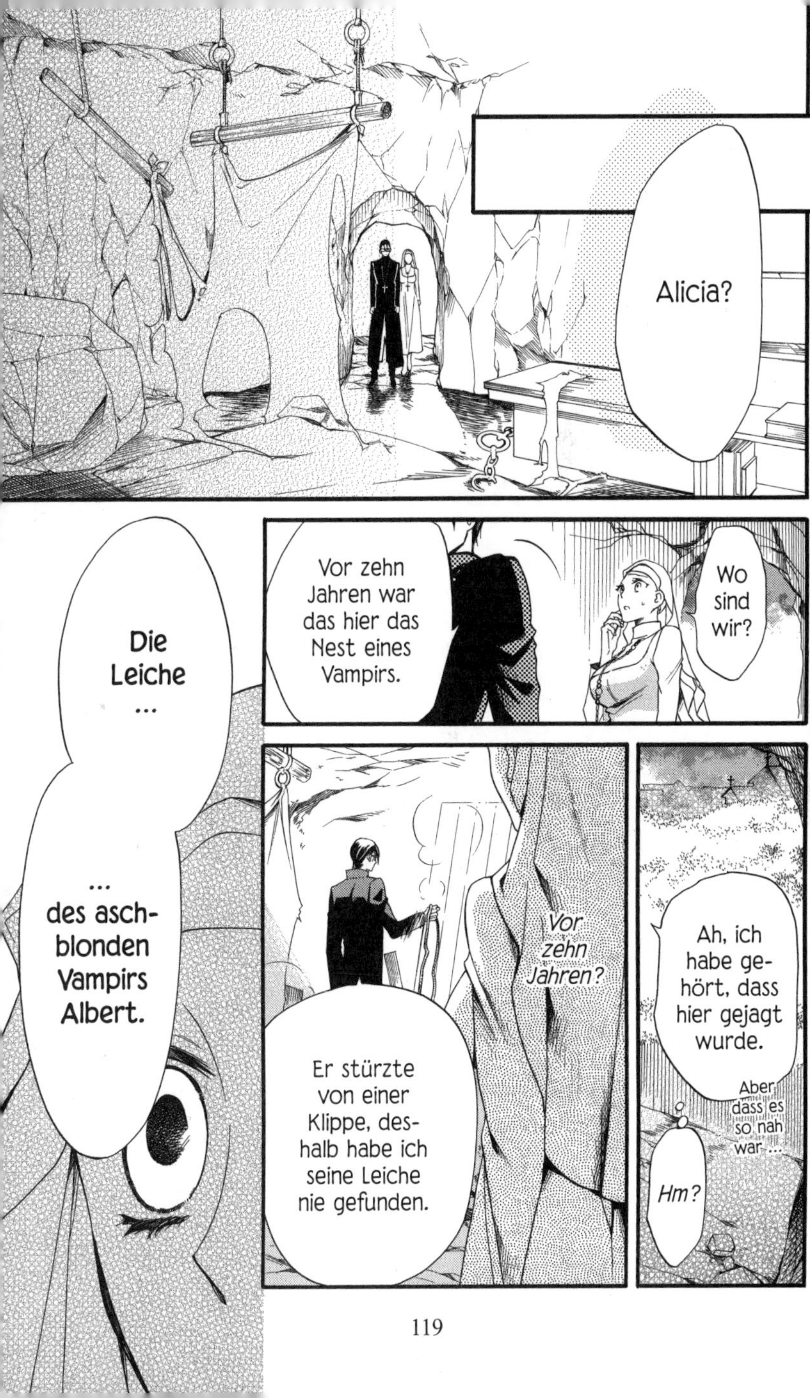
Alicia?
Wo sind wir?
Vor zehn Jahren war das hier das Nest eines Vampirs.
Ah, ich habe gehört, dass hier gejagt wurde.
Aber dass es so nah war ...
Hm?
Vor zehn Jahren?
Er stürzte von einer Klippe, deshalb habe ich seine Leiche nie gefunden.
Die Leiche ...
... des aschblonden Vampirs Albert.

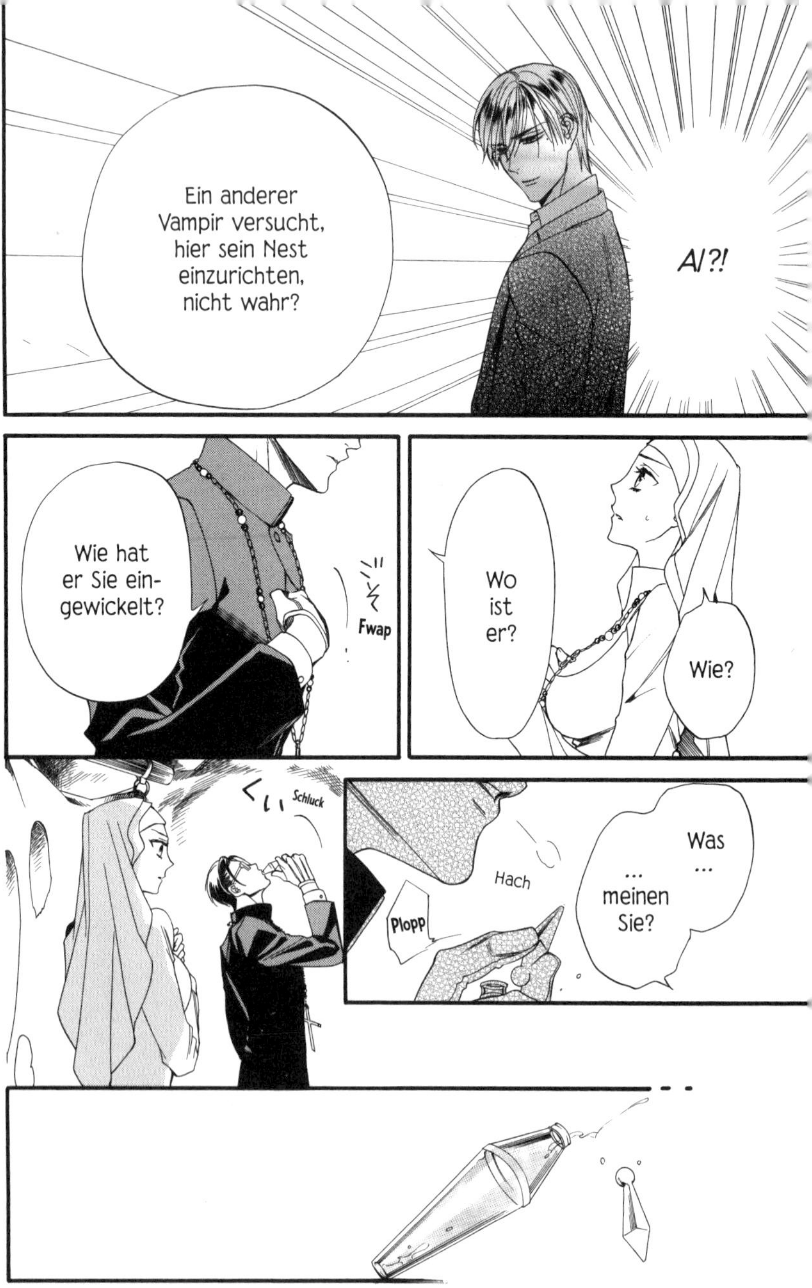
Al?!
Ein anderer Vampir versucht, hier sein Nest einzurichten, nicht wahr?
Wie?
Wo ist er?
Wie hat er Sie ein-gewickelt?
Fwap
Was ...
... meinen Sie?
Hach
Plopp
Schluck

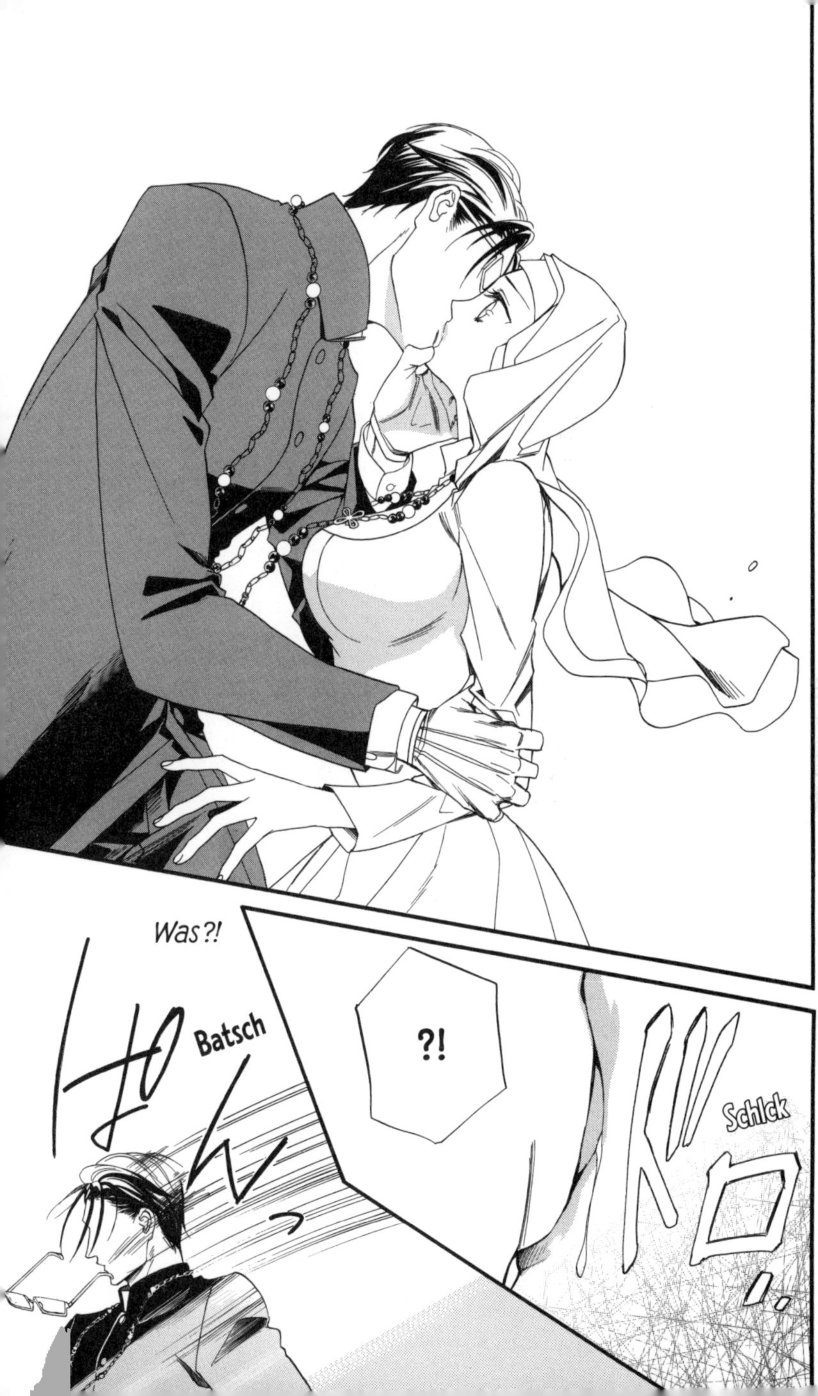
?!
Schlck
Was?!
Batsch

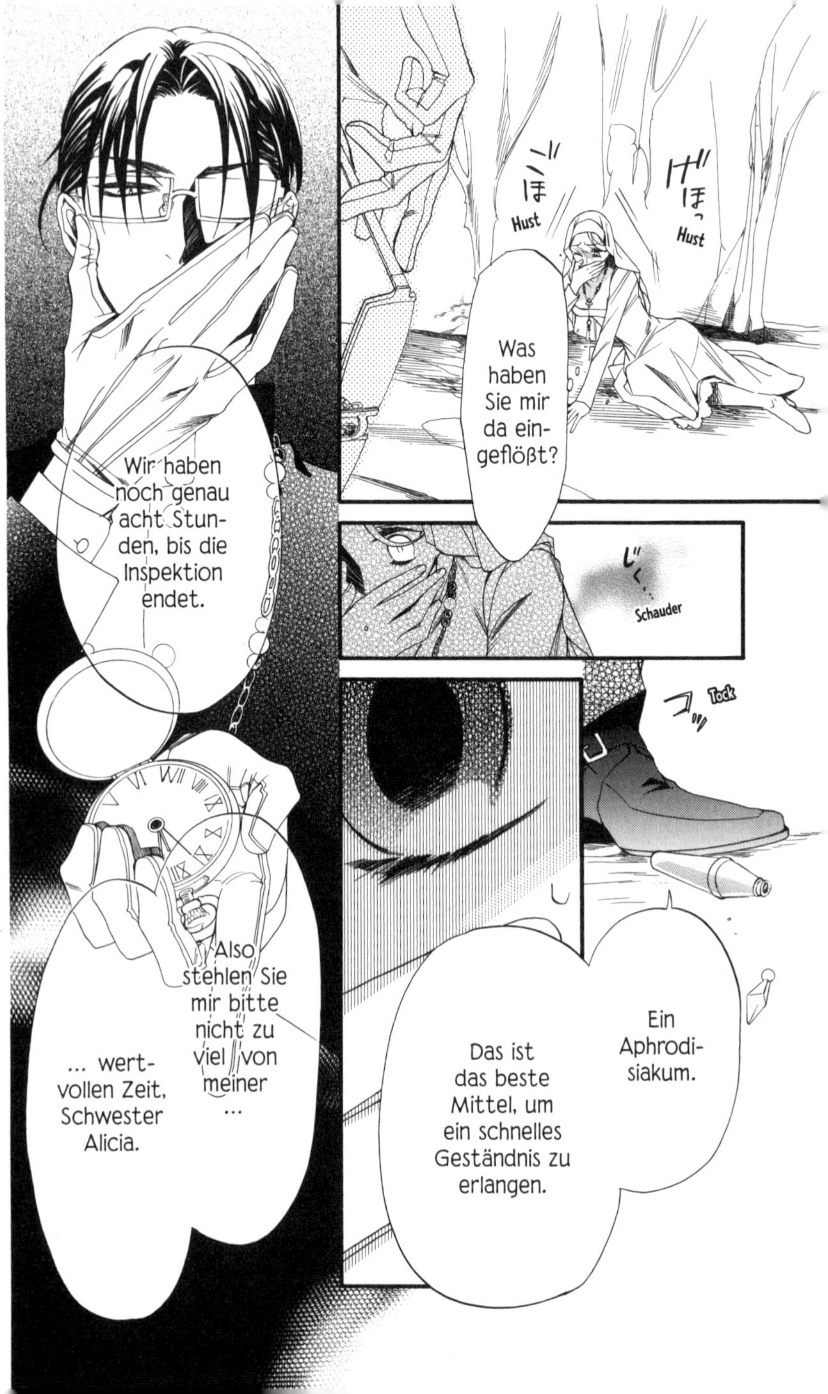
げほっ
Hust
ごほ
Hust
Was haben Sie mir da eingeflößt?
じく…
Schauder
コッ
Tock
Ein Aphrodisiakum.
Das ist das beste Mittel, um ein schnelles Geständnis zu erlangen.
Wir haben noch genau acht Stunden, bis die Inspektion endet.
Also stehlen Sie mir bitte nicht zu viel von meiner …
… wertvollen Zeit, Schwester Alicia.

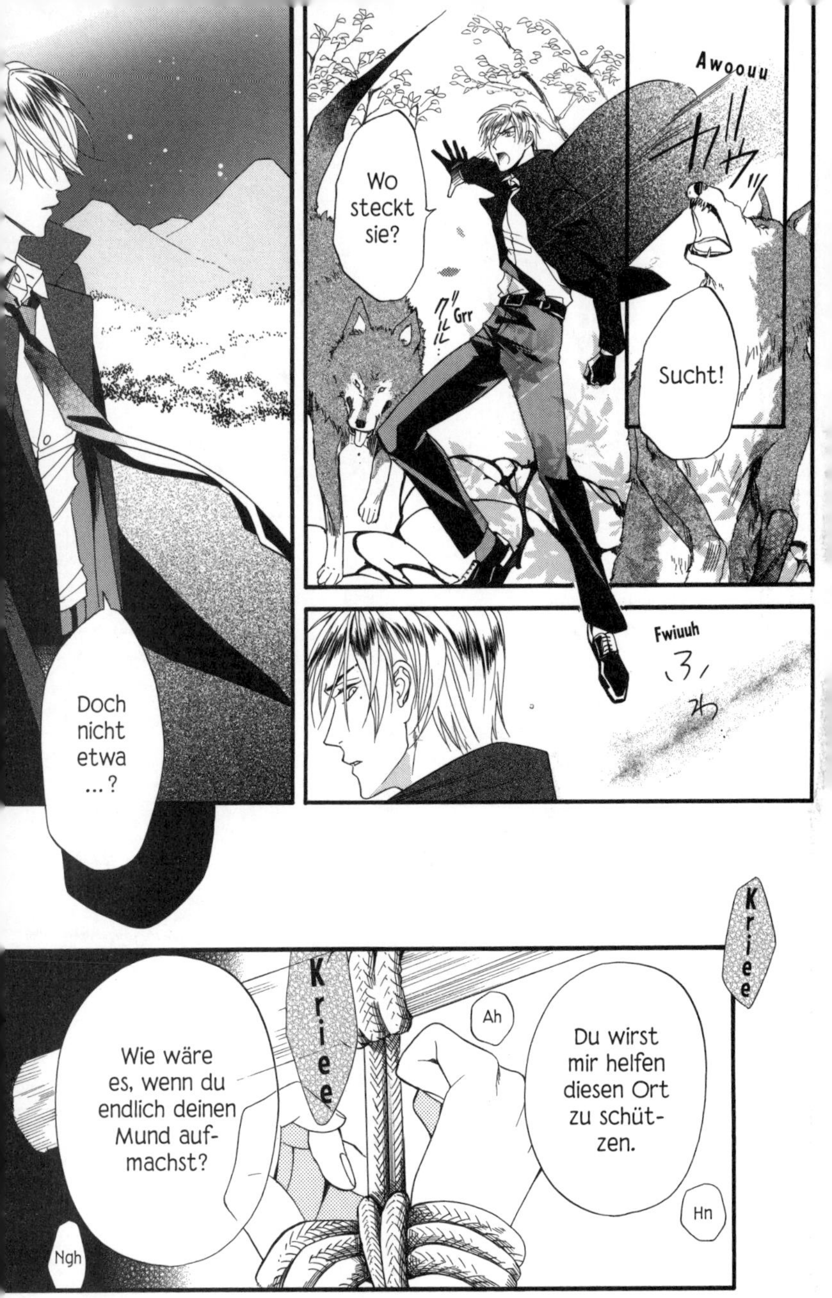
Awoouu
Sucht!
Wo steckt sie?
Grr
Fwiuuh
Doch nicht etwa ...?
Kriee
Du wirst mir helfen diesen Ort zu schützen.
Hn
Ah
Kriee
Wie wäre es, wenn du endlich deinen Mund aufmachst?
Ngh

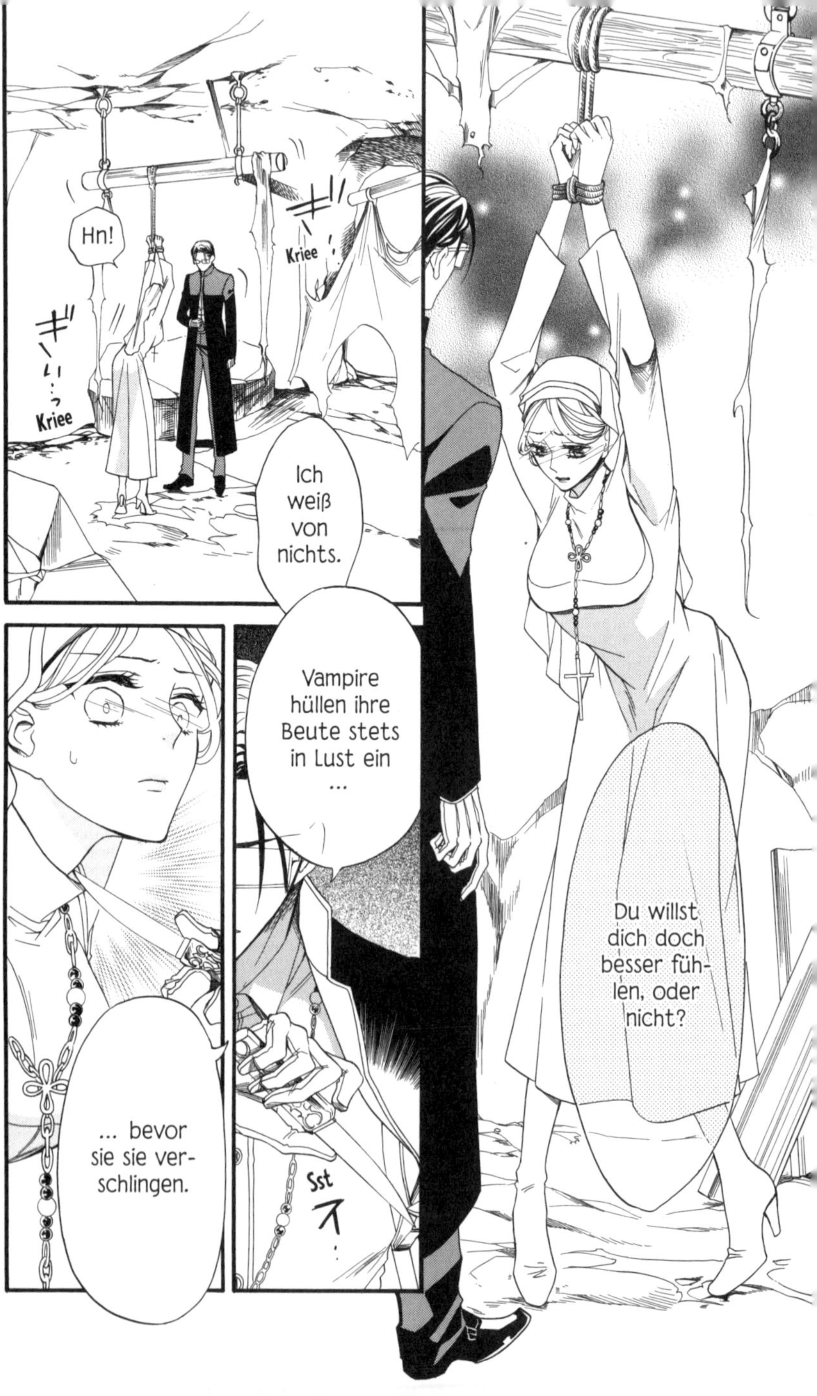

Du willst dich doch besser fühlen, oder nicht?
Kriee
Hn!
Kriee
Ich weiß von nichts.
Vampire hüllen ihre Beute stets in Lust ein ...
Sst
... bevor sie sie verschlingen.

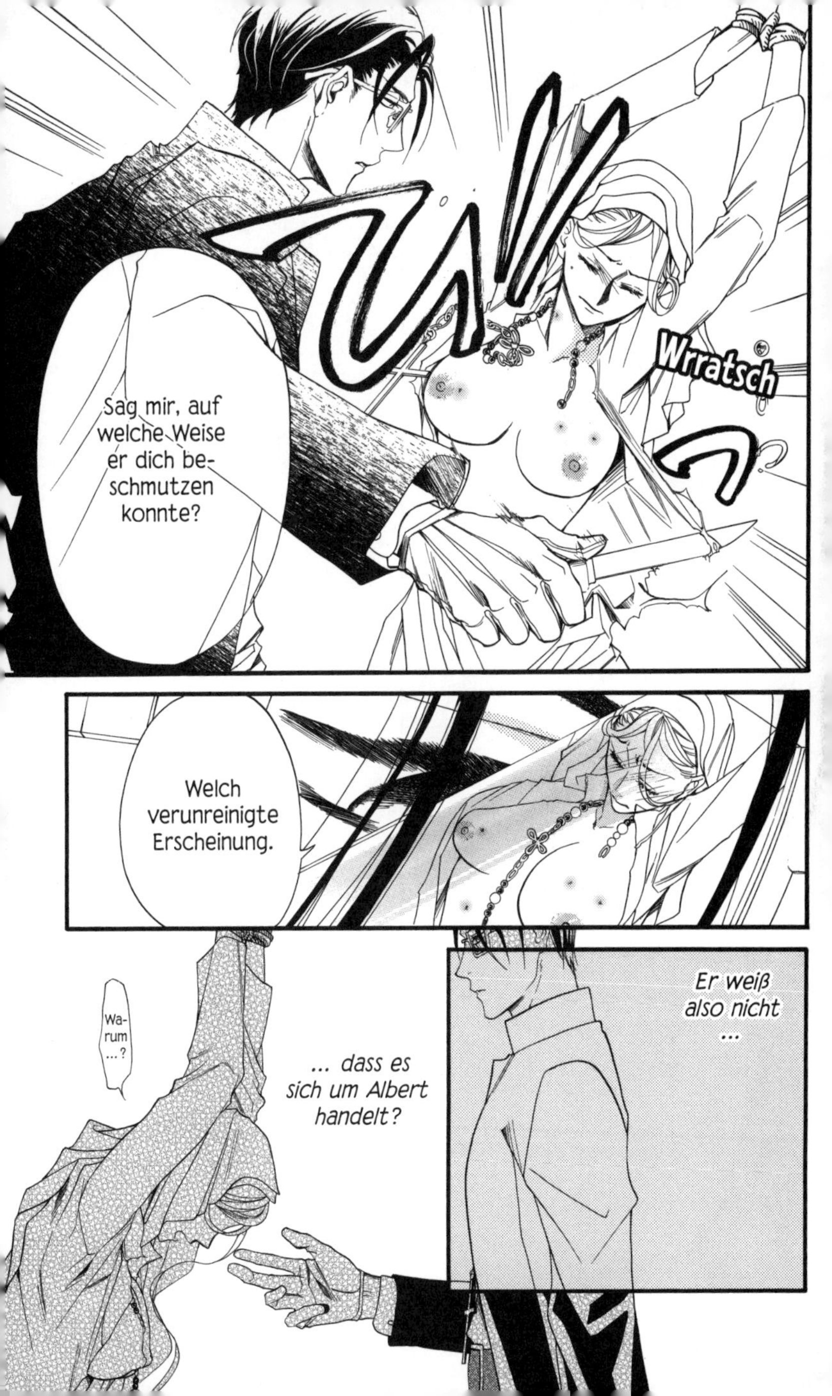
Wrratsch
Sag mir, auf welche Weise er dich beschmutzen konnte?
Welch verunreinigte Erscheinung.
Er weiß also nicht ...
... dass es sich um Albert handelt?
Warum ...?

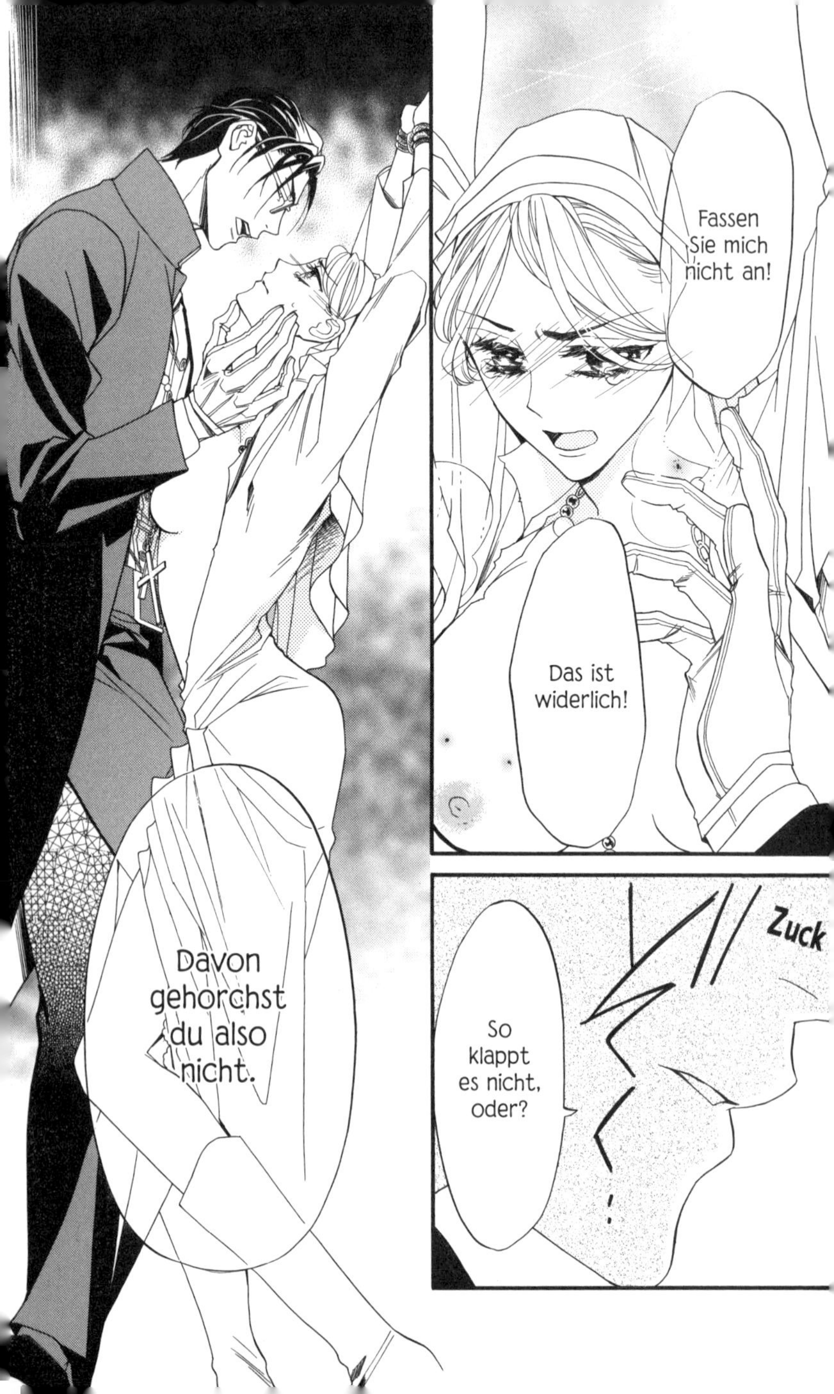

Fassen Sie mich nicht an!
Das ist widerlich!
Zuck
So klappt es nicht, oder?
Davon gehorchst du also nicht.

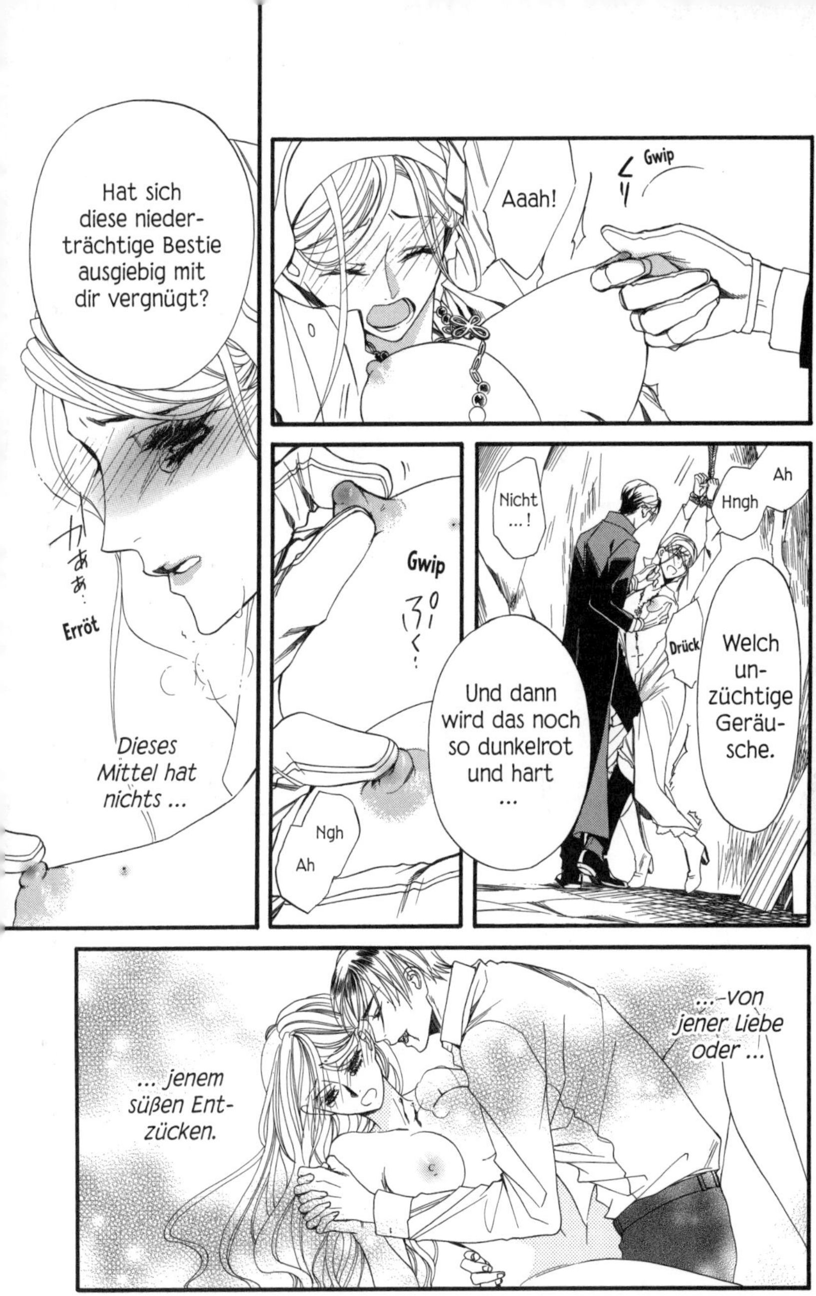

Aaah!
Gwip
Nicht ...!
Ah
Hngh
Drück
Welch unzüchtige Geräusche.
Und dann wird das noch so dunkelrot und hart ...
Gwip
Ngh
Ah
Hat sich diese niederträchtige Bestie ausgiebig mit dir vergnügt?
Errött
Dieses Mittel hat nichts ...
...-von jener Liebe oder ...
... jenem süßen Entzücken.

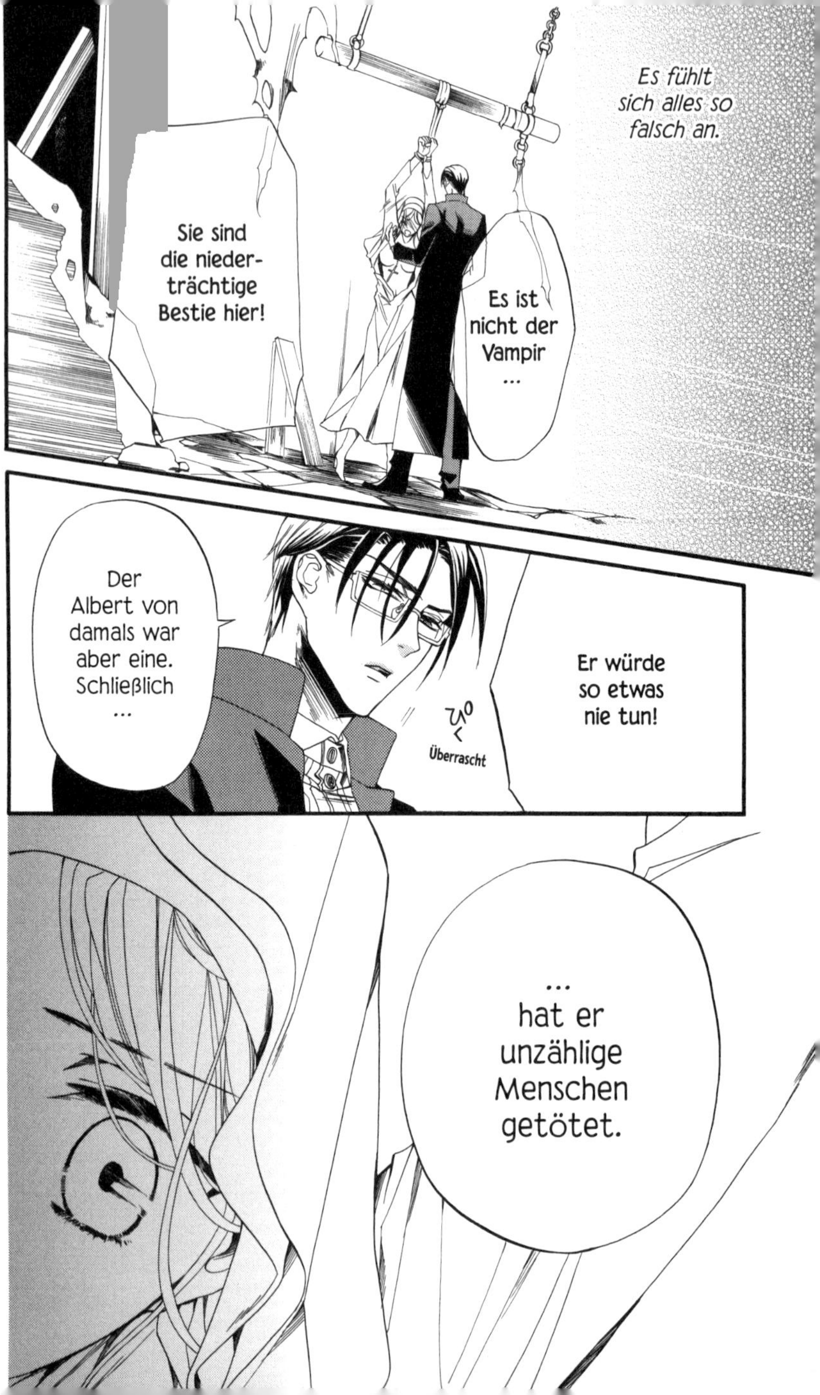
Es fühlt sich alles so falsch an.
Es ist nicht der Vampir ...
Sie sind die nieder-trächtige Bestie hier!
Er würde so etwas nie tun!
Überrascht
Der Albert von damals war aber eine. Schließlich ...
... hat er unzählige Menschen getötet.

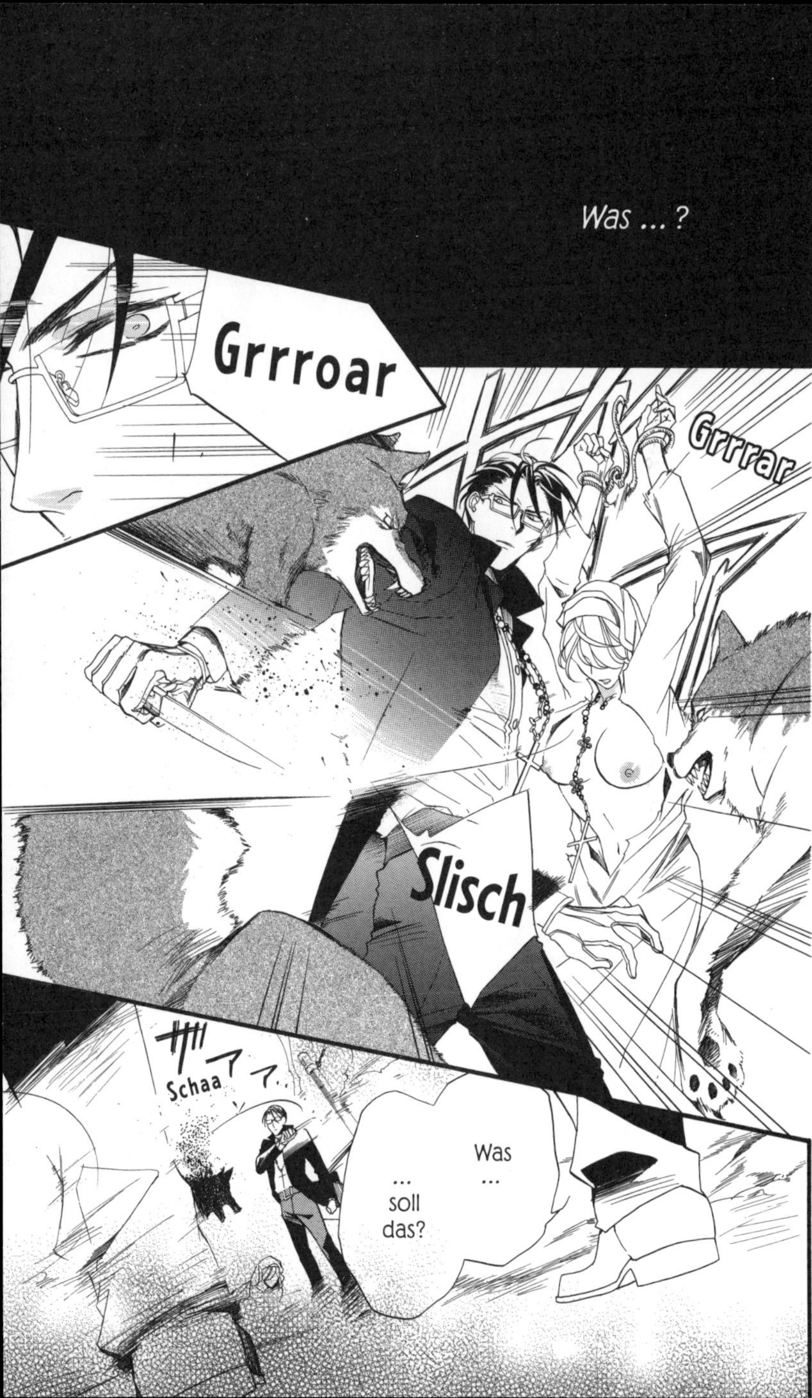
Was ...?
Grrroar
Grrrar
Slisch
Schaa
Was ... ... soll das?

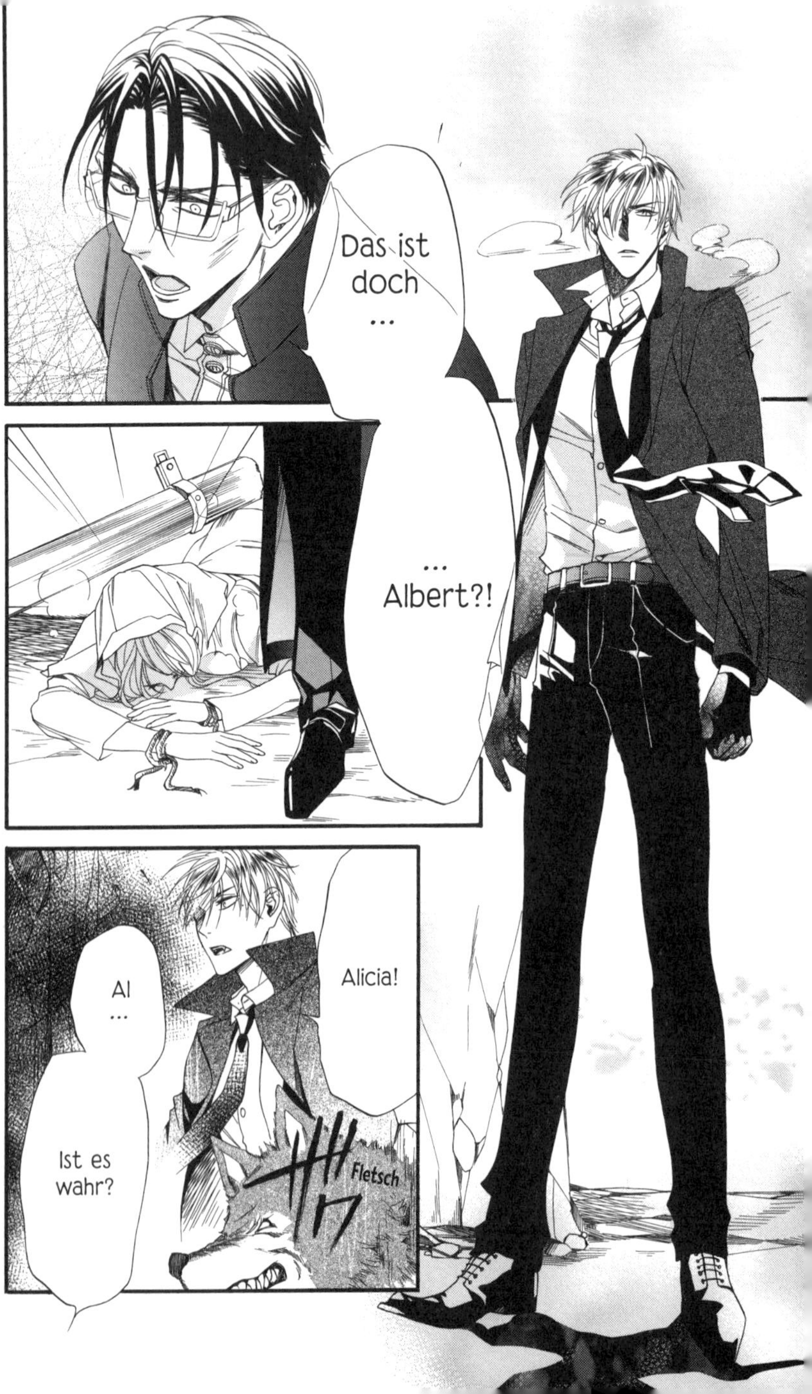
Das ist doch ...
... Albert?!
Alicia!
Al ...
Ist es wahr?
Fletsch

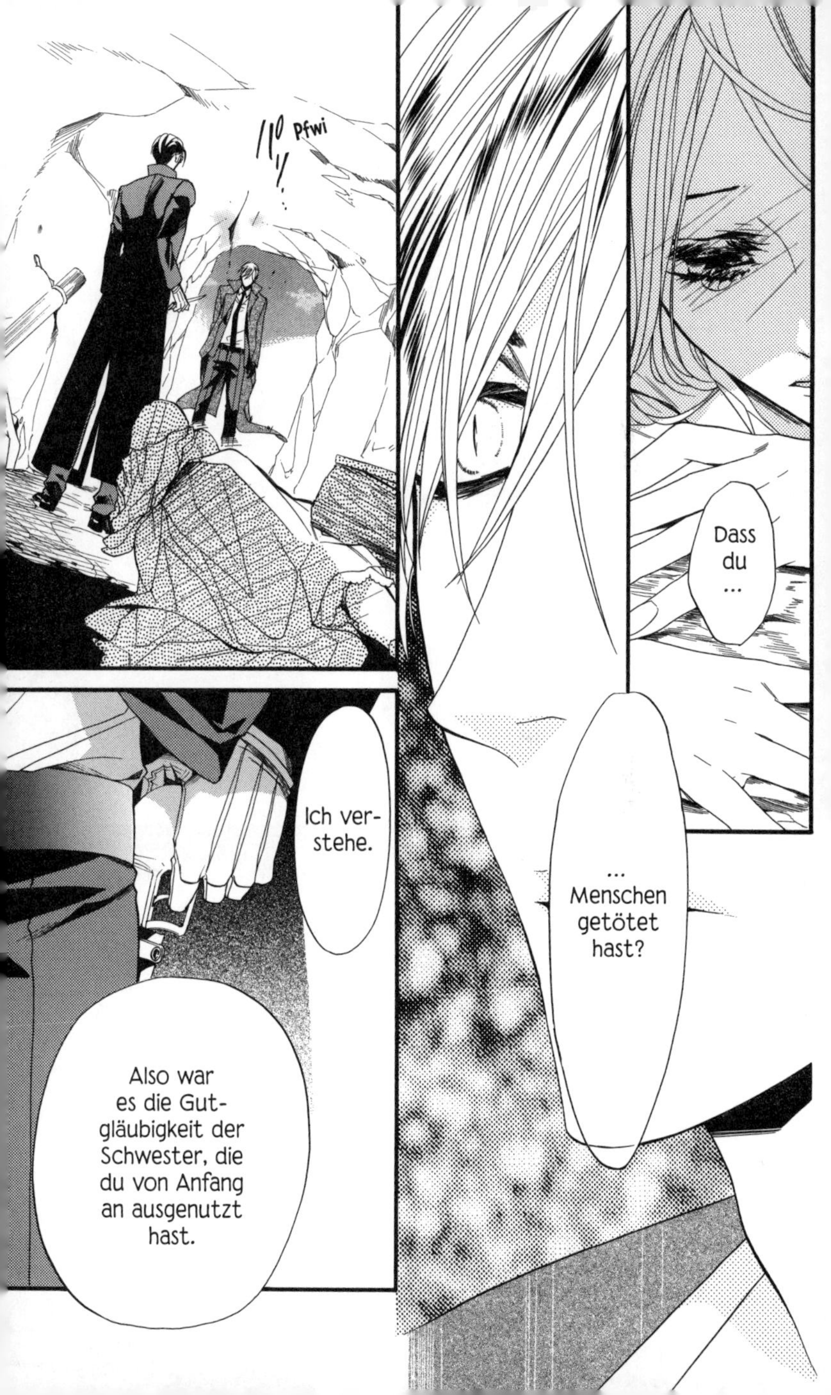
Dass du ...
... Menschen getötet hast?
Pfwi
Ich verstehe.
Also war es die Gutgläubigkeit der Schwester, die du von Anfang an ausgenutzt hast.

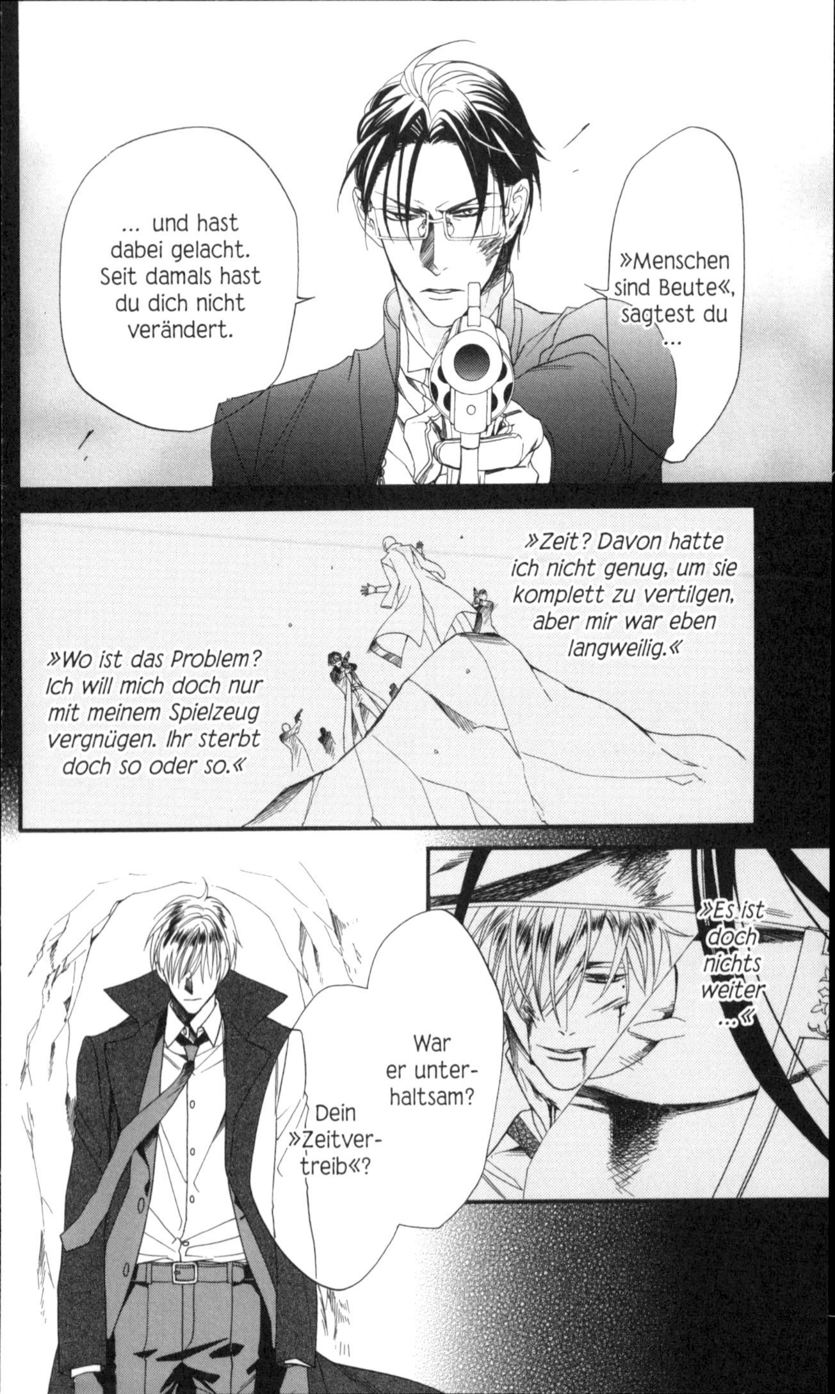
»Menschen sind Beute«, sagtest du ...
... und hast dabei gelacht. Seit damals hast du dich nicht verändert.
»Zeit? Davon hatte ich nicht genug, um sie komplett zu vertilgen, aber mir war eben langweilig.«
»Wo ist das Problem? Ich will mich doch nur mit meinem Spielzeug vergnügen. Ihr sterbt doch so oder so.«
»Es ist doch nichts weiter ...«
War er unterhaltsam?
Dein »Zeitvertreib«?

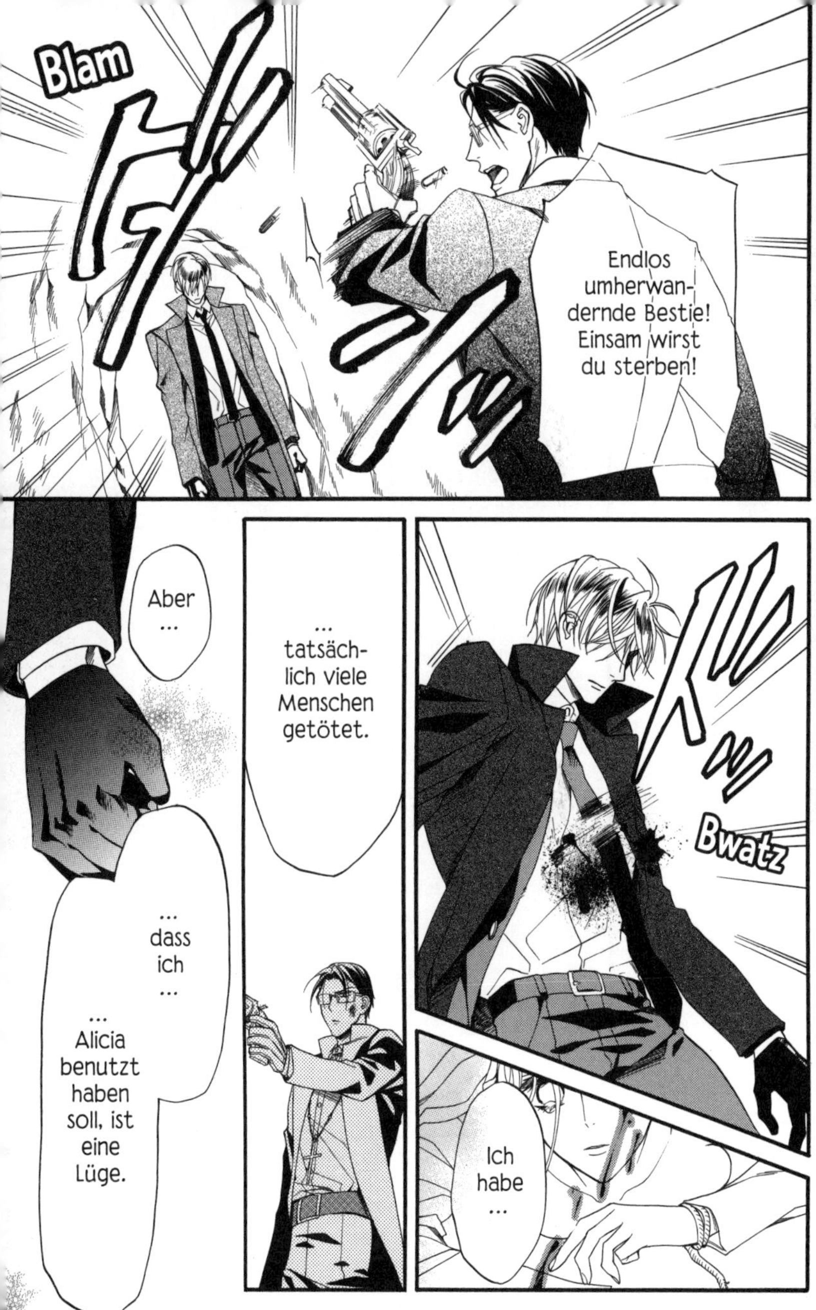
Blam
Endlos umherwandernde Bestie! Einsam wirst du sterben!
Bwatz
Ich habe ...
... tatsächlich viele Menschen getötet.
Aber ...
... dass ich ...
... Alicia benutzt haben soll, ist eine Lüge.

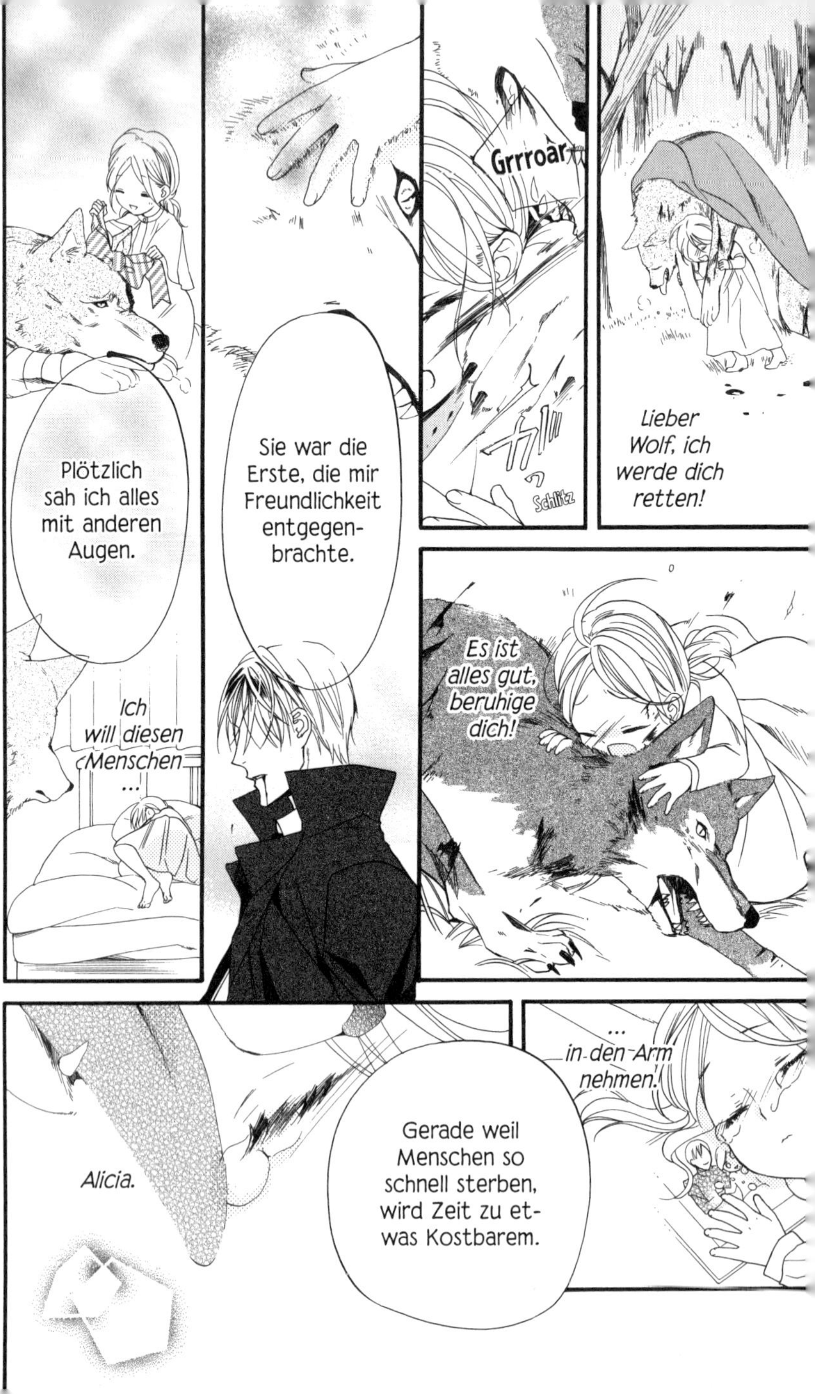
Lieber Wolf, ich werde dich retten!
Grrroar
Schlitz
Sie war die Erste, die mir Freundlichkeit entgegen-brachte.
Plötzlich sah ich alles mit anderen Augen.
Es ist alles gut, beruhige dich!
Ich will diesen Menschen ...
... in den Arm nehmen.
Gerade weil Menschen so schnell sterben, wird Zeit zu et-was Kostbarem.
Alicia.

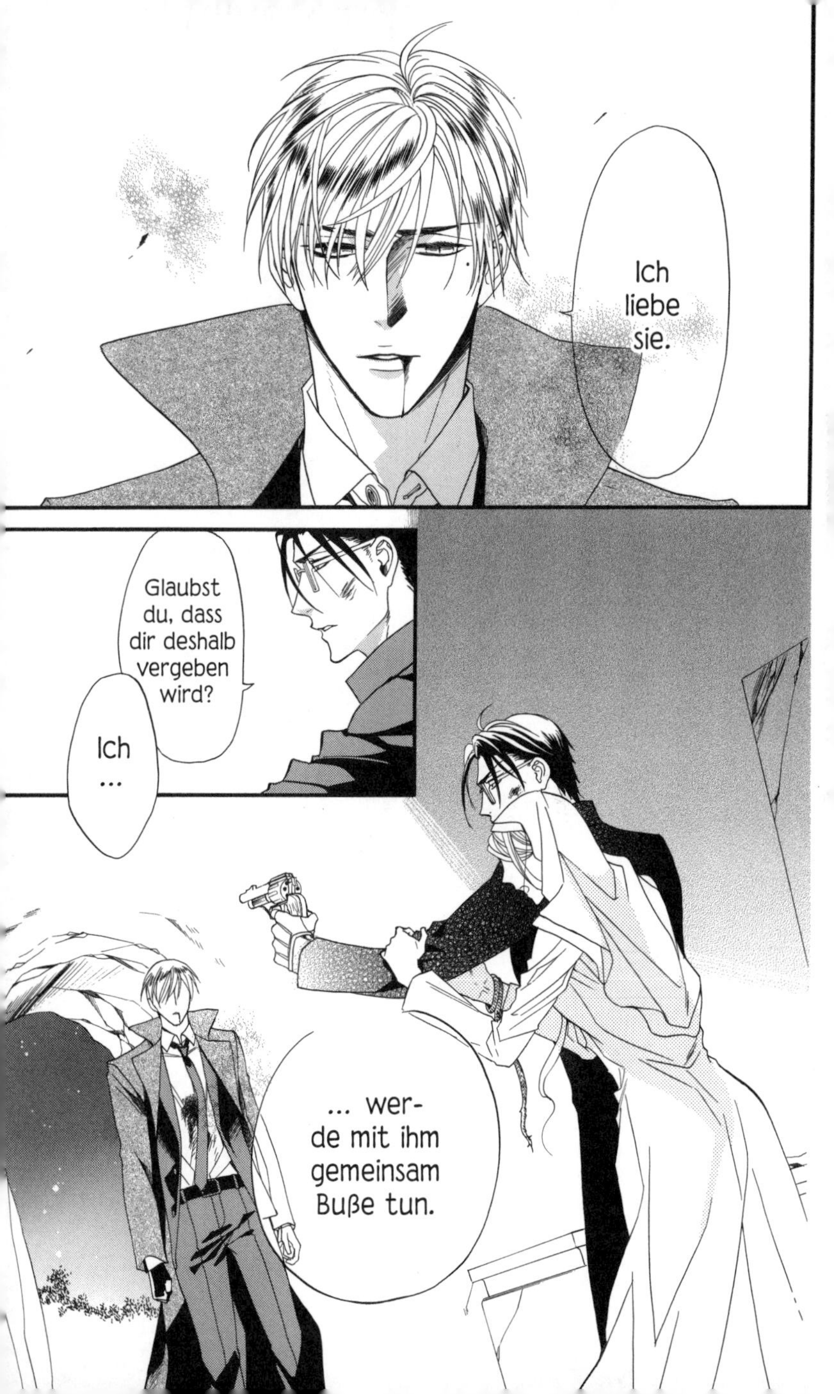
Ich liebe sie.
Glaubst du, dass dir deshalb vergeben wird?
Ich ...
... werde mit ihm gemeinsam Buße tun.

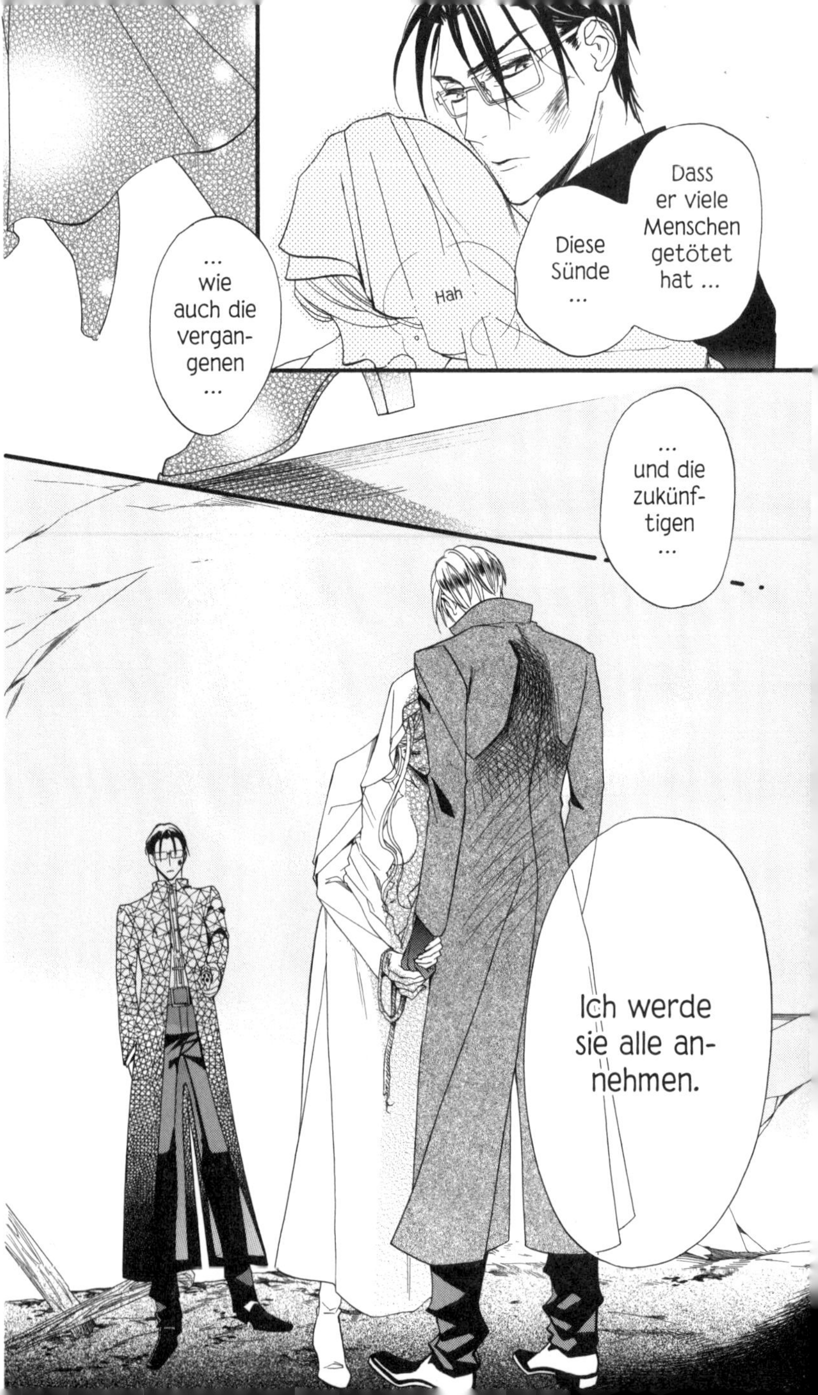
Dass er viele Menschen getötet hat ...
Diese Sünde ...
Hah
... wie auch die vergangenen ...
... und die zukünftigen ...
Ich werde sie alle annehmen.

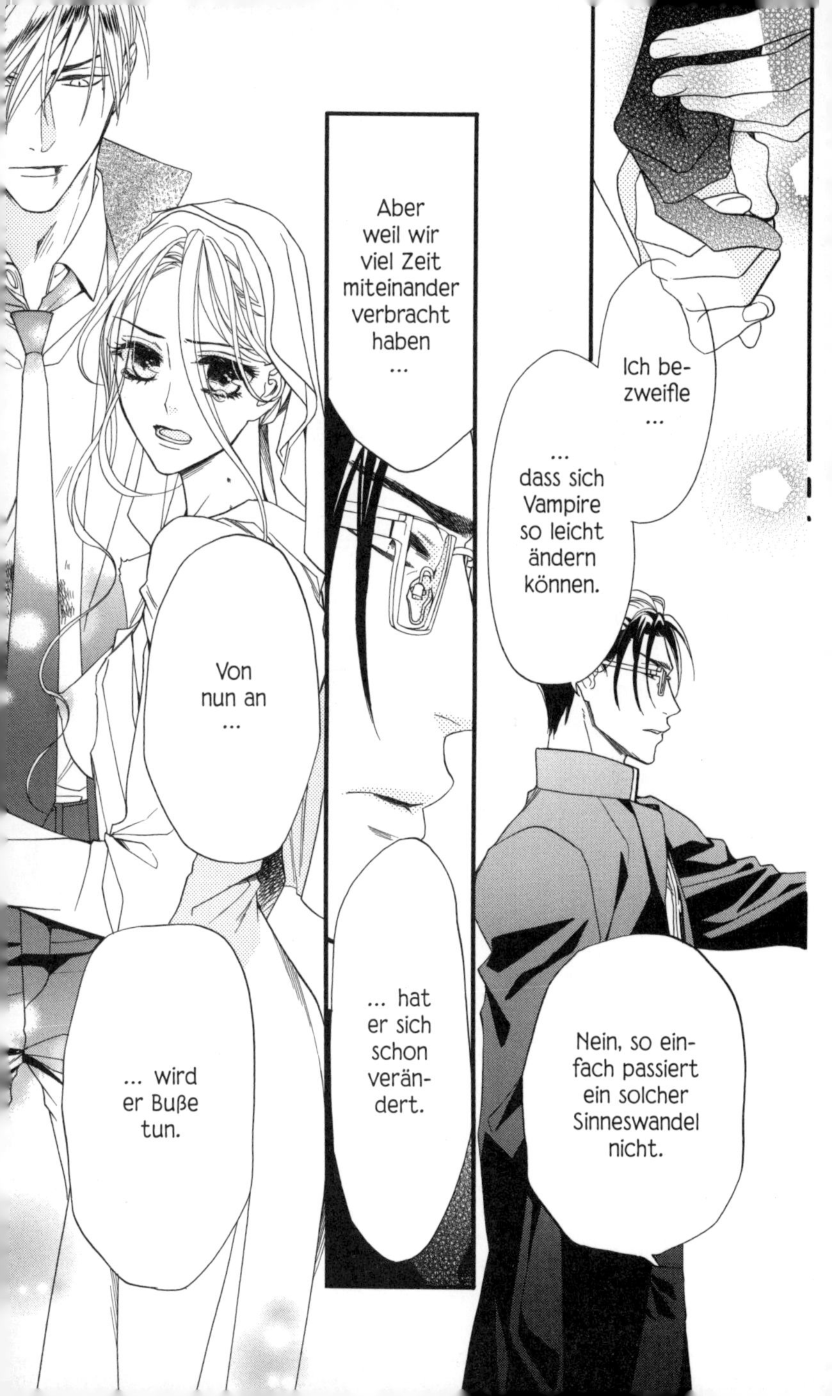
Ich bezweifle ...
... dass sich Vampire so leicht ändern können.
Nein, so einfach passiert ein solcher Sinneswandel nicht.
Aber weil wir viel Zeit miteinander verbracht haben ...
... hat er sich schon verändert.
Von nun an ...
... wird er Buße tun.

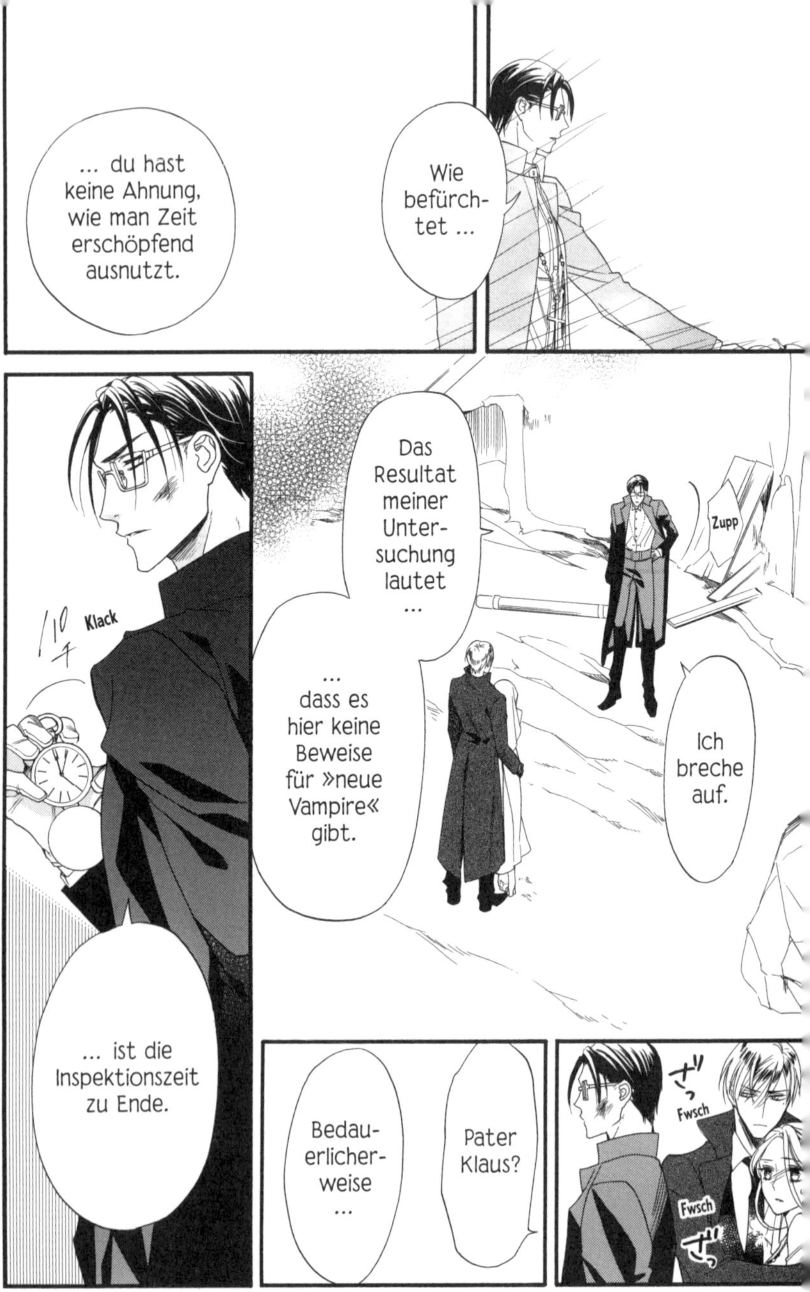

Wie befürchtet ...
... du hast keine Ahnung, wie man Zeit erschöpfend ausnutzt.
Zupp
Ich breche auf.
Das Resultat meiner Untersuchung lautet ...
... dass es hier keine Beweise für »neue Vampire« gibt.
Fwsch
Fwsch
Pater Klaus?
Bedauerlicherweise ...
Klack
... ist die Inspektionszeit zu Ende.

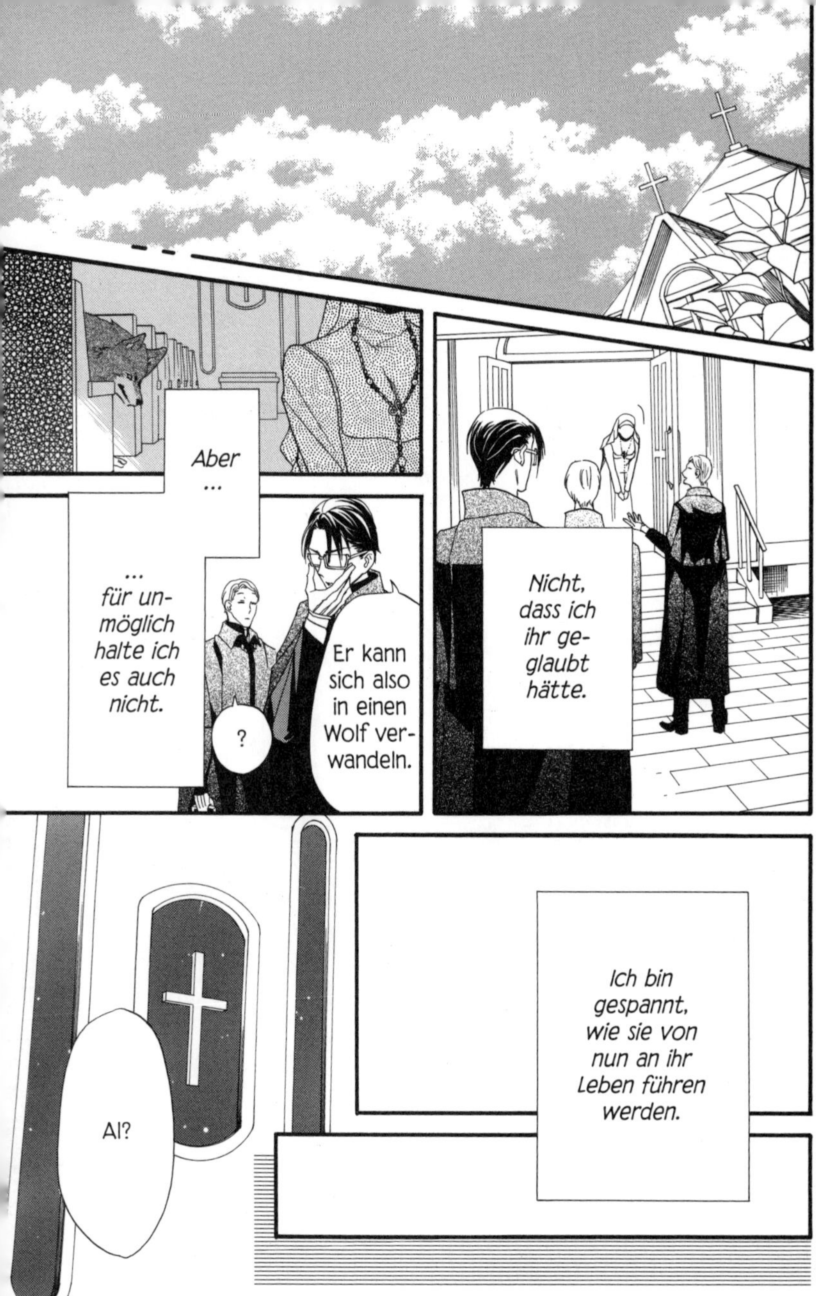
Aber ...
Nicht, dass ich ihr geglaubt hätte.
... für unmöglich halte ich es auch nicht.
Er kann sich also in einen Wolf verwandeln.
?
Ich bin gespannt, wie sie von nun an ihr Leben führen werden.
Al?

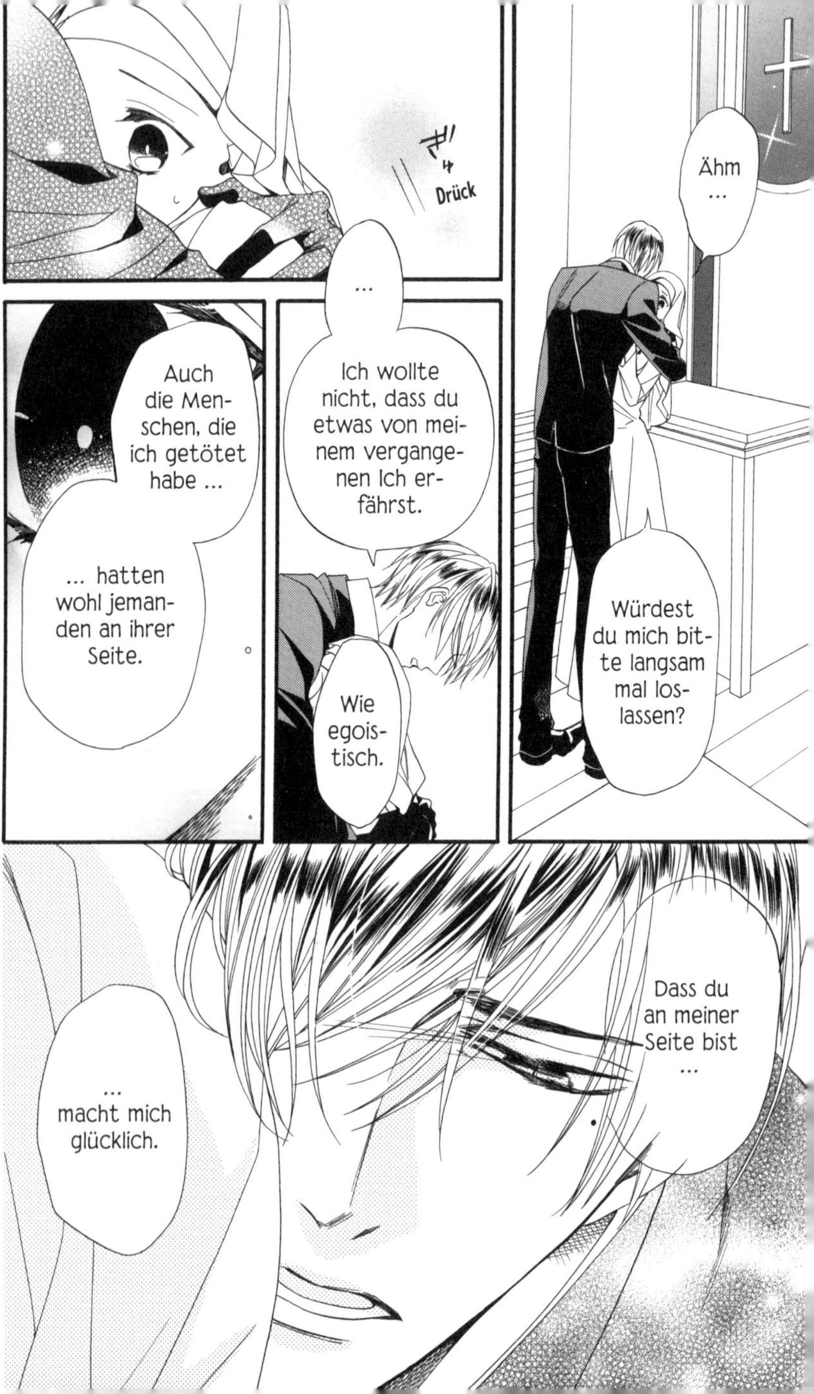

Ähm ...
Drück
...
Ich wollte nicht, dass du etwas von meinem vergangenen Ich erfährst.
Würdest du mich bitte langsam mal loslassen?
Wie egoistisch.
Auch die Menschen, die ich getötet habe ...
... hatten wohl jemanden an ihrer Seite.
Dass du an meiner Seite bist ...
... macht mich glücklich.

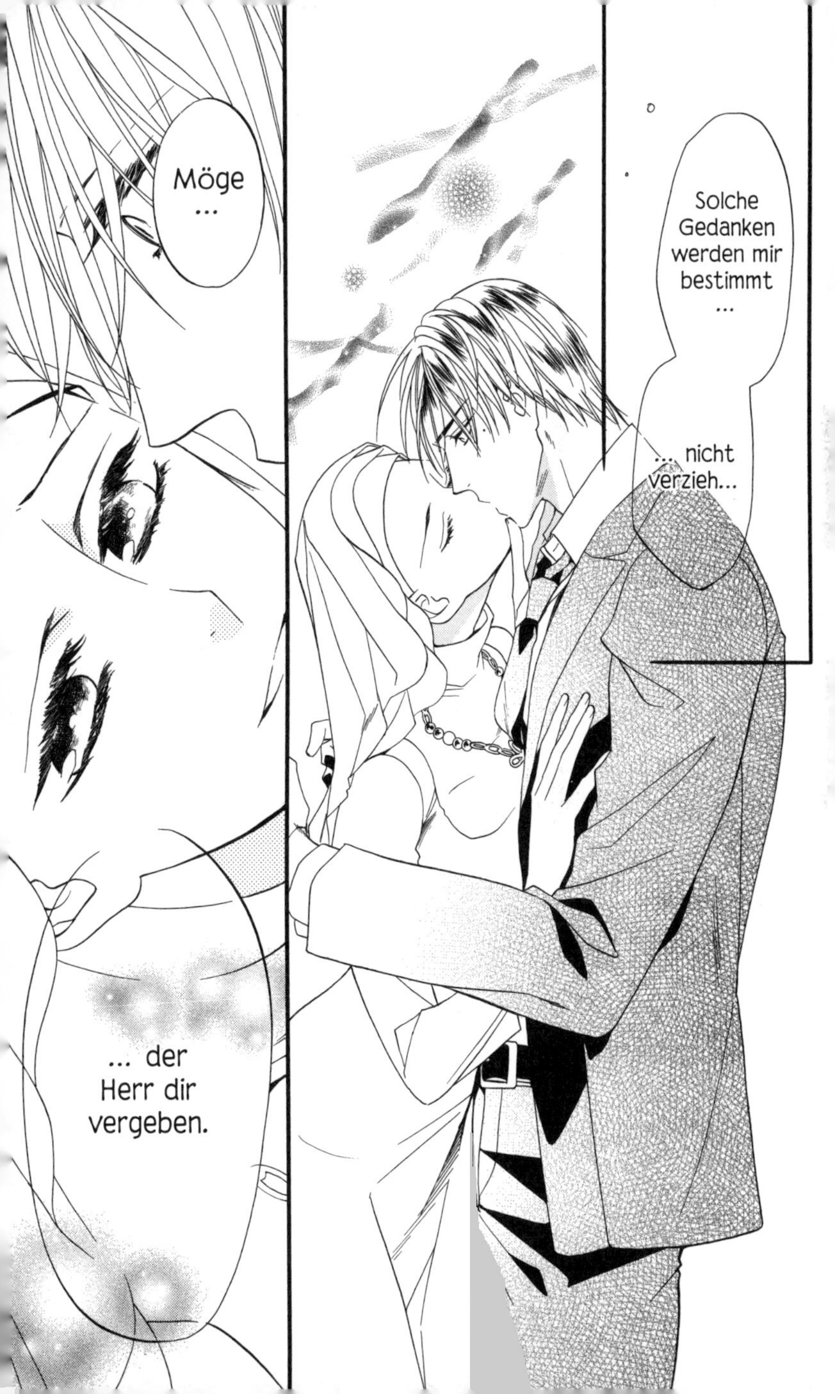

Solche Gedanken werden mir bestimmt ...
... nicht verzieh...
Möge ...
... der Herr dir vergeben.

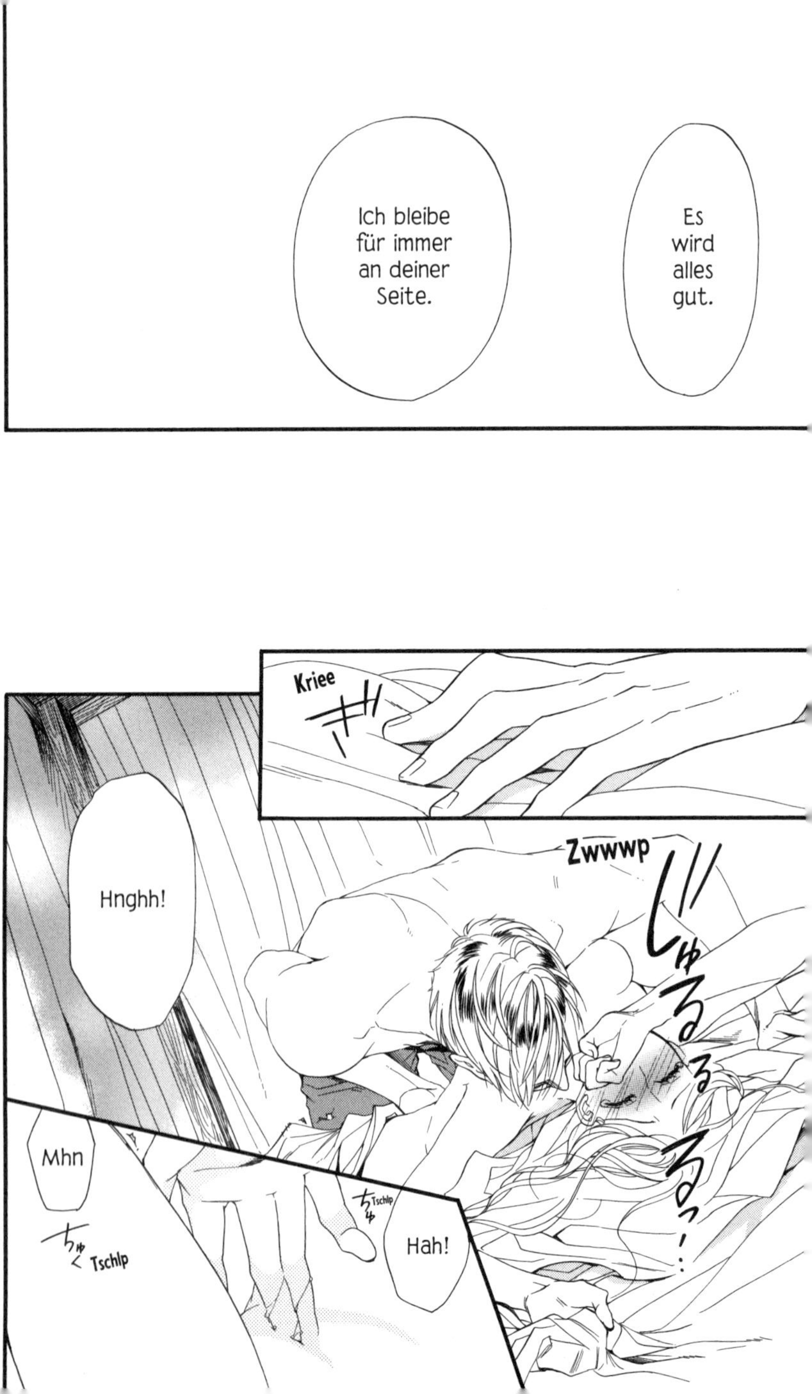

Es wird alles gut.
Ich bleibe für immer an deiner Seite.
Kriee
Zwwwp
Hnghh!
Tschlp
Hah!
Mhn
Tschlp

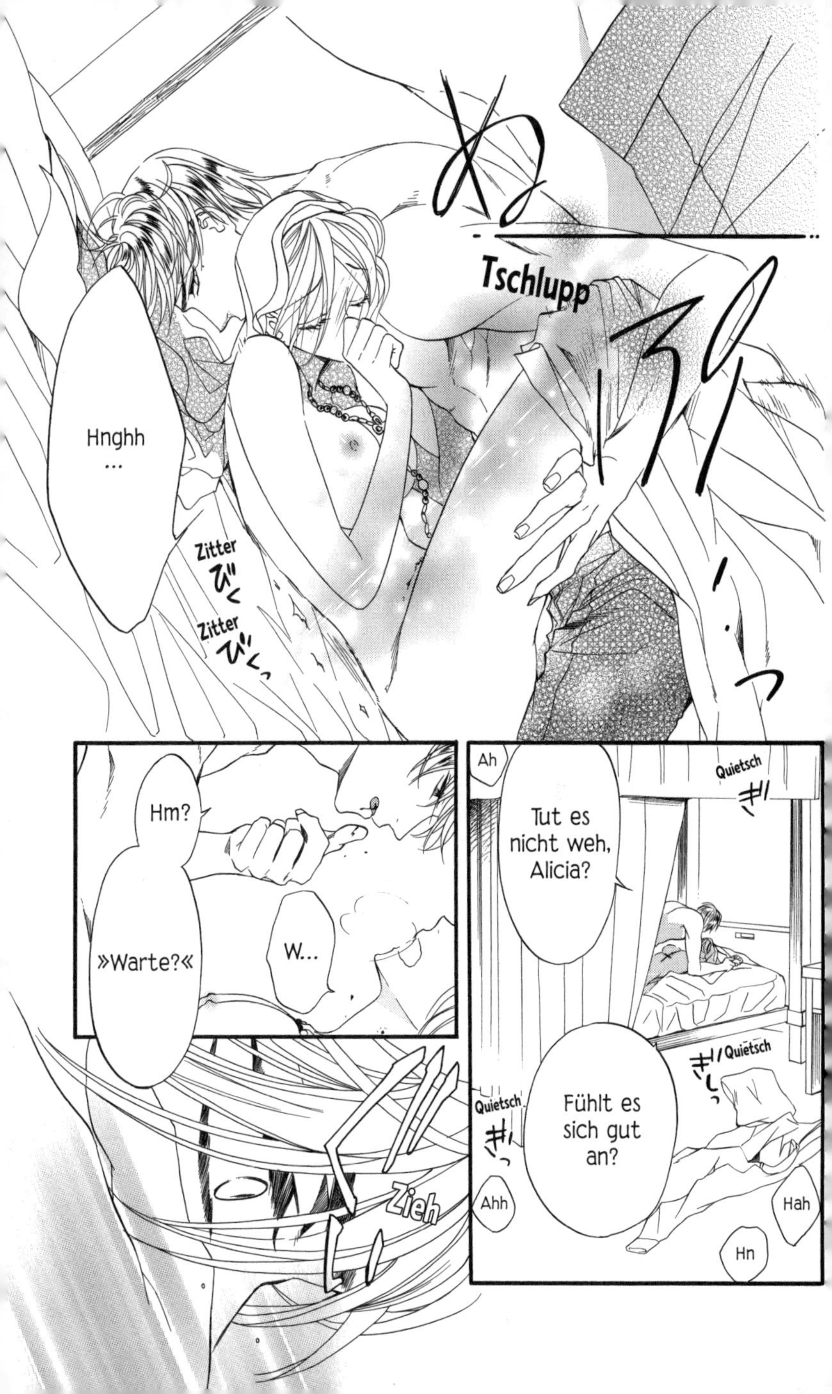
Tschlupp
Hnghh ...
Zitter
Zitter
Ah
Quietsch
Tut es nicht weh, Alicia?
Quietsch
Quietsch
Fühlt es sich gut an?
Ahh
Hah
Hn
Hm?
W...
»Warte?«
Zieh

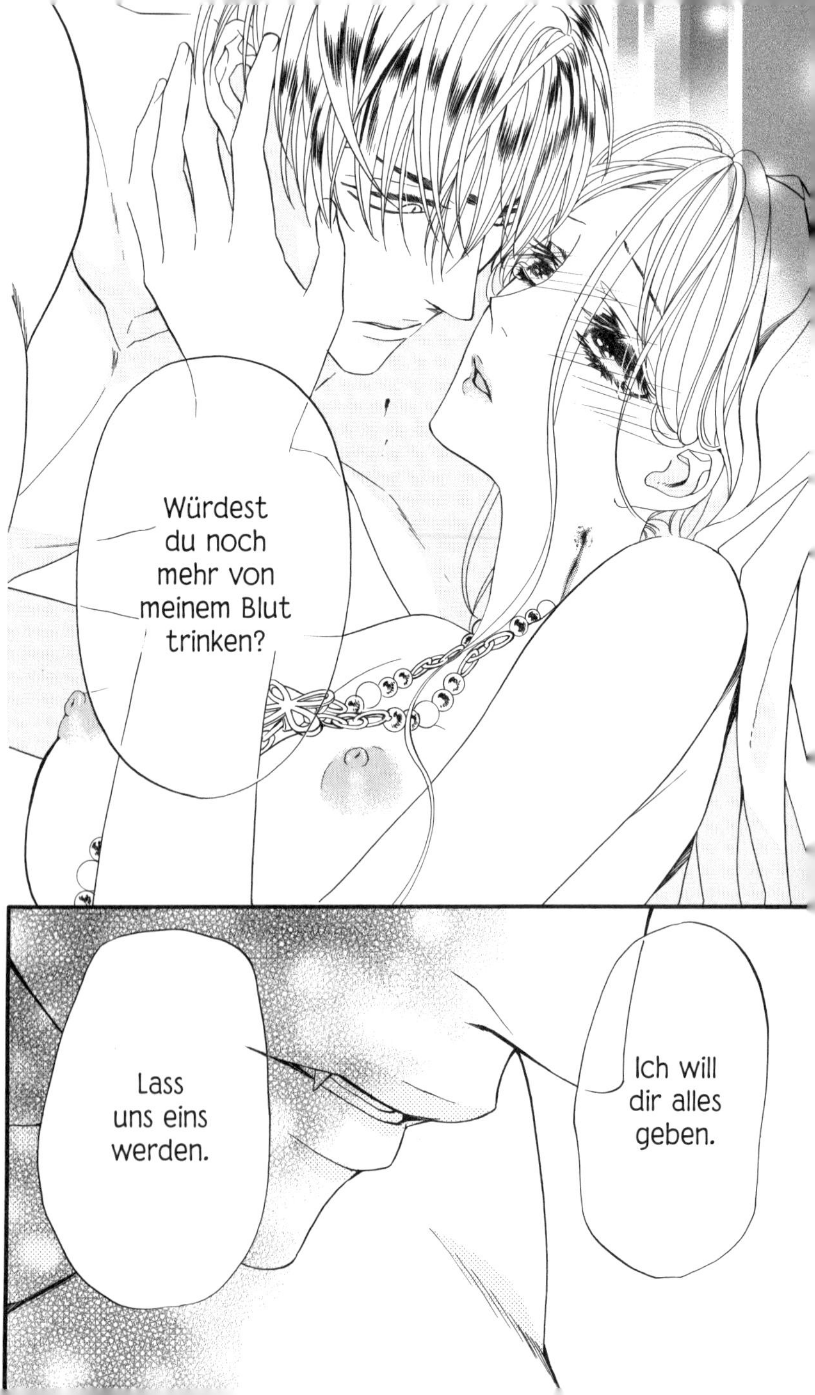
Würdest du noch mehr von meinem Blut trinken?
Ich will dir alles geben.
Lass uns eins werden.

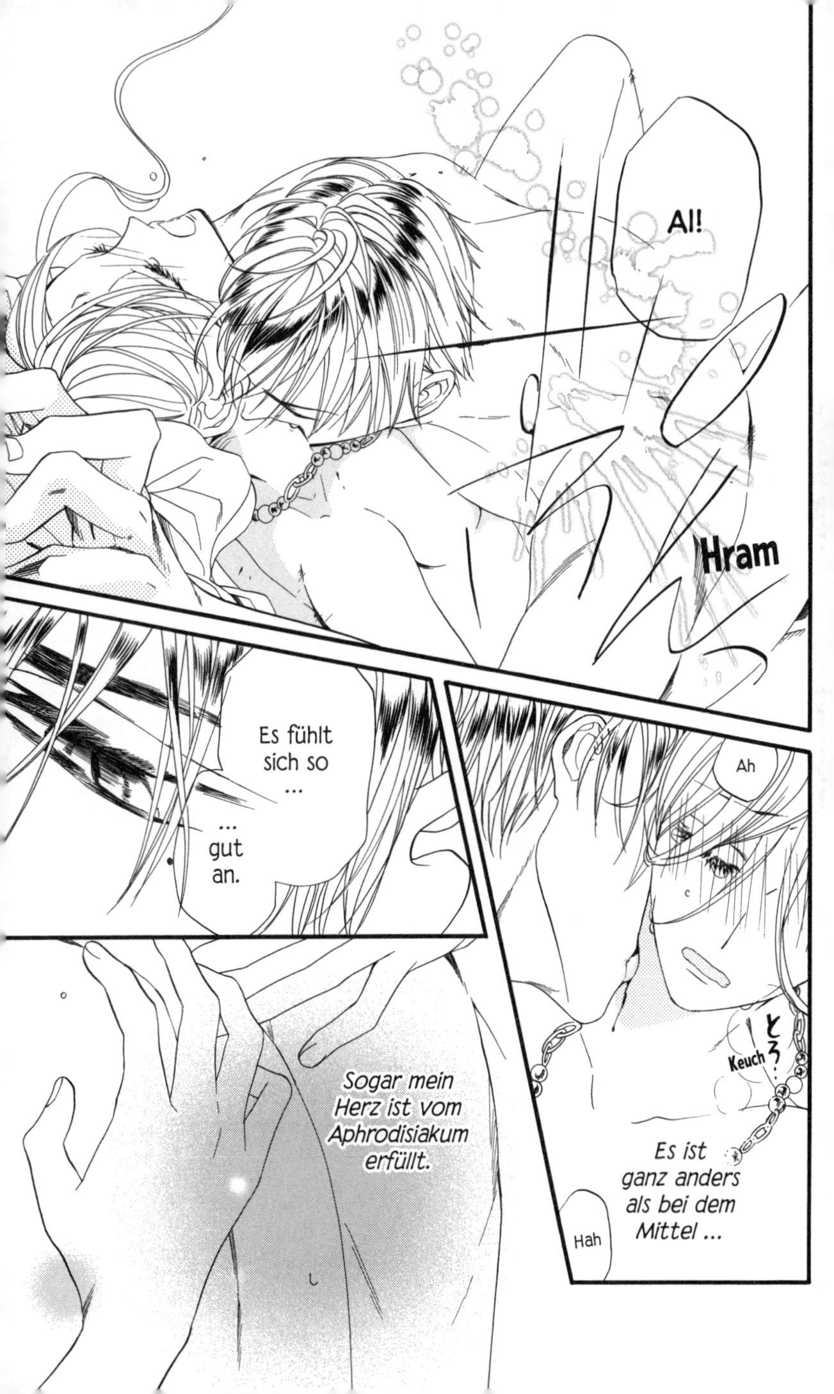
Al!
Hram
Ah
とろ…
Keuch
Es ist ganz anders als bei dem Mittel ...
Hah
Es fühlt sich so ...
... gut an.
Sogar mein Herz ist vom Aphrodisiakum erfüllt.

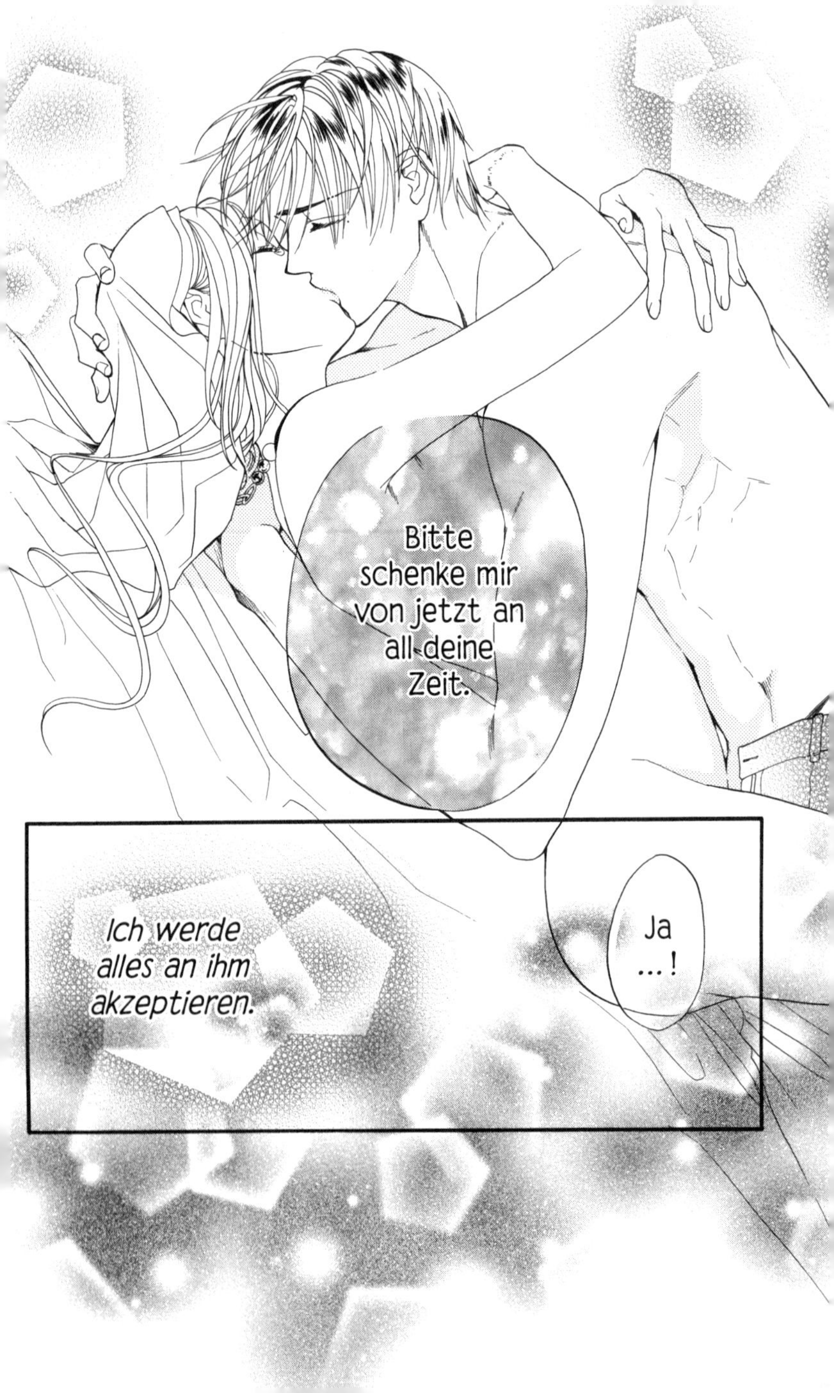
Bitte schenke mir von jetzt an all deine Zeit.
Ja ...!
Ich werde alles an ihm akzeptieren.

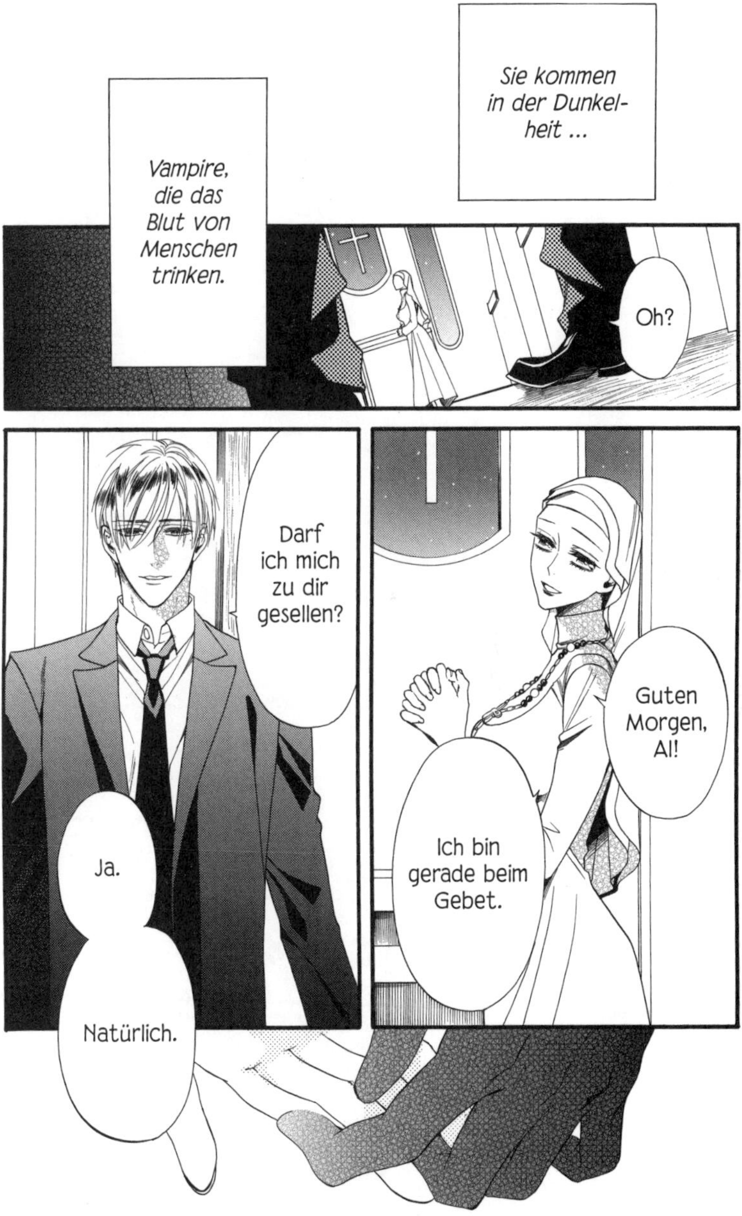
Sie kommen in der Dunkelheit ...
Vampire, die das Blut von Menschen trinken.
Oh?
Guten Morgen, Al!
Ich bin gerade beim Gebet.
Darf ich mich zu dir gesellen?
Ja.
Natürlich.

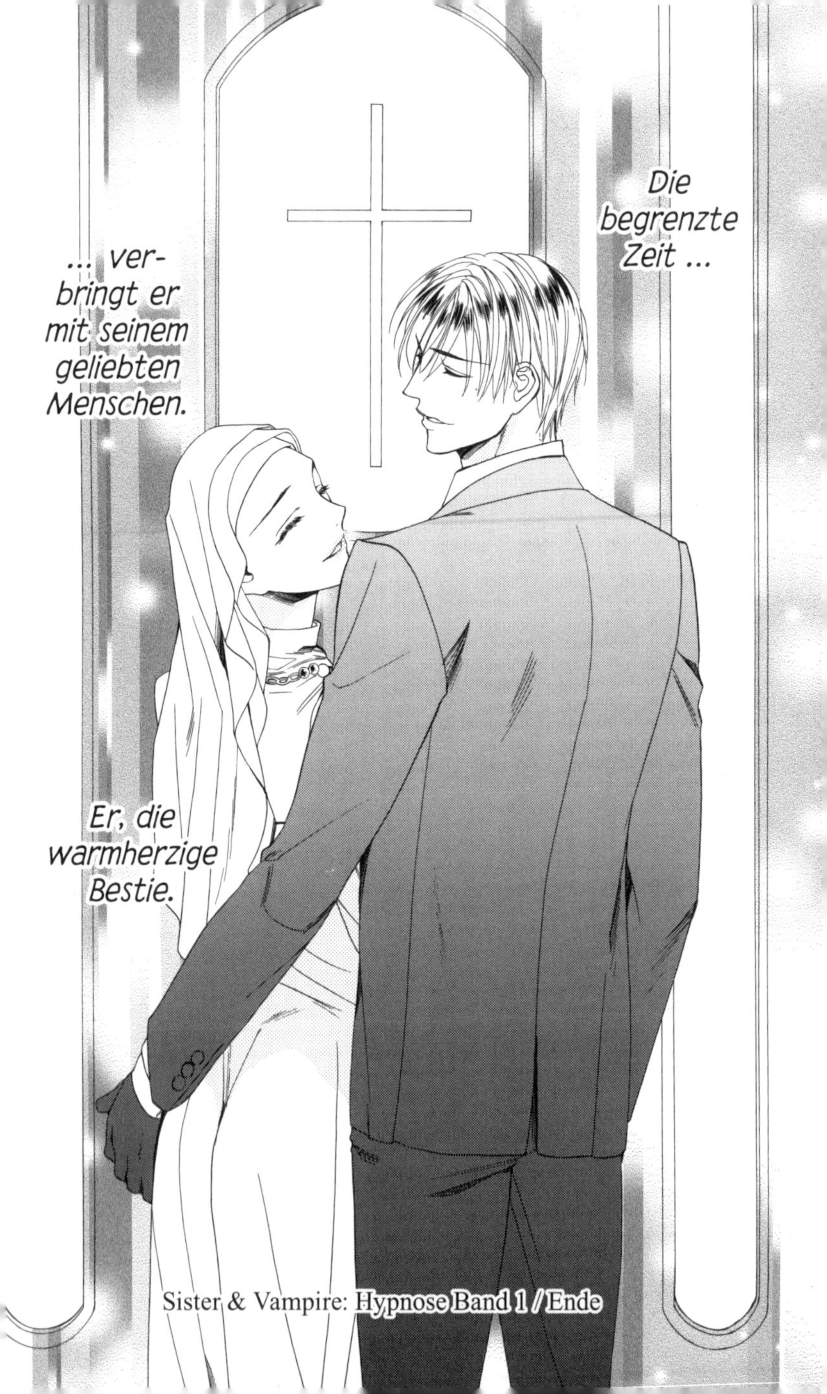
Die begrenzte Zeit ...
... verbringt er mit seinem geliebten Menschen.
Er, die warmherzige Bestie.
Sister & Vampire: Hypnose Band 1 / Ende

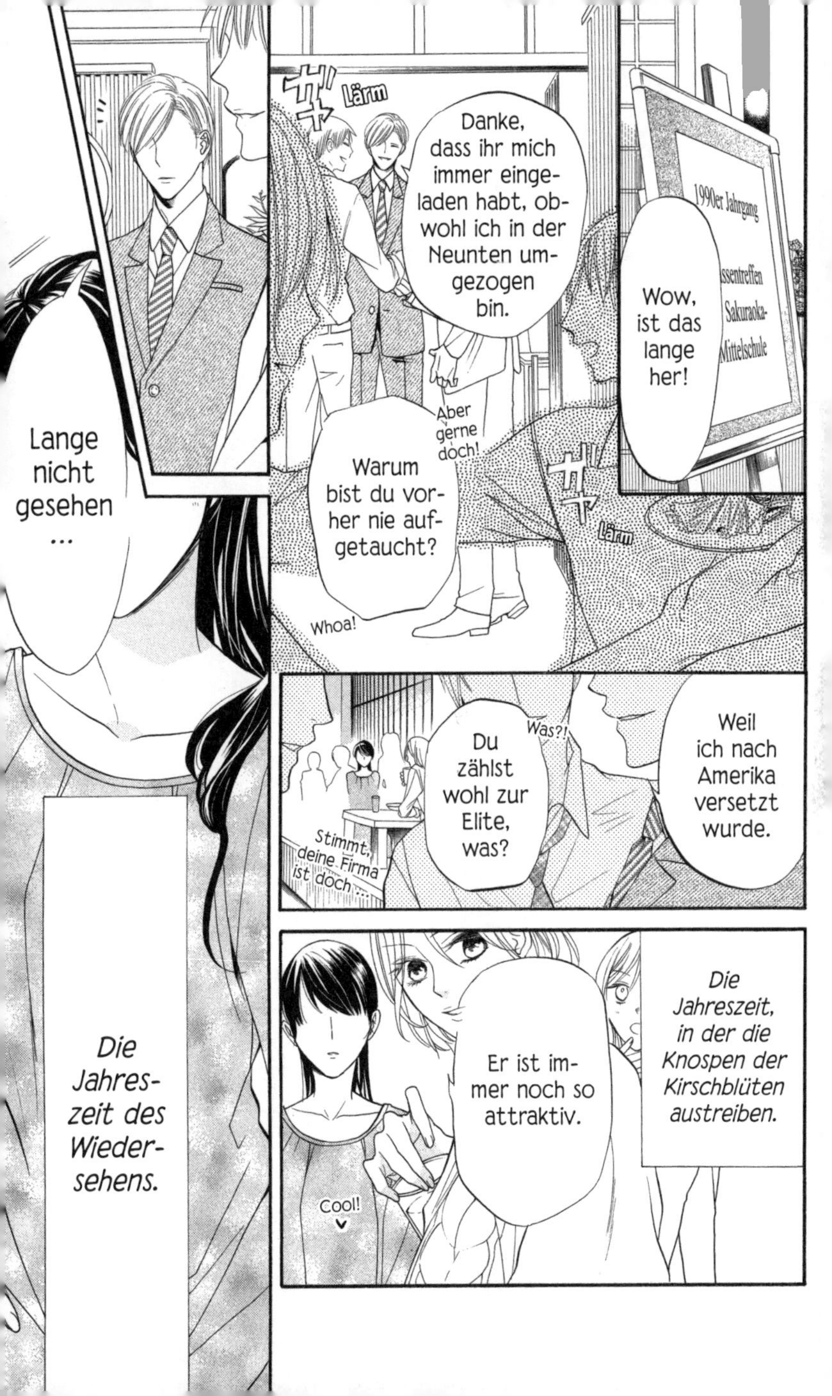
1990er Jahrgang
Sakuraoka-Mittelschule
Wow, ist das lange her!
Lärm
Danke, dass ihr mich immer eingeladen habt, obwohl ich in der Neunten umgezogen bin.
Lärm
Aber gerne doch!
Warum bist du vorher nie aufgetaucht?
Whoa!
Weil ich nach Amerika versetzt wurde.
Was?!
Du zählst wohl zur Elite, was?
Stimmt, deine Firma ist doch ...
Die Jahreszeit, in der die Knospen der Kirschblüten austreiben.
Er ist immer noch so attraktiv.
Cool!
Lange nicht gesehen ...
Die Jahreszeit des Wiedersehens.

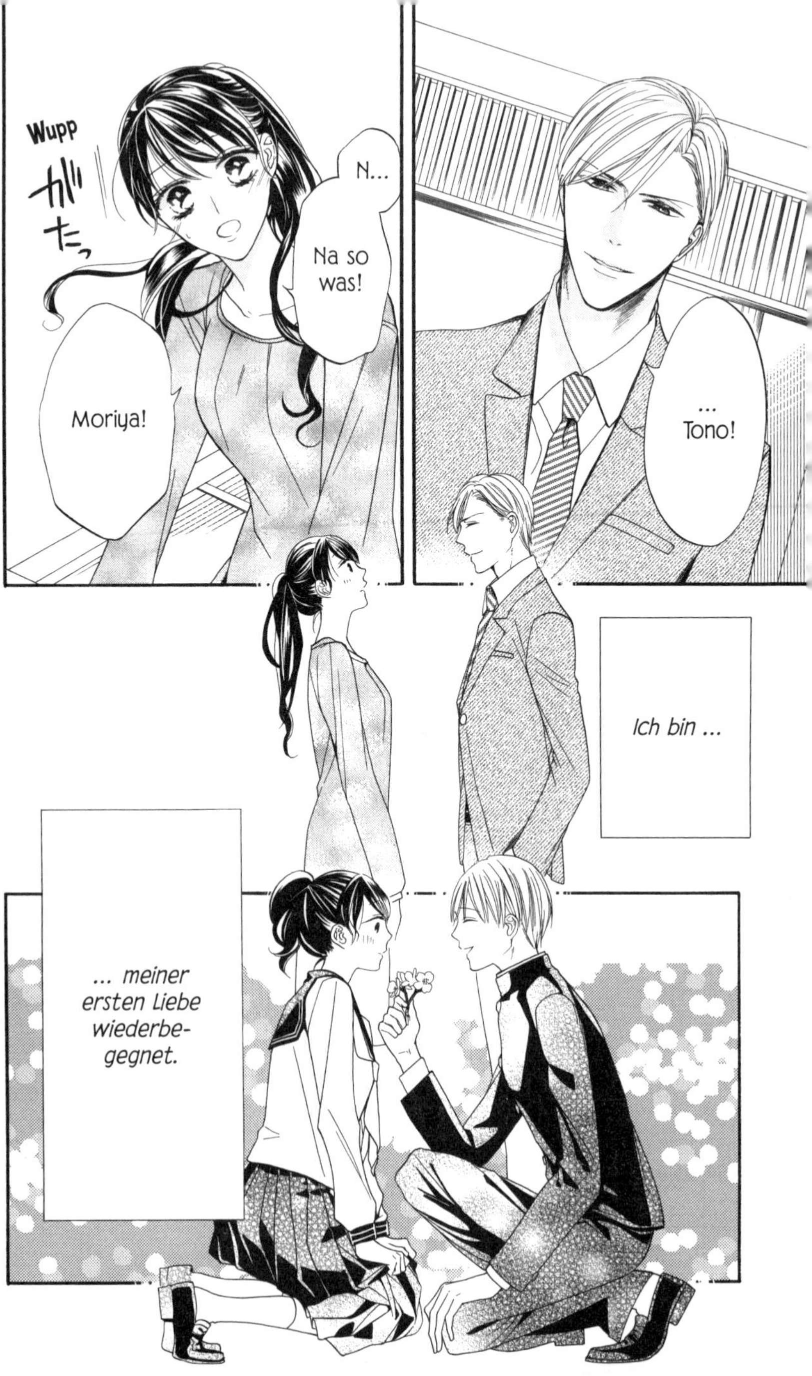

... Tono!
Wupp
ガバたっ
N...
Na so was!
Moriya!
Ich bin ...
... meiner ersten Liebe wiederbe-gegnet.

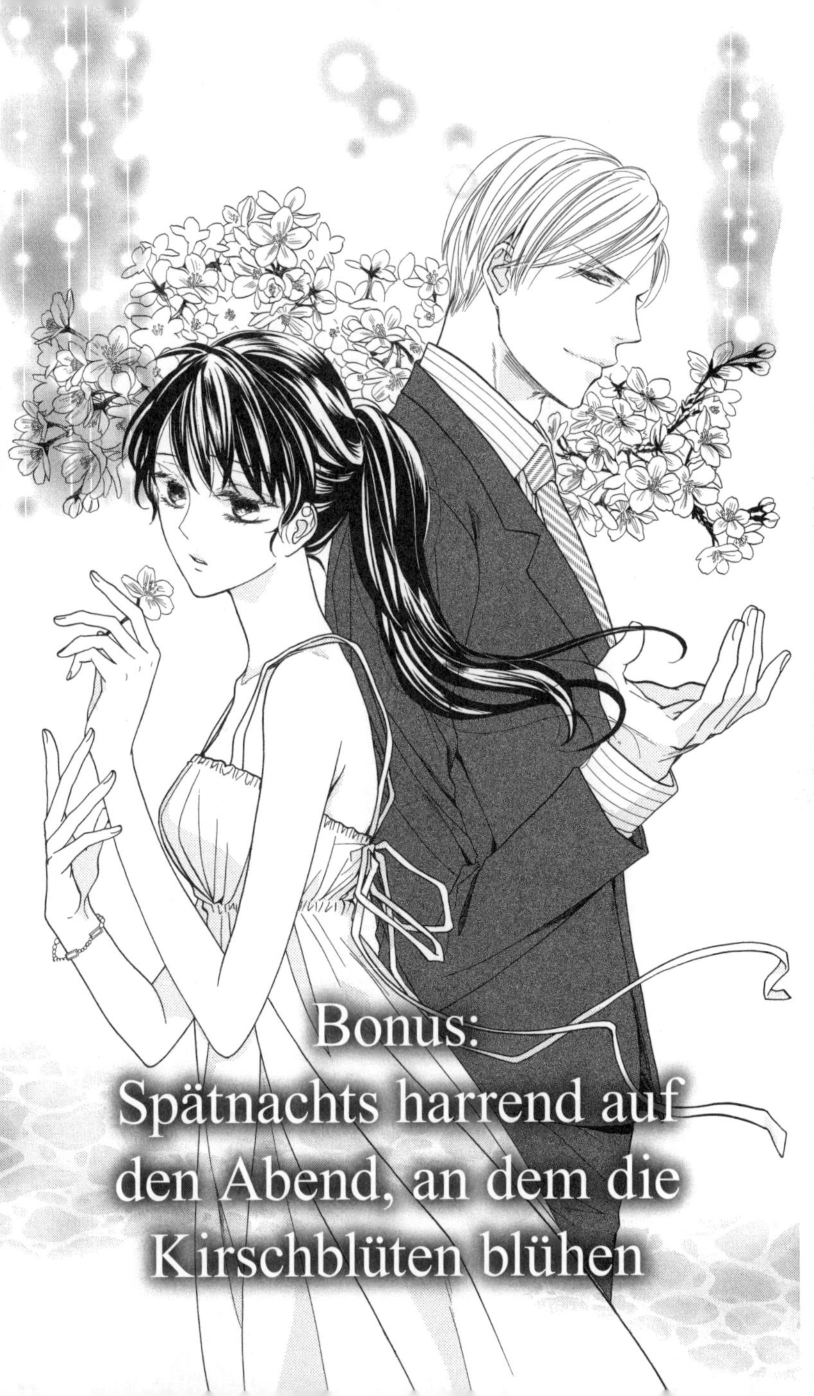

Bonus: Spätnachts harrend auf den Abend, an dem die Kirschblüten blühen

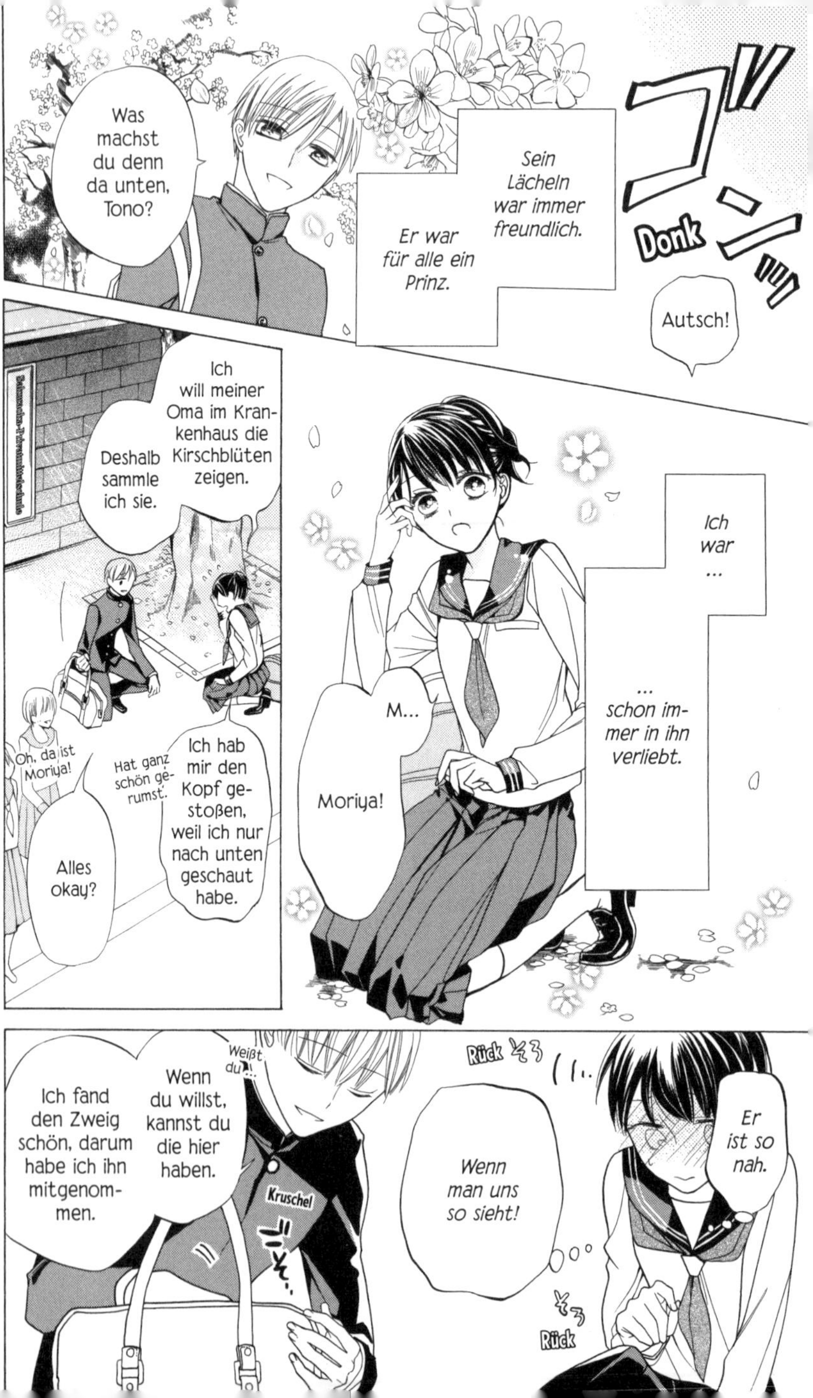

Donk
Autsch!
Sein Lächeln war immer freundlich.
Er war für alle ein Prinz.
Was machst du denn da unten, Tono?
Ich war ...
... schon immer in ihn verliebt.
M...
Moriya!
Ich will meiner Oma im Krankenhaus die Kirschblüten zeigen.
Deshalb sammle ich sie.
Ich hab mir den Kopf gestoßen, weil ich nur nach unten geschaut habe.
Hat ganz schön gerumst.
Oh, da ist Moriya!
Alles okay?
Rück
Er ist so nah.
Wenn man uns so sieht!
Rück
Weißt du ...
Wenn du willst, kannst du die hier haben.
Ich fand den Zweig schön, darum habe ich ihn mitgenommen.
Kruschel

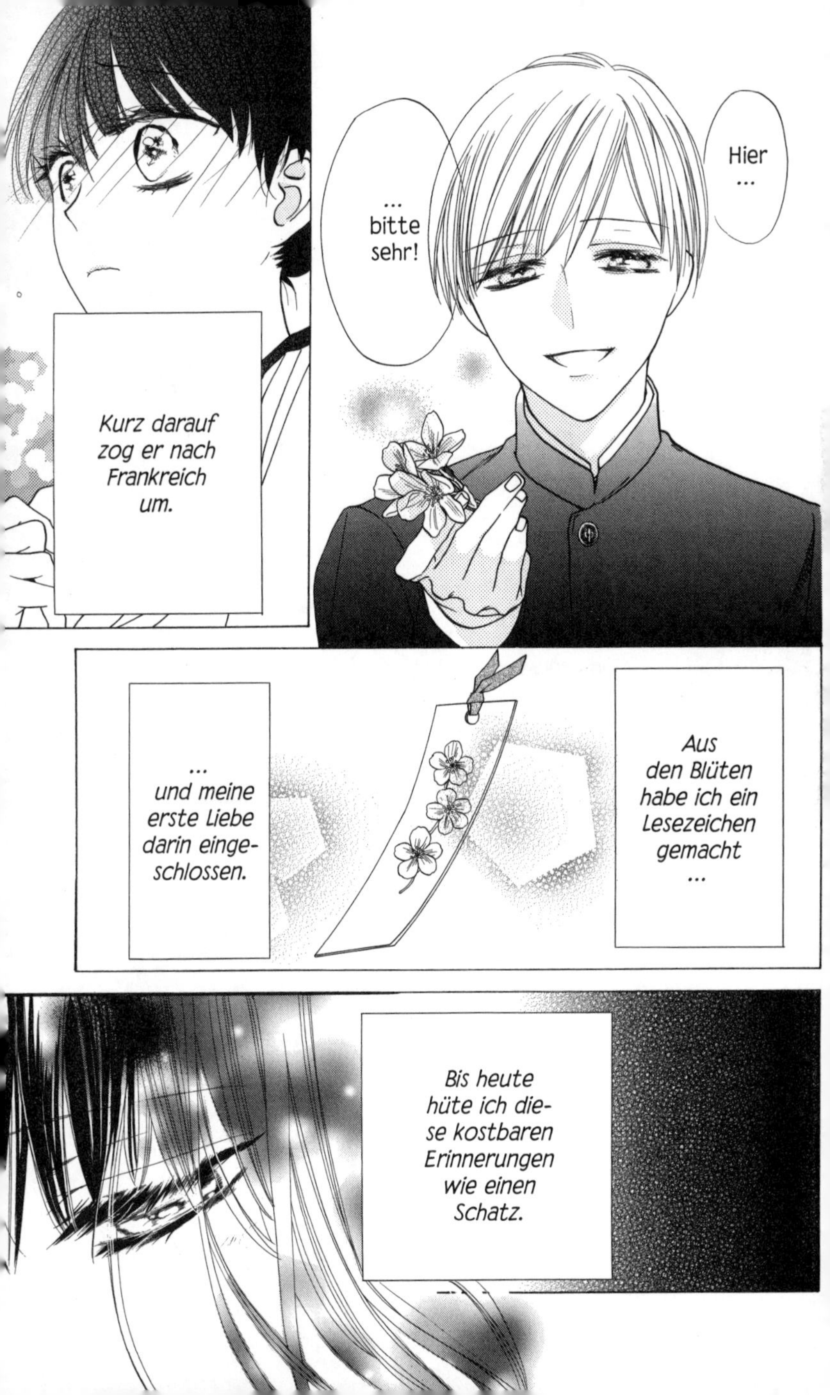
Hier ...
... bitte sehr!
Kurz darauf zog er nach Frankreich um.
Aus den Blüten habe ich ein Lesezeichen gemacht ...
... und meine erste Liebe darin eingeschlossen.
Bis heute hüte ich diese kostbaren Erinnerungen wie einen Schatz.

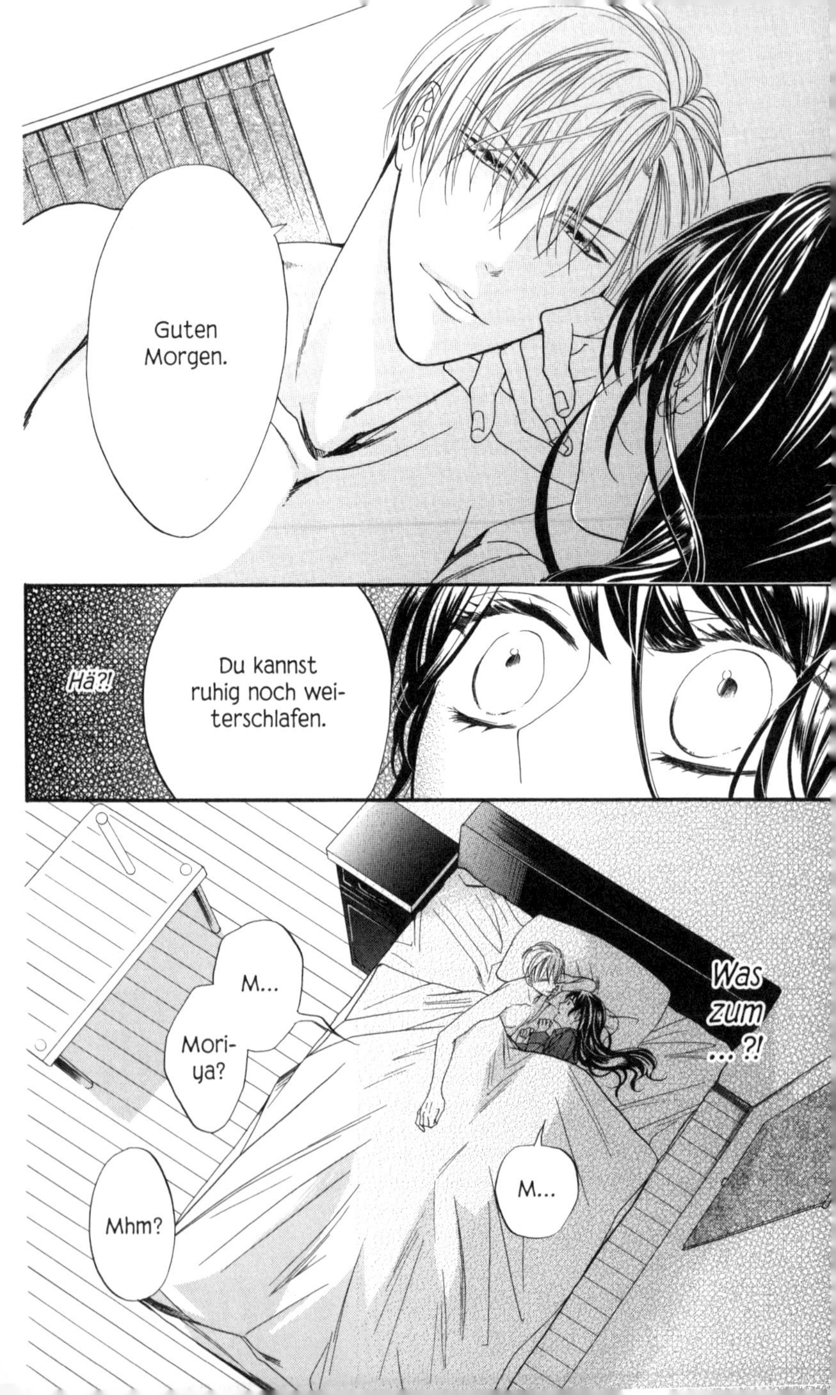
Guten Morgen.
Du kannst ruhig noch weiterschlafen.
Hä?!
Was zum ... ?!
M...
M...
Moriya?
Mhm?

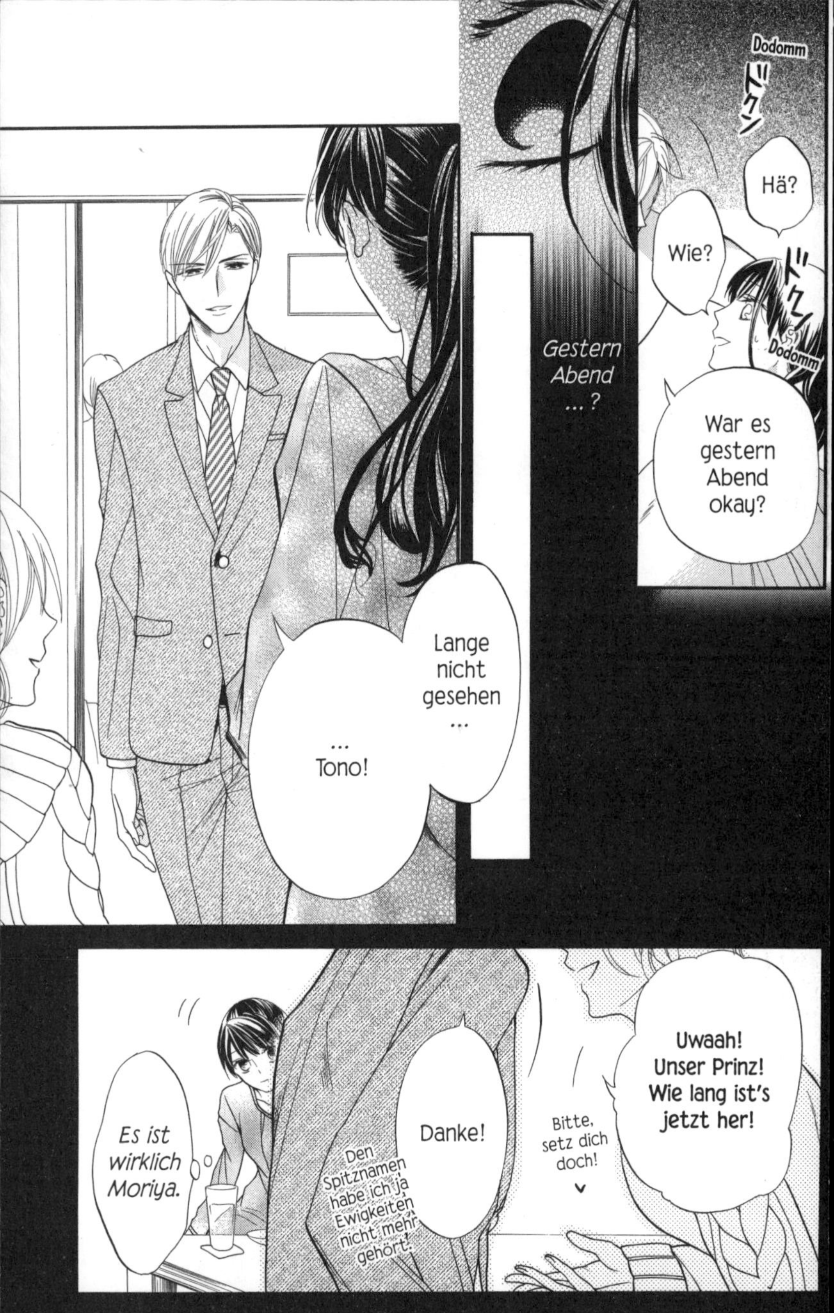
Dodomm
Hä?
Wie?
Dodomm
War es gestern Abend okay?
Gestern Abend ...?
Lange nicht gesehen ...
... Tono!
Uwaah! Unser Prinz! Wie lang ist's jetzt her!
Bitte, setz dich doch!
Danke!
Den Spitznamen habe ich ja Ewigkeiten nicht mehr gehört!
Es ist wirklich Moriya.

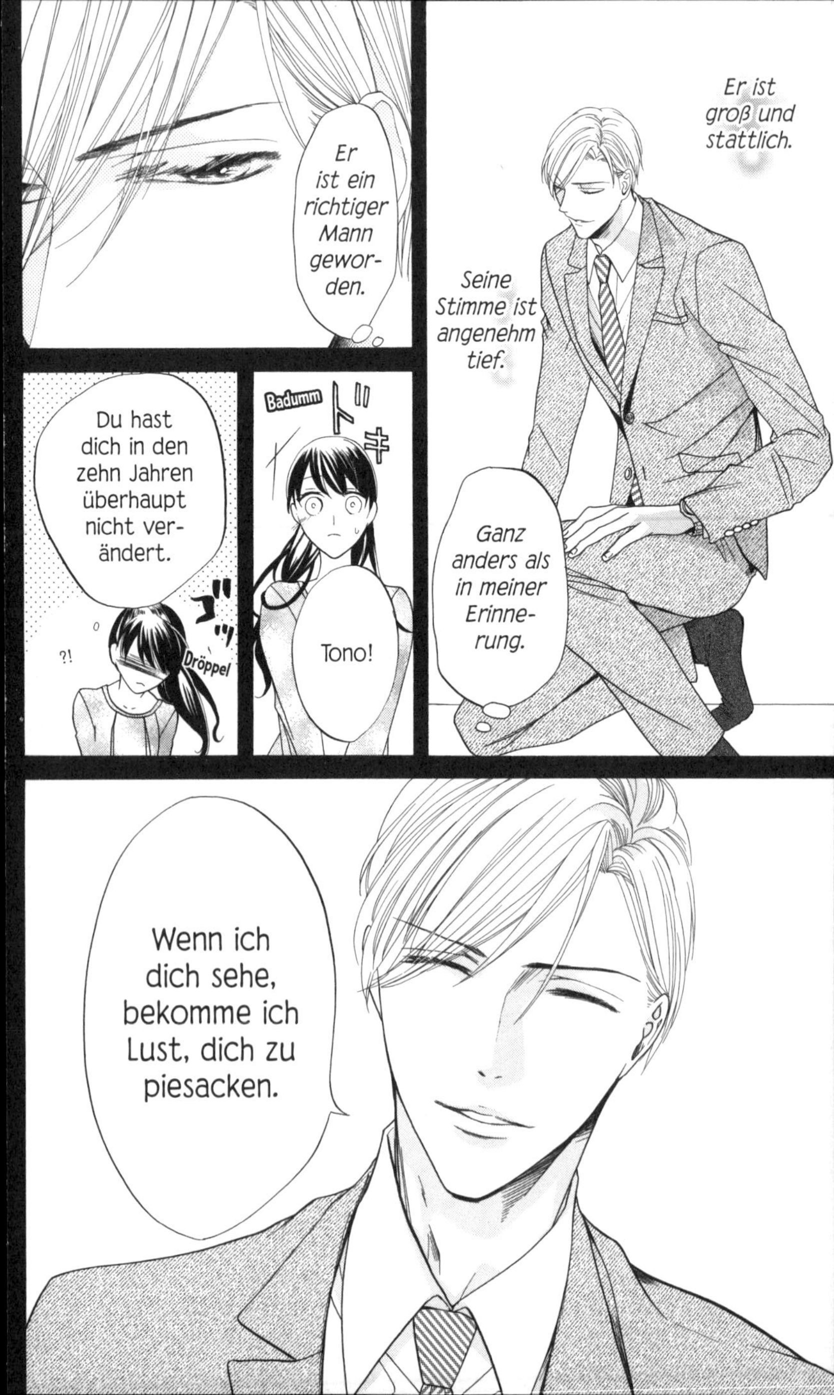
Er ist groß und stattlich.
Seine Stimme ist angenehm tief.
Ganz anders als in meiner Erinnerung.
Er ist ein richtiger Mann geworden.
Badumm
Tono!
Du hast dich in den zehn Jahren überhaupt nicht verändert.
?!
Dröppel
Wenn ich dich sehe, bekomme ich Lust, dich zu piesacken.

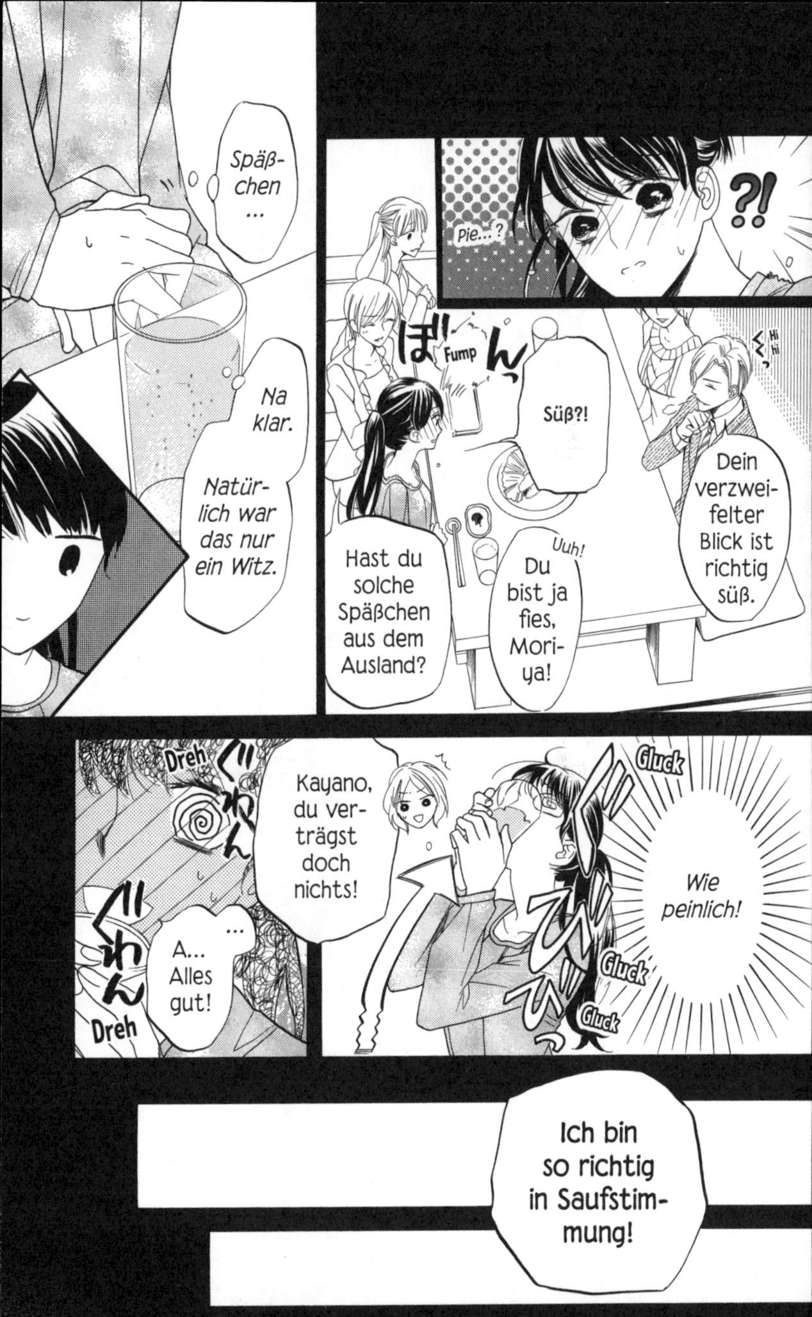

?!
Pie...?
Hi hi
Fump
Süß?!
Dein verzweifelter Blick ist richtig süß.
Uuh!
Du bist ja fies, Moriya!
Hast du solche Späßchen aus dem Ausland?
Späßchen ...
Na klar.
Natürlich war das nur ein Witz.
Gluck
Wie peinlich!
Gluck
Gluck
Kayano, du verträgst doch nichts!
Dreh
...
A... Alles gut!
Dreh
Ich bin so richtig in Saufstimmung!

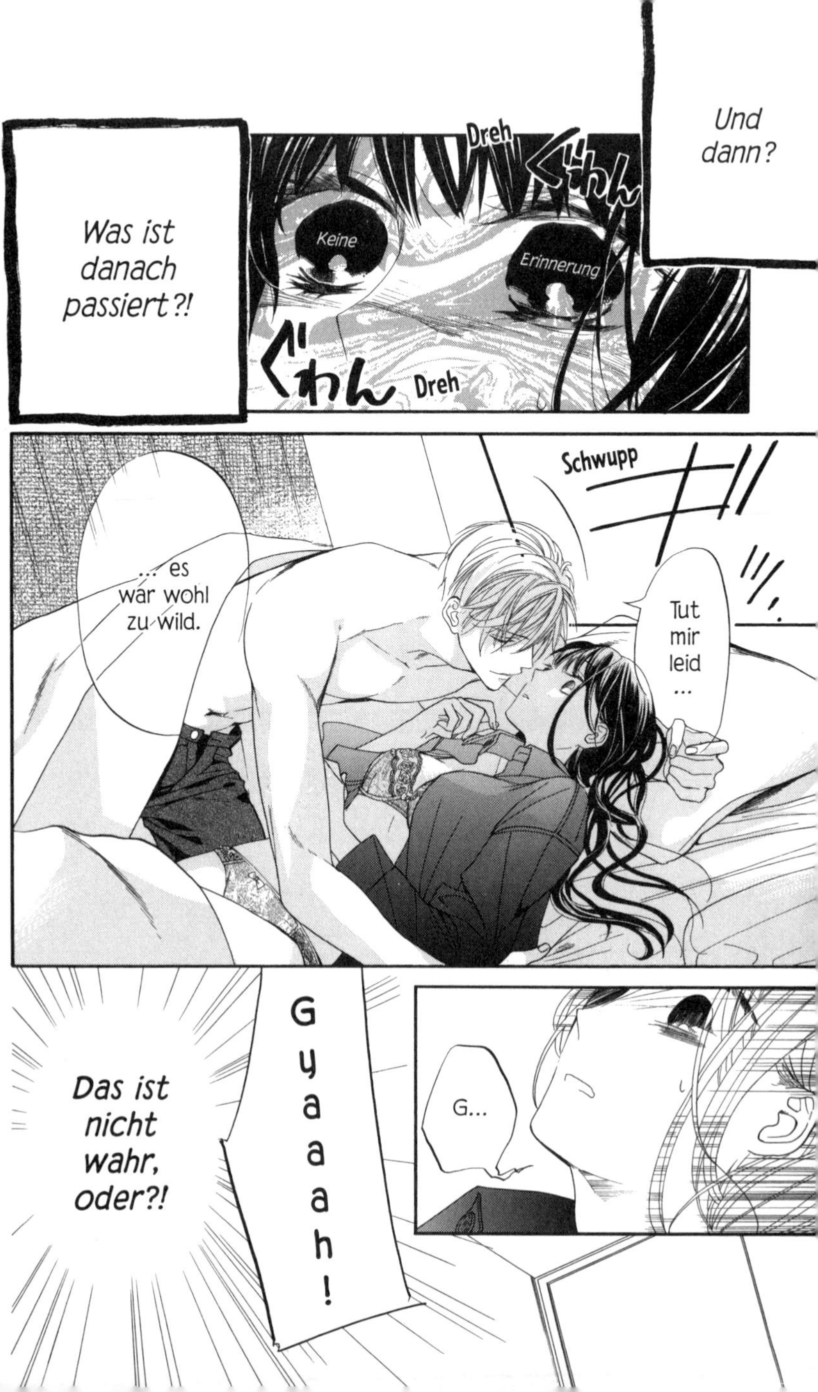
Und dann?
Dreh
Keine
Erinnerung
Dreh
Was ist danach passiert?!
Schwupp
Tut mir leid ...
... es war wohl zu wild.
G...
Gyaaah!
Das ist nicht wahr, oder?!

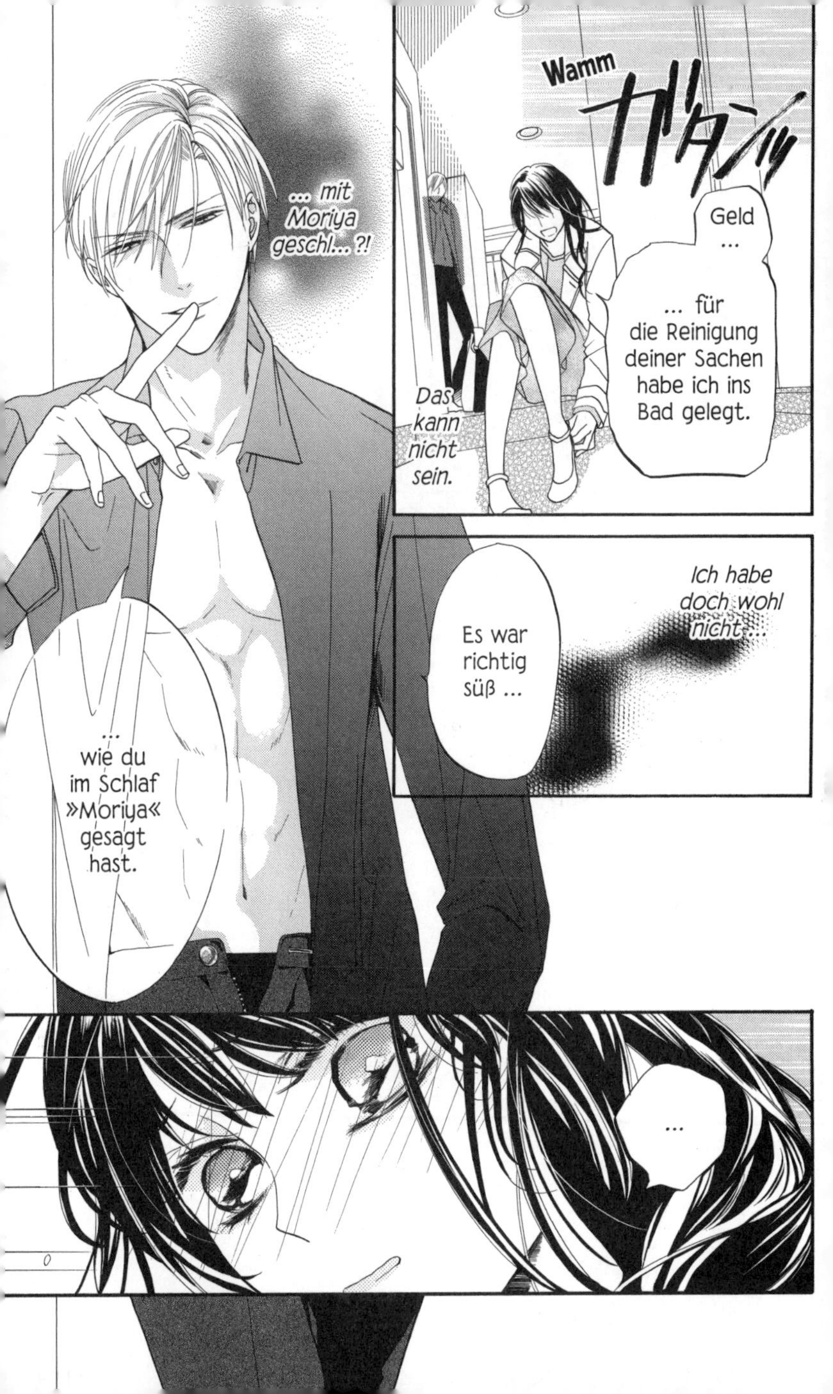

Wamm
ガタンッ
Geld ...
... für die Reinigung deiner Sachen habe ich ins Bad gelegt.
Das kann nicht sein.
Ich habe doch wohl nicht ...
Es war richtig süß ...
... mit Moriya geschl... ?!
... wie du im Schlaf »Moriya« gesagt hast.
...

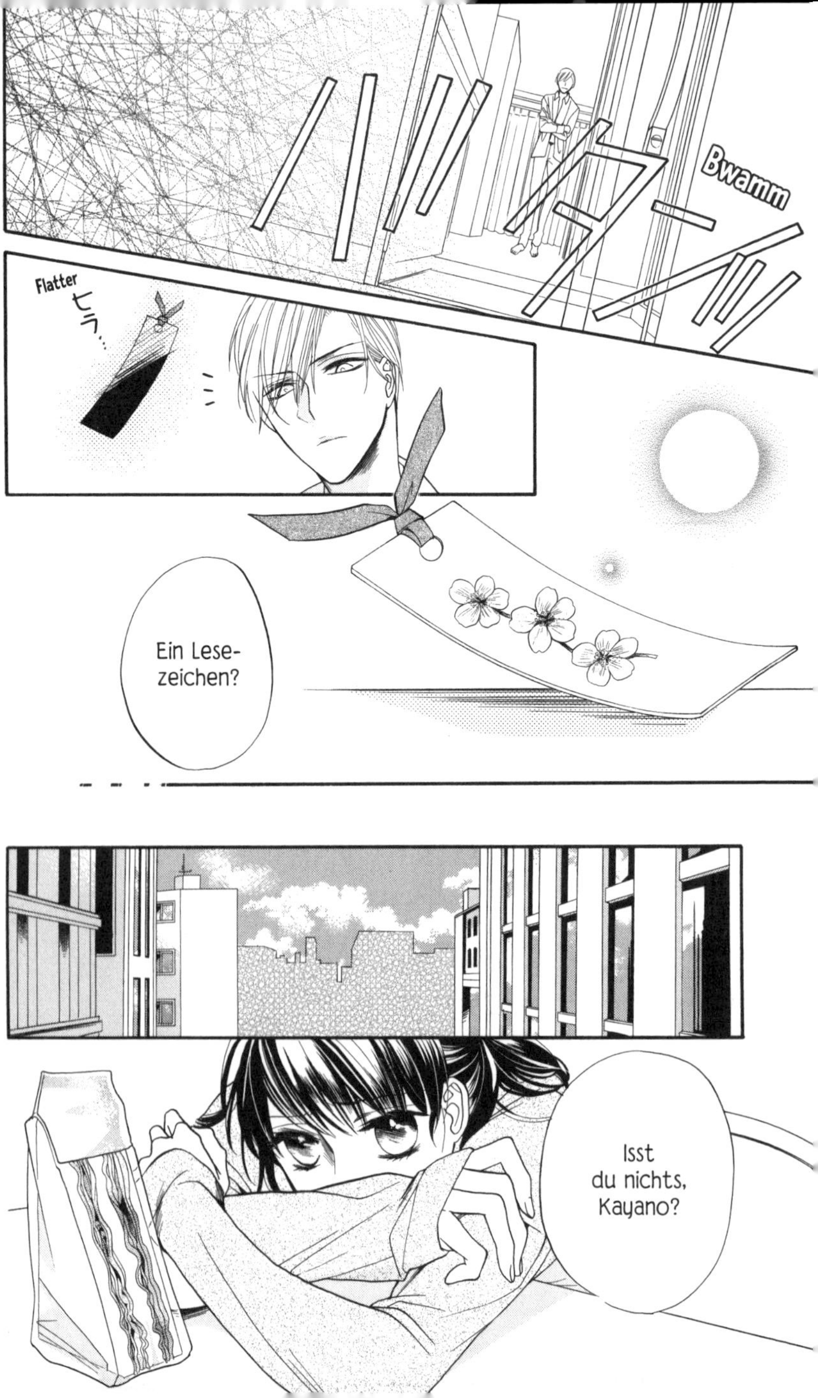

Bwamm
Flatter
ヒラ…
Ein Lese-
zeichen?
Isst
du nichts,
Kayano?

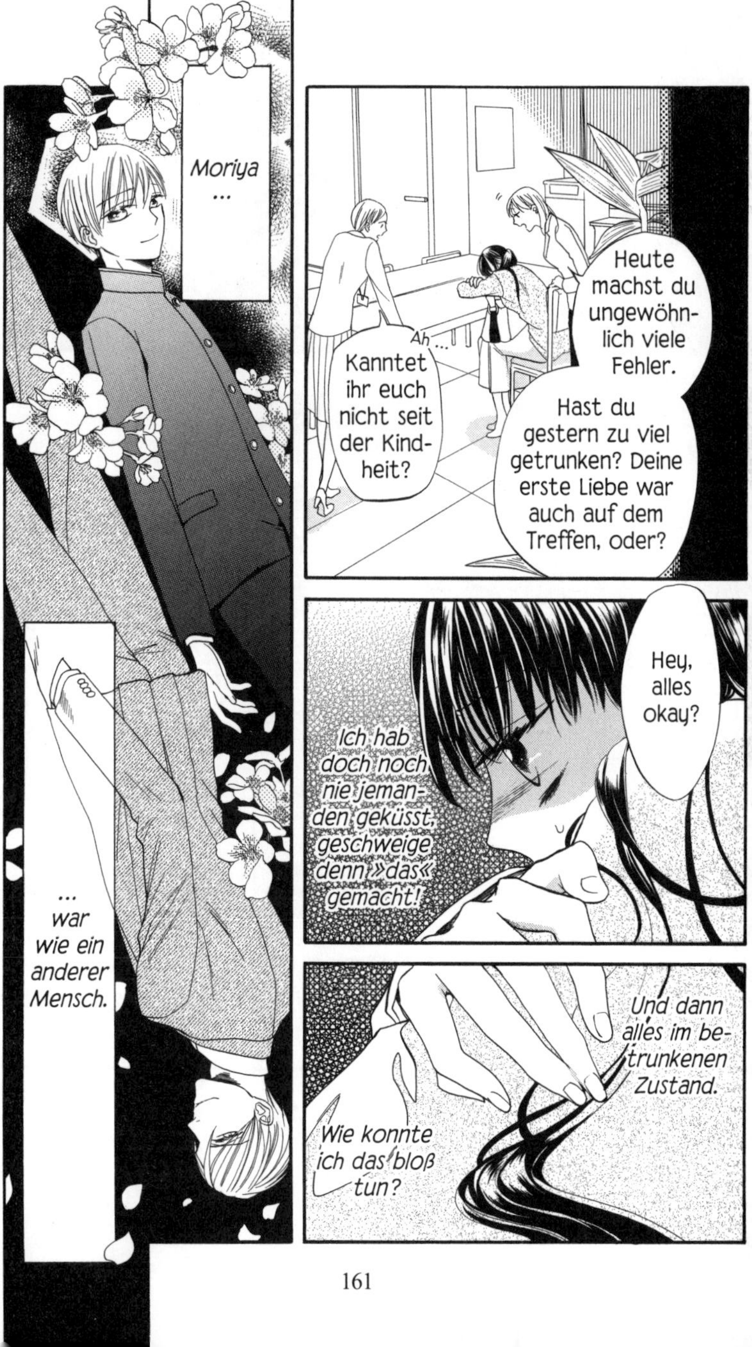
Heute machst du ungewöhnlich viele Fehler.
Hast du gestern zu viel getrunken? Deine erste Liebe war auch auf dem Treffen, oder?
Ah …
Kanntet ihr euch nicht seit der Kindheit?
Moriya …
… war wie ein anderer Mensch.
Hey, alles okay?
Ich hab doch noch nie jemanden geküsst, geschweige denn »das« gemacht!
Und dann alles im betrunkenen Zustand.
Wie konnte ich das bloß tun?

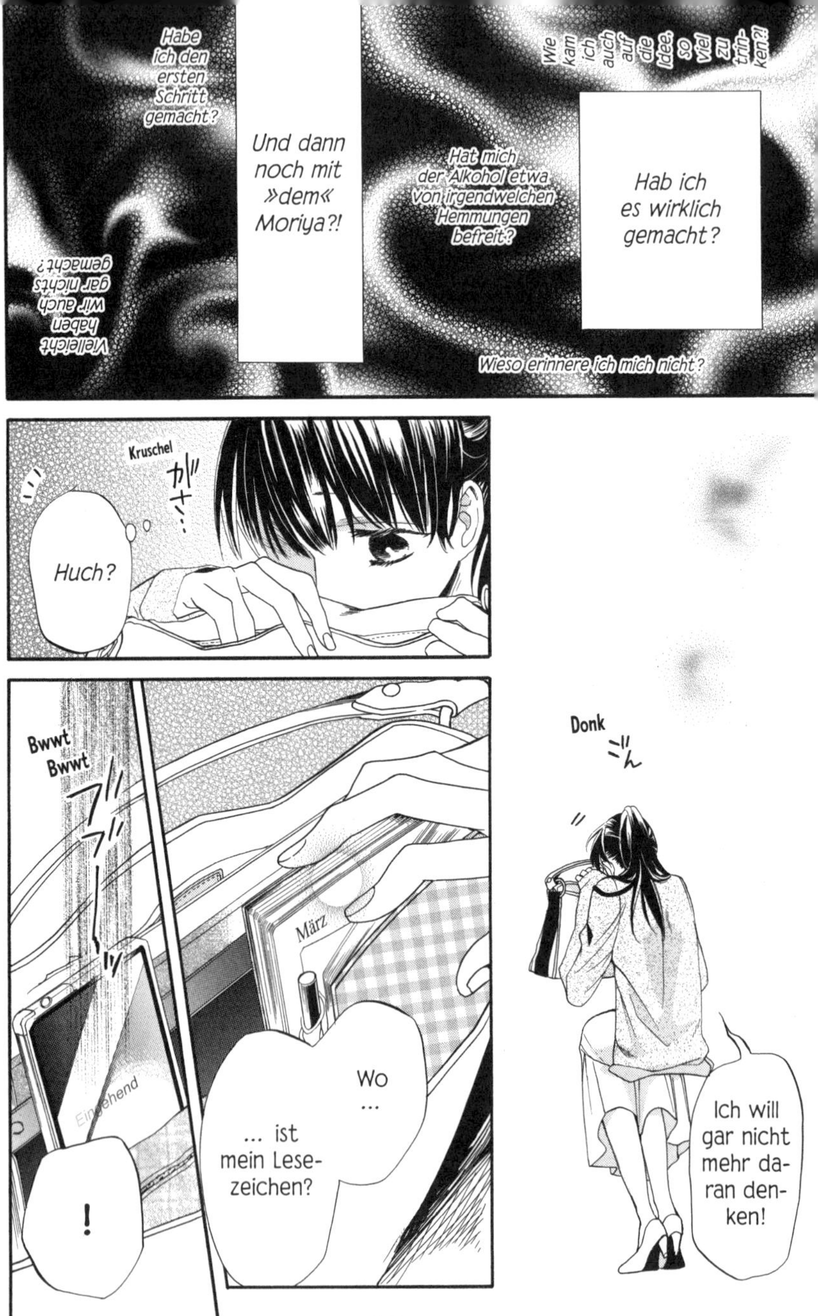
Wie kam ich auch auf die Idee, so viel zu trinken?!
Hab ich es wirklich gemacht?
Hat mich der Alkohol etwa von irgendwelchen Hemmungen befreit?
Wieso erinnere ich mich nicht?
Und dann noch mit »dem« Moriya?!
Habe ich den ersten Schritt gemacht?
Vielleicht haben wir auch gar nichts gemacht?
Donk
Ich will gar nicht mehr daran denken!
Kruschel
Huch?
März
Wo …
… ist mein Lesezeichen?
Bwwt Bwwt
Eingehend
!

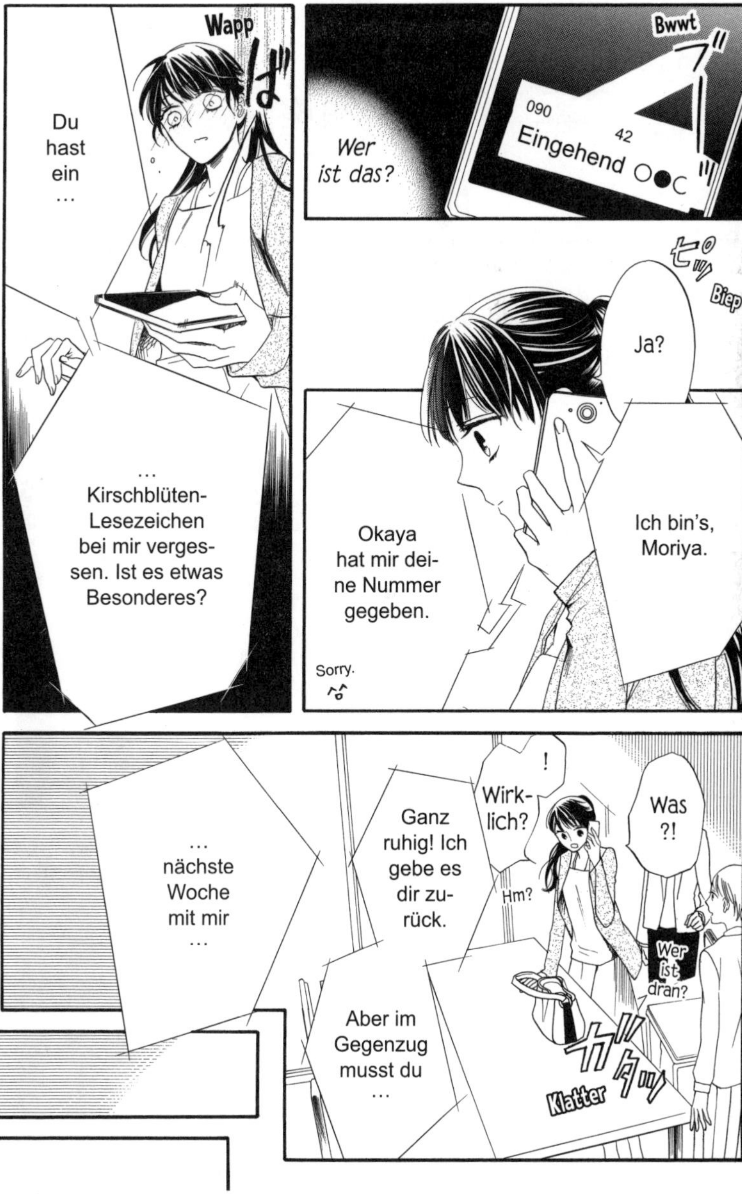
Bwwt
090
42
Eingehend ○●C
Wer ist das?
ピッ
Biep
Ja?
Ich bin's, Moriya.
Okaya hat mir deine Nummer gegeben.
Sorry.
Wapp
ば
Du hast ein …
… Kirschblüten-Lesezeichen bei mir vergessen. Ist es etwas Besonderes?
Was ?!
Wer ist dran?
ガタッ
Klatter
!
Wirklich?
Hm?
Ganz ruhig! Ich gebe es dir zurück.
Aber im Gegenzug musst du …
… nächste Woche mit mir …
…

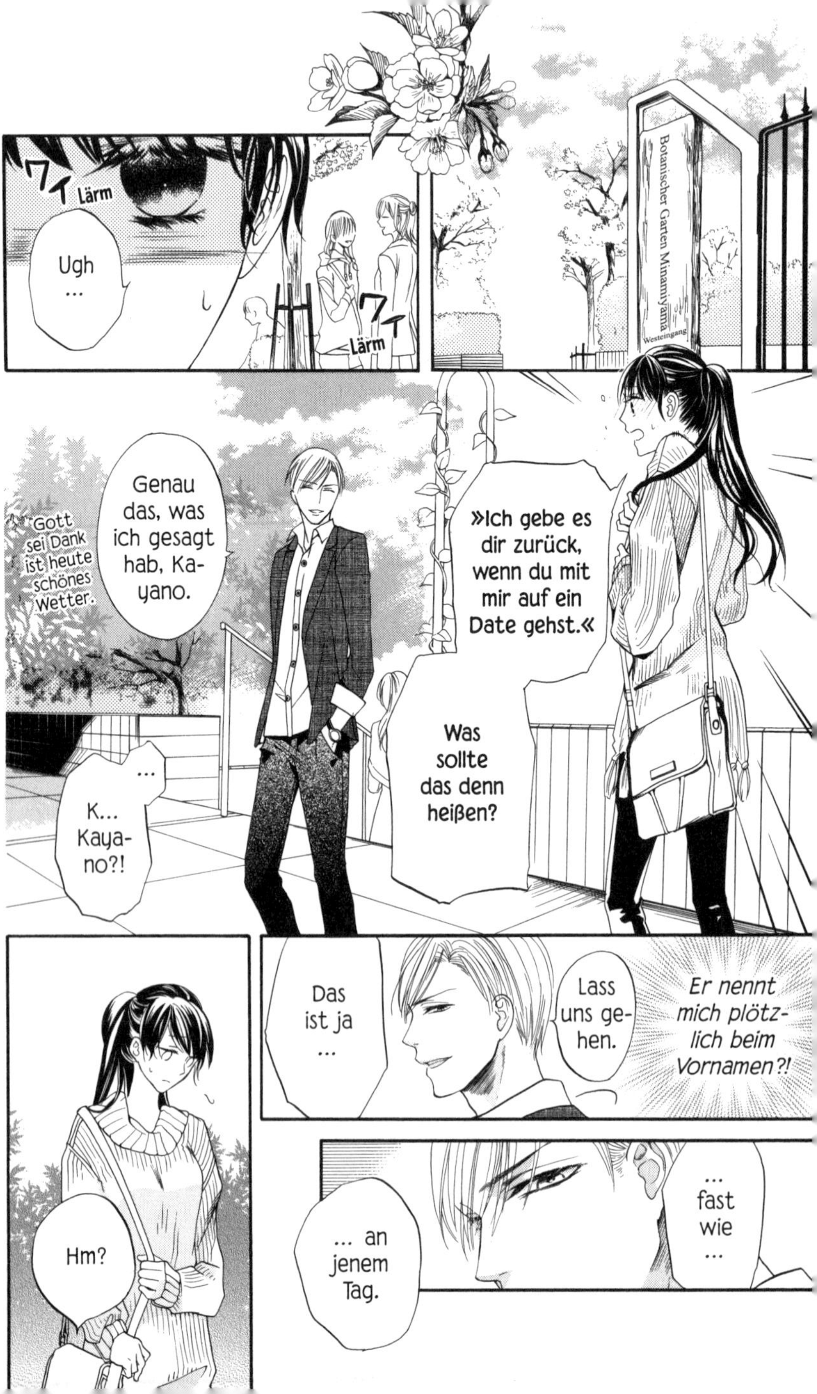

Botanischer Garten Minamiyama
Westeingang
ワイ
Lärm
Ugh ...
ワイ
Lärm
»Ich gebe es dir zurück, wenn du mit mir auf ein Date gehst.«
Was sollte das denn heißen?
Genau das, was ich gesagt hab, Kayano.
...
K... Kayano?!
Gott sei Dank ist heute schönes Wetter.
Er nennt mich plötzlich beim Vornamen?!
Lass uns gehen.
Das ist ja ...
... fast wie ...
... an jenem Tag.
Hm?

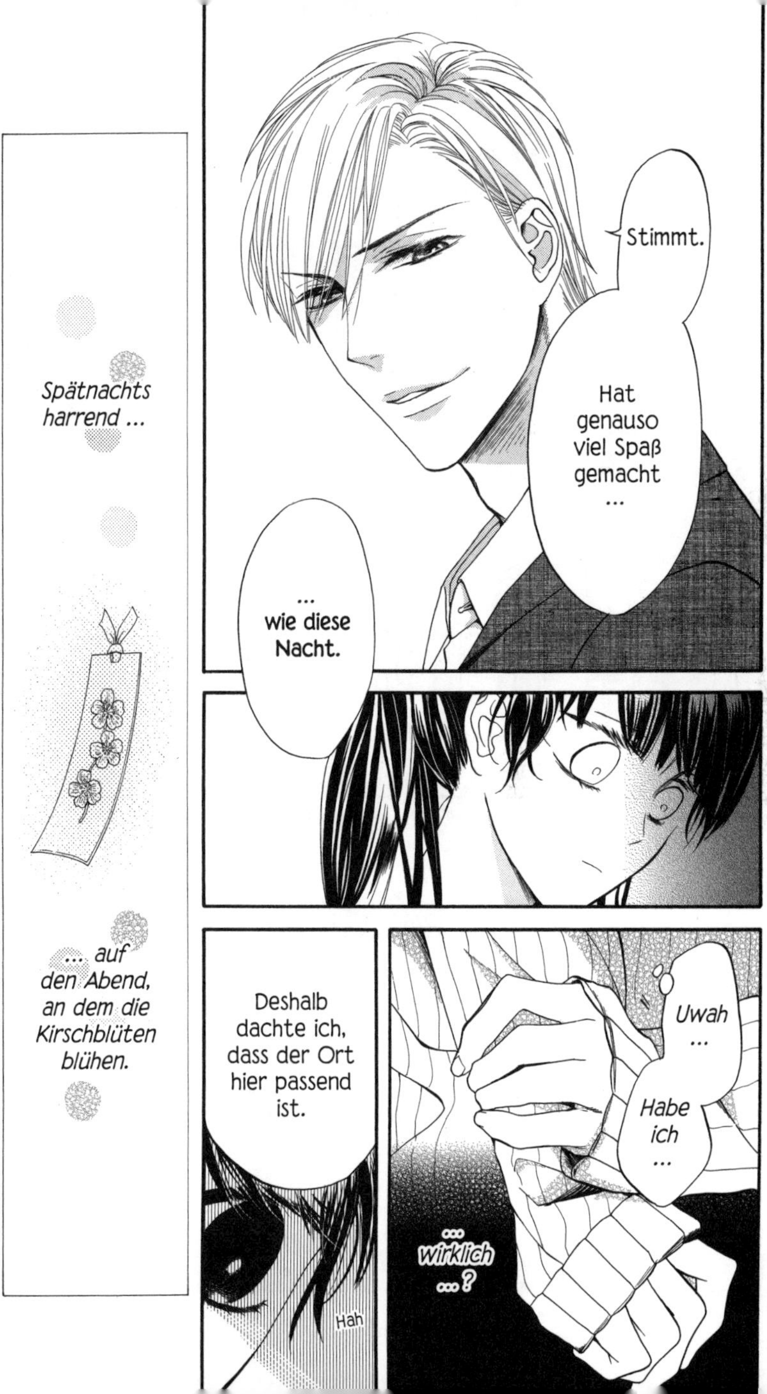
Stimmt.
Hat genauso viel Spaß gemacht ...
... wie diese Nacht.
Uwah ...
Habe ich ...
... wirklich ...?
Deshalb dachte ich, dass der Ort hier passend ist.
Hah
Spätnachts harrend ...
... auf den Abend, an dem die Kirschblüten blühen.

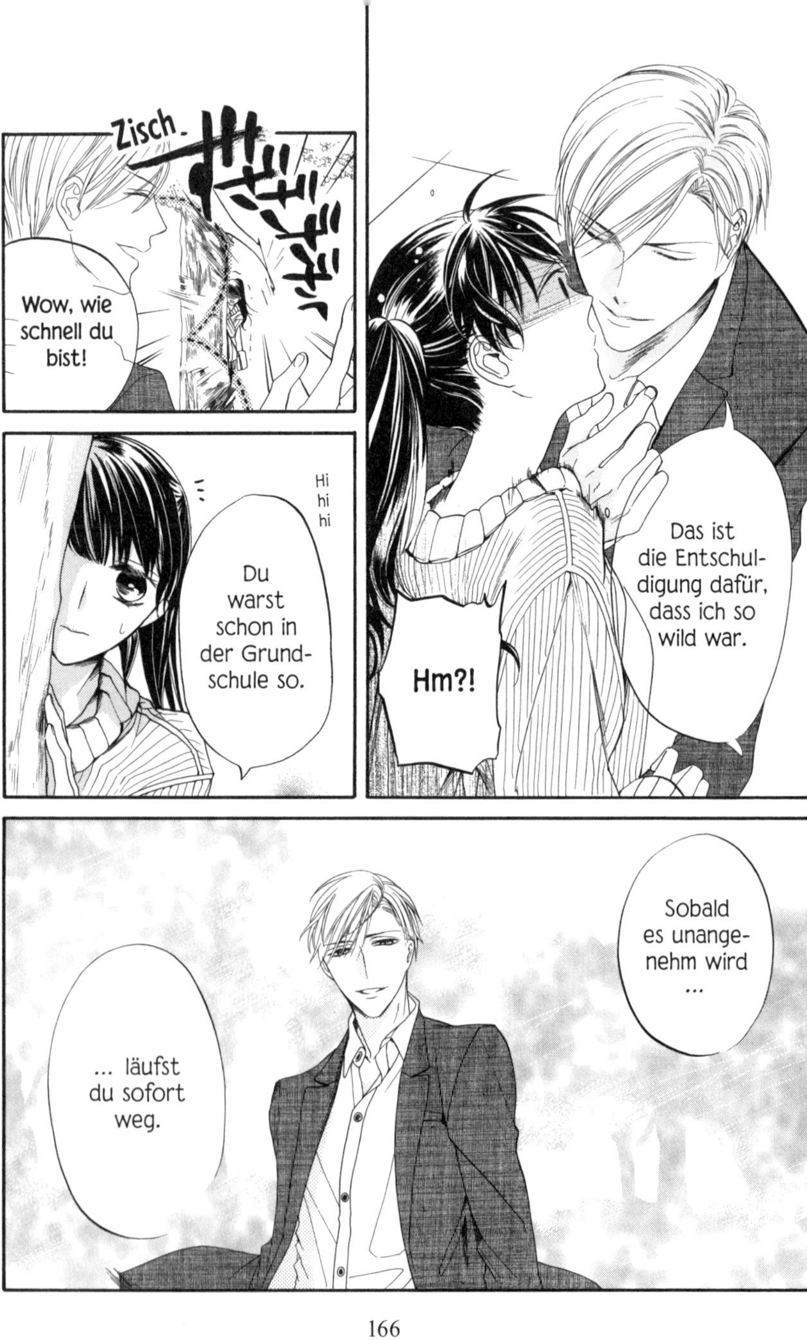
Das ist die Entschuldigung dafür, dass ich so wild war.
Hm?!
Zisch
Wow, wie schnell du bist!
Hi hi hi
Du warst schon in der Grundschule so.
Sobald es unangenehm wird ...
... läufst du sofort weg.

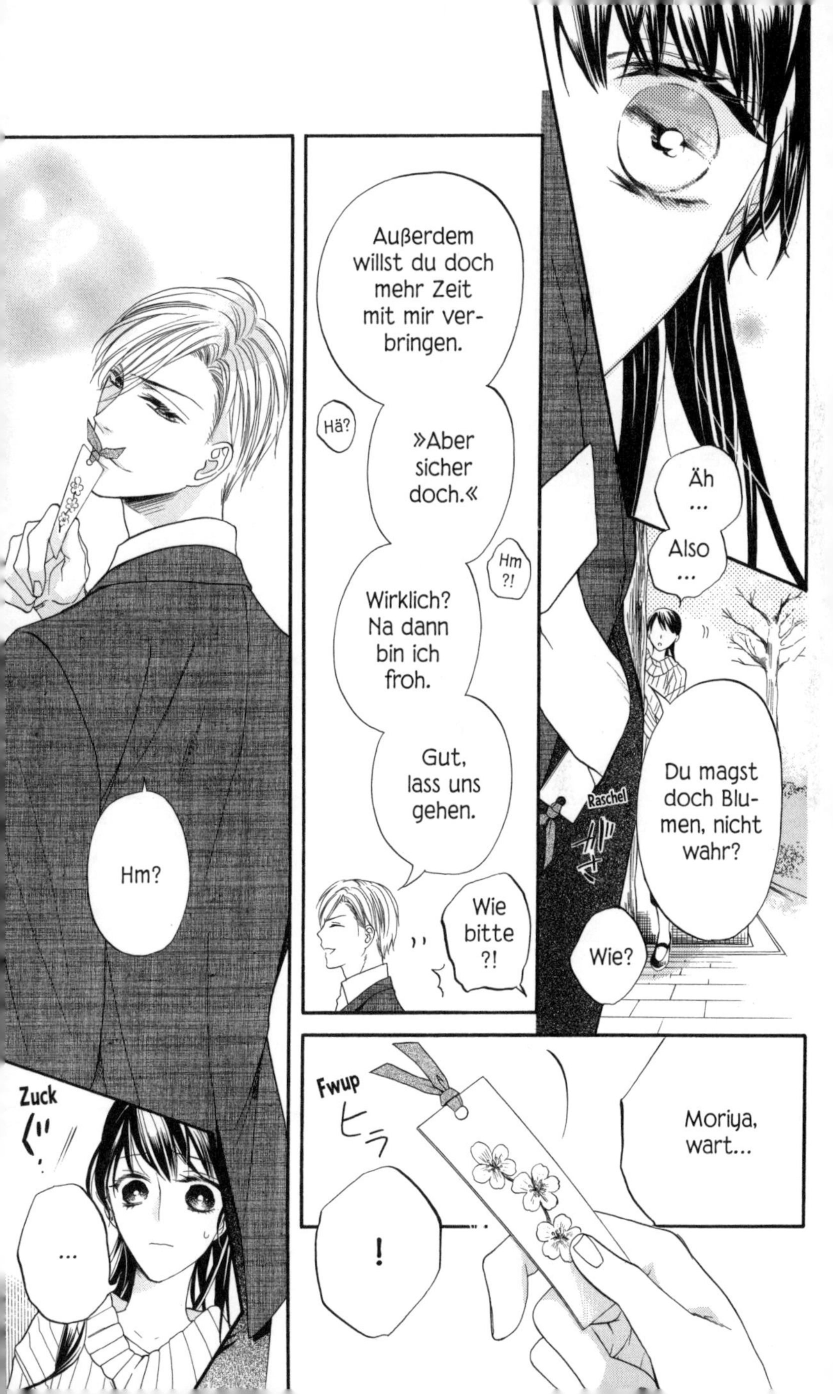

Äh …
Also …
Raschel
Du magst doch Blumen, nicht wahr?
Wie?
Außerdem willst du doch mehr Zeit mit mir verbringen.
Hä?
»Aber sicher doch.«
Hm ?!
Wirklich? Na dann bin ich froh.
Gut, lass uns gehen.
Wie bitte ?!
Hm?
Moriya, wart…
Fwup
!
Zuck
…

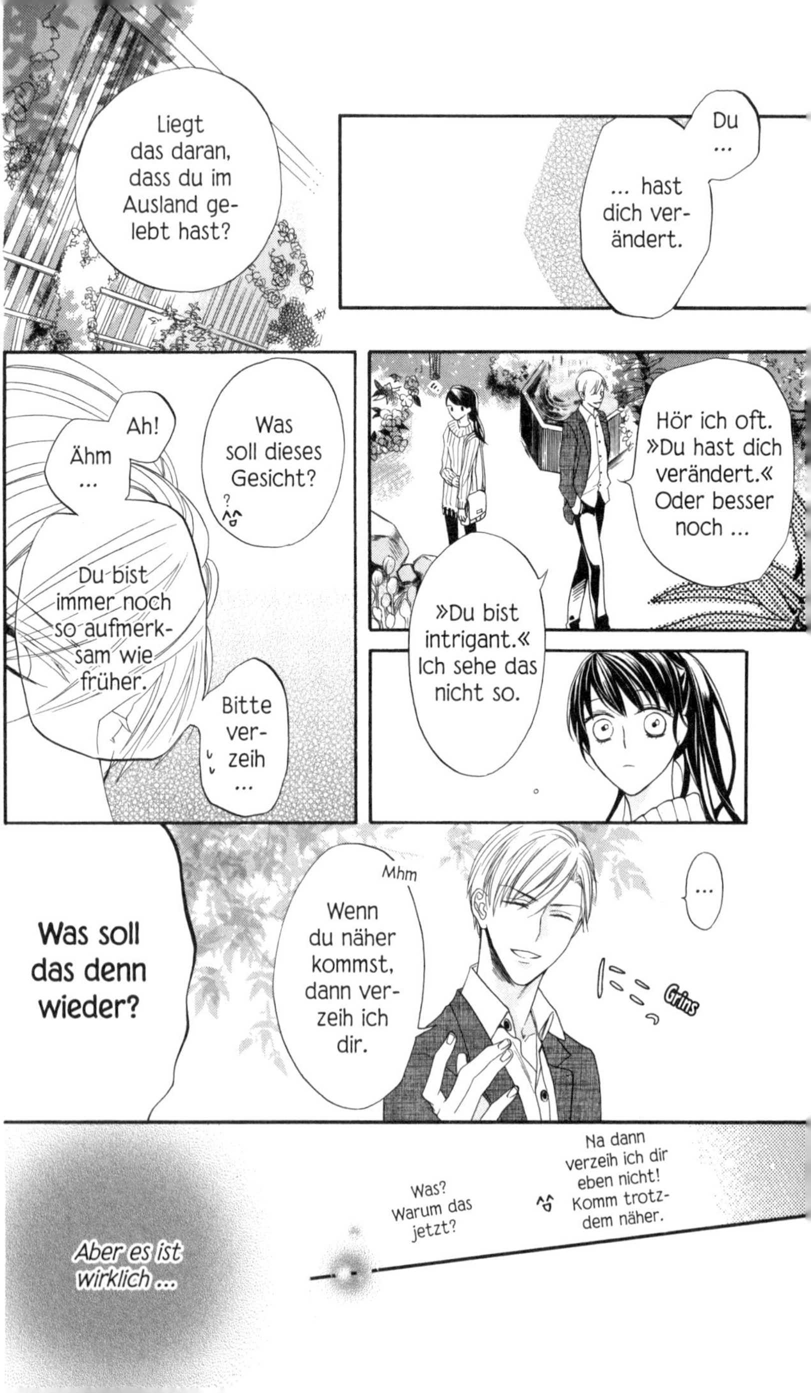
Du …
… hast dich verändert.
Liegt das daran, dass du im Ausland gelebt hast?
Hör ich oft. »Du hast dich verändert.« Oder besser noch …
»Du bist intrigant.« Ich sehe das nicht so.
Was soll dieses Gesicht?
Ah! Ähm …
Du bist immer noch so aufmerksam wie früher.
Bitte verzeih …
…
Mhm
Wenn du näher kommst, dann verzeih ich dir.
Grins
Was soll das denn wieder?
Na dann verzeih ich dir eben nicht! Komm trotzdem näher.
Was? Warum das jetzt?
Aber es ist wirklich …

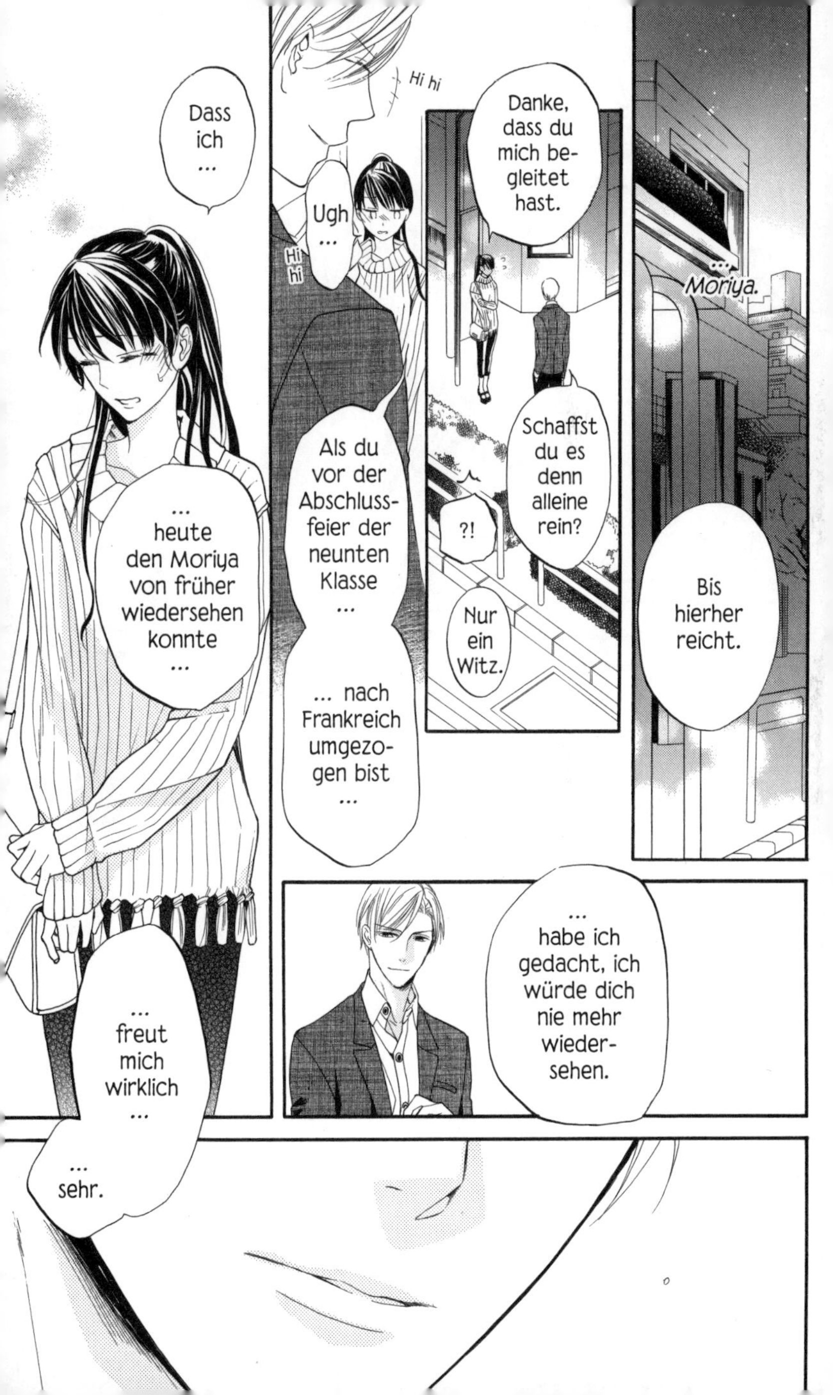
... Moriya.
Bis hierher reicht.
Danke, dass du mich be- gleitet hast.
Schaffst du es denn alleine rein?
?!
Nur ein Witz.
Hi hi
Ugh ...
Hi hi
Als du vor der Abschluss- feier der neunten Klasse ...
... nach Frankreich umgezo- gen bist ...
... habe ich gedacht, ich würde dich nie mehr wieder- sehen.
Dass ich ...
... heute den Moriya von früher wiedersehen konnte ...
... freut mich wirklich ...
... sehr.

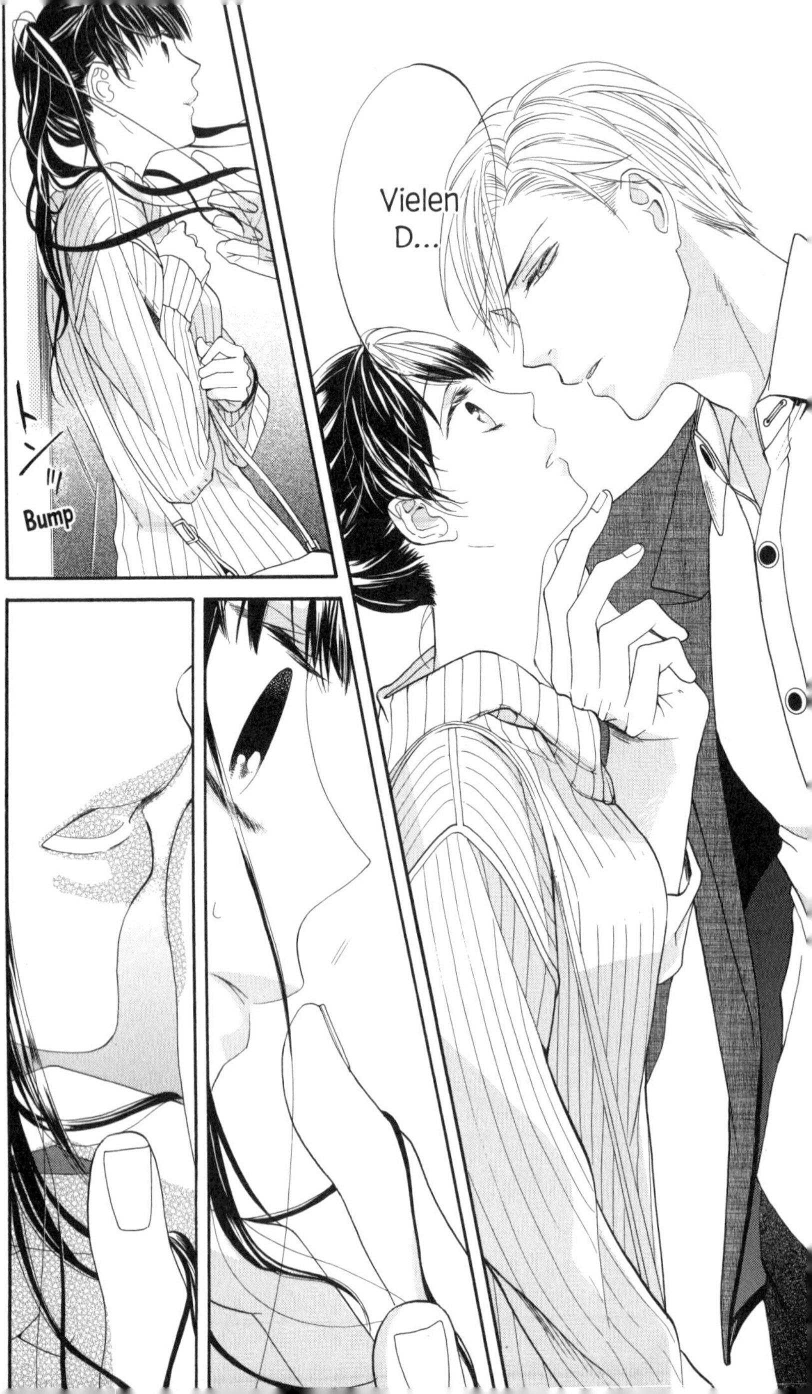
Vielen D...
Bump

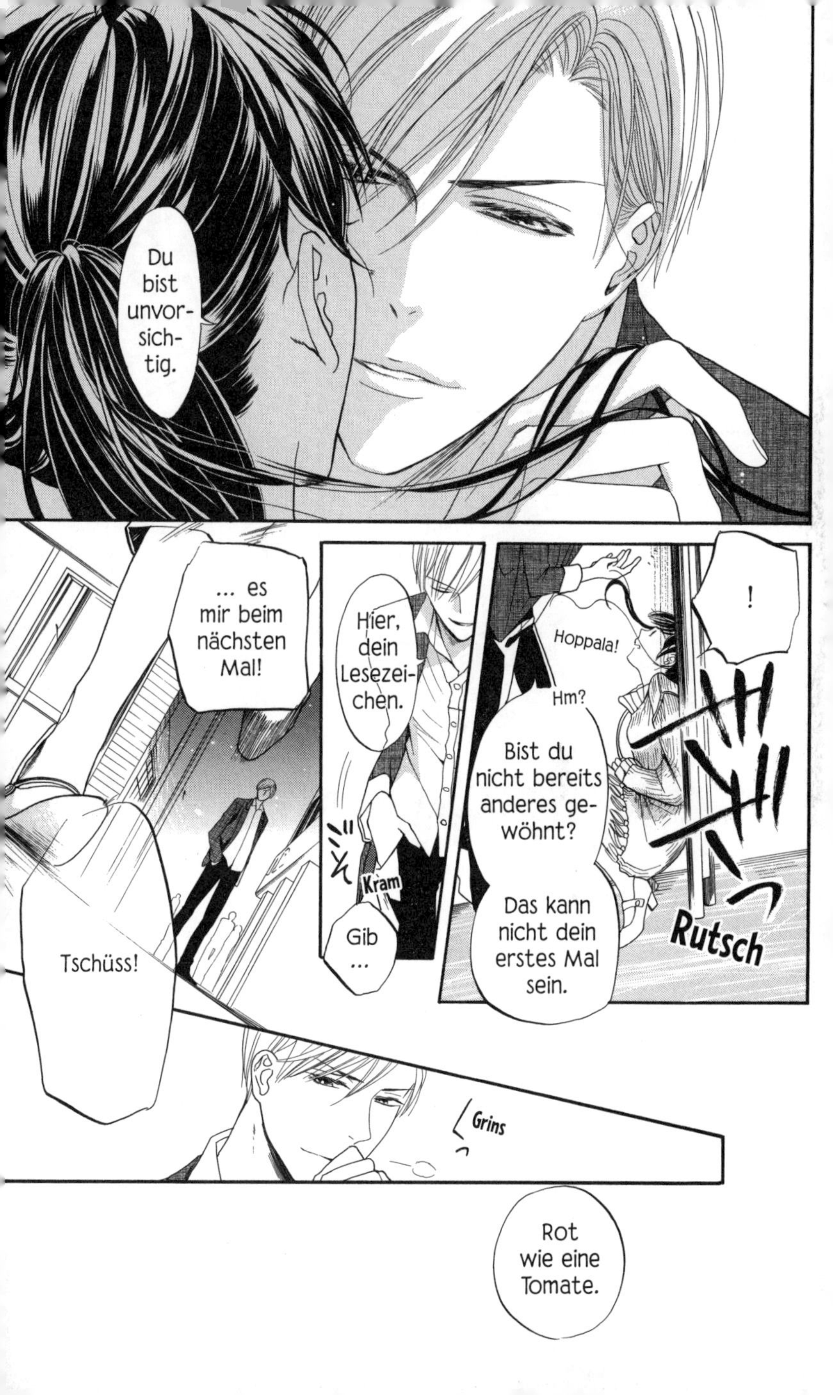

Du bist unvorsichtig.
!
Hoppala!
Rutsch
Hm?
Bist du nicht bereits anderes gewöhnt?
Das kann nicht dein erstes Mal sein.
Hier, dein Lesezeichen.
Kram
Gib ...
... es mir beim nächsten Mal!
Tschüss!
Grins
Rot wie eine Tomate.

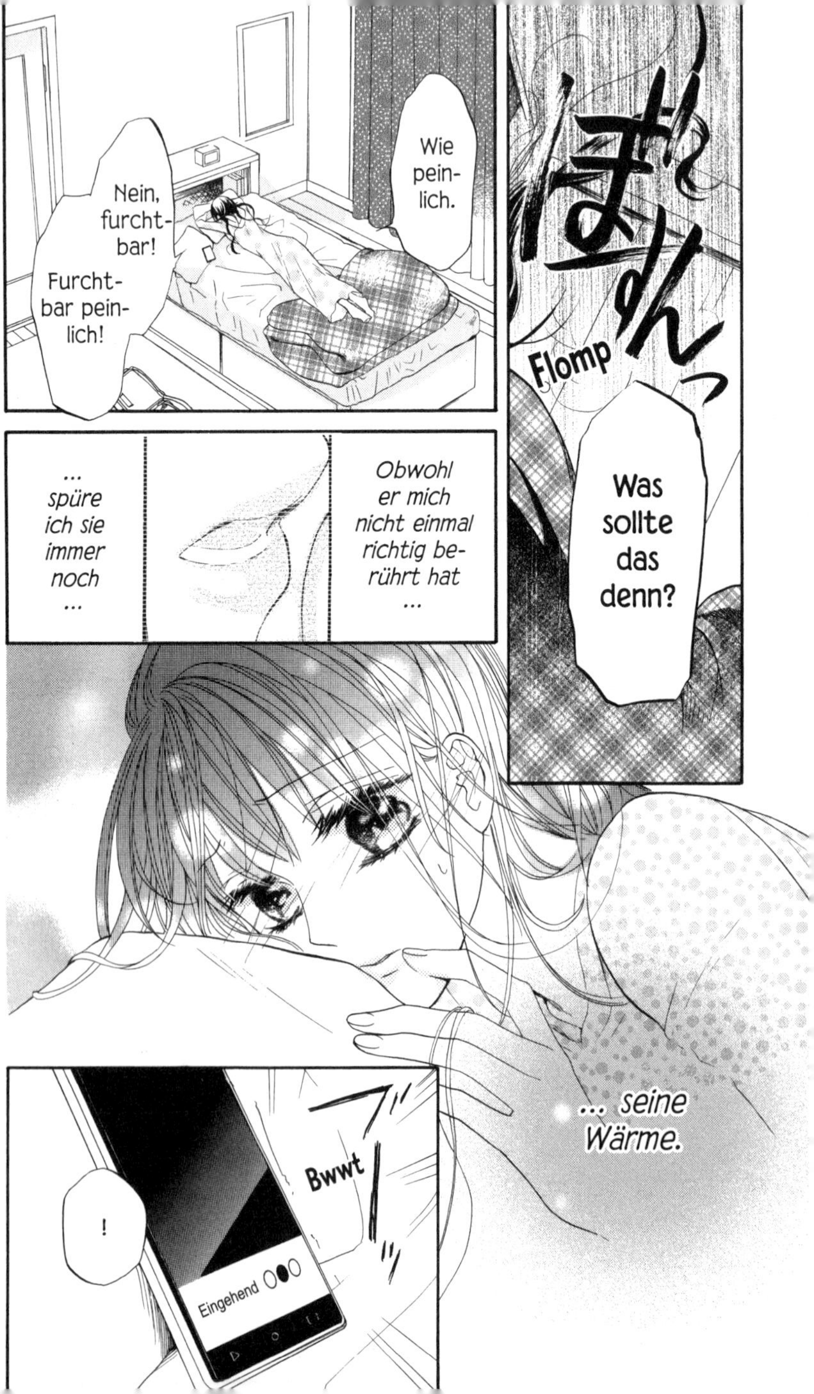
ぼすんっ
Flomp
Was sollte das denn?
Wie peinlich.
Nein, furchtbar!
Furchtbar peinlich!
Obwohl er mich nicht einmal richtig berührt hat ...
... spüre ich sie immer noch ...
... seine Wärme.
ブーー
Bwwt
!
Eingehend

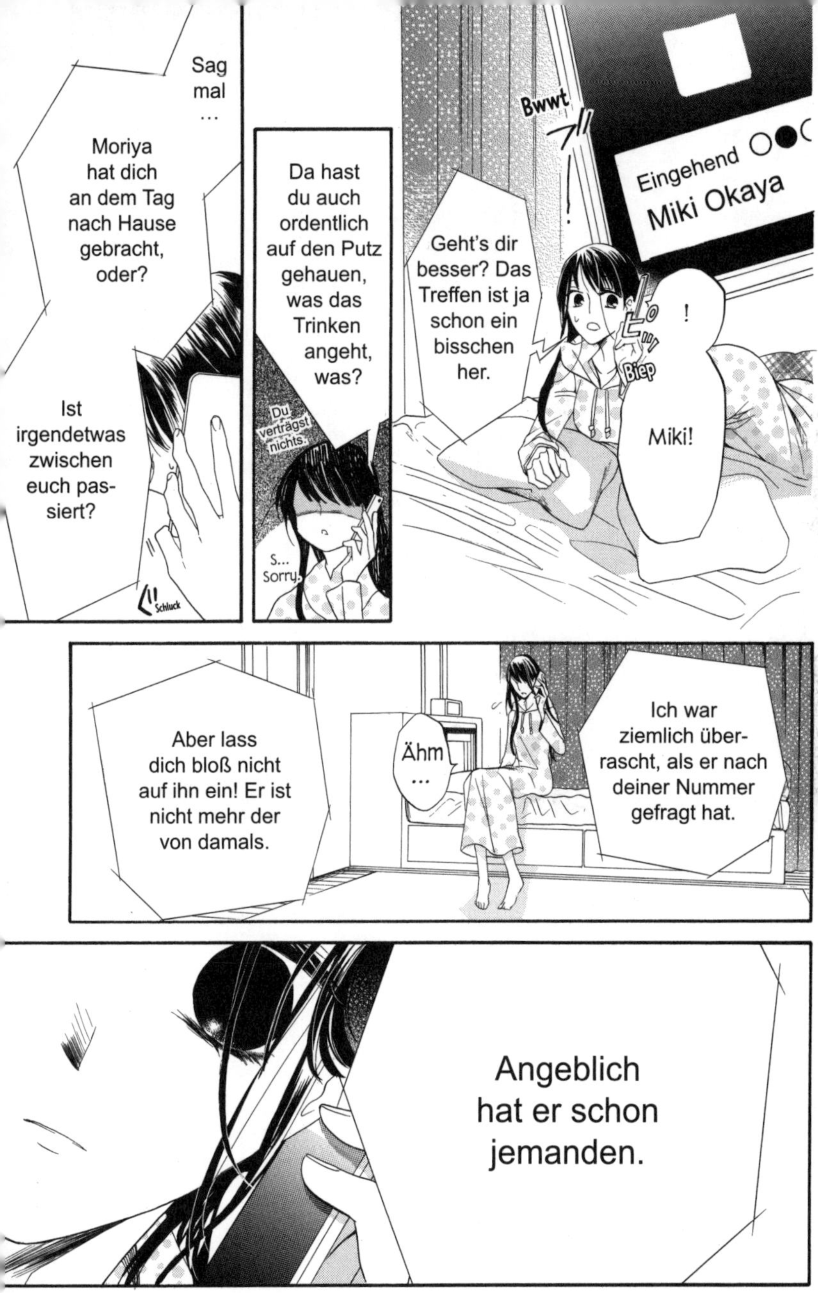
Bwwt
Eingehend
Miki Okaya
Biep
!
Miki!
Geht's dir besser? Das Treffen ist ja schon ein bisschen her.
Da hast du auch ordentlich auf den Putz gehauen, was das Trinken angeht, was?
Du verträgst nichts.
S... Sorry.
Sag mal …
Moriya hat dich an dem Tag nach Hause gebracht, oder?
Ist irgendetwas zwischen euch passiert?
Schluck
Ich war ziemlich überrascht, als er nach deiner Nummer gefragt hat.
Ähm …
Aber lass dich bloß nicht auf ihn ein! Er ist nicht mehr der von damals.
Angeblich hat er schon jemanden.

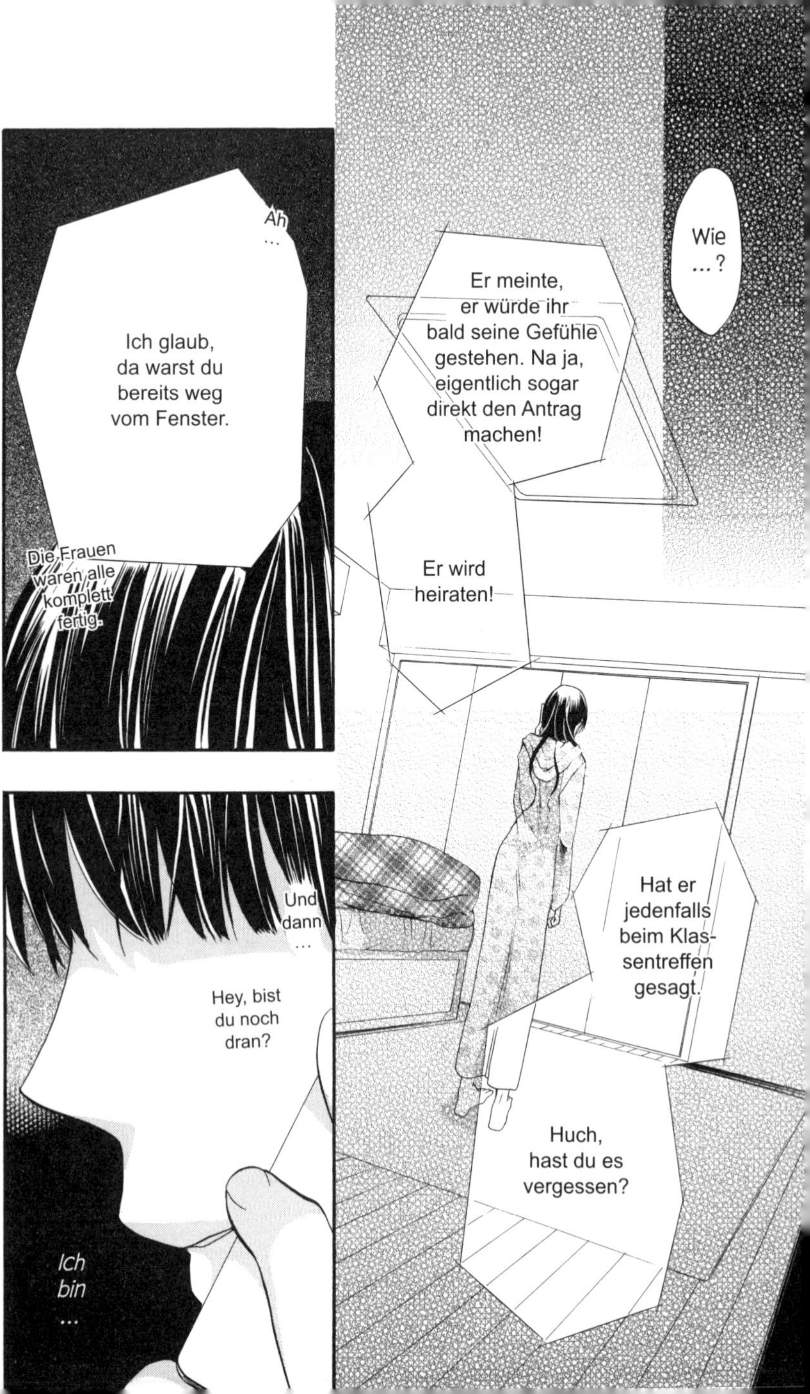
Wie ...?
Er meinte, er würde ihr bald seine Gefühle gestehen. Na ja, eigentlich sogar direkt den Antrag machen!
Er wird heiraten!
Hat er jedenfalls beim Klassentreffen gesagt.
Huch, hast du es vergessen?
Ah ...
Ich glaub, da warst du bereits weg vom Fenster.
Die Frauen waren alle komplett fertig.
Und dann ...
Hey, bist du noch dran?
Ich bin ...

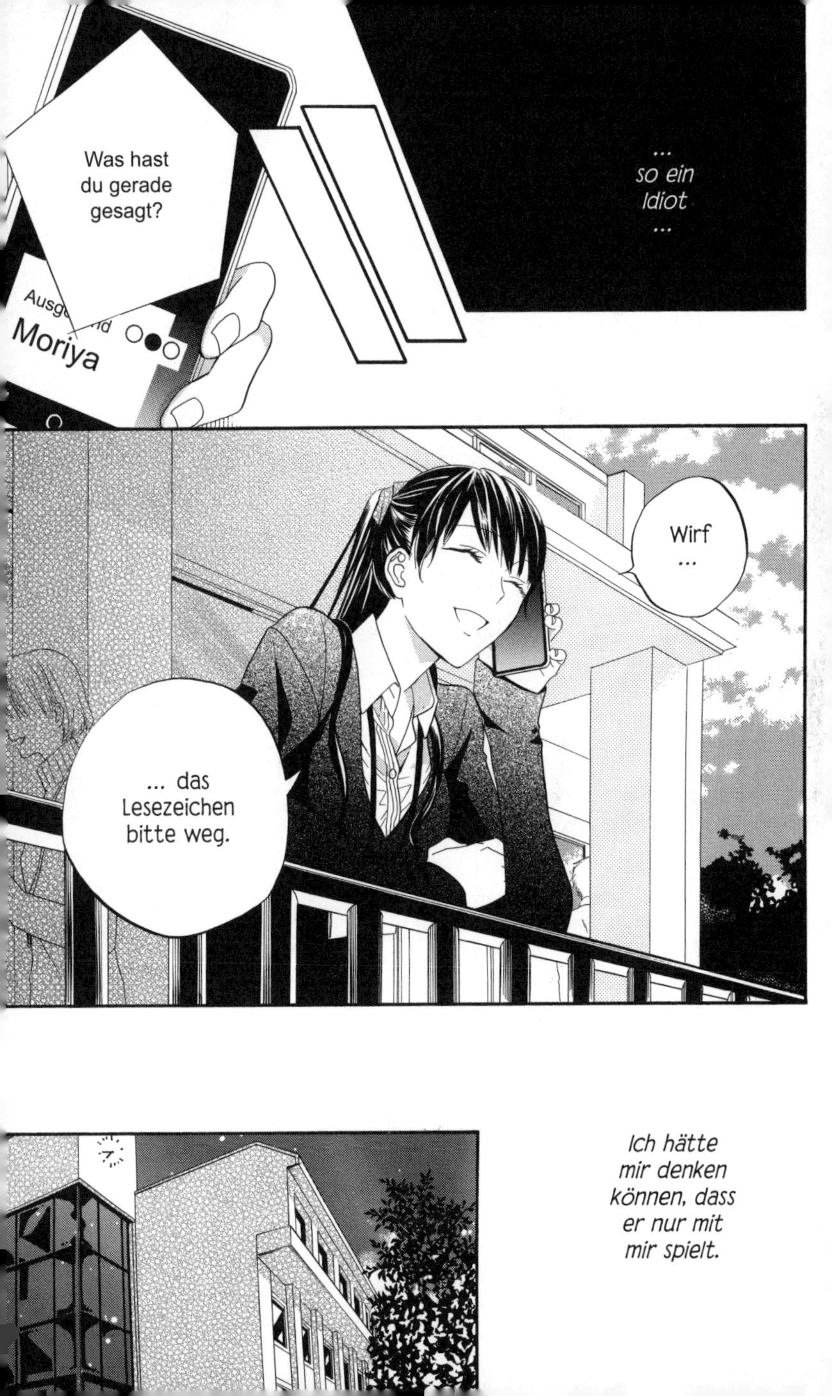
... so ein Idiot ...
Was hast du gerade gesagt?
Moriya
Wirf ...
... das Lesezeichen bitte weg.
Ich hätte mir denken können, dass er nur mit mir spielt.

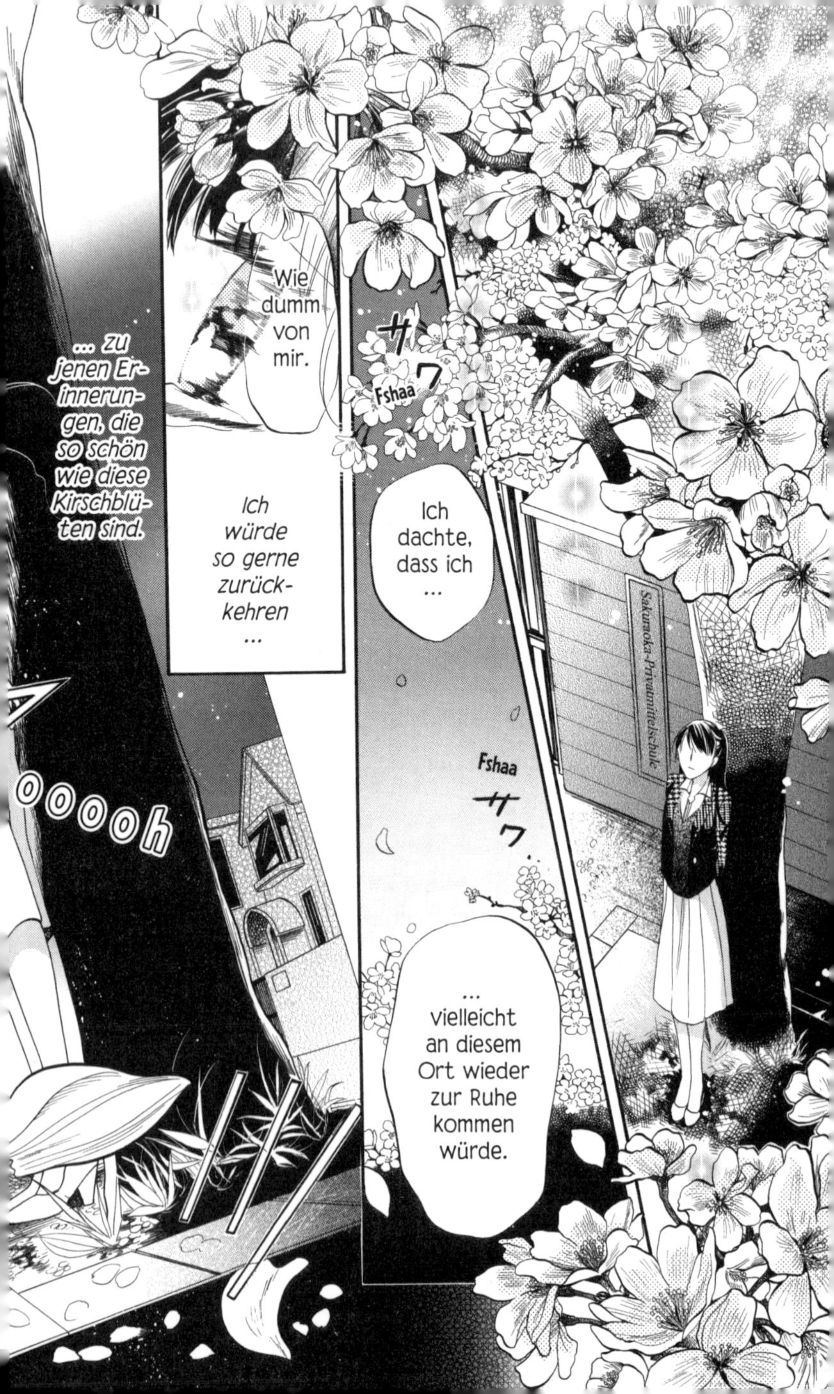
Sakuraoka-Privatmittelschule
Fshaa
Ich dachte, dass ich ...
... vielleicht an diesem Ort wieder zur Ruhe kommen würde.
Fshaa
Wie dumm von mir.
Ich würde so gerne zurückkehren ...
... zu jenen Erinnerungen, die so schön wie diese Kirschblüten sind.
Ooooh

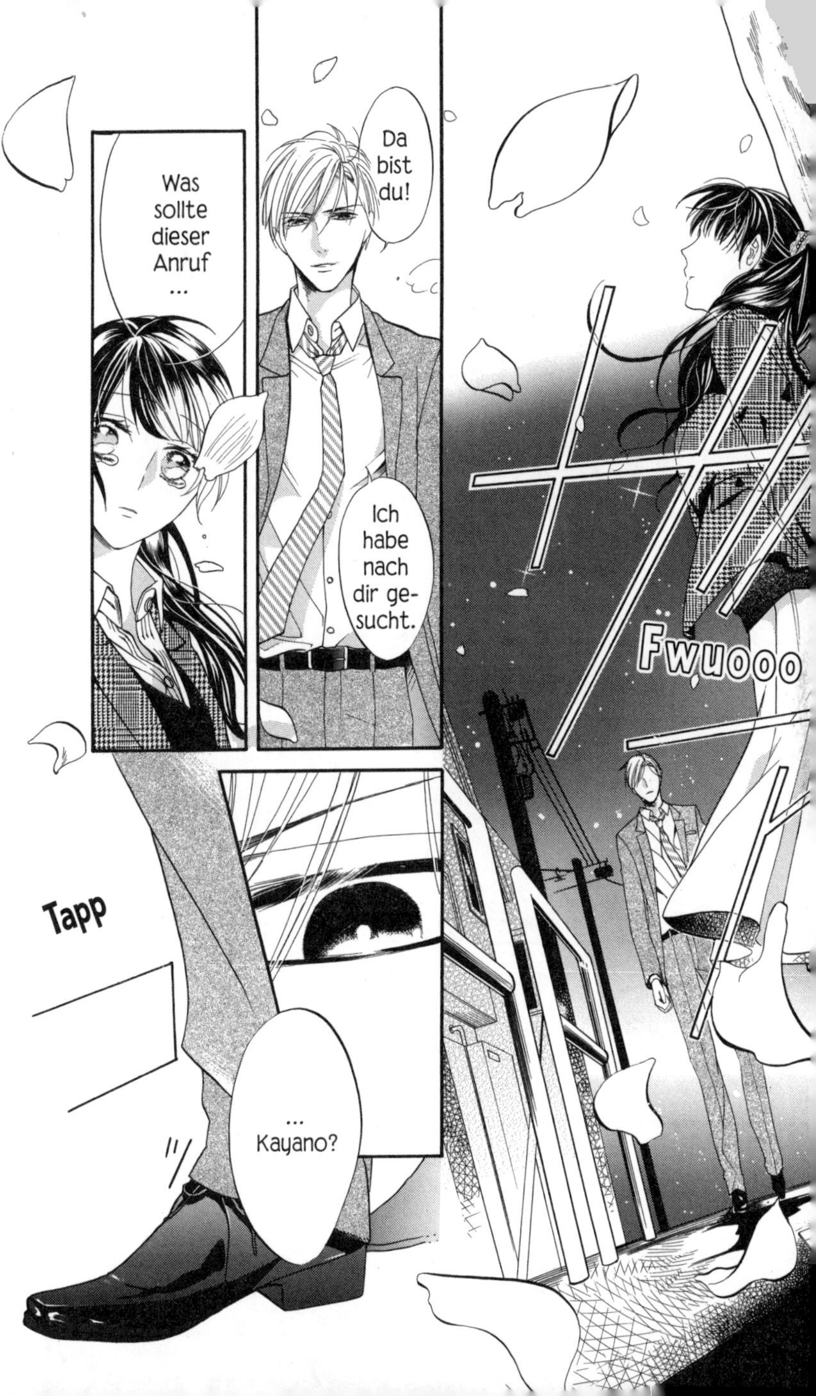
Fwuooo
Da bist du!
Ich habe nach dir gesucht.
Was sollte dieser Anruf ...
... Kayano?
Tapp

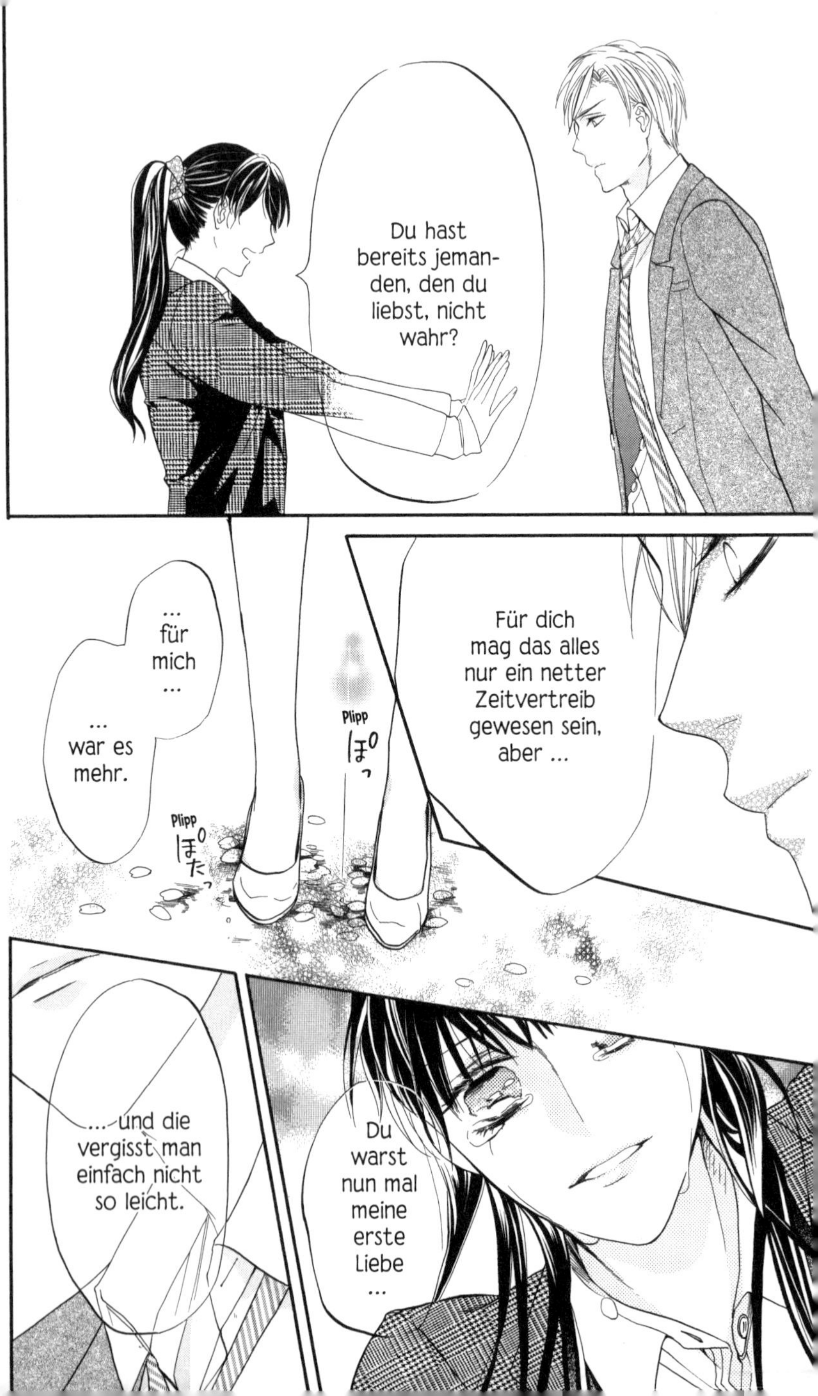
Du hast bereits jemanden, den du liebst, nicht wahr?
Für dich mag das alles nur ein netter Zeitvertreib gewesen sein, aber ...
Plipp
ぽっ
... für mich ...
... war es mehr.
Plipp
ぽたっ
Du warst nun mal meine erste Liebe ...
... und die vergisst man einfach nicht so leicht.

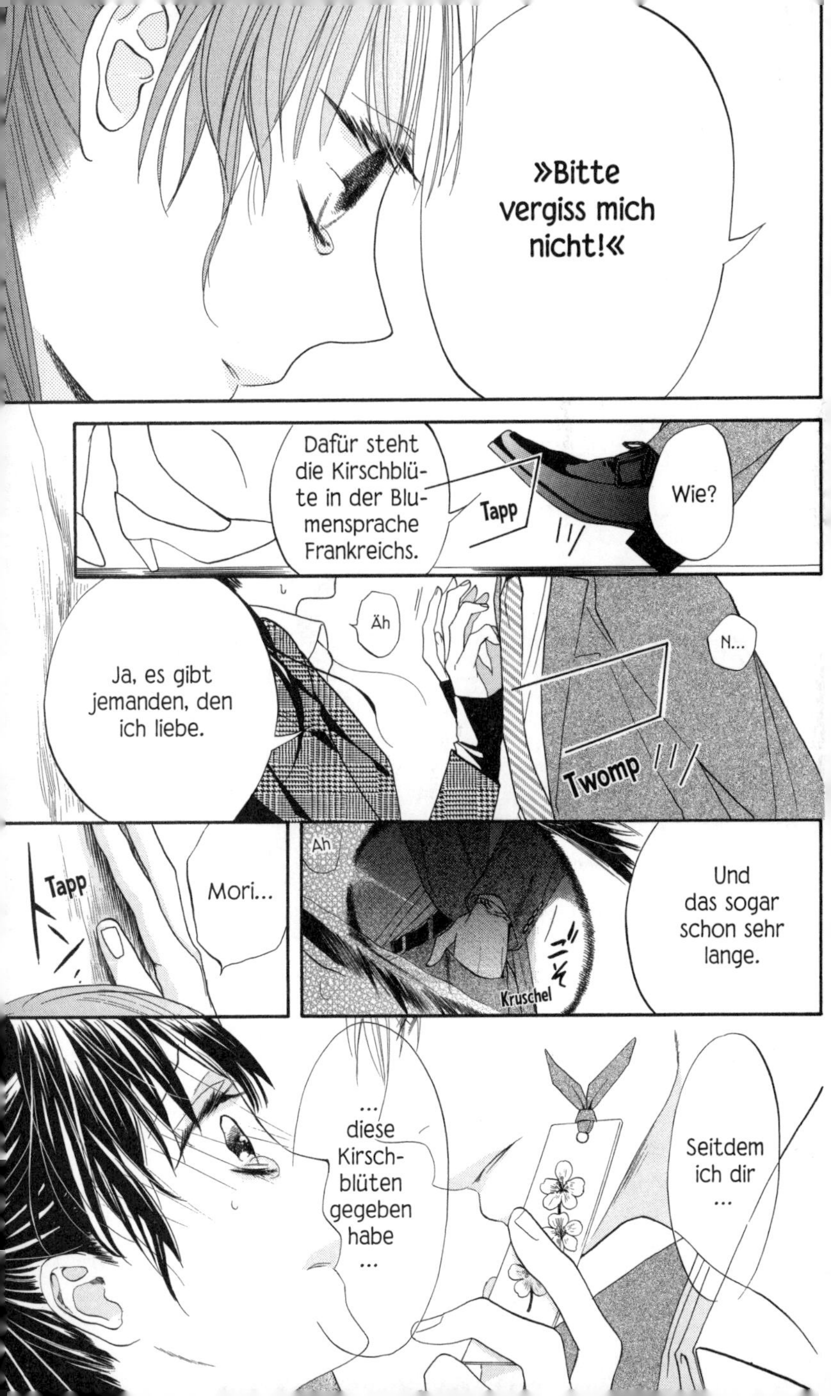
»Bitte vergiss mich nicht!«
Wie?
Tapp
Dafür steht die Kirschblüte in der Blumensprache Frankreichs.
N...
Twomp
Äh
Ja, es gibt jemanden, den ich liebe.
Und das sogar schon sehr lange.
Kruschel
Ah
Mori...
Tapp
Seitdem ich dir ...
... diese Kirschblüten gegeben habe ...

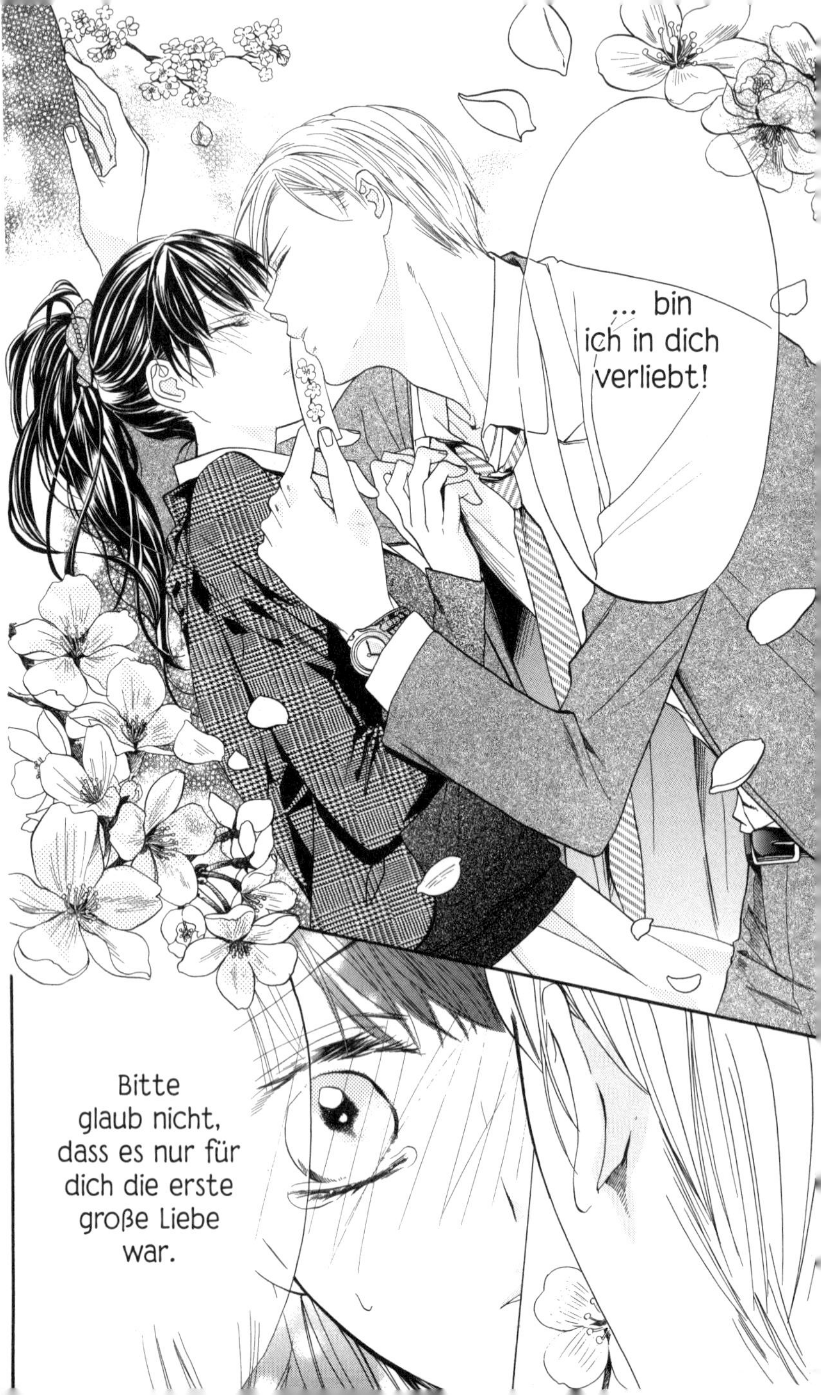
... bin ich in dich verliebt!
Bitte glaub nicht, dass es nur für dich die erste große Liebe war.

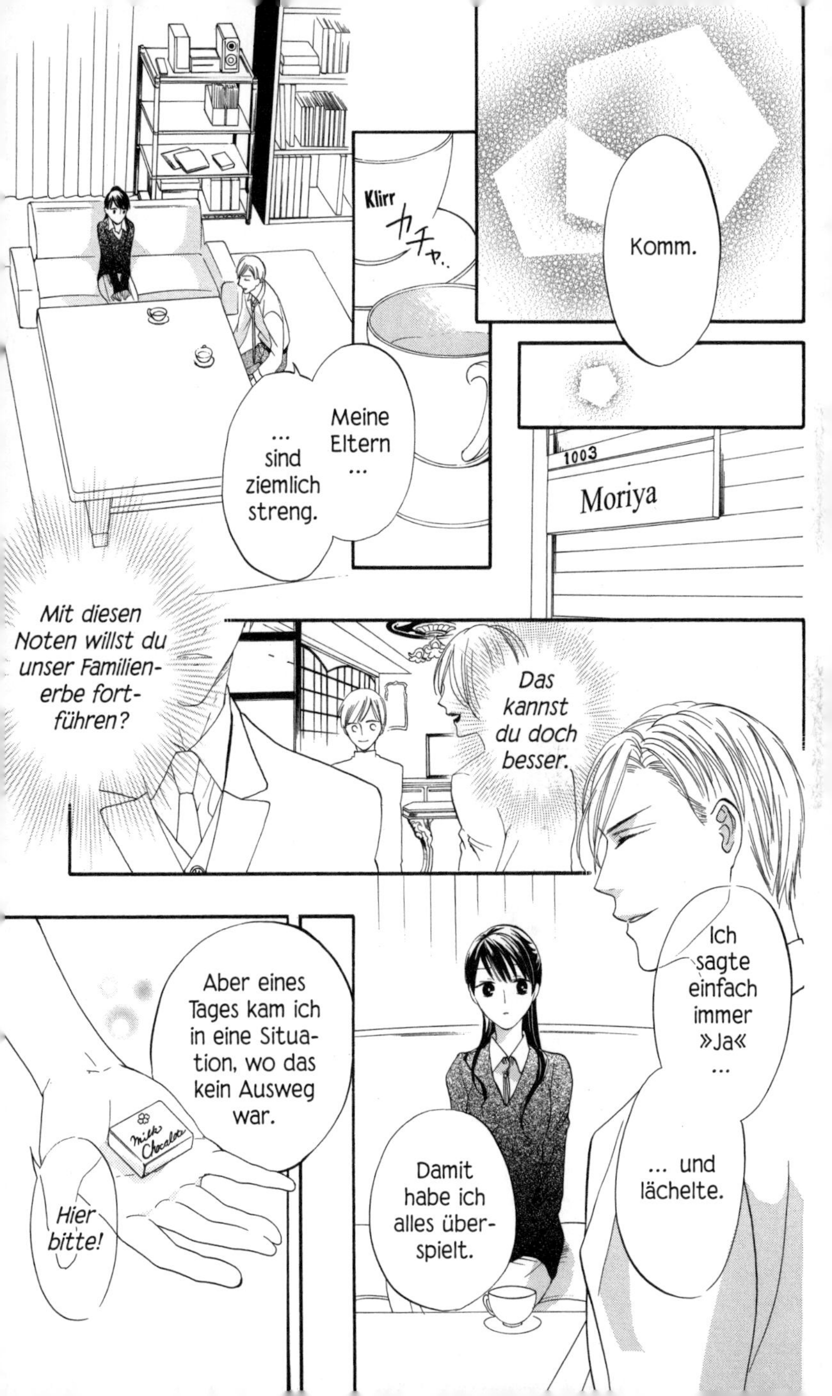
Komm.
Klirr
カチャ…
Meine Eltern …
… sind ziemlich streng.
1003
Moriya
Das kannst du doch besser.
Mit diesen Noten willst du unser Familienerbe fortführen?
Ich sagte einfach immer »Ja« …
… und lächelte.
Damit habe ich alles überspielt.
Aber eines Tages kam ich in eine Situation, wo das kein Ausweg war.
Milk Chocolate
Hier bitte!

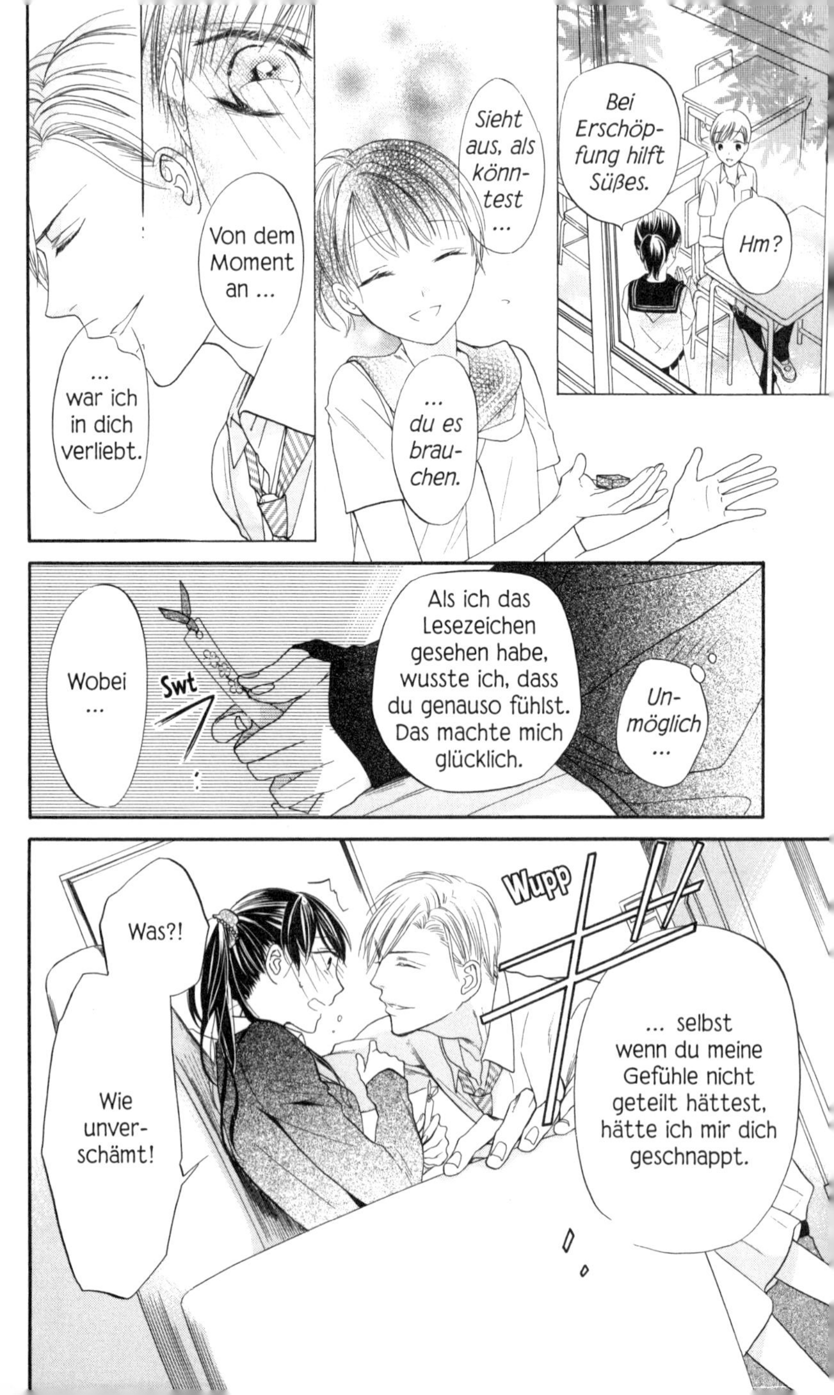
Bei Erschöpfung hilft Süßes.
Hm?
Sieht aus, als könntest ...
... du es brauchen.
Von dem Moment an ...
... war ich in dich verliebt.
Un-möglich ...
Als ich das Lesezeichen gesehen habe, wusste ich, dass du genauso fühlst. Das machte mich glücklich.
Swt
Wobei ...
Wupp
... selbst wenn du meine Gefühle nicht geteilt hättest, hätte ich mir dich geschnappt.
Was?!
Wie unverschämt!

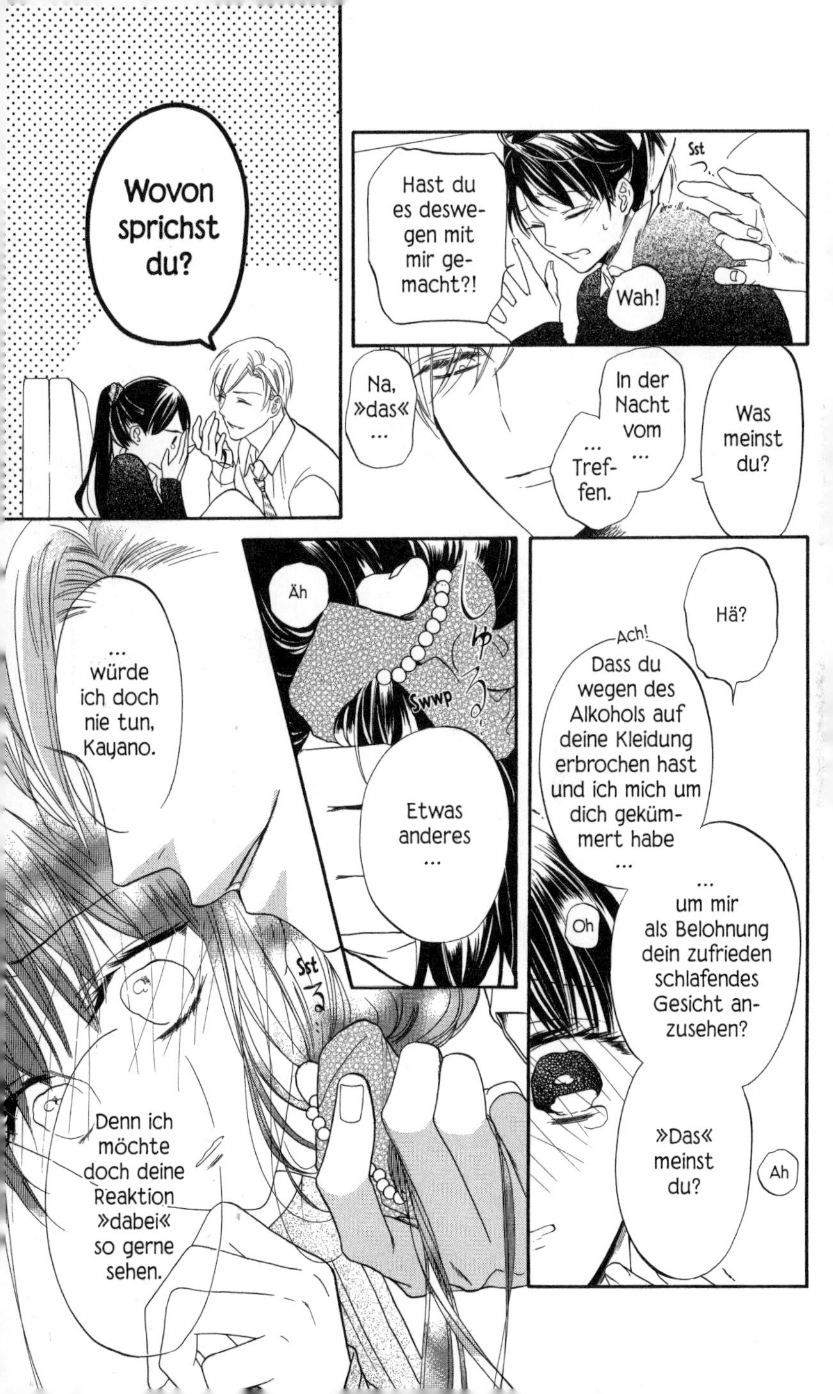
Sst
Hast du es deswegen mit mir gemacht?!
Wah!
Wovon sprichst du?
Was meinst du?
In der Nacht vom … … Treffen.
Na, »das« …
Hä?
Ach!
Dass du wegen des Alkohols auf deine Kleidung erbrochen hast und ich mich um dich gekümmert habe …
… um mir als Belohnung dein zufrieden schlafendes Gesicht anzusehen?
Oh
»Das« meinst du?
Ah
Äh
Swwp
Etwas anderes …
… würde ich doch nie tun, Kayano.
Sst
Denn ich möchte doch deine Reaktion »dabei« so gerne sehen.

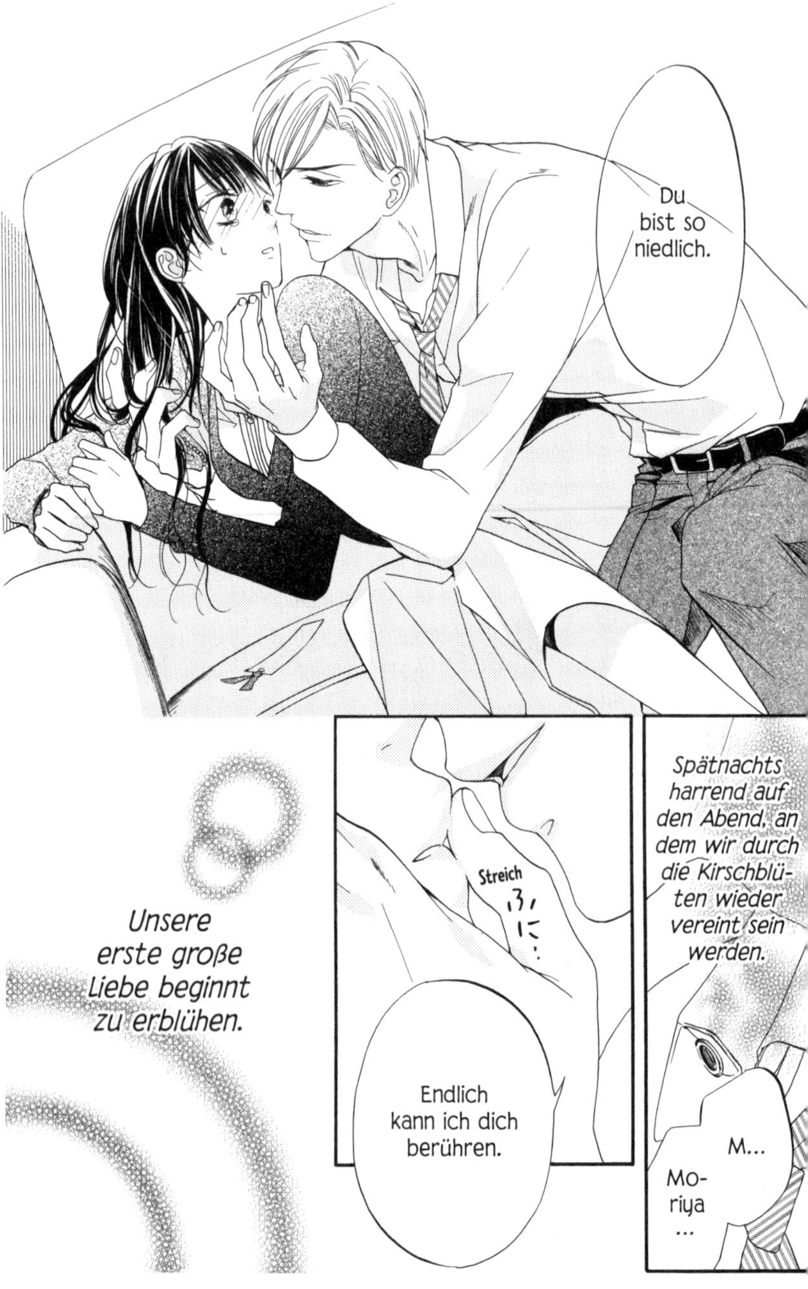
Du bist so niedlich.
Spätnachts harrend auf den Abend, an dem wir durch die Kirschblüten wieder vereint sein werden.
M...
Mo-riya ...
Streich
Endlich kann ich dich berühren.
Unsere erste große Liebe beginnt zu erblühen.

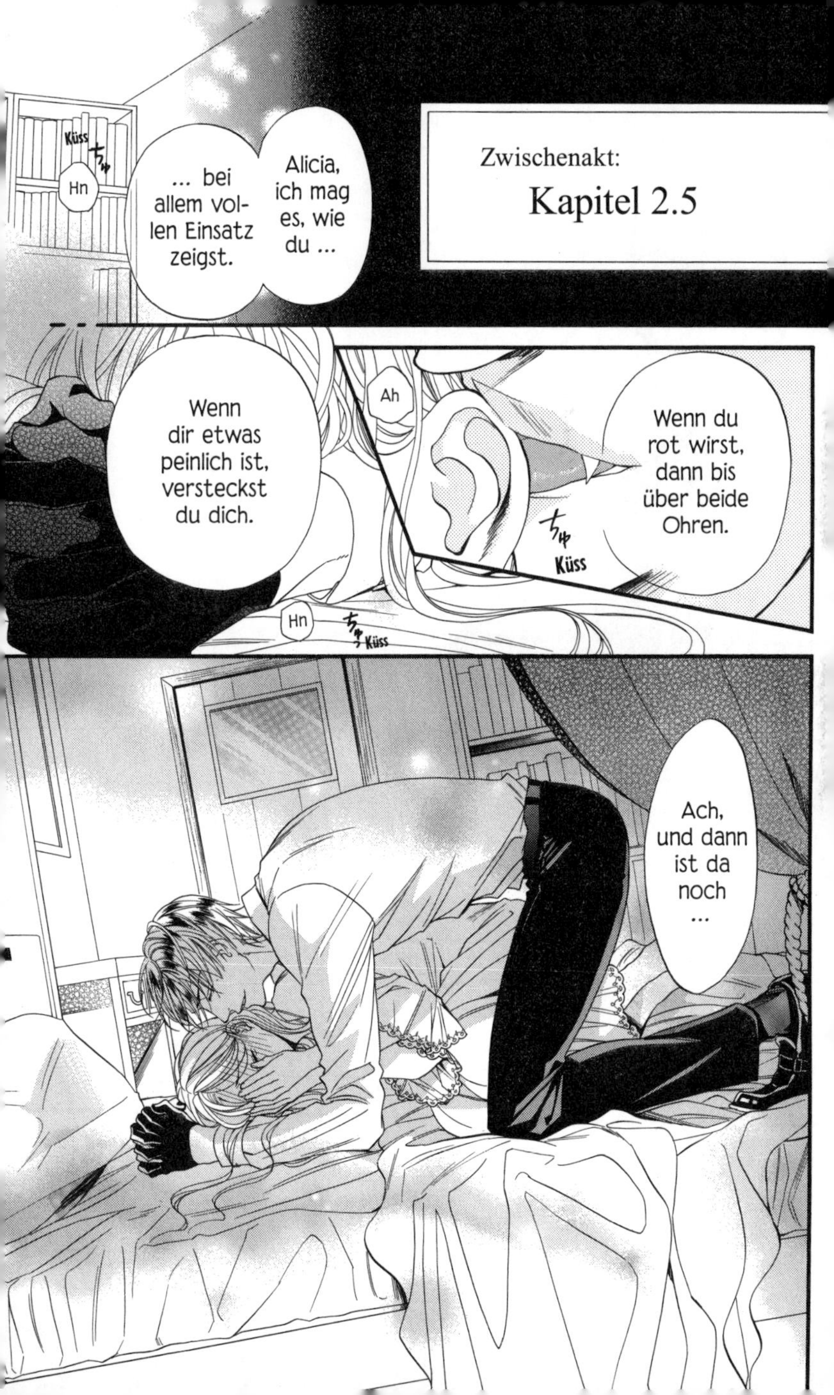
Zwischenakt:
Kapitel 2.5
Alicia, ich mag es, wie du ...
... bei allem vollen Einsatz zeigst.
Küss
Hn
Wenn du rot wirst, dann bis über beide Ohren.
Küss
Ah
Wenn dir etwas peinlich ist, versteckst du dich.
Küss
Hn
Ach, und dann ist da noch ...

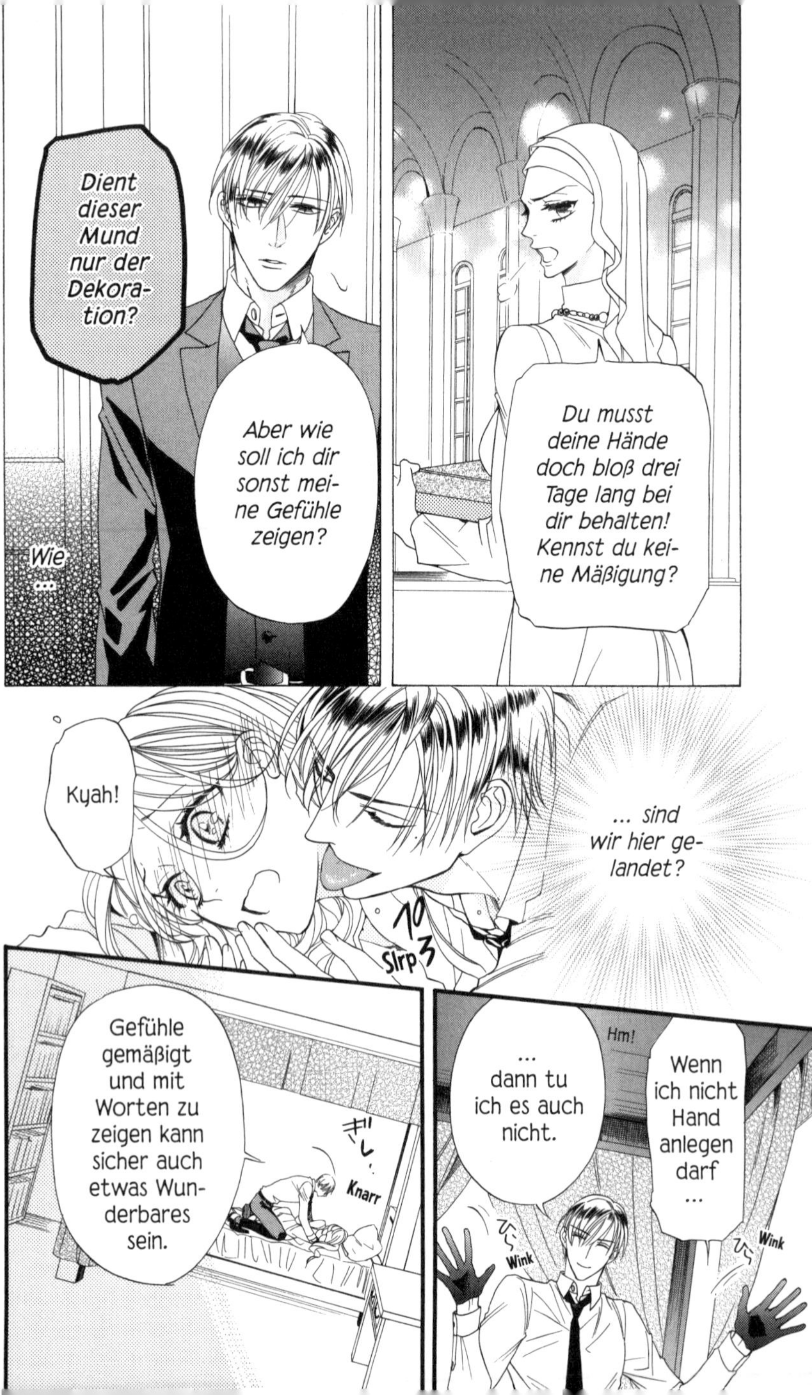
Du musst deine Hände doch bloß drei Tage lang bei dir behalten! Kennst du keine Mäßigung?
Aber wie soll ich dir sonst meine Gefühle zeigen?
Dient dieser Mund nur der Dekoration?
Wie ...
... sind wir hier gelandet?
Kyah!
Slrp
Wenn ich nicht Hand anlegen darf ...
... dann tu ich es auch nicht.
Hm!
Wink
Wink
Gefühle gemäßigt und mit Worten zu zeigen kann sicher auch etwas Wunderbares sein.
Knarr

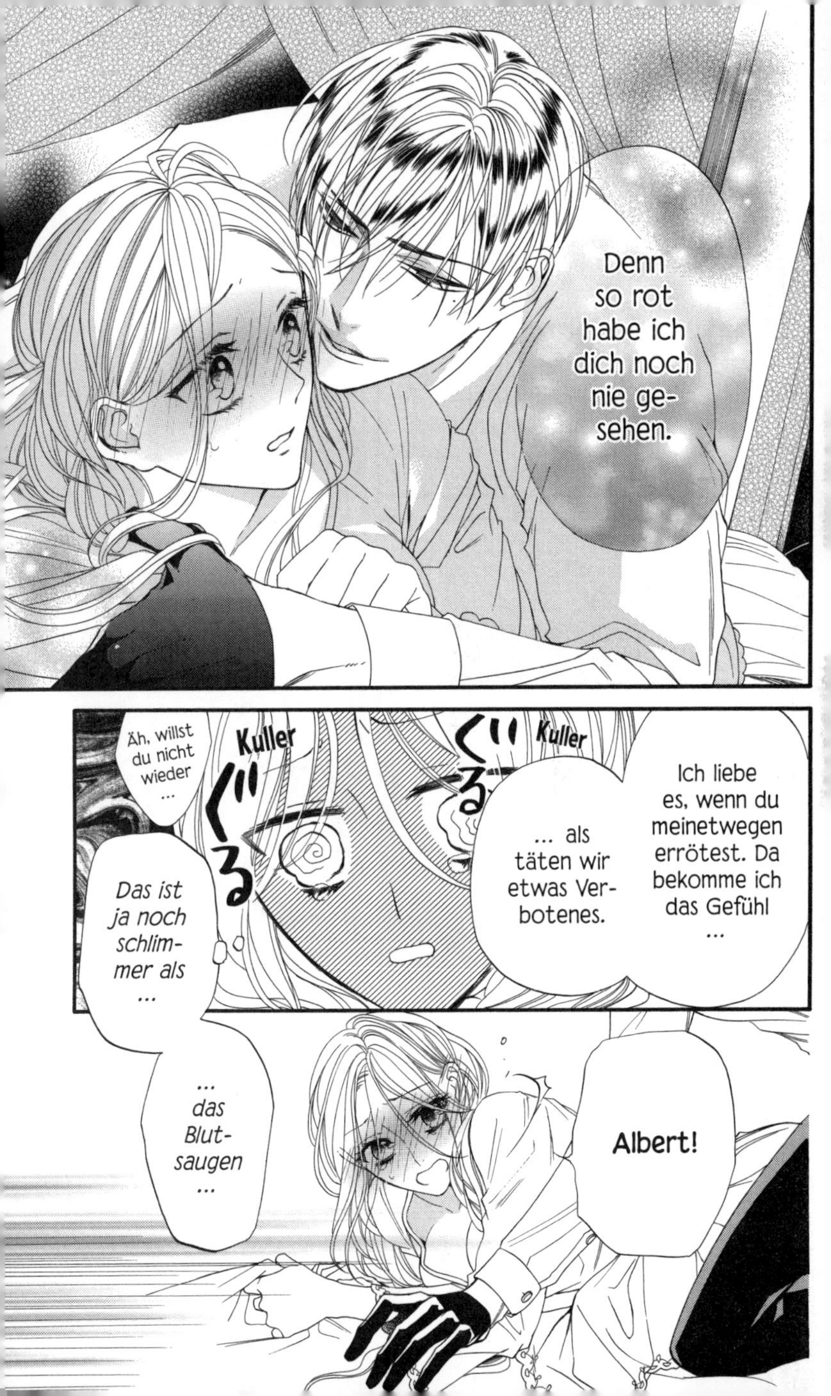
Denn so rot habe ich dich noch nie gesehen.
Ich liebe es, wenn du meinetwegen errötest. Da bekomme ich das Gefühl ...
... als täten wir etwas Verbotenes.
Kuller
Kuller
Äh, willst du nicht wieder ...
Das ist ja noch schlimmer als ...
Albert!
... das Blutsaugen ...

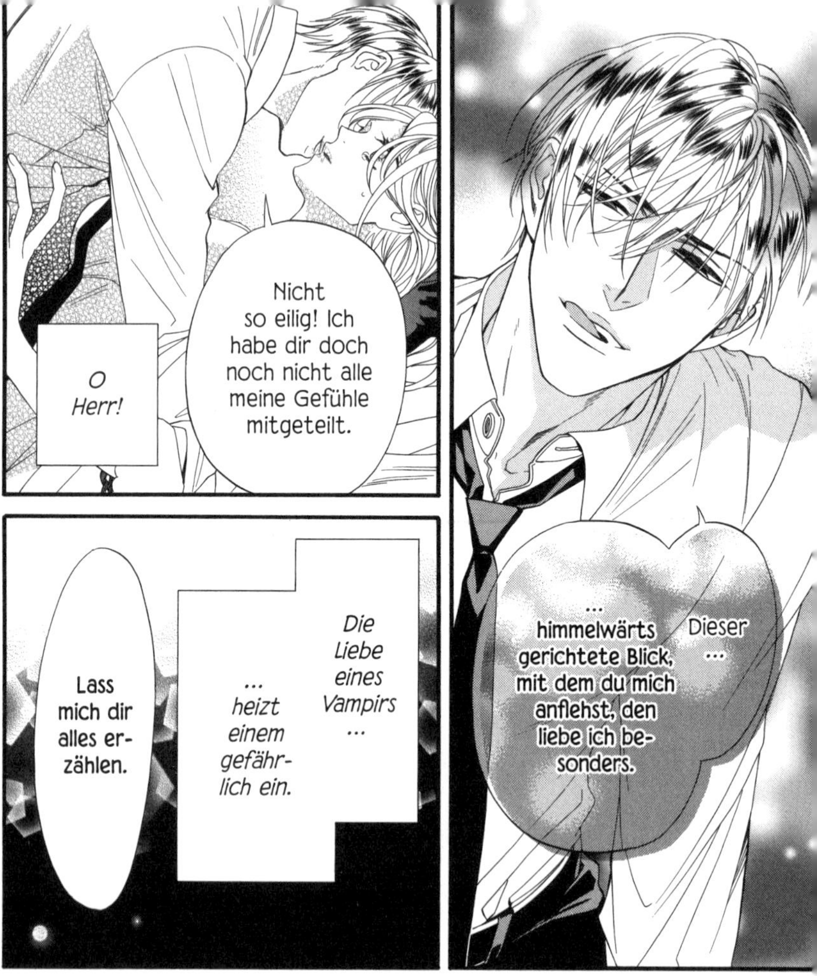

Vielen Dank, dass ihr bis zum Schluss gelesen habt!
Ich würde mich sehr über eure Meinungen freuen.
Bitte sendet sie an:
↓

Altraverse GmbH
»Akatsuki«
Phoenixhalle 1
Ruhrstraße 11a
22761 Hamburg

Akatsuki

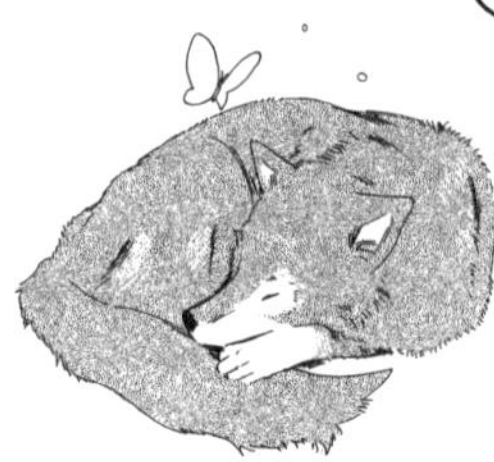

Romance 16 +

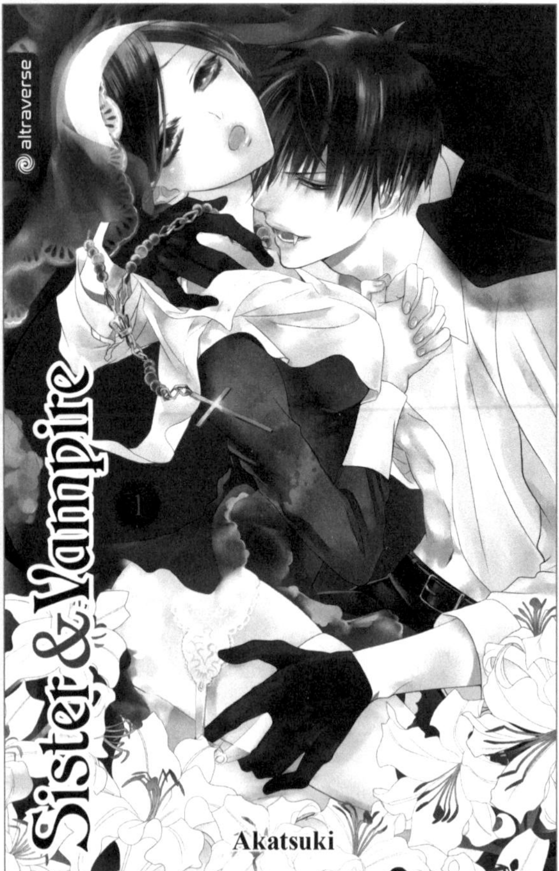

Sister & Vampire

Akatsuki

Ein Vampir treibt sein Unwesen und auch Ordensschwester Erna fällt ihm zum Opfer. Doch der verführerische Richter verschont sie und Erna meint, sein gutes Herz zu erkennen. Um ihn zu bekehren, folgt sie ihm und trotzt jeder Gefahr. Wird es ihr gelingen, ihn zu läutern, oder wird sie am Ende selbst auf die dunkle Seite gezogen werden?

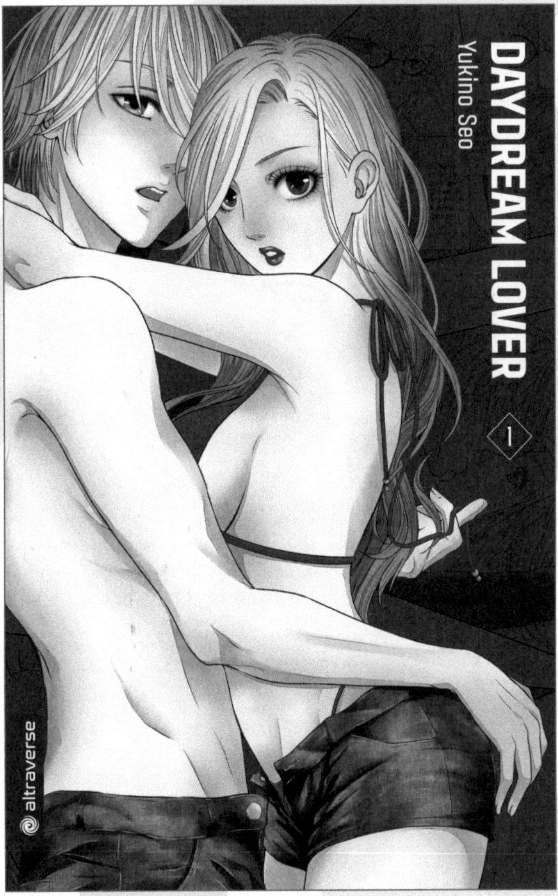

Daydream Lover

Yukino Seo

Jun sieht aus wie ein sexy Vamp, aber eigentlich ist sie ein schüchternes Mauerblümchen – und immer noch Jungfrau! Wann immer ihr ein süßer Typ begegnet, flüchtet sie sich in ihre erotischen Tagträume. Dabei wohnt der Mann ihrer Träume gleich nebenan ...

altraverse

Deutsche Ausgabe / German Edition
Altraverse GmbH – Hamburg 2020
Aus dem Japanischen von Victoria Zach

SAIINDOKU - SISTER TO VAMPIRE by Akatsuki

First published in Japan in 2018 by HAKUSENSHA, Inc., Tokyo.
German language translation rights arranged with HAKUSENSHA, Inc., Tokyo
through Tuttle-Mori Agency, Inc.

Redaktion: Kathrin Zimon
Herstellung: Martina Stellbrink
Lettering: Vibrant Publishing Studio

Druck: CPI books GmbH, Leck
Printed in Germany

MIX
Papier
FSC FSC® C083411

ISBN 978-3-96358-535-7
1. Auflage 2020

www.altraverse.de